신조협려

7

신조협려 7 – 의인 신조협

1판 1쇄 발행 2005. 2. 5.
1판 16쇄 발행 2019. 5. 26.
2판 1쇄 인쇄 2020. 3. 24
2판 1쇄 발행 2020. 4. 1

지은이 김용
옮긴이 이덕옥
발행인 고세규
편집 임지숙 이번영 디자인 박주희 마케팅 정성준 홍보 김소영
발행처 김영사
등록 1979년 5월 17일 (제406−2003−036호)
주소 경기도 파주시 문발로 197(문발동) 우편번호 10881
전화 마케팅부 031)955−3100, 편집부 031)955−3200 | 팩스 031)955−3111

값은 뒤표지에 있습니다.
ISBN 978−89−349−8587−7 04820
      978−89−349−8580−8 (세트)

홈페이지 www.gimmyoung.com 블로그 blog.naver.com/gybook
페이스북 facebook.com/gybooks 이메일 bestbook@gimmyoung.com

좋은 독자가 좋은 책을 만듭니다.
김영사는 독자 여러분의 의견에 항상 귀 기울이고 있습니다.

이 도서의 국립중앙도서관 출판시도서목록(CIP)은 서지정보유통지원시스템 홈페이지
(http://seoji.nl.go.kr)와 국가자료공동목록시스템(http://www.nl.go.kr/kolisnet)에서
이용하실 수 있습니다.(CIP제어번호 : 2020007722)

일러두기

1. 이 책은 김용이 직접 여덟 차례에 걸쳐 수정한 3판본(2003년 12월 출간)을 저본으로 번역했다.
2. 본문에 실려 있는 삽화는 홍콩의 강운행姜雲行 화백이 그린 것이다.

신조협려

神鵰俠侶

김용 대하역사무협

이덕옥 옮김

의인 신조협

7

무협소설사에 길이 남을 불멸의 고전

김용 소설 중 가장 많은 찬사를 받은 작품

我小说裏的武功虽是假的，精神却是真的。希望读者们注重正義、公正、公平，重情義，对父母、兄弟、姊妹、朋友、同樂、爱人、丈夫、妻子要有真正爱心！

敬
韓國讀者諸君
恭賀新年快樂

金庸

내 소설의 무공은 비록 허구이지만 그 정신만은 진실입니다. 독자 여러분은 정의와 공정, 공평을 중시하고, 순수한 감정을 중히 여기길 바랍니다. 그리고 늘 부모와 형제자매, 친구, 동료, 사랑하는 사람, 남편, 아내에게 진정한 애심愛心을 지녀야 합니다.

한국 독자 여러분께
즐거운 새해가 되길 기원합니다.

김용 드림

안구사

원호문 元好問
雁丘詞

세상 사람에게 묻노니,
정이란 무엇이길래 이토록
생과 사를 같이하게 한단 말인가.
하늘과 땅을 가로지르는 저 새야,
지친 날개 위로
추위와 더위를 몇 번이나 겪었느냐?
만남의 기쁨과 이별의 고통 속에
헤매는 어리석은 여인이 있었네.
임이여 대답해주소서.
아득한 만 리 구름이 겹치고
온 산에 저녁 눈 내릴 때
외로운 그림자 누굴 찾아
날아갈꼬.

7권

의인 신조협

▲ 반천수의 지화指畫 〈웅응雄鷹〉

'지화'란 먹물을 찍어 손가락과 손톱으로
그리는 그림을 말한다.

▶ 화산의 기정棋亭

전하는 이야기에 의하면 송나라 태조太祖가
이곳에서 진박陳搏과 장기를 두다 진 뒤로
화산의 세수稅收를 면제했다고 한다.

▲ 송 도종상度宗像

도종은 이종理宗의 조카로 10년 동안 황위
에 앉았다. 도종 9년에 몽고군이 침공해오
자 양양성의 수장 여문환呂文煥이 투항한다.

▶ 송 이종상理宗像

이종은 44년 동안 황좌에 있었다. 그는 홀
필열이 몽고의 대칸이 된 지 5년 되던 해에
세상을 뜬다. 양과가 유년기에서 장년이 되
기까지 이종이 송을 다스렸다.

▲ 〈양양현산도襄陽峴山圖〉

《삼제도회三才圖會》에서 발췌했다.

▼ 양양의 명승고적을 설명하는 글귀.《삼제도회》에서 발췌.

峴山在襄陽府城南七里晉羊祜每登此山置酒甞詠從事鄒湛曰自有宇宙便有此山由來賢哲登此者多矣皆湮滅無聞湛曰公德冠四海當與此山俱傳祜因名墮淚人感其德立祠刻碑其上見者莫不流涕杜預因名墮淚碑隆中山在府城西北二十五里下有隆中書院漢諸葛亮甞隱于此

習家池在府城南八里後漢習郁常穿此池依范蠡養魚法中築釣臺臨泛謂其子曰必葬我近魚池後山簡醉襄陽每出游多之池上置酒甌醉名曰高陽池

三才圖會卷之十二地輿　主

樊城在府城北漢江上與襄陽對峙即周仲山甫所封樊國開邪圖曹仁于樊即此西魏為安養縣唐改為臨漢縣

夫人城在府治西北角晉朱序鎮襄陽苻堅遣將圍城序母韓氏謂城西北角必先受敵領百餘婢并城中女丁於其角築城二十餘丈賊攻西北角果潰眾守新築城遂引退襄陽人因名夫人城

大堤城在府城外唐李白大隄曲漢水橫襄陽花開大堤暖劉禹錫詩酒旗相望大隄頭隄下連檣隄上樓日暮行人爭渡急橈聲咿啞滿中流

▲ 주옥의 〈태평풍회도太平風會圖〉부분

주옥朱玉은 원나라 때 화가로 강소江蘇 곤산崑山 사람이다. 싸우는 두 사람을 말리는 그림으로, 싸우는 자의 거친 모습으로 미루어보아 무림 고수는 아닌 듯싶다.

▼ 주옥의 〈태평풍회도〉부분

그림 속 인물들은 송나라 때의 떠돌이 곡예사 모습이다. 일설에 의하면 송 태조도 곤봉에 능했다고 한다. 이 때문에 당시 무림에선 태조곤법太祖棍法이 유행했다. 현재 미국 시카고 박물관에 소장되어 있다.

31

半枚靈丹

목숨을 살릴 영단 반쪽

마지막 한 개가 구천척의 입에서 튀어나갔다. 이번에는 황용의 목을 노렸다. 황용은 피하지 않겠다는 약속을 지키기 위해 위험을 감수하고 무릎을 살짝 구부렸다. 대추씨가 입가까이에까지 날아오자 그녀는 잽싸게 한 모금의 진기를 뿜어내 그 기세를 약화시켰다.

절정곡은 산으로 둘러싸인 넓은 분지였다. 길이 구불구불하고 험했지만, 양과와 소용녀는 지도를 따라 최고의 경공술로 거침없이 내달렸다. 얼마 지나지 않아 눈앞에 커다란 고목나무가 나타났다. 나무 아래는 동굴 속처럼 어두운 그늘이 드리웠는데 그 가운데에 벽돌로 쌓아 올린 커다란 가마가 보였다. 거기가 바로 지도에 나오는 천축승과 주자류가 갇힌 곳이었다. 두 사람은 걸음을 멈추고 숨을 가다듬었다.

　"여기서 기다려요. 내가 가서 살펴볼게요. 저 안은 석탄과 먼지 때문에 더러울 거예요."

　양과는 소용녀를 뒤에 남겨두고 몸을 구부려 가마로 들어갔다. 몇 걸음 들어가니 열기가 훅 끼쳐왔다. 안은 무척 더운 것 같았다. 그때 안쪽에서 한 여자의 음성이 들렸다.

　"누구요?"

　"곡주의 영으로 죄수들을 데리러 왔소!"

　안에 있던 사람이 벽 뒤에서 튀어나오더니 놀란 듯 되물었다.

　"뭐라고요?"

　그는 양과를 보더니 더욱 놀라 눈이 휘둥그레졌다.

　"다…… 당신은……."

　양과는 녹의 제자를 쓱 훑어보고는 태연하게 대답했다.

"곡주께서 그 중과 주씨라는 서생을 데려오라 하셨소."

녹의 제자는 양과가 곡주의 생명을 구해주자 그녀가 여러 사람 앞에서 그를 사위로 삼겠다 공언하는 것을 들었다. 녹악이 그와 잘만 된다면 후에 곡주 될 사람이니 그로서는 함부로 대할 수 없었다.

"곡주의 영패를 가져오셨는지……."

"내가 살펴봐야겠으니 앞장서시오."

녹의 제자의 말이 끝나기도 전에 양과는 안쪽으로 걸음을 옮겼다. 녹의 제자는 어쩔 수 없이 입을 다물고 돌아섰다. 벽을 돌아서 들어가니 석탄이며 땔감을 쌓고 있는 일꾼 두 명의 모습이 보였다. 엄동설한인데도 두 사람은 웃통을 벗고 짧은 바지만 입고 있었다. 온몸은 땀투성이가 되어 김이 모락모락 피어올랐다.

녹의 제자가 커다란 바위를 밀자 작은 통로가 나왔다. 양과는 우선 고개를 들이밀어 살펴보았다. 사각형 석실에서 주자류가 면벽을 하고 앉아 있었다. 그는 식지로 석벽 위에 뭔가를 쓰고 있었다. 손놀림이 멋스럽고 거침이 없는 게 자기가 쓰고도 썩 만족스러워하는 모습이었다. 그 옆에는 천축승이 바닥에 누워 있었는데 죽었는지 살았는지 꼼짝도 하지 않았다.

"주 대숙大叔, 괜찮으십니까?"

양과가 큰 소리로 묻자 주자류가 고개를 돌렸다.

"친구가 멀리서 와주었으니 어찌 기쁘지 않겠는가."

주자류는 놀라지도 않고 가만히 웃어 보였다. 미소를 짓는 그의 모습에 양과는 감탄을 금할 수 없었다. 이런 곤경에 빠져 있으면서도 저렇듯 편안한 모습을 보일 수 있다니, 양과로서는 그의 배포가 그저 존경스러울 따름이었다. 그러나 지금은 마음이 조급해 그의 배포를 따라할 수가 없었다. 양과는 서둘러 물었다.

"신승神僧께서는 주무시는지요?"

천축승의 안부를 묻는 양과의 목소리가 떨리고 있었다. 소용녀의 생사가 온전히 이 천축승에게 달려 있지 않은가. 주자류는 시선을 돌리며 고개를 가로저었다.

"자고 있으면 좋겠네만……."

양과는 가슴이 덜컥 내려앉았다. 아무래도 천축승에게 뭔가 변고가 있음이 틀림없었다. 양과는 주자류의 말이 끝나기도 전에 녹의 제자를 재촉했다.

"어서 문을 열어보시오!"

"열쇠는요? 열쇠는 곡주께서 친히 보관하고 계시는데, 만일 이들을 풀어주라 영을 내리셨다면 당신께 주셨을 텐데요?"

양과는 마음이 급해졌다.

"비키시오!"

그는 주저하지 않고 현철중검을 뽑아 들었다. 그가 검을 힘껏 내리치자 콰르릉, 하는 소리와 함께 석벽에 구멍이 뚫렸다.

"허걱!"

녹의 제자는 너무나 놀라 뒤로 벌러덩 넘어졌다. 양과가 두어 차례더 내리치니 석벽에 사람 하나가 드나들 만한 구멍이 생겼다.

"양 형제, 무공이 크게 늘었군. 축하하네."

주자류는 그 와중에도 인사를 잊지 않았다. 그러고는 천축승을 안아 구멍을 통해 내보냈다. 양과는 그를 받아 편안하게 눕혔다. 아직 온기가 남아 있는 것을 느끼고 조금 안도할 수 있었다. 그러나 두 눈을 감은 경직된 모습은 꼭 죽은 시체와도 같았다.

'이곳의 열기라면 죽어서도 온기를 유지할 수 있지 않을까?'

여기까지 생각한 양과는 불안한 마음으로 얼른 귀를 그의 콧구멍에 대보았다. 아직 미약하게나마 숨결이 느껴졌다. 뒤이어 석벽을 빠져나오던 주자류가 그 모습을 보고 웃었다.

"걱정 말게. 사숙은 정신을 잃으셨을 뿐이네."

양과는 자신의 경망스러운 행동을 들키자 머쓱해졌다. 사실 양과가 걱정하는 것은 천축승의 안위가 아니었다. 제 아내를 살리고 싶은 마음에 천축승부터 챙긴 것이었다. 그래서 도둑이 제 발 저리듯이 스스로 마음을 들킨 것 같아 얼굴이 붉어졌다.

"대사께서는 열기 때문에 정신을 잃으셨군요. 그럼 어서 나가서 열기를 식혀야지요!"

양과는 이기심을 뉘우치는 마음으로 천축승을 안고 밖으로 달려 나갔다. 소용녀가 세 사람이 나오는 것을 보고 반가운 얼굴로 다가왔다.

"차가운 물을 구해 대사 얼굴에 끼얹어드려요."

"아닐세. 사숙께서는 추위와 더위를 이기는 데는 남들보다 몇 배는 강하네. 그분은 지금 정화 독에 중독되신 걸세."

주자류의 말에 양과는 깜짝 놀랐다.

"정화 독에요? 어쩌다가 그러셨어요?"

"사숙이 스스로 몸을 찌르셨네. 심각하지는 않으신 듯하네."

"스스로 찔렀다고요?"

양과와 소용녀가 놀라 동시에 소리쳤다. 주자류가 한숨을 폭 쉬더니 설명을 시작했다.

"사숙께서는 이 정화가 천축에서는 이미 자취를 감추었는데, 중원에 남아 있는 것이 너무 뜻밖이라고 하셨네. 그리고 이 독이 만약 절정곡 밖으로 퍼지는 날에는 큰일이라며 걱정하셨지. 과거 천축에서도 수많은 사람이 이 정화 독에 목숨을 잃었다는 거야. 사숙께서는 평생 독을 치료하셨기 때문에 어떤 독이든지 거의 모르는 것이 없었는데, 이 정화의 독만큼은 잘 알지 못하셨다고 하네. 그래서 영단을 구해 그 독을 연구할 생각이셨지. 그런데 이렇게 갇히고 말았으니 이제는 영단을 구할 수 없을 거라 생각하신 모양이야. 또 얻는다 하더라도 자네의 목숨을 구할 수 있을지 장담할 수 없고……. 그래서 스스로 자신의 몸에 시험해 독성을 확인하고 그에 맞춰 해독약을 만들려 하신 거지. 설령 자네를 구할 수 없다 하더라도 기어이 해독할 처방을 연구해서 세상에 알리기로 결심하신 걸세."

양과는 벌어진 입을 다물 수가 없었다.

"대사께서 저를 구하기 위해…… 또 세상 사람들을 위해 그런 위험을 감수하셨다니 몸 둘 바를 모르겠습니다."

"그 옛날 신농神農씨는 온갖 풀의 맛을 보아가며 약초를 구했다지 않은가. 그러느라 독풀을 잘못 먹고 늘 얼굴이 푸른빛이었다고 했네. 사숙님도 그런 마음이셨던 거야."

양과는 가만히 고개를 끄덕였다.

"정말 그 뜻이 너무나 거룩하십니다. 그런데 언제쯤 깨어나실까요?"

"예측이 틀리지 않으면 3일 밤낮을 보내고 깨어날 것이라 하셨네. 셈을 해보니 오늘로 이틀이 되는 것 같군."

양과와 소용녀는 서로 마주 보며 같은 생각을 했다.

'3일 밤낮이라면 중독이 심한 건데……. 그래도 정화의 독은 사람에 따라 다르지. 마음속에 이성에 대한 정이 있으면 발작이 심할 테지만, 이분은 스님이라 애욕이 강하지 않을 테니 보통 사람들보다야 낫겠지.'

"이 안에 계시면서 어디서 정화를 찾으셨나요?"

소용녀가 물었다.

"우리가 화완실에 갇혔을 때 어떤 젊은 낭자가 자주 찾아오더군."

"얼굴이 희고 입가에 작은 점이 있고 또 키가 큰 소녀 말인가요?"

"그렇다네."

소용녀는 알겠다는 듯 미소를 지으며 양과에게 눈짓을 했다.

"그녀는 곡주의 딸 공손녹악 낭자예요. 두 분이 우리 과를 구하기 위해 약을 찾으러 왔다니까 잘해드렸을 거예요. 아마 풀어드리는 것 말고는 무슨 부탁이든 들어드렸을걸요?"

"맞아, 맞아. 그래서 우리가 갇혀 있다는 전갈도 보낼 수 있었지. 또 사숙이 정화 가시를 부탁했더니 곧 가지고 오더군. 그리고 이 화완실 규정이 매일 한 시진 동안 불을 때서 엄청나게 덥게 만드는 것이었는데, 그녀가 불을 적게 피우게 해서 견딜 만하게 만들어주었지. 그러기에 내가 살아남은 거야. 누구냐고 물어도 대답하지 않더니, 바로 곡주의 딸이었군."

소용녀가 말했다.

"우리가 여길 찾아올 수 있었던 것도 그 낭자가 가르쳐주었기 때문이에요."

양과가 말했다.

"존사이신 일등대사도 오셨습니다."

"아! 그럼 어서 가야지!"

주자류는 눈앞에서 스승을 뵌 것처럼 고개를 숙이며 재촉했다. 그러나 양과는 눈썹을 약간 찌푸리며 말했다.

"자은 스님과 함께 오셨는데, 지금 상황이 좀……."

"자은 사형도 오셨다니 더욱 잘됐군. 남매가 만났으니 우리가 풀려나는 건 당연하지. 곡주도 남매간의 정은 저버리지 않을 것이니. 하하하……."

주자류는 뛸 듯이 기뻐했다. 사실 자은은 무공과 강호에서의 신분이 일등대사에 비견할 만했다. 그래서 주자류와 점창어은, 무삼통은 자은보다 앞서 사문에 들어왔음에도 그에게 존경을 표하기 위해 사형이라 불렀다. 주자류는 녹악에게 전갈을 보내달라고 청하면서 내심 자은과 두 집안 사이에 화해가 이루어지기를 바랐다.

그러나 양과는 이미 자은의 혼란스러운 마음과 구천척하고 다투는 모습을 보았기 때문에 마음이 무거웠다. 그래서 그들이 오게 된 경위와 현재의 상황을 간략하게 설명해주었다. 주자류는 그제야 고개를 끄덕이며 진지하게 말했다.

"곽 부인이 직접 오셨다면 참으로 잘된 일이지. 그 기지며 계책은 천하에 흉내 낼 자가 없을 거야. 우리 사부님께서 전체를 지휘하시고 양 형제가 이렇게 더욱 진보한 무공을 써준다면 세상에 대적할 자가 없겠지. 다만 우리 사숙의 몸이 걱정이군."

양과도 천축승의 상태가 가장 큰 걱정이었다.

"우선 안전한 곳을 찾아 대사님이 회복되길 기다리는 것이 어떻겠습니까? 저희 부부와 주 대숙께서 함께 지키면 되겠군요."

"그럼 어디가 좋겠는가?"

한참을 생각해보아도 절정곡엔 안전한 곳이 없는 것 같았다. 주자류가 먼저 입을 열었다.

"여기 있는 게 가장 안전할 것 같군."

양과도 같은 생각이라 고개를 끄덕였다.

"그래요. 여기가 좀 열악해 보이기는 해도 이 절정곡에서는 가장 안전한 곳이겠군요. 보초를 서는 녹의 제자들에게 비밀을 지키도록 하면 이곳까지 올 사람은 없을 테니까요."

"그건 쉽지."

주자류는 천축승을 안고 다시 가마 앞으로 갔다.

"우리 두 사람은 여기 있을 테니, 양 형제 부부가 우리 사부님을 좀 도와드리게."

그제야 양과는 일등대사가 지금 부상 중이라는 사실이 떠올랐다. 아직 자은은 선악이 불분명한 정신 상태인데 지금 여기서 천축승만 지키는 것은 오직 소용녀 한 사람을 위해 다른 사람들의 안위를 내팽개치는 것이나 마찬가지였다. 그는 주자류가 천축승을 들어 가마 안으로 밀어 넣는 것을 보고는 소용녀와 함께 그 자리를 떠났다.

두 사람은 서둘러 왔던 길로 되돌아갔다. 마침 정화 수풀 옆을 지나고 있는데 겨울이어서인지 잎이 떨어지고 가지만 앙상한 것이 몹시 을씨년스럽게 느껴졌다. 그러나 저 앙상한 가지에 붙은 뾰족한 가시는 여전히 사람을 위협하고 있었다. 양과는 그런 정화의 모습을 보며 갑자기 이막수가 떠올랐다.

"무릇 사물이란 때로는 매우 아름답지만 또 때로는 추악하게 변하는군요. 저 정화가 이막수와 비슷하네요. 꽃은 일찍 떨어졌는데, 가시는 남아 저렇게 사람 목숨을 노리니 말이에요."

"나는 그저 천축승께서 독을 치료할 묘약을 만들어내길 바랄 뿐이에요. 당신뿐 아니라 우리 사자도 목숨을 구할 수 있게 말이에요."

양과는 천축승이 소용녀 내장에 퍼진 독을 우선 고쳐주기를 바라면서 여기까지 달려왔다. 그런데 소용녀는 양과 자신의 독을 먼저 걱정하고 있었다. 양과는 아내가 된 소용녀를 바라보니 마음이 한없이 설렜다. 순간 통증이 그의 가슴을 엄습했다. 아까 정영과 육무쌍을 구하느라 정화를 밟는 바람에 독이 더해진 탓이었다. 그는 고개를 돌려 정화의 앙상한 가지를 바라보았다. 소용녀를 향한 마음은 이렇듯 즐겁고 기쁘건만 그 마음을 증오하는 독은 너무나 지독했다.

한편 육무쌍은 양과가 나간 지 한참이 되도록 돌아오지 않자 걱정이 되어 가만히 정영의 소매를 잡아당기며 대청을 나섰다. 정영이 뒤를 따랐다.

'독에 찔렸는데, 어떤지 모르겠네.'

"바보는 도대체 어디로 간 걸까?"

육무쌍이 투덜거리듯 말했지만 정영은 아무런 대답이 없었다. 육무쌍은 혼잣말처럼 중얼거렸다.

"흠! 정말 사부하고 결혼할 줄이야……."

정영이 그제야 대꾸했다.

"용 낭자라는 분은 정말 아름답더구나. 인품도 훌륭한 것 같고……. 그런 분이라야 양 대협과 어울리겠지……."

"용 낭자가 좋은 사람인지 언니가 어떻게 알아? 몇 마디 해보지도 않았는데……."

그때 갑자기 등 뒤에서 웬 여자의 차가운 목소리가 들렸다.

"적어도 절름발이는 아니니까!"

육무쌍은 유엽도를 뽑아 들고 돌아섰다. 곽부가 뒤에 와 있었다. 그녀는 육무쌍이 검을 뽑자 뒤에 있는 야율제의 허리에서 장검을 뽑아 들며 외쳤다.

"해보자는 거야?"

"흥! 검도 없는 주제에 남의 검을 뽑아서 해보자고?"

육무쌍은 코웃음을 쳤다. 그녀는 어려서부터 다리 저는 것을 매우 한스러워했다. 누구도 그녀의 면전에서 그런 말을 한 적이 없었는데, 곽부가 이렇게 아무렇지도 않게 내뱉으니 화가 치밀었다. 그래서 곽부의 검이 부러진 것을 알면서도 짐짓 약을 올리기 위해 검 이야기를 꺼낸 것이었다. 곽부도 잔뜩 약이 오른 표정이었다.

"다른 사람의 검으로도 너에게 한 수 가르치는 건 문제가 되지 않으니까!"

곽부가 검을 휘두르자 검이 바람 소리를 내며 귓전을 울렸다.

"도무지 안하무인이군. 곽씨 집안 아이는 윗사람도 알아보지 못하는 망나니인가? 그래, 오늘 한번 혼나봐라. 세상사의 이치가 뭔지 가르쳐주마."

"쳇! 네까짓 게 무슨 윗사람이라고?"

육무쌍은 여유 있게 미소를 지었다.

"우리 사촌 언니가 네 사숙이니 적어도 내가 네 이모쯤은 되지 않겠어? 우리 언니한테 한번 물어보려무나."

사실 곽부는 어머니가 시키는 대로 정영을 사숙이라 불렀지만 속으로는 영 내키지가 않았다. 그런 일 때문에 그녀는 외할아버지가 저런 어린 제자를 받아들인 게 못마땅했다. 더구나 정영이 자신과 나이가 비슷하기 때문에 재주는 대단치 않을 것이라 깔보고 있던 터였다.

"쳇! 정말인지 알 게 뭐야. 우리 할아버지가 천하를 돌아다니시다 보니 할아버지 제자랍시고 나서는 사람이 너무 많단 말이야!"

성격이 온화한 정영도 곽부의 이 말에는 조금 화가 났다. 그러나 지금은 양과 걱정이 먼저였기 때문에 곽부와 말다툼할 여유가 없었다.

"무쌍아, 우리는 양 대협을 찾으러 나왔잖아. 어서 양 대협을 찾아 보자꾸나."

육무쌍은 고개를 끄덕이고는 다시 곽부를 돌아보았다.

"언니가 나를 동생으로 대하는 것 봤지? 그런데 넌 뭐냐? 곽 대협과 황 방주께서는 천하를 돌아다니시는 영웅이니 두 분의 딸이랍시고 나서는 것도 굉장히 많겠지?"

육무쌍이 비웃듯 미소를 짓고 돌아서자 곽부는 잠시 할 말을 잊었다.

"누가 우리 아빠, 엄마의 딸이라고 한다는 거야?"

육무쌍의 말속에 가시가 있다는 것을 알아챈 곽부는 화를 참지 못하고 검을 휘두르며 그녀의 등을 향해 달려들었다. 육무쌍은 등 뒤로 바람을 가르는 소리가 들리자 즉각 검을 들어 뒤를 막았다. 날카로운 금속성 소리와 함께 팔이 약간 저려왔다.

"지금 부모도 모르는 아이라고 욕하는 거야?"

곽부는 매섭게 공격을 퍼부었다. 육무쌍은 이리저리 검을 막으며 차갑게 웃었다.

"곽 대협은 충의와 덕이 높으신 분이요, 황 방주는 도화도주의 친딸이다. 두 분의 인품은 참으로 고매하신데……."

"그야 말할 필요도 없지! 네가 우리 부모님을 칭찬해 내 비위를 맞출 필요는 없어!"

곽부는 육무쌍이 그저 제 부모님을 칭송하는 것으로만 생각해 공격을 다소 누그러뜨렸다. 그러나 그것은 그녀의 착각이었다.

"그런데 넌 어때? 너는 양 형의 팔을 자르고 선한 사람을 궁지로 몰아넣는 버릇없는 아이잖아. 그런 행동이 곽 대협 부부와 뭐가 닮았니? 그러니 의심이 들 수밖에."

"의심이라니?"

"흥! 그렇게 머리가 안 돌아가다니."

야율제가 옆에서 지켜보니 곽부는 성정이 불같아 말싸움으로는 기지 넘치는 육무쌍을 당해낼 수가 없었다. 몇 마디 오가는 사이 곽부는 이미 이성을 잃고 어찌할 바를 모르고 있지 않은가.

"곽 낭자, 더 말씀 마세요."

그는 곽부가 무공에서는 육무쌍보다 한 수 위라는 것을 알 수 있었다. 괜한 말다툼을 하지 않고 무공으로만 겨룬다면 곽부가 이길 것이나, 그녀는 이미 화가 머리끝까지 치민 터라 야율제가 말하는 의도조차 깨닫지 못했다.

"상관 말아요! 내 끝까지 캐내고 말 테니!"

육무쌍은 야율제를 흘겨보며 한마디 던졌다.

"걔는 여동빈 呂洞賓을 문다잖아요.* 앞으로 고생 좀 할 거예요."

야율제는 그만 얼굴이 붉어지고 말았다. 육무쌍이 한 말의 속뜻은 곽부가 제멋대로에 사리 분별을 못 하니 앞으로 크게 고생할 것이라는 얘기였다. 그가 곽부에게 마음을 두고 있는 것을 육무쌍이 알아챘기 때문에 야유를 던진 것이다.

곽부가 흘깃 보니 야율제의 얼굴이 온통 벌겋게 달아올라 있자 부쩍 의심이 일었다.

"당신도 내가 아빠, 엄마의 친딸이 아니라고 의심하는 건가요?"

"아니에요. 아니에요. 그만 가죠. 더 상대할 것 없어요."

육무쌍이 불쑥 끼어들었다.

"의심이 들 법도 하지. 그러니까 어서 가자고 재촉하는 것 아니겠어?"

곽부는 얼굴이 빨개진 채 말이 없었다. 야율제는 무슨 말이든 해명을 할 수밖에 없었다.

"육 낭자가 달변인 데다 날카로우니 그녀의 말에 대꾸하지 말고 무공으로만 겨루라는 뜻이었어요."

이 말을 들은 육무쌍이 말꼬리를 잡고 늘어졌다.

"네가 말재주도 없고 둔해서 계속 말을 하면 망신만 당할 거리고 말씀하시는구나."

곽부 역시 야율제에게 마음이 있던 터였다. 아무리 근거 없는 황당한 말이라 해도 자신이 좋아하는 사람과 관계 있는 것이라면 아무래도 마음이 쓰이고 곱씹어보게 마련이었다. 이쯤 되자 정말 야율제가

---

* 사람들은 장생불사의 신선술을 깨친 여동빈을 몰라보고 비웃었다. 그런 인물을 사람도 알아보지 못하고 비웃었으니, 하물며 개는 더더욱 알아보지 못하고 물기까지 했다는 이야기다.

자신을 무시하는 것은 아닌지 의심스러웠다. 게다가 어려서부터 부모의 사랑을 독차지했고, 무씨 형제는 그녀의 말이라면 죽는 시늉도 하곤 했다. 양과와 가끔 부딪치는 일이 있긴 했지만, 그 밖에는 누구도 그녀의 뜻을 거스르지 않았다. 그러다 오늘 뜻밖의 강적을 만나고 보니 제정신을 잃은 듯했다. 곽부는 이를 악물었다.

"네 다리 하나를 마저 부러뜨리지 않으면 내가 성을 갈고 말겠어!"

"성을 갈 것도 없지. 네 성씨가 장씨인지, 이씨인지 누가 알아?"

곽부는 마침내 참지 못하고 육무쌍을 향해 달려들었다. 곽정 부부는 딸에게 상승 무공을 전수해주었다. 이러한 무공은 기초부터 튼튼히 닦아야 발전할 수 있다. 그녀는 어려서부터 기초가 튼튼하고 정통의 무공을 배웠다. 그러나 지금은 이성을 잃은 상태라 그 실력을 충분히 발휘하지 못했다. 그런데 공격을 받은 육무쌍은 어떠한가. 그녀는 기본적으로 곽부의 상대가 될 수 없었고, 더구나 왼쪽 다리를 저는 불구의 몸이었다. 곽부가 온 힘을 다해 하반신을 공격해오니 조금씩 밀리기 시작했다.

옆에서 지켜보던 정영이 눈살을 찌푸렸다.

'무쌍이 좀 심하게 모욕하기는 했지만, 곽 낭자의 저 초수는 너무 잔인하군. 정말 너무 제멋대로인가 봐. 저런 성질이니 양 대협의 팔을 자르기까지 한 것이겠지. 계속 싸우다간 무쌍의 오른쪽 다리도 성치 못하겠다.'

육무쌍은 계속 밀렸고, 곽부의 공격은 점점 매서워졌다. 갑자기 큰소리와 함께 육무쌍의 치마가 잘려나갔다.

"어머!"

육무쌍은 창백한 얼굴로 뒤로 훌쩍 물러섰다. 곽부는 계속 앞으로 다가서며 공격을 늦추지 않았다. 쉬지 않고 달려드는 곽부의 공격 앞에 육무쌍은 순식간에 궁지에 몰렸다. 그때 정영이 앞으로 나서며 곽부를 막아섰다.

"곽 낭자, 그만하시지요."

곽부는 검을 들었다. 검의 날에는 혈흔이 묻어 있었다. 육무쌍이 부상을 입은 것을 안 곽부는 득의양양해하며 육무쌍을 노려보았다.

"오늘 내가 본때를 보여주겠다. 다시는 허튼소리를 지껄이지 못하게 할 거야!"

육무쌍은 다리에 부상을 입어 통증을 느끼면서도 이를 악물었다.

"네가 그까짓 검 하나로 세상 사람의 입을 모두 막을 수 있을 거라 생각해?"

그녀는 곽부가 제 부모를 매우 자랑스럽게 여긴다는 것을 알고 그 점을 이용해 친딸이 아니라고 모욕했다.

"세상 사람들이 뭐라고 하기에?"

곽부는 앞으로 나서며 검으로 육무쌍의 가슴을 겨누었다. 정영은 중간에서 팔을 뻗어 검의 평평한 부분을 살짝 밀었다.

"곽 낭자, 우리는 지금 곤경에 빠져 있어요. 쓸데없는 싸움은 그만둬요!"

곽부는 정영이 맨손으로 검을 밀어내자 놀라면서도 화가 났다.

"이 여자를 돕겠다는 거야? 좋아, 좋아. 너희 둘이서 날 공격해도 난 하나도 무섭지 않아. 너도 검을 뽑아!"

그녀의 검이 정영의 가슴을 겨누었다. 그리고 정영이 허리에 찬 은색 단봉을 뽑기만을 기다렸다. 정영은 당황해하지 않고 가만히 미소를 지었다.

"싸우지 말라고 말한 내가 어찌 함께 싸우겠어요? 야율 형, 어서 곽 낭자를 말려요."

"아, 네……. 곽 낭자, 지금 우리는 적의 수중에 있어요. 우리끼리 싸워서는 안 됩니다."

그러나 곽부는 도무지 들으려 하지 않았다.

"좋아요. 나를 돕는 게 아니라 적을 돕겠다 이거죠?"

곽부는 문득 얼굴도 예쁘고 차분하며 여자다운 정영을 자세히 살폈다.

'혹, 이 여자에게 마음이 있는 거 아냐?'

그런 곽부의 마음을 알 리 없는 야율제가 계속 말을 이었다.

"자은 스님이 이상하던데, 우리 그리로 가봐요."

그러나 육무쌍은 곽부의 말과 표정에서 그녀의 마음을 알아챌 수 있었다. 육무쌍이 그냥 지나칠 리 없었다.

"우리 언니는 미모가 뛰어난 데다 고상한 인품을 갖췄고 무공도 너보다 뛰어나지. 네가 조심하는 게 좋을 거다."

그녀의 한마디 한마디가 모두 곽부의 가슴을 후벼 팠다.

"뭘 조심하라는 거야?"

"바보가 아닌 담에야 너보다 우리 언니를 더 좋아하지 않겠어? 성격이 고약한 마녀 같은 너를 누가 좋아하겠니? 넌 우리 언니의 몸종으로도 안 어울려."

육무쌍의 말이 너무나 노골적이어서 곽부는 참을 수가 없었다. 곽부의 검이 춤을 추듯 움직이며 정영을 돌아 육무쌍을 향해 날아들었다. 이 초식은 옥루최은전玉漏催銀箭이라 부르는 것으로 황용이 전수해준 옥소검법이었다. 검 끝이 활 모양을 그리며 공격하는데, 그 속도가 그리 빠르지 않은 듯하지만 공격 범위는 매우 넓은 초식이었다. 무공이 그녀보다 고수라면 겨우 막아낼 수 있을 것이나, 그러지 않으면 피하기 어려울 터였다. 정영은 놀라 숨이 멎었다.

'어찌 이렇게 독한 초수를 쓴단 말인가. 무쌍이가 말로 신경을 건드리기는 했으나 죽을죄를 지은 것도 아니요, 깊은 원한이 있는 것도 아니지 않은가. 어찌 이런 살수를 아무 때나……'

다행히 황약사가 이 검법을 알려주었기 때문에 정영은 곽부의 검이 육무쌍의 가슴을 향하고 있는 걸 알아채고 중지를 구부렸다가 검이 활 모양을 그릴 때 손가락을 튕겼다. 그 힘에 못 이겨 곽부의 검이 땅에 떨어졌다.

정영이 사용한 것은 탄지신통이었다. 그러나 이는 상대의 공격 경로를 미리 알고 했기에 힘을 발휘한 것이지 그러지 않았다면 이렇게 검을 튕겨낼 수는 없었을 것이다. 그녀는 잇따라 왼발을 내밀어 검을 밟고 서서 은봉을 꺼내 들고 곽부의 허리 부분의 혈도를 노렸다. 검을 튕기고, 밟고, 혈도를 찍는 이 움직임이 물 흐르듯 자연스러워 곽부는 순식간에 수세에 몰리고 말았다. 몸을 숙여 검을 줍자니 허리 부분의 혈도 중 한 군데는 분명 찍히고 말 것이요, 그렇다고 뒤로 피하면 검을 적에게 빼앗길 터였다. 무공이 상당한 곽부였지만 적을 상대해 싸워본 일은 많지 않으니 그저 얼굴만 붉힐 뿐 어찌할 바를 모르고 서 있었다. 이를 지켜보던 야율제가 나섰다.

"정 낭자, 왜 제 검을 밟고 계십니까?"

하는 수 없이 정영은 팔을 거두고는 육무쌍 쪽으로 몸을 돌려 물러섰다. 곽부는 허겁지겁 검을 주워 들고 외쳤다.

"잠깐! 나와 다시 겨뤄보자!"

육무쌍이 고개를 돌렸다.

"뭘 더……."

순간 정영의 팔이 올라가는가 싶더니 육무쌍을 붙잡고 크게 세 걸음을 뛰어올랐다. 순식간에 두 사람은 이미 수 장이나 떨어지게 되었고, 육무쌍은 다음 말을 잇지 못했다. 멀어지는 두 사람을 보며 야율제가 소리쳤다.

"정 낭자! 요행히 공격에 성공하기는 했지만 두 분의 승부는 아직 나지 않았소."

야율제의 말에 곽부는 힘을 얻어 사납게 쏘아붙였다.

"그래요, 내 검이 공격해 들어갈 때 저 여자가 이미 알아채고 손을 썼어요. 너무나 교활해요."

야율제는 그저 낮은 신음 소리만 낼 뿐 더 이상 말하지 않았다. 그는 강직한 성품이라 굳이 그녀의 비위를 맞추고 싶지 않았다.

"정 낭자의 무공이 상당하더군요. 다음에 또 상대할 일이 있거든 절대 얕봐서는 안 돼요."

야율제가 정영을 칭찬하자 곽부의 양미간이 꿈틀했다.

"저 여자 무공이 훌륭하다는 거예요?"

"그래요."

"그러면 저랑 이럴 것 없이 저 여자를 따라가시죠."

곽부가 몸을 돌려 걸음을 옮기자 야율제는 당황했다.

"그저 얕보지 말라고 한 것뿐이에요. 당신이 신중하게만 한다면 절대 적수가 되지 못할 거예요. 그런데도 날 탓하는 거요?"

야율제가 자신을 생각해서 말해준 것을 깨달은 곽부는 그제야 피식 웃었다.

"나빠요, 당신 탓이에요!"

곽부의 표정이 완전히 누그러졌다. 야율제는 마음이 놓였다.

그때 대청 쪽이 소란스러웠다. 그리고 병기 부딪치는 소리가 날카롭게 울려왔다.

"어서 가봐요!"

곽부는 구천척이 수십 년 전 옛일을 끝없이 떠들어대는 것이 지겨웠다. 게다가 모두 무슨 어려움을 겪은 이야기들뿐이니 짜증이 나 몰래 빠져나온 터였다. 그러다 그만 아무런 이유 없이 정영 자매와 다투느라 정신이 팔려 대청 쪽 일은 까맣게 잊어버리고 있었다. 그녀는 문득 어머니가 어찌 되었는지 궁금해 대청으로 걸음을 옮겼다.

절정곡 대청에서는 진풍경이 벌어지고 있었다. 일등대사는 대청 중앙에 좌정하고 앉아 염주를 돌리며 쉬지 않고 불경을 외웠다. 그 표정이 매우 엄숙하면서도 자애로웠다. 자은은 미친 듯이 대청을 돌며 이따금씩 짐승 같은 포효 소리를 냈다. 그 소리가 너무나 처절하고 소름 끼쳤다. 손에 찬 수갑은 사슬이 끊겼고, 움직일 때마다 사슬이 서로 세차게 부딪쳐 시끄럽게 울렸다. 구천척은 서슬 퍼런 얼굴로 그 모습을 노려보았다. 원래 예쁘지 않은 얼굴이 더욱 험악해졌다. 황용, 무삼통 등은 대청 한쪽에 서서 자은을 지켜보았다.

자은은 어린 시절부터 지금까지 수십 년 동안 있었던 일들을 되새기고 있었다. 고통스러운 표정이었다가 입가에 미소가 스치기도 했고,

눈에 눈물이 비치는 듯도 했다. 지금 그의 가슴을 죄어오는 고통은 그동안 겪은 어떤 악전고투보다도 힘겨운 것이었다. 자은은 망연히 누이를 바라보다가 사부를 돌아보고, 또 황용을 쳐다보았다. 하나는 피를 나눈 누이요, 하나는 자신을 새로운 인생으로 이끈 스승이었다. 또 다른 한 명은 형을 죽인 원수였다. 나이가 들어 형과는 화목하게 지내지 못했으나, 그래도 어린 시절에는 우애가 돈독한 형제였다. 복수심이 일렁이다가도 다시 스스로 절제하는 마음이 들었다. 도무지 어찌해야 할지 알 수가 없었다.

한참을 달린 자은의 이마에 어느덧 땀이 흘렀다. 머리 위로 마치 찜통에서 나오는 수증기처럼 김이 나기 시작했다. 김이 날수록 자은은 더욱 빨리 달렸다. 일등대사가 갑자기 큰 소리로 일갈했다.

"자은아, 자은아! 아직도 선악을 분간하지 못하겠느냐?"

자은은 갑자기 멈춰 섰다. 그의 몸이 흔들리는가 싶더니 그만 바닥에 쓰러지고 말았다.

"녹악아, 외숙을 부축해라!"

구천척이 깜짝 놀라며 외치자 공손녹악이 앞으로 나가 자은을 부축했다. 자은이 눈을 뜨니 눈앞에 녹악의 얼굴이 가득했다. 혼미한 가운데 가만히 들여다보니 긴 눈썹과 작은 입술, 하얀 피부가 과거의 누이 모습이었다.

"누이, 여기가 어디요?"

"외숙, 저는 녹악이에요."

"외숙? 누가 네 외숙이냐?"

보다 못한 구천척이 외쳤다.

"오빠, 그 아이는 내 딸이에요. 그 아이가 오빠를 모시고 큰오빠를 뵈러 갈 거예요."

"큰오빠라고? 네가 모르는 모양이구나. 형은 철장봉 아래로 떨어져 몸이 산산조각 났어!"

자은은 말을 마치자마자 벌떡 일어나 황용을 노려보며 외쳤다.

"황용! 이 원수! 형은 네가 죽였다. 네가…… 네가……. 우리 형의 목숨을 내놓아라!"

곽부는 대청으로 들어가 제 어머니 곁에 서서 동생을 안았다. 그런데 자은이 험악한 표정으로 황용을 가리키며 소리를 지르자 참지 못하고 앞으로 걸어 나갔다.

"스님, 계속 무례하게 굴면 내가 그냥 두지 않을 거예요!"

구천척이 차가운 웃음을 흘렸다.

"이 아가씨 참 대담하군……."

"넌 누구냐?"

"곽 대협이 우리 아버지고 황 방주는 어머니세요."

자은의 물음에 곽부는 눈 하나 깜짝하지 않고 당돌하게 대답했다.

"네가 안고 있는 아기는 누구냐?"

"내 동생이에요."

"흥, 곽정, 황용에게 두 아이가 있다고?"

그의 목소리가 심상치 않은 것을 알아챈 황용이 황급히 외쳤다.

"부야, 얼른 물러서라!"

곽부는 자은이 미친 듯 날뛰고 떠들면서도 손을 쓰지 않는 것을 보고 그가 제 어머니를 두려워하는 모양이라 생각했다. 그녀는 자은이 조금도 무섭지 않은 듯 오히려 한 걸음 다가섰다.

"흥! 그래요. 우리는 자매예요. 재주가 있으시거든 어디 복수를 해 보시죠. 그러지 않으면 아예 입을 다물든지!"

"그래, 복수할 재주가 있지!"

말과 함께 괴성이 들렸다. 괴성은 고막을 찢을 듯 우렁차서 탁자 위에 놓인 찻잔이 흔들릴 지경이었다. 곽부는 사람이 이런 소리를 낼 수 있으리라고는 생각지도 못했다. 그녀는 놀란 나머지 손발이 얼어붙은 듯 꼼짝도 할 수 없었다.

그 순간 자은이 왼손으로 장풍을 밀어내며 오른손을 갈고리처럼 만들어 동시에 공격해 들어왔다. 곽부는 여전히 꼼짝도 하지 못했다. 이제 피하려야 피할 틈이 없었다. 황용, 무삼통, 야율제는 동시에 앞으로 달려 나갔다. 세 사람은 모두 자은의 오른손 갈고리가 강력하기는 하지만 왼손의 장력보다 떨어진다는 것을 알아채고 동시에 장을 뻗어 자은의 왼손을 공격했다.

펑, 하고 네 개의 장력이 한데 부딪쳤다. 자은의 몸이 휘청거리며 뒤로 밀려났다. 황용 등 세 사람도 몸을 가누지 못하고 뒤로 밀려났다. 무공이 약한 야율제가 가장 멀리 떨어졌고 그다음이 황용이었다. 그녀는 먼저 딸부터 살폈다. 곽양은 이미 자은의 손에 있고 곽부는 여전히 피하지도 못한 채 멍하니 서 있었다. 황용은 소스라치게 놀랐다.

'부가 다친 것 아닌가?'

그녀는 얼른 다가가 왼손으로 곽부의 팔을 잡아끌며 동시에 오른손으로 죽봉을 쥐고 앞을 가로막았다. 자은의 장력이 아무리 강하다 해도 타구봉법으로 방어하는 그녀에게 부상을 입힐 수는 없었다. 곽부는 그제야 정신이 들어 앞으로 달려왔다. 눈 깜짝할 사이에 동생을 빼앗긴 곽부는 어머니 곁으로 몸을 피하고 나서야 울음을 터뜨렸다.

무씨 형제, 야율제, 완안평 등도 각자 무기를 빼 들었다. 구천척 수하의 제자들도 이리저리 흩어져 곡주의 명령을 기다렸다. 일등대사만은 여전히 좌정한 채 주변의 혼란에도 아랑곳하지 않고 불경을 읊고 있었다. 목소리가 크지는 않았지만 청아하고 맑았다. 자은은 곽양을 높이 들고 외쳤다.

"곽정과 황용의 딸이다. 우선 딸을 죽이고 황용을 죽이겠다!"

구천척은 반색을 하며 자은을 부추겼다.

"그래요, 오빠! 그래야 천하에 이름 높은 철장수상표 구 방주죠!"

자은을 부추기는 구천척의 말소리가 격앙되고 있음에도 일등대사는 입을 꾹 다문 채 자은의 심리를 헤아리고 있었다. 지금으로서는 그누구도 자은을 상대할 수 없었다. 괜히 나서서 이 반미치광이 손에 잡힌 아기를 빼앗으려다가는 오히려 낭패를 당할 것 같았다.

곽부가 갑자기 비명처럼 소리를 질렀다.

"양과 오빠! 어서 내 동생을 구해줘요!"

그간 그녀가 곤경에 빠질 때면 반드시 어디선가 양과가 나타나 구해주곤 했다. 지금 아무도 나서지 않자 저도 모르게 양과가 떠오른 것이었다. 그러나 그때 양과는 소용녀와 절정곡의 석양을 바라보고 있었다. 대청의 상황이 이렇듯 급박하게 돌아가는 줄은 꿈에도 알지 못했다.

자은은 곽양을 머리 위로 치켜들었다.

"양과? 양과가 누구냐? 지금이라면 동사, 서독, 남제, 북개, 중신통이 함께 덤벼도 내 목숨은 빼앗을망정 아기는 구할 수 없을 것이다."

그때 일등대사의 음성이 들렸다.

"나무관세음보살……."

그는 천천히 고개를 돌려 자은을 바라보았다. 자은의 눈은 온통 붉게 충혈되어 살기가 가득했다.

"자은아, 복수는 복수를 낳는다. 어찌하겠느냐?"

자은도 지지 않고 대꾸했다.

"복수! 겁날 것 없다. 누구든 용기가 있거든 나서보거라!"

이미 날이 저물어 서쪽 하늘이 붉게 물들었다. 석양에 비친 자은의 모습은 더욱 공포스러웠다. 이제 아기의 목숨은 바람 앞의 등불과 같이 한순간에 꺼질 찰나였다.

"아하하하하하……."

갑자기 사람들 사이에서 찢어질 듯한 웃음소리가 터져 나왔다. 모두가 깜짝 놀라 돌아보니 뜻밖에 황용이었다. 그녀의 웃음소리는 높아졌다 낮아졌다 하며 마치 미치광이의 웃음 같았다. 듣는 사람으로 하여금 모골이 송연해지게 만들었다.

"엄마!"

"곽 부인!"

곽부와 무삼통, 야율제가 동시에 외쳤다. 모두들 황용이 미쳤다고 생각했다. 황용은 정말로 미친 듯했다. 그녀는 죽봉을 바닥에 내던지고 두어 걸음 앞으로 나가더니 머리를 풀어 헤쳤다. 웃음소리는 더욱 날카롭고 소름 끼쳤다.

"엄마!"

곽부는 가슴이 세차게 두근거렸다. 동생이 위급한 상황에 처하자 황용이 정말 정신이 이상해진 것이라고 생각했다. 다시 소리쳐 엄마를 부르며 팔을 잡아당겼다. 황용은 냉랭하게 딸을 뿌리치고 천천히 앞으로 나갔다. 그러고는 여전히 귀기가 감돌게 웃으며 자은을 향해 걸어갔다. 구천척도 놀라 눈을 동그랗게 뜨고 그녀를 쳐다보았다. 가까이 다가선 황용은 양팔을 벌리고 자은을 무섭게 쏘아보았다.

"어서 그 아이를 죽여라! 사정 볼 것 없다. 어서 죽여!"

"너, 넌…… 누구냐?"

자은은 당장 죽일 듯이 아이를 쳐들고 있다가 머리를 풀고 다가오는 여인을 보고는 오히려 놀라 뒷걸음을 쳤다. 황용은 한 발 한 발 다가섰다. 그러자 자은은 위로 쳐들었던 아이를 얼른 가슴에 안고 왼손으로 앞을 막았다. 그러면서 소리쳤다.

"다가오지 마! 다가오면 죽는다!"

황용이 음산하게 웃으며 말했다.

"잊었느냐? 그날 밤 대리의 황궁에서 너는 갓난아기를 손에 넣었지. 지금처럼 바로 지금처럼 이렇게…… 이렇게 했었지……. 그 아이는 결국 네 손에 죽었어. 결국 죽고 말았지……. 결국 죽었어. 결국……."

황용은 마치 주문을 외는 듯 똑같은 말을 계속하며 한 발 한 발 다가갔다. 뒷걸음질을 치던 자은은 어찌 된 일인지 몸을 사시나무 떨 듯 떨었다. 수십 년 전의 일이 생생하게 떠오른 것이다.

그는 과거 남제 단 황야가 수년간 쌓은 공력으로 사경을 헤매는 아기를 살릴 수 있는지 알아보려고 일부러 아기를 거의 죽을 지경으로 만들었다. 그러나 단 황야는 아기를 치료해주지 않았고, 아기는 그만 죽고 말았다. 그 아기가 바로 대리국 유 귀비劉貴妃 영고瑛姑의 아기였다. 그 후 유 귀비는 거의 미치광이가 되어 자은을 찾아다녔다. 자은은 무공이 높으면서도 감히 상대하지 못하고 황망히 도망쳐버렸다. 황용은 그때 청룡탄과 화산에서 유 귀비 영고가 미친 듯 웃는 그 상황을 본 적이 있었다. 그래서 그녀 흉내를 내며 웃었던 것이다. 이것을 자은이 가장 무서워하니 아기를 팔에 안고 있어 함부로 공격하지 못하는 틈을 타 모험을 걸어본 것이었다. 그녀는 오히려 어서 아기를 죽이라며 자은을 더욱 혼란스럽게 만들었다. 무삼통, 구천척, 야율제는 모두 그녀가 정말 미친 줄 알고 멍하니 바라만 볼 뿐이었다.

일등대사만은 황용의 기지에 탄복했다. 아무리 대단한 사내대장부라도 그녀의 담력과 지혜를 따르지 못할 것이라 생각했다. 혹 이런 계책을 생각해낸다고 해도 자신의 아기를 죽이라고 하는 말은 차마 입 밖으로 내지 못할 터였다.

자은은 황용과 일등대사를 번갈아 바라보다가 품 안에 있는 아기를 내려다보았다. 그러더니 갑자기 혼돈이 이는지 울부짖기 시작했다.

"아! 죽어버렸구나! 아기가…… 아기가……."

황용은 얼른 그에게 다가갔다. 자은은 아기를 경망스럽게 흔들다가 황용에게 던져주었다. 황용은 깜짝 놀라며 아기 몸이 땅에 닿기 전에 얼른 오른쪽 다리를 뻗어 아기를 살짝 차냈다.

"아이가 당신 때문에 죽었어! 그래, 아주 잘했군!"

그녀의 발놀림은 마치 아기를 정말 차버리는 것처럼 보였지만 사실은 발등으로 아기의 허리를 살짝 받치며 밖으로 밀어낸 것이었다. 그녀는 위험한 순간 재빨리 판단을 내렸다. 만일 허리를 굽혀 아기를 안아 올린다면 자은이 또 심경의 변화를 일으켜 자신까지 공격할 위험이 있었다.

곽양의 가벼운 몸이 야율제 쪽으로 사뿐히 날아갔다. 야율제는 얼른 팔을 뻗어 아기를 받았다. 곽양의 커다란 눈에는 눈물이 그렁그렁 맺혀 금방이라도 울음을 터뜨릴 듯한 표정이었다. 살펴보니 별다른 이상은 없어 보였다. 그러나 혹 곽부가 또 눈치 없이 실수라도 할까 봐 자신에게 아기를 보낸 황용의 의도를 알아채고 얼른 아기 입을 틀어막은 뒤 소리쳤다.

"아, 이런! 아기가 스님 손에 죽고 말았군!"

자은의 얼굴이 흙빛으로 변했다. 그러고는 순간 뭔가 깨달음을 얻은 듯 일등대사를 향해 절을 올렸다.

"대사님, 이 죄를 어찌하리까?"

"나무관세음보살…… 이제 정신이 드느냐?"

일등대사가 눈을 떴다. 일등대사를 잠시 보더니 자은은 그대로 소매를 떨치고 자리를 떴다. 구천척은 도무지 무슨 영문인지 알 수가 없었다.

"오빠, 오빠! 돌아오세요!"

"너는 나더러 돌아오라고 하지만, 나는 너에게 돌아오라고 하고 싶구나."

자은은 고개도 돌리지 않고 이 한마디를 던지고는 바람처럼 대청을 나섰다. 일등대사는 고개를 끄덕이며 눈을 감았다.

"깨달음은 모든 것에서 벗어나는 것이다."

황용은 엉클어진 머리카락을 대충 쓸어올리고 야율제에게서 곽양을 건네받았다. 곽부는 어머니도 무사하고 여동생도 돌아오자 기쁜 마음에 황용의 품으로 달려들었다.

"엄마, 엄마가 정말 이상해지신 줄 알았어요!"

황용은 일등대사 앞으로 나아가 예를 올렸다.

"제가 급한 마음에 옛일을 끄집어냈습니다. 사백께서 용서해주십시오."

"용아, 지혜와 용기를 겸비하였구나. 참으로 여협 가운데 제갈량이라 할 만하다."

일등대사는 오히려 미소를 지으며 그녀를 칭찬했다. 듣고 있던 사람들 가운데 무삼통만 옛일을 어렴풋하게나마 알고 있을 뿐 모두들 무슨 말인지 몰라 서로 마주 보며 고개를 갸웃거렸다.

구천척은 상황이 이렇게 되자 불안해졌다. 자은의 모습은 문 뒤로 사라져 더 이상 보이지 않았다.

'너는 나더러 돌아오라고 하지만, 나는 너에게 돌아오라고 하고 싶구나.'

구천인이 떠나기 전에 던진 말을 되씹어보니 이제 모든 굴레를 벗어버리고 편한 세상으로 오라는 말 같기도 하여 조금 울적해졌다. 그러나 이런 감정에 오래 사로잡혀서는 안 되는 법. 그녀는 격앙된 목소리로 외쳤다.

"오빠! 기다려요! 그럼 먼저 실례하겠습니다!"

황용이 얼른 앞을 가로막았다.

"잠깐! 우리는 오늘 절정단을 구하기 위해 이곳으로 왔으니……."

황용의 말이 끝나기도 전에 구천척은 이미 옆에 서 있는 제자들에게 지시를 내렸다. 제자들은 일제히 휘파람을 불었다. 그러자 각 입구에서 녹의 제자가 네 명씩 달려 들어왔다. 그들은 무기를 단 어망을 들고 길목을 막았다. 시녀 네 명은 구천척의 의자를 들고 그대로 대청을 빠져나갔다.

황용, 무삼통, 야율제 등은 어망진의 위력을 본 적이 있어 감히 뒤따르지 못하고 멈칫했다. 세 사람은 속으로 같은 생각을 하고 있었다.

'이 어망진이 상당히 위력적이던데 어떻게 뚫고 나간다?'

이렇게 망설이는 사이 대청의 앞문과 뒷문이 닫히고 녹의 제자들이 잽싸게 밖으로 빠져나갔다. 무씨 형제가 검을 날려 대문 사이에 끼워 보았지만, 검은 순식간에 부러지고 말았다. 대문 역시 강철로 만든 듯했다. 황용은 나지막이 한숨을 쉬었다.

"무모한 짓으로 검만 부러뜨렸군."

녹악은 어머니를 따라 내당으로 들어갔다.

"어머니, 어쩌죠?"

구천척 역시 어떤 결정도 내리지 못했다. 그러나 큰오빠를 죽인 원수가 왔으니 이대로 물러설 수는 없었다. 강적은 잔뜩 모여 있는데 오빠는 떠나버렸으니 줄 끊어진 연처럼 마음을 잡을 수가 없었다. 그녀는 처연한 얼굴로 공손녹악을 보며 겨우 입을 열었다.

"양과와 세 여자는 뭘 하고 있는지 가서 보고 오너라."

마침 녹악도 그러고 싶던 차였다. 그녀는 얼른 대답하고는 화완실 쪽으로 달려갔다.

반쯤 갔을까, 길에서 좀 떨어진 비탈 아래에서 누군가 이야기하는 소리가 들렸다. 양과의 목소리였다. 그리고 뒤이어 소용녀가 대답하는 소리가 들렸다. "공손 낭자"라고 하는 말이 두드러지게 들렸다. 날은 이미 저물어 어두워진 뒤였다. 녹악은 옆에 있는 버드나무 뒤로 몸을 숨겼다.

'내 얘기를 하는 건가? 나에 대해 무슨 이야기를 하는지 좀 들어봐야겠네.'

좀 더 자세히 들어보기 위해 녹악은 발뒤꿈치를 들고 살금살금 다가갔다. 양과와 소용녀가 어깨를 나란히 하고 서 있는 모습이 어렴풋이 보였다.

"이 일을 공손 낭자가 중간에서 처리하도록 하자는 생각도 괜찮긴 하지만, 신승이 어서 깨어나 모든 원한을 정리하고 독을 없애주기를 기다리는 편이 낫지 않을까요? 아얏!"

양과가 갑자기 비명을 질러 녹악도 덩달아 깜짝 놀랐다. 무슨 변고가 있는 것은 아닌지 걱정되었다. 그녀는 저도 모르게 고개를 내밀고 양과가 있는 쪽을 살펴보았다. 양과는 등을 떨면서 억지로 통증을 참고 있는 듯했다. 소용녀가 낮은 목소리로 속삭였다.

"정화 독이 발작한 거예요?"

"음……, 흠……."

양과는 대답조차 하지 못하고 신음 소리만 흘렸다. 이를 악물고 고통을 참고 있는 모습을 보고 녹악은 너무나 측은한 마음이 들었다.

'영단을 반은 먹었으니 나머지 반만 더 먹으면 정화 독을 풀 수 있을 텐데. 하지만 그 반은 어머니가 깊이 감추어두었으니……'

신음하며 움츠리고 있던 양과가 고통이 좀 덜어진 듯 긴 숨을 내쉬었다.

"기일이 다 되어서 그런지 점점 자주 발작하는 것 같아요."

소용녀는 거의 울상이 되어 양과를 쳐다보았다.

"신승은 아직 하루를 더 기다려야 깨어나니 그분이 해독약을 만들 수 있다고 해도…… 그래도…… 당신이 너무 힘들어서……."

소용녀는 원래 그래도 늦을지 모른다는 얘기를 하려고 했던 것인데, 차마 그 말은 하지 못했다. 양과도 그 사실을 알고 씁쓸하게 웃어보였다.

"공손 부인은 성격이 괴팍해서 해독약을 생각지도 못한 곳에 숨겼을 거예요. 스스로 내주지 않으면 모를까 목에 검을 들이대도 내놓지 않을 테죠."

"그러나 방법이 전혀 없는 것은……."

양과가 그녀의 말을 가로막았다.

"그 얘긴 하지 말아요. 우리가 부부의 연을 맺어 백년해로할 수 있다면 하늘과 땅에 감사할 일이죠. 만일 불의의 사고가 생긴다면 그 역시 운명인 거예요. 우리 두 사람 사이에는 절대 그 누구도 끼어들 수 없어요."

소용녀는 가만히 한숨을 쉬었다.

"공손 낭자는 좋은 사람 같아요……. 다시 한번 생각해봐요."

녹악은 마구 가슴이 뛰었다. 소용녀가 영단을 얻기 위해 양과에게 자신과 혼인하라고 권하고 있었다. 양과의 웃음소리가 들렸다.

"공손 낭자야 좋은 사람이죠. 하지만 천하에 좋은 사람이 얼마나 많은데요! 정영 낭자와 육무쌍도 인품과 미모를 갖추었잖아요. 하지만 내가 어떻게 다른 마음을 가지겠어요? 입장을 바꿔서 생각해봐요. 어떤 남자가 당신에게 중독을 풀어주겠다고 하면서 당신과 혼인하고 싶어 한다면 당신은 그렇게 하겠어요?"

"나야 여자니까 그렇게 할 수 없지만······."

"다른 사람들은 남존여비라서 그렇게 할 수 있을지 몰라도 나는 절대적으로 여존남비라 그렇게는 할 수 없어요."

그때 나무 뒤에서 소리가 났다. 양과와 소용녀는 깜짝 놀라 소리쳤다.

"누구요?"

양과의 외침에 녹악은 자신이 들킨 줄 알고 막 대답을 하려 했다. 그런데 다른 여자의 목소리가 먼저 들렸다.

"바보, 나야!"

육무쌍과 정영이 나무 뒤 수풀 속에서 걸어 나왔다. 녹악은 자기 외에도 숨어서 지켜본 사람이 있자 다소 안심이 되었으나 마음속은 복잡하기 그지없었다.

'용 낭자는 물론이고 정영과 육무쌍 두 사람도 무공과 인품, 미모를 고루 갖춘 낭자들이잖아. 게다가 지난날 양 대협과의 교분도 나와는 비교할 수 없을 거야······. 나를 좋은 사람이라고 생각하는 것만도 감사해야지······.'

이렇게 생각하면서도 그녀는 허전한 마음을 감출 수가 없었다. 그녀는 양과를 만난 후부터 줄곧 그를 마음에 두고 그리워했다. 이미 소용녀와 남다른 감정을 나눈 사이라는 것을 알면서도 단념하지 못했다. 더러는 엉뚱한 망상까지도 했다. 피할 수 없다면 소용녀와 함께 양과를 지아비로 섬기는 생각도 해본 것이다. 그러나 지금 양과의 이야기를 들으니 그것까지도 부질없는 꿈이었음을 깨달았다.

공손녹악은 조용히 일어섰다. 어려서부터 내성적이고 말이 없던 그녀인지라 그저 눈물만 흘릴 뿐 어떤 감정 표현도 하지 않았다. 돌아서서 소리 없이 걷기 시작했다. 그녀는 마치 자신의 몸이 깃털처럼 가벼워지는 환상에 빠져들었다. 그래서 저 허공 속으로 사라져버렸으면 좋겠다는 생각을 했다.

'살고 싶지 않아.'

그녀는 하염없이 걸었다. 얼마나 걸었을까, 산 아래쪽에서 낮은 말소리가 들리는 듯했다. 정신을 차린 녹악은 주위를 돌아보며 흠칫 놀랐다. 정신없이 걷다 보니 계곡 서쪽까지 온 것이다. 사람들이 잘 다니지 않는 곳이었다. 위쪽은 산봉우리가 하늘을 찌를 듯 솟아 있고 그 아래는 끝이 보이지 않는 낭떠러지였다.

이 계곡은 바로 절정곡에서 가장 위험하다는 단장애斷腸崖였다. 깎아지른 듯한 석벽에는 '단장애'라는 글자가 새겨져 있었는데 오래전 누군가가 그 이름을 지었을 것이다. 이름 그대로 풀조차 나지 않고 언제나 안개와 구름으로 둘러싸여 있어 날아가는 새들조차 쉬기 힘든 곳이었다. 절벽 아래에는 연못이 있는데, 위에서 내려다보면 검은 물이 사람을 빨아들일 듯하고 도무지 그 바닥을 알 수 없을 정도로 깊어 보였다. 단장애 주변 풍경은 너무도 아름다웠지만 지세가 워낙 험하고 절벽이라 자칫 잘못하면 연못에 빠지기 십상이었다. 그래서 계곡에 사는 사람들도 가까이 오려 하지 않았고, 무공을 익힌 녹의 제자들 역시 함부로 가지 않았다. 그런 곳에서 사람의 말소리가 들려왔다. 녹악은 자신의 처량한 신세를 비관해 여기까지 오기는 했으나 호기심이 일어서 점점 가까이 다가가며 귀를 기울였다. 언뜻 들리는 목소리가 너무나 귀에 익었다. 그 목소리의 주인공은 바로 아버지 공손지였다.

공손지는 성질이 고약해 어머니를 땅속에 가두고 딸에게도 굉장히 차갑게 대했다. 그러나 어머니가 출수한 대추씨에 한쪽 눈을 잃고 결국은 절정곡에서 쫓겨났다. 그 후 녹악은 아버지가 측은하게 느껴졌고, 때로는 어디서 뭘 하고 계실까 걱정이 되기도 했다. 그런데 이렇게 목소리를 듣게 되니 우선 반가운 마음이 앞섰다. 그리고 절정곡을 떠나지 않고 이렇게 인적이 드문 곳에 숨어 있는 것을 보니 별 탈이 없는 것 같아 적이 마음이 놓였다. 계속해서 아버지 목소리가 들렸다.

"당신은 만신창이가 되었고 나는 눈을 하나 잃었소. 이게 다 그 양과 놈 때문이지. 우리는 그야말로 동병상련을 겪고 있지 않소?"

공손지는 목소리에 정을 담뿍 담아 나직하게 물었지만 상대방은 대답이 없었다. 녹악은 아버지가 도대체 누구와 이야기를 하는지 궁금해 견딜 수가 없었다. 말투로 봐서는 틀림없이 여자일 것이란 생각이 들었다.

"우리가 여기서 다시 만난 것도 하늘의 뜻이랄 수 있소. 지난번 길에서 우연히 만난 후 나는 줄곧 당신을 잊지 못했다오."

"흥!"

여자가 콧방귀를 뀌었다.

"나는 지금 정화 독에 중독되었어요. 마음에도 없으면서 그런 쓸데없는 소리는 하지 말아요."

녹악은 가만히 고개를 끄덕였다.

'아하, 오늘 계곡으로 뛰어들어왔던 그 여도사구나.'

"아니오! 마음에도 없다니? 당신이 정화 독에 당했다면 어떻게든 수를 생각해봐야지요. 당신이 아프면 나도 마음이 아프다오."

공손지와 이야기를 나누고 있는 사람은 바로 이막수였다. 그녀는 온몸에 정화 독이 퍼져 상당히 심각한 상태였다. 다행히 그녀의 마음에는 오직 분노와 증오밖에 없고 남녀 간의 정 따위에는 관심을 갖고있지 않으니 자연 통증을 느끼지 않았다. 그러나 맹독에 중독되었다는사실 때문에 여기저기 약을 찾아다니다가 복잡한 계곡에서 길을 잘못들어 이곳까지 오게 된 것이었다.

공손지는 이곳에 머문 지 상당히 오래되었다. 그는 일단 인적이 드문 이곳에 숨어 있다가 기회를 봐서 구천척을 죽인 후 다시 곡주의 자리를 되찾을 생각이었다. 공손지와 이막수 두 사람은 이미 겨룬 적이있어 상대의 무공이 상당하다는 것을 알고 있었다. 서로 얼굴을 보자마자 두 사람은 같은 생각을 했다.

'흠, 마침 잘 만났군.'

공손지는 과거 사랑하던 여종이 죽은 후 오직 무공 수련에만 전념하느라 여색을 밝히지 않았다. 그러나 소용녀와 혼인을 하려다 못하게 되자 오랜 세월 눌러온 정욕이 무너진 둑처럼 주체할 수 없이 솟아났다. 그래서 완안평을 보자마자 무뢰배와 다를 바 없는 행동을 했다. 그런데 이번에는 또 이막수를 만나게 되었다. 그녀의 아름다운 모습을보자 잠재되어 있던 정욕이 불길처럼 달아올랐다.

'외모와 무공이 모두 마음에 쏙 드는군. 나와 잘 어울리겠어. 구천척, 그 독한 여편네를 죽이고 이 여자를 아내로 맞이해야겠다.'

이막수가 악랄해진 것은 모두 이 정 때문이었다. 갈수록 느물거리는 공손지의 말을 듣고 있으려니 조금씩 화가 치밀었다. 그러나 정화독의 해독약을 얻기 위해 잠시 본색을 감추고 맞장구를 쳐줄 수밖에없었다.

"무슨 수를 쓴다는 거죠?"

"나는 원래 이 계곡의 곡주요. 정화 독의 해독약을 만들 수 있는 방법은 나 말고는 아무도 모르지. 하지만 해독약을 만들려면 시간이 오래 걸려요. 차라리 아직 남아 있는 하나를 그 악독한 여자에게서 빼앗아오는 게 낫소. 그 여자만 없애면 이 계곡 안에 있는 모든 게 당신 것이 되는 거요."

마지막 한마디는 두 가지 의미를 갖는 말이었다. 해독약뿐 아니라 절정곡 곡주의 부인 자리를 주겠다는 의미도 담겨 있었다. 그러나 지금 구천척에게는 약이 반 조각밖에 남아 있지 않다는 것을 공손지는 알지 못했다. 해독약의 조제법을 혼자만 알고 있다는 것은 거짓이 아니었다. 정화는 오랜 세월 동안 이 계곡에서만 자랐다. 공손지의 선대는 목숨을 잃어가며 조제법을 만들어냈고, 외부인이 함부로 침범하지 못하도록 정화를 없애지 않고 남겨두었다. 그리고 해독약의 조제법은 아버지가 아들에게만 전수하도록 해서 외부에 알려지지 않도록 했다. 그래서 구천척조차 그 조제법이 이미 사라진 것으로 알고 있었다.

"사정이 그렇다면 일이 쉽지 않겠군요. 해독약이 부인 손에 있고, 부인은 이미 당신과 원수지간이 되었으니 그녀를 죽이는 것은 어렵지 않으나 해독약을 어떻게 손에 넣는단 말이에요?"

공손지는 우물쭈물하며 바로 대답하지 못했다. 한참 후 그가 마침내 입을 열었다.

"쉽지 않겠지만 기어이 찾아내 당신을 구하겠소. 우리는 한눈에 서로 마음이 통했소. 당신을 돕는 일이라면 나는 목숨도 아깝지 않아요."

"그런 말씀은 과분하군요."

"나는 목숨을 내놓고라도 약을 찾겠소. 대신 내 뜻에 따라주시오."

이막수가 가만히 고개를 들었다.

"저는 평생 강호를 떠돌아다녔어요. 혼자서 평생을 지냈지만 한 번도 다른 사람에게 아쉬운 소리를 한 적이 없죠. 해독약을 찾아주신다니 고맙지만 당신 뜻에 무조건 따르라는 것은 무리예요. 저 이막수, 목숨을 구걸할 생각은 없답니다."

공손지는 무공이 강하기는 했지만 평생 계곡 안에서만 살아 강호의 인물들에 대해서는 잘 알지 못했다. 이름을 들어보았다고 해도 그저 구천척에게 전해 들은 정도였다. 근 10여 년간 적련선자 이막수의 이름은 강호를 떠들썩하게 했다. 아름다운 미모에 독사와도 같은 잔인한 마음을 지닌 여자 이막수! 그러나 공손지는 전혀 그런 사실을 모른 채 그저 첫눈에 마음을 빼앗겨 그녀의 환심을 사려고 눈웃음만 칠 뿐이었다.

"제 뜻을 오해하신 것 같소. 저는 그저 당신의 정화 독을 없애드리려고 계책을 세우려는 것이었소. 어찌 다른 마음을 품겠습니까? 사실 그 약을 얻으려면 제 친딸이 목숨을 잃을 것이기에 소상하게 설명하지 못했소. 마음 쓰지 마십시오."

바위 뒤에 숨어서 엿듣고 있던 녹악은 아버지 말에 온몸을 부르르 떨었다. 이막수도 의아했는지 공손지에게 되물었다.

"해독약이 따님에게 있나요?"

"아닙니다. 사실대로 말씀드리지요. 구천척은 성질이 악랄하고 고약해서 해독약을 아무도 모르는 깊숙한 곳에 숨겼을 겁니다. 약을 내놓도록 하려면 미끼를 쓰는 수밖에 없습니다."

이막수도 고개를 끄덕였다.

"아, 그렇겠군요."

"그 여자는 냉정하고 잔인하기가 독사보다 더합니다. 아주 악독하지요. 그러나 세상에는 예외가 있듯이 제 딸에게는 그렇지 않습니다. 딸을 무척 사랑하지요. 우리는 이 점을 이용해야 합니다. 제가 녹악을 꾀어낼 테니 당신이 붙잡아 정화 수풀에 던져버리시오. 이렇게 되면 그 여자도 어쩔 수 없이 영단을 꺼내 딸아이를 살리려 하지 않겠소? 그때 우리가 기습해서 해독약을 빼앗으면 될 것이오. 그런데 절정단은 이제 단 하나밖에 남지 않았으니 그걸 당신에게 준다면 제 딸의 목숨은 구할 수 없겠지요."

"나를 위해 딸을 희생한다?"

이막수는 눈알을 사르르 굴리며 생각에 잠기더니 고개를 저었다.

"제 생명을 구하자고 따님을 다치게 하다니, 어찌 그럴 수 있겠어요? 당신도 힘들 테니 이번 일은 그만두죠."

"아니오! 아닙니다! 딸을 버리더라도 당신을 포기할 수는 없어요!"

이막수는 잠시 말을 멈추었다. 정말 감동을 받은 듯했다.

"굳이 정화 독으로 따님을 다치게 할 필요는 없어요. 그렇게 하는 척만 해도 되겠지요. 그러면 영단도 구하고 따님도 지킬 수 있을 거예요."

"그 여자가 얼마나 영악한지 몰라서 그러십니다. 그런 척하는 것만으로는 그 여자를 속일 수가 없어요. 여기서 밤이 되기를 기다립시다. 어두워진 후 내가 가서 녹악을 부를게요. 그 아이는 제가 절정곡을 떠났다가 돌아왔으니 반갑게 맞아줄 겁니다."

이막수는 잠시 생각에 잠겼다. 지금 상황으로서는 그 방법 말고 다른 길은 없는 것 같았다. 두 사람은 그렇게 계략을 꾸미고 밤이 되기를 기다렸다.

녹악은 그들의 한마디 한마디를 똑똑히 듣고 있었다. 아버지 공손지의 속마음을 파악한 그녀는 온몸을 부르르 떨었다. 공손지는 이미 자신과 양과를 동굴 속에 밀어 넣었다. 그때 이미 그녀는 아버지에게 부녀간의 정이란 없다는 것을 느꼈다. 그러나 그 순간 아버지가 화가 난 나머지 그런 짓을 했을지도 모른다고 위로하며 잊어버렸다. 그런데 오늘 확실히 아버지의 마음을 알 수 있었다.

'처음 보는 여자를 구하기 위해 친딸을 해칠 계략을 꾸미다니, 저런 사람이 내 아버지란 말인가?'

살고 싶은 마음이 없어 정처 없이 떠돌던 공손녹악은 아버지가 자신과 어머니를 해치기로 공모하는 말을 듣고는 무슨 수를 써서라도 이 위험을 피해야겠다는 생각이 들었다. 주변을 둘러보니 바위와 나무가 많아 몸을 숨기기는 그리 어렵지 않았다. 그녀는 숨소리조차 내지 않고 천천히 계곡을 빠져나갔다. 한참을 걷고 나니 단장애에서 상당히 멀어졌다.

해는 이미 서산으로 기울어 사방이 어둑어둑해졌다. 공손녹악은 자신의 신세가 너무나 처량했다. 이제 곧 아버지는 자신을 찾아와 밖으로 유인할 것이다. 그러니 집으로도 돌아갈 수 없었다. 하늘 아래 돌아갈 곳이 없다고 생각하니 서글프기 짝이 없었다. 차가운 겨울바람이 불어와 옷자락 사이를 파고들었다.

'아, 이제 어떻게 해야 하나?'

그녀는 자리에 털썩 주저앉았다. 하염없이 눈물을 흘리며 자신을 돌아보았다. 아버지는 어찌 그런 독계를 써서 딸을 죽이려 할까? 그

악랄한 마녀를 살리기 위해 나를 죽이려 하다니……. 생각이 여기에 미치자 한 사람이 떠올랐다. 바로 양과였다.

'어쩌면 그 영단이 마녀를 살릴 수도 있겠구나. 그래, 어차피 죽을 생각이라면 그분을 위해서 최선을 다해보자. 한시바삐 영단을 구해 양 대협에게 줘야겠다.'

이런 생각이 들자 녹악은 벌떡 일어나 한달음에 어머니의 침실로 달려갔다. 그러면서 묘책을 생각했다. 그녀는 정화 수풀을 지나갈 때 꽃가지 두 개를 꺾었다. 그리고 어머니의 침실 앞으로 가서 풀썩 쓰러지며 신음 소리를 냈다.

"어…… 어머니, 아…… 아……."

안에서 구천척의 목소리가 들려왔다.

"누구냐?"

"어머니, 저…… 저 정화에 찔렸어요!"

말하면서 그녀는 들고 있던 정화 가지 위에 넘어졌다. 가지에 달려 있던 수많은 작은 가시가 그녀의 몸을 찔렀다. 그녀는 어려서부터 정화 가시의 독성에 대해 수없이 들어왔다. 그러나 어려서는 마음속에 정욕 같은 것이 없으니 가시에 조금 찔린다고 해도 별 탈이 없었다. 그런 뒤 10여 년이 지나도록 조심하며 주의를 기울였는데, 오늘에 와서 스스로 가시에 찔리니 기가 막힐 뿐이었다. 그녀는 이를 악물고 다시한번 어머니를 불렀다.

"어머니!"

구천척은 뭔가 심상치 않은 일이 있음을 눈치채고 몸종에게 어서 녹악을 부축해 들어오라고 일렀다. 그 소리를 들은 녹악은 황급히 외쳤다.

"내 몸에 가시가 박혀 있으니 가까이 오지 마!"

몸종은 놀라 얼굴색이 변했다. 아무도 가까이 가려 들지 않았다. 문이 열리자 녹악이 천천히 걸어 들어갔다. 정화 가지가 딸의 가슴에 걸려 있는 걸 보고 구천척은 몸을 부르르 떨었다.

"어찌 된 일이냐? 이게 대체 무슨 일이야?"

"아버지가……."

어머니의 형형한 눈빛과 마주치자 녹악은 저도 모르게 소름이 끼쳤다. 그녀는 어머니의 눈을 똑바로 볼 수 없어 고개를 숙인 채 외쳤다.

"아버지가…… 그랬어요."

"아버지라니? 그자가 무슨 짓을 한 거야?"

구천척은 답답해 견딜 수가 없었다.

"어디 좀 보자. 고개를 들고 어서 자초지종을 말해보거라."

공손녹악은 기어드는 목소리로 간신히 말했다.

"오늘 단장애에 갔는데…… 거기서 아버지를 봤어요. 아버지는…… 계곡에 들어온 예쁜 여도사와…… 흉계를 꾸미고 있었어요."

구천척은 공손지가 또 여자와 무슨 궁리를 꾸민다는 말을 듣자 얼굴을 잔뜩 찡그리면서 다음 말을 재촉했다.

"뭐라고 하더냐?"

"어머니를 악독한 여자라고 하면서…… 나에게 정화 독을 입히고…… 해독약을 구하러 온다고…… 그 여자에게 주려고……."

녹악은 절로 눈물이 흘러 말을 잇지 못했다. 구천척은 이를 부드득 갈았다.

"울지 마라, 울지 마! 그래서 어찌 되었느냐?"

"엿듣고 있다가 그만…… 들키고 말았어요. 그러자 그 여도사가…… 그 여도사가 저를…… 정화 수풀에…… 밀어버렸어요."

구천척은 딸의 목소리가 떨리고 마구 더듬거리자 왠지 이상한 생각이 들었다.

"네 말투가 이상하지 않느냐. 너는 어려서부터 거짓말을 못 했다. 어서 사실대로 말해라."

순간 녹악은 식은땀이 흘렀다. 그녀는 얼른 말을 바꾸었다.

"그래요. 차마 사실대로 말씀드릴 수가 없어서……. 사실은 아버지가 저를 정화 수풀로 밀었어요. 아버지는 그 여자를 구하려고 저를 중독시킨 거예요. 그 여자가 정화 독에 중독된 걸 어머니도 보셨잖아요. 그래서 어머니에게 해독약이 어디 있는지 알아내기 위해 저를 정화 수풀에 밀어 넣은 거예요."

구천척은 더 의심하지 않고 딸의 말을 철석같이 믿었다. 남편이 미워 견딜 수 없었다. 녹악의 말이 그녀의 증오에 불을 붙였다. 그녀는 이빨을 으드득 갈았다.

"그자와 여도사는 어디 있느냐?"

"아직도 단장애 근처에 있을 거예요. 저는 정화 수풀 속에서 필사적으로 빠져나왔으니까요."

"녹악아, 걱정 말거라. 내 반드시 그 인간을 잡아 분을 풀어줄 터이니. 우선 가시부터 뽑아야겠다."

그녀는 즉시 몸종에게 가위와 집게를 가져오게 했다. 그러고는 집게로 정화 가지를 치운 후 살에 박힌 가시를 뽑아냈다.

"어머니, 이제 저는 살지 못하겠지요?"

"아니다, 걱정 마라. 아직 영단이 반은 남아 있지 않느냐. 그 빌어먹을 양과 놈에게 주지 않은 것이 천만다행이지. 반 알이라 독이 깨끗이 없어지지는 않을 것이다. 그러나 네가 사내놈들에게 정신 팔지 않고 어미 곁에 얌전히 있으면 별문제는 없을 거다. 양과, 그 무정한 놈이 죽든 살든 내 알 바 아니지."

녹악은 절로 얼굴을 찡그렸다. 그러나 구천척은 눈치채지 못하고 혼자 중얼거렸다.

"으흠……. 그자가 돌아온다고? 그것도 악랄하기 이를 데 없는 이막수를 데리고? 이쪽으로 온다면 여기 제자 중 반은 그의 심복이니 그들의 마음이 돌아설지도 모르지. 나는…… 나는 손발을 쓸 수도 없고 믿을 거라곤 대추씨뿐인데. 그러나 대추씨는 불시에 공격을 해야 효과가 있는데, 그자는 틀림없이 준비를 하고 오겠지. 그자가 방패를 들고 공격해온다면 나는 손을 써볼 수도 없을 거야. 이를 어쩐다?"

녹악은 어머니가 눈을 번득이며 입을 다물자 혹시 아직 자신의 말을 완전히 믿지 못하는 것이 아닌가 싶어 눈치를 살폈다. 만약 잘못되어 양과에게 해독약을 주지 못하면 어쩌나 걱정되었다. 양과를 생각하니 가슴에 통증이 느껴졌다.

"아!"

구천척은 딸이 통증 때문에 얼굴을 찡그린 줄 알고 머리를 쓰다듬어주었다.

"그래, 내가 잊고 있었구나. 어서 절정단을 가지러 가자."

그녀가 손뼉을 치자 몸종 네 명이 와 의자를 들고 방문을 나섰다. 녹악은 어머니가 영단을 어디에 숨겼는지 몹시 궁금했다. 영단은 절대 몸에 숨겨서는 안 된다고 했다. 어머니는 불구의 몸이어서 다른 사람의 도움을 받아야 움직일 수 있다. 그래서 아주 높은 곳이나 낮은 곳, 혹은 동굴 속이나 계곡 골짜기에 숨길 수는 없을 테니 틀림없이 집 안 어디에 숨겼을 것이다. 그런데 양과가 떠나고 난 뒤 아무리 뒤져봐도 찾을 수가 없었다. 수십 일 동안 단방이며 검방, 화원, 침실 등 뒤져보지 않은 곳이 없지만 끝내 찾지 못했다. 그런데 지금 어머니는 몸종들의 도움을 받아 대청 쪽으로 가고 있었다. 녹악은 이상한 생각이 들었다. 대청이라면 누구나 드나드는 곳이라 물건을 숨기기 어렵고, 게다가 지금은 몰려온 사람들이 모두 대청에 있었다. 그렇다면 영단이 적들의 면전에 있단 말인가?

대청의 앞문과 뒷문은 굳게 잠겨 있었다. 제자들이 손에 검과 어망을 들고 그 앞을 지켰다. 이들은 구천척이 오자 얼른 다가와 예를 갖추었다. 제자들의 우두머리가 허리를 숙이며 인사를 올렸다.

"다들 아무런 기척이 없습니다. 죽기만을 기다리는 모양입니다."

구천척은 콧방귀를 뀌었다.

'우물 안 개구리처럼 저 편한 대로 잘도 생각하는군. 그럴 생각이었다면 아예 오지도 않았을 터. 이자들은 그렇게 순순히 목숨을 포기할 사람들이 아니다.'

구천척은 한심하다는 표정으로 제자를 노려보았다.

"문을 열어라!"

두 제자가 철문을 열었다. 또 다른 여덟 명은 어망을 들고 구천척의 좌우를 지키고 섰다. 일등대사, 황용, 무삼통, 야율제 등은 대청 한구석에 앉아 있었다. 제자들이 의자를 내려놓자 구천척은 팔을 치켜들고 외쳤다.

"여기 황용 모녀 세 사람을 빼고 나머지 사람들에게는 계곡에 마음 대로 들어온 일을 탓하지 않겠다. 지금 당장 이곳에서 나가라!"

황용은 구천척의 표정을 살피며 나섰다.

"우리 세 사람을 어떻게 한다는 거죠? 구 곡주, 재앙이 닥쳤는데도 그렇게 큰소리를 치시니 참으로 우스운 일이군요."

구천척은 흠칫 놀랐다.

'공손지가 돌아온 것을 알고 있단 말인가?'

하지만 겉으로는 짐짓 태연한 표정을 지었다.

"내 몸이 불편한 게 가장 큰 재앙이거늘, 내가 뭘 더 두려워할까."

사실 황용은 공손지가 돌아온 것을 알지 못했다. 다만 구천척이 의 기양양하게 대청을 나갈 때와는 다른 모습으로 돌아왔으니 뭔가 우환 이 있는 것이라 짐작했다. 그런 황용의 생각을 알 리 없는 구천척은 퉁 명스럽게 대답했고, 눈치 빠른 황용은 그녀의 얼굴에 그늘이 지는 것 을 간파했다.

"구 곡주, 당신 오라버니는 스스로 발을 헛디며 떨어져 죽은 것이지 내가 죽인 게 아니에요. 니는 아무 짓노 하지 않았어요. 그러나 만일 당신이 그래도 싸우겠다면 나도 피하지 않을 거예요. 당신이 가장 자 신 있는 대추씨 세 개로 공격할 수 있는 기회를 드리지요. 그러나 공격 후에는 결과에 상관없이 양과를 치료할 수 있도록 해독약을 넘겨주셔 야 돼요."

황용은 그녀의 표정을 살피며 계속 말을 이었다.

"당신이 그렇게 한다면 대결 후에 여기 있는 모든 사람은 지난 감정은 잊고 당신의 어려움을 함께 해결해줄 거예요. 자, 어떻소?"

황용의 말뜻은 해독약을 주면 모든 문제가 말끔히 해결된다는 것이
었다. 구천척은 속으로 쾌재를 불렀다.

'흥! 일이 잘 풀려가는군.'

"내가 대추씨 세 개를 뱉을 때 피하거나 숨지 않고 무기도 사용하지
않겠다는 것인가? 너는 개방파 방주였던 몸이니 약속은 반드시 지켜
야 한다."

황용이 대답하기 전에 곽부가 나섰다.

"우리 어머니는 피하거나 숨지 않겠다고 하셨지 무기를 사용하지
않겠다고는 안 했어요!"

딸이 놀라 외치는 모습을 보며 황용은 미소를 지었다.

"그래요, 나는 개방 방주의 명예를 걸고 피하지도 무기를 쓰지도 않
겠어요."

"엄마, 그럴 순 없어요!"

곽부는 구천척이 날린 대추씨에 검이 부러졌기 때문에 그 위력을
잘 알고 있었다. 그런데 피하지도, 숨지도 않는다면 맨몸으로 어쩌겠
다는 것인가. 곽부는 거의 사색이 되어 황용을 쳐다보았다. 그러나 황
용은 양과에 대해 깊이 생각해보았다.

'저자가 날리는 대추씨야말로 천하에 가장 강력한 암기라 할 만하
겠지. 사실 그녀에게 먼저 세 개를 날리라고 한 것은 너무나 위험한 모
험이다. 어쩌면 목숨을 잃을지도 모르지. 하지만 이렇게라도 해서 해
독약을 얻는다면 얼마나 좋을까. 과는 우리 곽씨 집안 네 사람에게 은
혜를 베풀었다. 그런 그가 지금 맹독에 중독되었으니 어떻게든 해독약

을 구해야 할 것 아닌가.'

황용은 이 제안을 하기 전에 구천척의 처지를 여러 번 생각해보았다. 지금 그녀에게 원한이 있는 자들이 모여 있고, 계곡 내부에서도 분열이 생겼다. 구천척 입장에서는 황용의 이 제안보다 자신에게 더 유리한 방법은 없는 듯했다. 자신에게 너무나 유리한 제안이라 구천척은 조금 미안하기까지 했다.

"대추씨의 위력을 알면서도 맨몸으로 받겠다고 하니, 무슨 꿍꿍이가 있는 게 아니냐?"

"보고 있는 사람이 많아요. 혹 다른 마음을 품고 있는 자가 있을지 모르니 내가 가까이 다가가서 이야기할게요."

'하긴 절반 이상은 공손지의 심복일 터! 마음을 놓아서는 안 되지.'

구천척은 고개를 끄덕였다. 옆으로 다가간 황용이 구천척의 귀에 대고 속삭였다.

"당신의 적이 곧 행동을 시작할 거예요. 나도 위험에 빠져 있기는 마찬가지이니 옛일을 잊고 우선 당면한 위험부터 해결해요. 그리고 양과는 내가 큰 은혜를 입은 아이이니 내 목숨을 가져가고 절정단을 그 아이에게 주었으면 해요. 사람이 살면서 은혜를 갚지 않는다면 그게 짐승과 뭐가 다르겠어요."

말을 마친 황용은 다시 뒤로 물러나 구천척을 바라보았다. 구천척은 '은혜를 갚지 않는다면 그게 짐승과 뭐가 다르겠어요'라고 한 말에 마음이 움직였다.

'그 녀석이 아니었다면 나도 아직 그 땅속 동굴에서 고생하고 있었을 테지.'

그러나 이런 생각은 그녀의 머리에 오래 머물지 않았다. 그녀의 얼굴에 금세 흉측한 미소가 번지며 차갑게 외쳤다.

"흥! 그런 감언이설로 내 마음이 변하리라고는 생각지 마라. 넌 이제 내 손에 죽을 것이다. 자! 내 공격을 받아라!"

황용은 체념한 듯 고개를 끄덕였다.

"꼭 해야 한다면 하세요. 난 죽기를 각오하고 견딜 거예요. 그러나 당신도 분명히 약속했으니 내가 죽든 살든 해독약은 꼭 양과에게 줘야 해요!"

말을 마친 황용은 결심한 듯 몸을 돌려 대청 가운데로 갔다. 구천척과 삼 장쯤 떨어진 곳에 멈춰 서서 소리쳤다.

"쏴요!"

무삼통은 황용의 지략이 풍부한 줄은 알았지만, 그래도 구천척의 대추씨를 맨몸으로 받겠다고 서 있는 것을 보니 저도 모르게 긴장이 되어 두 손을 불끈 쥐었다. 그는 대추씨의 위력을 직접 목도했기 때문에 더욱 걱정이 되었다. 곽부가 초조해서 얼른 황용에게 달려가 소매를 잡아끌며 낮게 속삭였다.

"엄마, 제가 연위갑을 벗어드릴게요. 어서 잠깐 자리를 피해요."

"연위갑으로 막아낸다면 뭐 대단할 게 있겠느냐? 너는 한쪽에서 엄마가 하는 걸 지켜보고 있거라."

황용은 태연하게 웃었다. 그때 구천척이 외치는 소리가 들렸다.

"모두들 비……."

"켜"라는 소리가 채 나오기도 전에 대추씨가 허공을 가르고 날아갔다. 작은 대추씨일 뿐인데도 바람을 가르는 소리가 찢어질 듯 날카롭게 울렸다. 대추씨는 황용의 아랫배를 정확하게 겨눴다.

황용은 외마디 비명을 지르며 허리를 굽혔다. 곽부와 무삼통은 대경실색해 앞으로 나서려 했다. 순간 또 바람 소리가 나며 두 번째 대추씨가 황용의 가슴을 향해 날아왔다. 황용은 눈을 감은 채 몸을 내맡겼다. 그러더니 또 비명을 지르며 넘어질 듯 뒤로 몇 걸음 물러섰다.

"엄마! 안 돼요!"

곽부는 발을 구르며 소리칠 뿐이었다. 황용은 약속대로 피하지도 막지도 않았다. 두 개의 대추씨는 이미 그녀의 급소를 때렸다. 바위도 뚫을 수 있는 힘이 사람의 몸을 강타했으니 어떻게 되겠는가. 그런데 그녀는 중상을 입은 듯 보였지만 여전히 쓰러지지는 않았다. 구천척은 속으로 적잖이 놀랐다.

'겉보기에는 가녀린 모습에 어리광이나 피우는 여자인 줄 알았는데, 이제 보니 정말 대단한 여자였군!'

두 개를 맞았으니 지금 쓰러지지 않는다 해도 목숨을 부지하기는 힘들 것 같았다. 이제 원한은 갚았다고 할 수 있으니 한결 마음이 가벼웠다. 마지막 한 개가 구천척의 입에서 튀어나갔다. 이번에는 황용의 목을 노렸다. 황용의 목을 뚫어버린다면 큰오빠의 원수는 깨끗이 갚는 셈이 될 것이다.

황용은 상황이 위급했다. 사실 그녀는 별다른 대책을 세우지도 못한 채 세 개의 대추씨를 맞겠다고 제안했다. 그러지 않으면 해독약과 맞바꿀 수 없다는 생각이 들어 양과를 구하기 위해 목숨을 걸고 나선 것이었다. 그런데 구천척과 몇 마디 이야기를 나누면서 번개처럼 묘책을 생각해냈다. 그녀는 재빨리 대추씨에 맞아 부러진 곽부의 검 조각을 주워 옷소매에 넣었다. 그러고는 대추씨가 날아올 때 몸을 움직이며 대추씨가 겨냥하는 곳으로 검을 옮겼다. 과연 구천척은 전혀 눈치를 채지 못했다.

황용은 일부러 중상을 입은 듯 꾸몄다. 상대의 화가 좀 풀리도록 하면서 곡주의 체면을 살려주었다. 그러나 마지막 대추씨는 목을 향해 날아오니 당황스럽기 그지없었다. 소매를 들어 막으면 소매에 감춘 검 조각을 들키게 될 것이고, 또 스스로 한 약속을 어기는 꼴이 될 것이다. 황용은 이제 정말 목숨을 건 모험을 해야 할 상황에 처했다. 대추씨가 이렇듯 맹렬하게 날아올 수 있는 것은 구천척이 입에 모은 진기 때문이었다. 그렇다면 자신도 진기로 대응한다면 멀리서 날아온 대추씨 정도는 상대할 수 있을 것 같았다. 그녀는 몸을 낮추어 대추씨가 입을 향해 오도록 한 후 가슴과 복부에 아까부터 모아놓은 진기를 한꺼번에 분출시켜 뿜어냈다. 날아오는 대추씨는 그 기세가 좀 약화되기는 했지만 바닥으로 떨어지지는 않았다.

황용은 크게 당황했다. 대추씨는 이미 그녀의 입술 앞까지 와 있었다. 이제 더 생각할 겨를도 없었다. 황용은 입을 벌려 날아오는 대추씨를 물었다. 그러자 입안 전체가 울리며 이가 얼얼해졌다. 황용은 정신이 얼떨떨해져 휘청거리며 뒤로 물러섰다. 대추씨의 위력에 밀려 물러선 것이었지만 그 속력에 비례해 물러났기 때문에 날아오는 대추씨의 충격을 상쇄시키는 효과도 얻을 수 있었다. 그렇지 않았다면 앞니 아래위가 모두 빠져버렸을 것이다. 황용의 잇몸에서 피가 흘러내렸다.

대추씨의 위력은 구천척이 피눈물을 흘리며 쌓아온 결정체였다. 그녀는 손발도 없이 혼자서 동굴에 갇혀 하루 종일 대추씨 뱉는 무공만 수련했다. 온몸을 거기에 바쳤다고 해도 과언이 아니었다. 반면 황용은 개방 일에 쫓기고 양양을 지켜야 했으며 아이를 낳아 기르고 남편과 제자들을 챙겨야 했다. 그런 그녀의 진기로는 대추씨의 속도를 조금 줄일 수 있었을 뿐 막아내는 것은 무리였다.

옆에서 지켜보던 이들이 일제히 비명을 지르며 주위로 몰려들었다. 황용은 고개를 들고 대추씨를 뱉어냈다.

"구 곡주, 나는 대추씨 세 개를 모두 받아냈어요. 그러나 내 명은 얼마 남지 않은 듯하니 약속대로 어서 해독약을 주세요."

구천척은 놀라 눈을 크게 뜨고 바라보고만 있었다. 앞서 두 개도 분명 그녀의 몸에 맞았는데 쓰러지지 않아 놀랐는데 이번에는 대추씨를 이로 물어 받아낸 것을 보고 경악을 금치 못했다. 그녀는 녹악을 한번 돌아보았다.

'이 일을 어쩌나. 내 딸이 정화 독에 중독되었는데, 내 딸과 혼인하지 않겠다는 양과에게 어찌 약을 줄 수 있겠는가.'

그러나 이미 많은 사람 앞에서 약을 주겠다고 약속했다. 그녀는 눈알을 굴리며 뭔가 생각하는 듯하더니 입을 열었다.

"곽 부인, 꼿꼿이 서서 내 대추씨를 받아내다니 참으로 놀라운 일이오. 나도 감탄했소. 약을 주겠으니 내게 무슨 일이 생기면 모두들 도와주길 바라겠소."

곽부는 어머니 입에서 피가 흐르자 사색이 되어 고래고래 소리쳤다.

"우리 어머니가 중상을 입으셨다면 여기 있는 분들은 모두 목숨 걸고 당신과 싸울 거예요!"

곽부는 씩씩거리며 황용을 돌아보았다.

"엄마! 괜찮아요?"

황용은 딸의 물음에는 대답하지 않고 구천척에게 말했다.

"딸아이의 무례를 용서하세요. 저는 원래 말과 행동이 일치하는 사람이니 곡주가 적을 물리치도록 도울 거예요. 그러니 어서 약을 주세요."

무삼통 등은 황용의 목소리가 중상을 입은 사람 같지 않게 힘이 있고 맑아 조금 마음이 놓였다. 그리고 구천척도 이것을 느끼고 있었다. 그녀는 불안해졌다.

'저 정도 무공이라면 정면으로 대적하기는 힘들겠구나. 아무래도 속임수를 쓰는 수밖에 없겠어.'

구천척은 마음을 정하고 일부러 태연한 척하며 목소리를 가다듬었다.

"녹악아, 이리 오너라."

황용은 평생 교활하고 믿을 수 없는 자들을 수도 없이 상대해왔다. 일순 흔들리는 구천척의 눈빛을 황용이 놓칠 리 없었다. 그녀는 구천척이 순순히 약을 내놓지 않을 것이라는 사실을 눈치챘다. 그러나 무슨 속임수를 쓰려는 것인지는 아직 가늠할 수가 없었다.

녹악이 어머니에게 다가갔다.

"내 앞에서 다섯 번째에 있는 푸른 벽돌을 들어내라."

구천척의 말에 녹악은 깜짝 놀랐다.

"절정단을 벽돌 아래에 두셨단 말이에요?"

황용은 구천척의 기지에 내심 감탄을 금치 못했다.

'귀하디귀한 절정단이 아닌가. 얼마나 많은 사람이 노리고 있는 해독약인가. 그런데 아예 사람이 많이 다니는 곳에 둠으로써 안전을 유지했구나. 예상치 못한 지혜로군. 벽돌 아래에 있는 약은 틀림없이 진짜일 것이다. 오늘 이 일을 예상하고 가짜 약으로 바꿔놓았을 리가 없

으니······.'

황용은 그렇게 생각했다. 구천척이 단방이나 내실에서 약을 가져오라 일렀다면 틀림없이 진위를 의심했을 것이다. 그러나 딸에게 벽돌을 들어내라 이르는 것을 보고 그런 의심은 거두었다.

녹악은 다섯 번째 벽돌을 센 후 허리에서 비수를 꺼내 벽돌 사이에 꽂고 벽돌을 들어냈다. 그 아래에는 흙이 깔려 있을 뿐 별다른 점은 찾을 수 없었다.

"녹악아, 이리 가까이 오너라. 그 아래에는 비밀이 있어 외부인에게는 알릴 수 없다."

그때 별안간 황용이 비명을 지르며 몸을 앞쪽으로 하고 쓰러져 귀를 바닥에 갖다 댔다.

"아이고, 아야!"

황용은 구천척이 교활하고 꾀가 많다는 것을 알고 일부러 구천척이 딸에게 하는 말을 들어보려 속임수를 쓴 것이다. 그런데 구천척도 그런 황용의 마음을 알아차렸는지 녹악의 귀에 대고 아주 작은 목소리로 소곤거렸다. 황용이 온 신경을 바짝 기울여 들어보았으나 "벽돌을 들어내면"이라는 말밖에 듣지 못했다. 게다가 그녀 역시 약이 푸른 벽돌 아래에 있을 것이라 예상하고 있던 터라 그다지 도움이 되지 않았다. 할 수 없이 이번에는 구천척의 입술을 유심히 바라보았으나 그 역시 무슨 말인지 알아들을 수 없었다. 녹악을 바라보니 눈썹을 잔뜩 찌푸린 채 나직이 대답만 하고 있었다. 이제 중요한 순간이 되었다. 그런데 어찌해야 할지 판단이 서지 않으니 마음이 급해졌다. 그때 일등대사의 목소리가 들렸다.

"용아, 이리 와보거라. 상처는 좀 어떠냐?"

고개를 돌려보니 일등대사가 여전히 방 한구석에 앉아 심히 걱정스러운 얼굴로 자신을 바라보고 있었다.

'대사가 맥을 짚어보면 내가 부상을 입은 것이 아니라는 걸 아시게 되겠지.'

황용은 그에게 다가가 손을 내밀었다. 일등대사는 세 손가락으로 그녀의 손목을 짚고는 나직이 불경을 외기 시작했다.

"아미타불…… 아미타불…… 저…… 여자…… 아미타불…… 벽돌 아래…… 두 병…… 아미타불, 아미타불…… 동쪽에 있는…… 진짜…… 아미타불…… 서쪽에 있는 약…… 아미타불…… 딸에게 이르니…… 서쪽에 있는…… 아미타불…… 가짜를 가져오라…… 아미타불, 아미타불……."

일등대사는 뭔가에 집중한 듯 눈썹을 곤두세우고 황용이 겨우 알아들을 수 있을 정도로 나지막하게 중얼거렸다. 황용은 그가 '저…… 여자'라고 말할 때부터 그의 의도를 알고 귀를 모았다. 일등대사는 내공이 깊어 귀가 일반인보다 훨씬 밝았다. 또한 불가에는 천안통天眼通, 천이통天耳通 같은 수련법이 있는데, 이러한 수련을 한 사람은 모든 중생의 말을 듣고, 모든 세상의 소리를 들으며 막힘없이 통하게 된다고 했다. 너무나 신기한 말이라 믿지 않았으나, 다시 생각해보니 내공이 깊고 마음이 맑은 사람은 귀를 밝게 하여 일반인이 듣지 못하는 소리를 듣는 것도 이상한 일은 아닐 것 같았다.

황용은 일등대사가 불경을 외우는 동안 "제 상처는 어때요?", "대추씨를 빼낼 수 있을까요?" 하고 물으면서 그가 하는 말을 곁에서 들리

31. 목숨을 살릴 영단 반쪽

지 않게 했다. 구천척이 두 사람 쪽을 몇 차례 쳐다보기는 했지만 황용의 얼굴에 근심이 가득한 것을 보고는 제 부상 때문에 그런 것이라 여길 뿐이었다. 또한 일등대사가 염불을 외워대는 것을 보았으나 그것이 자신의 계책을 적에게 알리는 것이라고는 전혀 생각지 못했다.

녹악은 어머니의 말을 듣고 고개를 끄덕였다. 그러고는 다시 벽돌이 있던 곳으로 돌아가 허리를 굽히고 벽돌 아래 흙에서 뭔가를 파냈다. 두 개의 작은 병이 나왔다. 그것을 보자 갑자기 가슴이 아려왔다.

'양 대협! 오늘 저는 제 목숨을 버리고 이 약을 당신께 드립니다. 이 마음을 당신이 아시기나 할까요?'

그녀는 동쪽으로 향한 병을 꺼내 들었다.

"어머니, 절정단 여기 있어요!"

그녀는 약을 만지작거렸다. 이 약이 진짜라는 걸 아는 사람은 오직 그녀뿐이었다. 구천척과 황용은 그녀가 가짜 약을 꺼낸 것으로 알았다. 병 모양은 두 개가 똑같고 병에 든 약도 모양이 같아 구천척이 맛을 본다면 모를까 눈으로는 전혀 분간하지 못했다. 구천척은 녹악이 병을 꺼내는 모습을 가만히 바라보았다.

'전에는 약을 훔쳐 양과 놈에게 가져다주지 않을까 걱정했는데, 이젠 자기도 정화 독에 중독되었으니 제 목숨을 구하고 싶겠지.'

구천척은 원래 교활하고 악독한 여자였다. 세상에 자신을 버리고 다른 이를 구하는 일 따위는 안중에도 없었다. 구천척은 약병을 들고 있는 녹악을 재촉했다.

"신의를 두고 약속했으니 약을 곽 부인께 드리거라."

"예."

녹악은 손에 약병을 들고 황용에게 다가갔다. 황용은 우선 구천척에게 예를 갖추었다.

"참으로 감사드립니다."

황용은 마음속으로는 딴생각을 하며 약을 받기 위해 손을 내밀었다.

'진짜 약이 있는 곳을 알았는데 그거 하나 못 훔칠까?'

바로 그때였다. 지붕 위에서 요란한 소리가 울리고 흙이 날리더니 커다란 구멍이 뚫렸다. 이어 위에서 누군가 쏜살같이 내려와 순식간에 녹악의 손에 있는 병을 빼앗았다. 녹악은 대경실색하여 외쳤다.

"아버지!"

황용은 녹악이 크게 놀라는 것을 보고는 더욱 깜짝 놀랐다.

'공손지가 빼앗아간 약병은 가짜일 텐데 왜 저렇게 놀라는 거지?'

뒤이어 대청 문이 굉음을 내며 열렸다. 그 바람에 촛불이 심하게 흔들리며 깜박거렸다. 대청 문이 활짝 열리더니 한 남자와 세 여자가 들어섰다. 바로 양과와 소용녀, 정영, 그리고 육무쌍이었다. 녹악은 양과가 들어오는 것을 보고는 저도 모르게 나직이 그를 불렀다.

"양 형……."

그러고는 양과가 있는 쪽으로 몸을 돌리다가 퍼뜩 정신이 드는지 걸음을 멈추었다. 황용은 그런 녹악의 모습을 주의 깊게 살폈다. 양과를 바라보는 눈빛에는 깊은 정과 안타까움이 녹아들어 있었다.

'아, 아, 그랬구나! 제 어미는 나에게 가짜 약을 가져다주라고 했지만, 과에게 마음을 빼앗긴 저 처자는 진짜 약을 집어 든 거야. 공손지가 빼앗아간 것이 바로 진짜 영단이다. 그러니 저렇게 놀랄 수밖에…….'

情
是
何
物

정이란 무엇이길래

양과는 맞은편 절벽 위를 바라보았다. 뿌연 안개가 드리운 가운데 흰옷을 입은 소용녀가 쌍검을 휘두르며 공손지와 격전을 벌이고 있었다. 그 여리고 가냘픈 몸이 바람에 펄럭여 저 멀리로 날아가버릴 것만 같았다.

황용과 일등대사, 곽부 등이 대청에서 위기에 처해 있을 무렵 양과
와 소용녀는 나무 그늘 아래에서 어깨를 나란히 한 채 이야기를 나누
고 있었다.

　잠시 후 정영과 육무쌍이 왔다. 소용녀는 온화하고 수줍음을 타는
정영이 마음에 들었다. 두 사람은 서로 손을 맞잡고 이런저런 이야기
를 나누었다. 육무쌍은 양과에게 조금 전 곽부와 싸운 이야기를 들려
주었다. 양과는 이번에 정영과 육무쌍을 다시 만나고 보니 자신에 대
한 그녀들의 정이 얼마나 깊은지 새삼 느낄 수 있었다. 그런데도 자신
은 그녀들에게 아무것도 해줄 수 없으니 미안한 마음뿐이었다. 특히
육무쌍은 양과가 이미 소용녀를 아내로 맞이했음을 알면서도 원망하
거나 질투하지 않았다. 오히려 양과의 팔을 벤 곽부를 벌주려고 애썼
다. 정영 역시 소용녀와 마음이 맞아 친해지니 네 사람은 전혀 부담감
을 느끼지 않았다.

　네 사람은 만남을 반가워하며 바위 위에 앉아 이야기꽃을 피웠다. 소
용녀는 정영과, 양과는 육무쌍과 주로 이야기를 나누었다. 소용녀와 정
영은 둘 다 말이 없고 조용한 성격인지라 대화가 많지 않은 반면, 양과
와 육무쌍은 서로 바보네, 마누라네 농담을 주고받으며 웃음꽃을 피웠
다. 그런데 두 사람의 농담이 마음에 걸렸는지 정영이 핀잔을 주었다.

"양 대형, 누구에게 마누라고 하는 거예요? 이제 결혼도 하셨으니 농담이라도 그런 말 마세요."

당황한 양과는 얼른 두 손으로 입을 막았다. 육무쌍도 얼굴을 붉히며 고개를 숙였다.

'두 사람 모두 별생각 없이 농담한 건데 내가 괜히 핀잔을 줬나?'

정영은 사태를 수습하기 위해 얼른 화제를 돌렸다.

"양 대형, 정화의 가시에 찔린 건 좀 어때요?"

"괜찮아요. 지금 백모님께서 해독약을 구하고 있는 중일 거예요. 백모님은 워낙 총명하고 지략이 뛰어난 분이니 틀림없이 약을 구해주실 거예요. 나보다 이 사람이 더 걱정이죠."

양과가 근심 어린 눈으로 소용녀를 바라보았다. 정영과 육무쌍은 깜짝 놀라 물었다.

"왜요? 용 낭자도 어딜 다쳤어요? 전혀 몰랐는데요."

소용녀가 미소를 지으며 말했다.

"괜찮아요. 내공으로 독 기운이 발작하지 못하도록 누르고 있어요. 이 정도라면 며칠 동안은 별일 없을 거예요."

"무슨 독인데요? 언니도 정화의 가시에 찔린 건가요?"

"아니에요. 사자의 빙백은침에 찔렸어요."

육무쌍이 분개하며 말했다.

"또 이막수 그 여자 짓이군요. 바보, 아니 양 대형, 전에 이막수의 〈오독비전〉을 본 적 있지 않아? 빙백은침의 독이 무섭다고는 하지만 틀림없이 해독할 방법이 있을 텐데?"

육무쌍의 말에 양과는 한숨을 내쉬었다.

"독이 이미 오장육부까지 스며 단순히 해독약만 가지고 치료할 수 있는 상황이 아니야."

양과는 경맥을 거꾸로 흐르게 해 부상을 치료하던 중 곽부의 독침에 맞게 된 이야기를 들려주었다. 양과의 이야기를 듣고 난 육무쌍은 화를 버럭 내며 바위를 세게 내리쳤다.

"또 그 곽부야? 못된 것! 부모의 세력만 믿고 제멋대로 굴다니 용서가 안 돼. 언니, 곽부를 이대로 둘 순 없어요. 자기 부모가 영웅 대협이면 다야? 흥!"

소용녀가 말했다.

"과의 팔을 자른 건 곽부가 잘못한 거지만, 독침을 발사한 것은 곽부의 잘못만도 아니에요. 그녀만 탓할 수도 없어요."

정영이 안타까운 듯 소용녀를 바라보며 말했다.

"전에 우리 사부님이 내공으로 독 기운을 누르는 것은 일시적인 효과만 거둘 뿐이라고 했어요. 독이 체내에 오래 머무르면 머무를수록 위험하다고 했으니 한시바삐 독을 없앨 방법을 찾아야 해요."

"그래야죠."

양과도 근심 어린 눈빛으로 소용녀를 바라보았다.

'천축승이 깨어난다면 해독할 방법을 찾을 수 있을지…….'

양과는 이런 우울한 대화가 계속되면 소용녀의 마음이 불편해질 것 같아 화제를 돌렸다.

"백모님과 일등대사 등이 그 미친 스님을 잘 상대하고 있는지 모르겠군요. 다 같이 가보는 게 어때요?"

네 사람은 자리에서 일어나 대청으로 향했다. 대청에서 약 10여 장

정도 떨어진 곳까지 왔을 때 문득 지붕에 누군가가 있는 것을 발견했다. 그는 절정곡주 공손지였다.

공손지가 지붕의 기와를 부수더니 아래로 뛰어내려갔다. 공손지의 뒤를 쫓아 지붕으로 올라가려던 양과는 공손지가 구멍 아래에 어망전을 준비해둔 것은 아닌지 의심스러웠다. 그래서 현철중검으로 철문을 밀고 대청 안으로 들어갔다.

그 순간 절정단은 공손지의 손안에 들어갔다. 공손지는 절정단을 손에 넣은 후 믿는 구석이 있어서인지 대청에 황용 등 고수들이 모여 있는 것을 보고도 전혀 개의치 않았다.

'절정단을 찾았으니 일단은 피하자.'

그가 막 밖으로 도망가려는데 양과가 문을 열고 들어왔다. 깜짝 놀란 공손지는 양발에 힘을 주어 바닥을 박차고 몸을 솟구쳐 지붕에 뚫린 구멍을 통해 밖으로 나갔다. 가장 급한 것은 절정단을 안전하게 이막수에게 가져다주는 것이었다. 구천척을 죽이고 절정곡을 되찾는 것은 그 후에 해도 늦지 않았다. 공손지가 몸을 날리자마자 황용이 죽봉을 들고 뛰어올라 그의 발을 걸었다.

"나쁜 놈!"

구천척이 공손지의 배를 향해 대추씨를 날렸다. 공손지는 이미 구천척이 공격해올 것을 짐작하고 여유 있게 검을 휘둘러 대추씨를 쳐냈다. 그 와중에도 위로 솟아오르는 속도는 전혀 처지지 않았다. 바람을 가르는 소리와 함께 두 번째 대추씨가 날아왔다. 대추씨도 막아야 하고, 다리를 공격해오는 황용의 죽봉도 막아야 했다. 그러나 다리를 다치는 한이 있더라도 배에 대추씨를 맞을 수는 없었다. 공손지는 몸을 옆으로 비키면서 다리를 들어 올려 대추씨를 막았다. 그런데 뜻밖에 구천척의 대추씨는 공손지가 아닌 황용을 겨냥한 것이었다.

"이런……."

예상치 못한 공격에 당황한 황용은 급히 죽봉을 휘둘러 대추씨를 막아냈다. 그러나 대추씨에 실린 힘이 어찌나 강한지 전신이 흔들리는 듯하더니 팔이 저려왔다. 황용은 결국 버티지 못하고 죽봉을 떨어뜨리며 자신 역시 바닥으로 떨어지고 말았다.

공손지도 힘을 받지 못해 결국 황용의 몸 위로 떨어졌다. 공손지는 기회를 놓치지 않고 금도를 휘둘러 황용을 베려 했다. 그러나 양과의 현철검이 바람을 가르며 엄청난 기세로 다가왔다. 결국 공손지의 금도는 그 힘에 밀려 삼 척 정도 밀려났다. 공손지는 검을 통해 전해지는 양과의 힘에 깜짝 놀랐다. 석 달 만에 다시 만난 양과는 너무나 많이 변해 있었다. 한쪽 팔이 없는 것도 뜻밖인데 무공은 또 전과 비교할 수 없이 진보해 있다니 놀랍지 않을 수 없었다.

공손녹악은 어머니와 아버지 사이에 서 있었다. 평소 그녀는 엄한 아버지를 매우 무서워해 아버지 앞에서는 말 한마디도 제대로 하지 못했다. 그러나 단장애 앞에서 아버지가 이막수에게 하는 말을 엿들은 후 두려움은 사라지고 증오만이 남아 있었다.

"아버지, 어머니의 사지를 못 쓰게 만들고 지하 동굴에 가둔 것도 모자라서 또 무슨 짓을 하려고 온 거죠? 단장애 앞에서 이막수에게 한 말을 실천하러 온 거예요?"

딸의 말에 공손지는 마음이 뜨끔했다. 은밀한 곳에서 주고받은 말을 누군가 들었으리라고는 생각지도 못했다. 공손지는 원래 잔인하고 악독한 성격의 소유자였다. 그러나 딸을 해치려는 음모를 들키자 그도 몹시 당황스러워했다. 게다가 여러 사람 앞에서 자신의 음모가 드러나자 얼굴빛이 까맣게 타들어갔다.

"무, 무슨 소리를 하는 거냐?"

공손녹악의 표정은 냉랭했다.

"딸을 해치려고 아무 관계도 없는 외간 여자와 음모를 꾸미다니. 좋아요. 날 낳아주신 아버지께서 저더러 죽으라 하시면 저야 따를 수밖에 없죠. 그러나 아버지가 가지고 계시는 절정단은 어머니가 이미 다른 사람에게 주기로 약속하신 거예요. 그러니 어서 돌려주세요."

공손녹악은 공손지에게 다가가며 손을 내밀었다. 공손지는 절정단이 들어 있는 병을 품속에 넣으며 쓴웃음을 지었다.

"두 모녀가 외간 남자랑 눈이 맞아서 어미란 년은 남편을 배반하고 딸년은 아버지를 배반하려 드는군. 내 오늘은 시간이 없어 그냥 넘어가지만 반드시 갚아줄 테다."

말을 마친 공손지는 칼과 검을 쨍, 하고 맞부딪친 후 쏜살같이 밖으로 빠져나갔다. 양과는 공손지의 음모를 잘 알지 못했지만 그대로 보낼 수는 없었다. 그는 공손지가 도망가려 하자 재빨리 현철검을 횡으로 휘두르며 앞을 가로막았다.

"잠깐만! 그렇게 도망갈 상황은 아닌 것 같군."

양과는 공손지를 막아선 후 녹악을 바라보았다.

"공손 낭자, 물어볼 것이 있습니다."

공손녹악은 양과가 자신을 부르는 목소리를 듣자 그에 대한 연민과 슬픔이 북받쳤다.

'목숨을 걸고 당신에게 약을 구해줄게요. 그러나 당신이 알게 할 수는 없어요. 몇 년이 지나 아들딸 낳고 행복한 가정을 이루면 나 같은 건 금방 잊어버리겠죠. 괜한 말을 해서 평생 당신이 이 일 때문에 괴로워하게 만들 수는 없어요.'

공손녹악은 슬픔을 삼키며 낮은 목소리로 대답했다.

"무슨 일인데요?"

"조금 전 당신 아버지가 딸을 해치기 위해 외간 여자와 음모를 꾸몄다고 했는데, 그게 무슨 말입니까? 그 여자는 대체 누구죠?"

"이막수예요. 말하자면 복잡해요."

"이막수와 무슨 일이 있었는지 소상히 말해요."

공손녹악은 잠시 망설이는 듯했다.

"비록 매정한 아버지이기는 하지만 어쨌든 날 낳아주신 분이에요. 딸인 제가 그분에 대해 함부로 말할 수는 없어요."

구천척이 짜증스러운 듯 소리쳤다.

"어서 말해! 너희 아버지는 온갖 비열한 짓을 서슴지 않는데, 그래 넌 말 한마디 제대로 못 한단 말이냐?"

공손녹악이 고개를 저었다.

"양 대형, 아버지가 절정단을 가지고 있어요. 난…… 난 불효자식이에요."

공손녹악은 감정이 북받치는 듯 더 이상 참지 못하고 어머니를 향해 뛰어갔다.

"어머니!"

공손녹악은 구천척의 품에 안겨 눈물을 흘렸다. 구천척은 딸이 아버지에게 반항한 것 때문에 스스로를 불효자식이라고 말한 것으로 여겼다. 그러나 사실 그녀가 스스로 불효자식이라고 한 것은 어머니의 명을 어겼기 때문이었다. 대청에 있던 모든 사람 중 황용만이 공손녹악의 진의를 눈치챘다.

그사이 공손지는 눈앞에 있는 수많은 강적에 어떻게 대처할 것인지를 궁리하고 있었다.

'구천척은 복수에 눈이 멀었어. 그 다급한 순간에도 대추씨로 황용을 공격했잖아. 두 사람 사이에 싸움을 붙인 후 빠져나가면 되겠구나.'

공손지는 일부러 큰 소리로 웃었다.

"좋다, 좋아. 착한 딸아, 역시 아버지의 기대를 저버리지 않는구나. 너와 어머니는 그쪽을 맡아라. 우리 함께 절정곡에 함부로 들어온 불청객들을 손봐주자꾸나."

공손지는 흑검과 금도를 치켜들고 의자에 기대어 있던 황용을 향해 달려들었다. 황용은 아직도 오른팔이 저려서 죽봉을 들 수 없었기에 하는 수 없이 몸을 옆으로 피했다. 옆에 섰던 곽부가 손에 들고 있던 야율제의 장검을 휘둘러 어머니를 보호했다. 공손지의 흑검이 곽부의 목을 향해 매섭게 찔러왔다. 곽부는 황급히 뒤로 물러나며 장검을 쳐들었다. 황용이 외쳤다.

"조심해!"

쨍, 하는 소리와 함께 곽부의 검이 두 동강 났다. 공손지는 잠시도 멈추지 않고 곽부의 머리를 향해 검을 내리쳤다. 황용은 딸에 대한 걱정으로 심장이 터질 것 같았다. 찰나에 이루어진 일이라 어찌 도와줄 방법이 없었다. 곁에 있던 육무쌍이 소리쳤다.

"오른팔을 들어서 막아요!"

곽부는 다급한 나머지 누구의 목소리인지 확인하지도 않고 팔을 들어 막았다. 정영이 놀란 목소리로 외쳤다.

"안 돼! 무쌍아, 네 어찌……."

육무쌍은 결코 호의에서 곽부를 깨우쳐준 것이 아니었다. 양과의 팔을 자른 보복을 하기 위해 위기의 순간을 틈타 곽부의 정신을 교란시킨 것이다. 육무쌍의 말대로 팔을 들어 검을 막으면 곽부의 팔도 잘릴 것이 뻔했다. 육무쌍은 바로 이를 노린 것이었다.

물론 정영도 양과의 팔이 잘려 너무나 안쓰럽고 마음이 아팠다. 생각할수록 가슴이 아파 남몰래 울기도 했다. 곽부가 원망스럽기는 했지만 그렇다고 곽부의 팔을 잘라 복수할 생각은 추호도 없었다. 그래서 육무쌍의 의도를 눈치채자마자 저지하려 했던 것이다. 그러나 이미 때는 늦었다. 공손지의 검이 결국 곽부의 팔을 내리치고 말았다.

찌익, 소리가 나면서 곽부의 옷소매가 찢겨나갔다. 곽부는 충격으로 비틀거리며 뒤로 물러섰다. 그런데 이상하게도 팔이 잘리기는커녕 피한 방울 나지 않았다. 정영, 육무쌍은 물론 공손지와 구천척 등도 모두 깜짝 놀랐다. 몇 발짝 물러선 후 겨우 중심을 잡은 곽부는 육무쌍이 진심으로 자신을 도와준 것으로 생각했는지 육무쌍을 향해 인사를 했다.

"고마워요. 그런데 어떻게 알았어요, 내가……."

상황을 눈치챈 양과가 얼른 곽부의 말을 막았다.

"공손 어른께서 당신의 무공이 이렇게 강한 줄 어떻게 알았겠어요?"

양과는 곽부가 그 어떤 예리한 무기도 뚫을 수 없는 연위갑을 입고 있었기에 칼에 맞고도 아무렇지 않다는 것을 눈치챘다. 그러나 아무것도 모르는 공손지는 자신의 칼에 팔을 베이고도 피 한 방울 나지 않는 곽부를 보고 놀란 나머지 간담이 서늘해졌다. 원래 곽부는 육무쌍에게 "내가 연위갑을 입고 있는 것을 어떻게 알았느냐"고 물을 참이었는데, 공손지가 그런 사실을 알아서 이로울 게 없다고 판단한 양과가 얼른 나서서 말을 가로챈 것이다. 양과는 한층 더 부풀려서 곽부를 소개했다.

"이 낭자는 곽 대협과 황 방주의 따님이시자, 도화도 도주이신 황약사 님의 외손녀십니다. 집안 대대로 전해져 내려오는 무공 중 그 어떤 예리한 무기도 몸에 상처를 입힐 수 없는 대단한 절기를 익혔지요. 그러니 당신의 그 낡은 검으로 저분을 다치게 할 수는 없을 겁니다."

양과의 말에 공손지가 버럭 화를 냈다.

"흥, 내가 봐줘서 그런 거지 정말 제대로 공격하면 어린 계집애 하나쯤 문제도 없지."

공손지는 자신의 위력을 보여주려는 듯 흑검을 힘차게 휘둘렀다. 바람을 가르는 소리가 매섭게 울렸다.

곽부는 양과가 최고로 띄워주자 아주 의기양양해졌다.

'잘됐다. 내가 연위갑을 입고 있는 한 저자의 검이나 칼이 나를 해칠 수는 없을 것이다. 난 그저 대담하게 공격하기만 하면 되는 거야. 내가 이길 게 확실한데 공격하지 않을 이유가 없지.'

"수문 오빠, 검 좀 빌려주세요. 저자가 우리 집안의 무공을 무시하니 뜨거운 맛을 보여줘야겠어요."

무수문은 얼른 앞으로 나가 검의 자루를 곽부에게 향하도록 해 건네주었다. 곽부는 검을 몇 차례 휘둘러보더니 공손지를 노려보며 말했다.

"공손 어른, 다시 한번 덤벼보시지요."

곽부의 태도는 너무나도 당당하고 자신감이 넘쳐 보였다. 마치 무림의 고수가 상대도 안 되는 약한 적을 놀리는 듯한 태도였다. 그러나 공손지는 곽부가 몇 차례 검을 휘두르는 모습을 보고 그녀의 검술 실력을 어느 정도 파악할 수 있었기에 비웃음을 띠며 대답했다.

"좋다, 한번 놀아보자."

공손지는 칼을 들어 곽부의 얼굴을 베려 했다. 곽부는 옆으로 몸을 날리며 검으로 공손지를 찔렀다. 공손지가 곽부의 검을 겨냥해 흑검을 아래서 위로 휘둘렀다.

'이런! 검끼리 부딪치면 안 되지. 검에는 아무런 보호 장치도 없는데 공손지의 검과 부딪치면 내 검이 부러질 게 뻔해.'

곽부는 얼른 검의 방향을 틀어 공손지의 검을 피했다. 공손지는 의미심장하게 웃더니 칼과 검을 모두 오른손에 잡고 왼손을 내뻗었다.

'옳지. 손으로 내 연위갑을 치려 하다니, 뜨거운 맛을 보게 되겠군.'

그러나 비록 연위갑이 있다고는 하나 공손지의 장력이라면 그녀의 내장을 다치게 할 수도 있었다. 하지만 곽부는 전혀 걱정도 하지 않고 그의 왼손 장력을 몸으로 맞받았다. 그런데 공손지가 장을 다 뻗기도 전에 갑자기 뒤로 주르르 물러나더니 소리를 지르며 앞으로 푹 쓰러졌다.

"악! 어린 계집이 암기를 쓰다니!"

"내가 언제 암기를 썼단 말이야?"

'저자의 손이 아직 내 몸에 닿지도 않았는데 부상을 입다니. 연위갑의 위력이 그렇게 세단 말인가?'

모두들 의아해했다. 곽부조차 영문을 몰라 어리둥절했다.

사실 이 또한 공손지의 계략이었다. 그는 어서 빨리 절정단을 이막수에게 가져다주어야 한다는 생각에 마음이 급했다. 한가하게 어린아이와 싸우고 있을 틈이 없었다. 교활한 공손지는 부상을 입은 척 비틀거리며 천천히 후당 쪽으로 옮겨갔다. 그는 짧은 시간 동안 이미 적의 상황을 대충 파악했다. 맞은편에 있는 양과와 황용은 무공이 고강했고, 긴 눈썹의 승려 역시 나이는 많았지만 결코 만만한 상대가 아닌 듯싶었다. 다행히 곽부가 시비를 걸어주는 바람에 기회를 틈타 후당으로 달아나려 한 것이다.

공손녹악은 그가 절정단을 가지고 도망가려 하자 마음이 급했다.

"아버지, 잠깐만요!"

그녀는 얼른 뛰어가 아버지 앞을 가로막고 섰다. 그 순간 바람을 가르는 소리와 함께 두 개의 대추씨가 공손지를 향해 날아갔다. 구천척은 혹여 공손지가 피할 경우 딸이 다치게 될까 봐 딸의 키보다 높은 공손지의 뒤통수를 겨냥해 대추씨를 날렸다. 과연 공손지가 고개를 숙여 피하자 대추씨는 공손녹악의 머리 위를 스친 후 벽에 박혔다.

"비켜라!"

공손지가 딸을 향해 소리쳤다.

"아버지, 절정단을……."

공손녹악의 말이 끝나기도 전에 공손지는 왼손을 뻗어 딸의 손목에 있는 맥문을 잡았다. 그러곤 몸을 돌리며 딸을 자기 몸 앞으로 잡아끌었다.

"독한 마누라, 한번 해보자 이건가? 좋아, 오늘 우리 다 같이 죽어버리자."

대추씨를 혀끝에 올려놓고 막 발사하려던 구천척은 공손지가 딸을 방패막이로 세운 것을 보고 깜짝 놀랐다. 그러나 미처 힘을 거두지 못하고 그만 대추씨를 발사하고 말았다. 구천척은 딸이 다칠까 무서워 발사하는 순간 방향을 옆으로 틀었다.

"으악!"

"아!"

연달아 들리는 비명 소리와 함께 두 명의 제자가 대추씨에 맞아 그 자리에서 숨을 거두었다. 공손지는 절정곡을 되찾기 위해서는 이막수의 도움 외에도 여러 제자들의 동조를 얻어야 한다는 것을 잘 알고 있었다. 구천척의 손에 두 명의 제자가 죽었으니 이보다 좋은 기회가 없었다.

"독한 년! 죄 없는 제자들을 죽이다니, 내 너를 가만두지 않겠다!"

그때 양과가 나서서 공손지를 가로막았다.

"모든 일은 순서가 있는 법이에요. 이대로 가시면 안 됩니다."

공손지는 딸을 머리 위로 치켜들며 냉소를 지었다.

"감히 날 막아?"

그는 왼발을 축으로 삼아 한 바퀴를 돌고 뒤이어 오른발을 축으로 삼아 한 바퀴를 돌았다. 두 바퀴를 돌자 어느덧 앞으로 사 척 정도 전진해 양과와의 거리가 좁혀졌다. 공손지가 또 한 바퀴를 돌려 하자 양과는 혹여 공손녹악이 다칠까 봐 급히 옆으로 비켜섰다. 공손녹악은 아버지의 손에 붙들린 채 꼼짝도 할 수 없었다. 그녀는 옆으로 비켜서는 양과의 눈빛에서 자신을 염려하는 마음을 읽을 수 있었다. 그 눈빛이 그녀에게 큰 위안을 주었다.

'양 대형이 나를 위해서 아버지를 막지 않고 비켜서다니 죽어도 여한이 없구나.'

그녀는 비록 손발은 움직일 수 없지만 고개는 움직일 수 있었다.

"양 대형!"

공손녹악은 낮은 소리로 양과를 한 번 부른 후 아버지가 들고 있는 흑검 끝에 머리를 부딪쳤다. 흑검 끝은 예리하기 짝이 없었다. 결국 공손녹악은 머리에서 피를 쏟으며 아버지의 손에서 죽고 말았다.

"안 돼!"

양과는 깜짝 놀라 비명을 지르며 급히 다가가 구하려 했으나 이미 때는 늦었다. 공손지 역시 깜짝 놀라지 않을 수 없었다. 어찌 됐든 자신의 친딸인지라 마음이 아팠다. 갑자기 등 뒤에서 노기에 찬 고함 소리가 들리더니 대추씨 세 개가 공손지를 향해 날아왔다. 다급해진 공손지는 딸의 시체를 등 뒤로 던졌다. 대추씨는 결국 공속녹악의 몸에 박혔다. 지켜보던 사람들은 잔인하고 몰인정한 공손지의 모습에 경악을 금치 못했다. 죽은 딸에게까지 이런 악독한 짓을 하다니 화가 난 황용 일행은 모두 무기를 꺼내 들고 공손지에게 달려들었다.

"제자들은 들어라! 간사한 구천척이 외부의 적을 끌어들여 절정곡을 몰살시키려 하고 있다! 어서 어망전을 펼쳐 적들을 공격해라!"

제자들은 오랫동안 공손지를 신처럼 받들고 모셔왔다. 비록 공손지가 구천척에게 당해 실명하고 도망간 후 하는 수 없이 구천척의 명령을 따르기는 했지만 공손지가 돌아온 이상 그의 명령을 거역할 수는 없었다. 제자들은 공손지의 명이 떨어지자마자 어망을 들고 사방에서 포위하기 시작했다.

어망은 너비와 길이가 각각 이 장 정도 되었다. 그물에는 날카로운 칼이 촘촘히 박혀 있었다. 일행은 대부분 무공 실력이 뛰어났지만 생전

처음 보는 무기를 앞에 두고 당황해할 뿐이었다. 여러 개의 어망전이 중앙을 향해 다가오고 있었다. 이대로 가다간 모두들 칼에 맞아 몸에 수십 개의 구멍이 뚫릴 판이었다. 구천척도 포위망 안에 갇혀 있었다.

"저 간악한 늙은 놈의 말을 들어서는 안 된다. 어서 멈추지 못할까?"

그러나 제자들은 아랑곳하지 않았다.

"일진은 앞으로, 이진은 좌측으로, 삼진은 우측으로 돌아라!"

공손지가 또다시 명령을 내리자 어망이 일사불란하게 움직였다. 어망과 곽부 사이의 거리가 한 발 한 발 좁혀졌다.

황용이 품에서 강침을 한 움큼 꺼내더니 서쪽에서 다가오는 여덟 명의 제자를 향해 던졌다. 거리가 가까운 데다 강침의 수가 많기 때문에 여덟 명 중 대여섯 명은 강침에 맞을 테고, 그 틈에 서쪽으로 빠져나갈 계획이었다. 그러나 쟁, 쟁, 하는 소리가 연이어 들리더니 강침이 모두 어망에 달린 자석에 들러붙어버렸다.

"안 되겠다. 부야! 검으로 머리와 얼굴을 막으면서 정면으로 그물을 뚫고 나가거라."

곽부는 어머니의 말을 듣고 장검을 휘두르며 동북쪽 모서리를 향해 힘껏 달렸다. 네 명의 제자가 어망을 펼치며 그녀를 에워쌌다. 어망에 달린 칼이 그녀의 몸을 찔렀으나 연위갑에 부딪쳐 다시 튕겨 나갔다. 그러나 제자들은 좌우에서 그녀를 향해 한 발 한 발 다가갔다. 어망에 달린 칼은 곽부를 다치게 할 수 없었지만 어망은 여전히 그녀를 에워쌌다.

양과는 공손지 뒤에 서 있었기에 원래는 어망의 포위망 밖에 있었다. 그러나 여덟 장의 어망이 공손지의 명령에 따라 좌우에서 바쁘게 움직이더니 양과 역시 곧 포위망에 들어갔다. 양과는 상황이 불리해지자 현철검을 휘둘러 곽부를 에워싸고 있는 어망을 내리쳤다. 현철검의 강력한 힘에 어망이 절반으로 찢기면서 그것을 잡고 있던 네 명의 제자가 동시에 넘어졌다. 무삼통, 야율제 등이 지체 없이 앞으로 나서 권법과 장법으로 쓰러진 제자들의 근육과 뼈를 끊어 다시는 어망을 잡을 수 없게 만들었다.

양과는 크게 웃으며 번쩍 뛰어올랐다.

"자, 아직도 도망갈 수 있느냐?"

그는 뛰어오르며 재빨리 현철검을 두 번 휘둘렀다. 또다시 두 장의 어망이 찢어졌다. 이 어망은 금사와 철사를 엮어 만든 것으로 매우 투박하고 강했으나 현철검을 당해낼 수는 없었다. 마침내 세 번째 어망이 찢어지자 겁을 먹은 제자들이 점차 뒤로 물러나기 시작했다. 공손지가 소리쳤다.

"한꺼번에 공격해라! 다섯 장의 어망으로 동시에 공격해라! 다섯 장을 동시에 찢지는 못할 것이다. 어서 공격해라."

'다섯 장이 동시에 들어오면 어렵겠는데.'

양과는 제자들이 동시에 공격해오기 전에 기선을 제압하고자 좌측으로 비켜나며 현철검을 휘둘렀다. 또 한 장의 어망이 찢어졌다. 팽팽하게 당겨져 있던 어망을 현철검으로 내리치자 엄청난 소리가 났다.

그때 갑자기 대청 밖에서 누군가가 큰 소리로 외치는 소리가 들렸다.

"어딜 도망가느냐?"

모두들 고개를 돌려보니 한 사람이 대청 한가운데에 거만한 자세로 검을 짚고 서 있었다. 바로 적련선자 이막수였다.

뒤이어 또 한 사람이 대청으로 뛰어들었다. 주자류였다. 머리는 산

발을 한 채였고 온몸은 피로 얼룩져 있었다. 그는 무기도 들지 않은 채 맨손으로 이막수를 향해 달려들었다. 이막수는 비록 무기를 가지고 있었지만 워낙 미친 듯이 공격해 들어오는 주자류를 당해낼 수가 없어 옆으로 피했다. 둘 다 경공술이 뛰어난지라 쫓고 쫓기며 순식간에 대청 안을 예닐곱 바퀴나 돌았다. 이 모습을 지켜보던 양과는 이상한 생각이 들었다.

'이막수의 무공이 주 대숙보다 뛰어난데 왜 저리 주 대숙을 두려워하는 걸까? 또 천축승은 어찌 되었을까?'

두 사람 다 나름대로의 장점이 있었지만 경공술은 이막수가 훨씬 뛰어났다. 몇 바퀴를 돌고 나자 모두들 주자류가 이막수를 잡을 수 없다는 것을 확신했다. 게다가 주자류의 몸에서는 계속 피가 흐르고 있었다. 부상이 결코 가볍지 않은 것 같았다. 무삼통 부자가 좌우에서 이막수를 향해 다가갔다. 주자류가 비통한 목소리로 외쳤다.

"사형, 이자가 사숙을 죽였어요. 반드시……."

주자류는 숨이 차서 말을 잇지 못하고 비틀거렸다.

천축승이 죽었다는 얘기를 듣자 수양이 깊은 일등대사도 놀란 나머지 그 자리에서 벌떡 일어났다.

양과는 충격으로 인해 현기증이 났다. 고개를 돌려 소용녀를 바라보니 소용녀 역시 양과를 바라보고 있었다. 두 사람 모두 가슴이 철렁 내려앉으며 온몸이 싸늘해지는 것 같았다. 소용녀는 천천히 다가가 양과에게 몸을 기댔다. 양과는 그녀의 몸을 감싸 안으며 길게 한숨을 내쉬었다.

'모든 희망이 사라진 거야.'

천축승은 평소 독약을 많이 접했기 때문에 체내에 독에 대한 저항력이 매우 강했다. 그는 대량의 정화를 가져다가 스스로 자신의 몸을 찌른 후 반응을 기다렸다. 원래는 3일 밤낮 동안 기절해 있으리라고 예측했는데 이틀 밤낮이 지나자 천천히 깨어났다.

"정화의 독이 무섭다고는 하나 내가 생각한 것보다는 약한 것 같네. 틀림없이 해독법을 알아낼 수 있을 거야."

주자류는 뛸 듯이 기뻐하며 일등대사가 이미 절정곡에 도착했음을 알렸다.

"한시도 지체해선 안 됩니다. 어서 가서 약을 제조해야 합니다."

두 사람은 화완실을 나와 정화나무가 많이 자라고 있는 곳으로 갔다. 일반적으로 독을 가진 것과 그걸 해독할 수 있는 것은 같은 곳에 있게 마련이었다. 독사가 있는 곳에는 반드시 근처에 독을 해독할 수 있는 약초가 있는 법과 같은 이치였다. 그러니 정화나무 밑이나 그 근처에 틀림없이 정화의 독을 해독할 수 있는 무엇인가가 있을 터였다.

그런데 두 사람이 정화 숲에 들어서자마자 눈앞에서 반짝이며 날아오는 것이 있었다. 알고 보니 바위 뒤에 숨어 있던 이막수가 천축승이 다가오는 것을 보고 다짜고짜 빙백은침을 발사한 것이다. 무공을 할 줄 모르는 승려는 속수무책으로 가슴에 은침을 맞아 그 자리에 쓰러져 그만 숨을 거두고 말았다.

주자류는 획, 하는 소리와 함께 사숙이 쓰러지자 바위 뒤에 누군가가 있음을 알았다. 그러나 사숙이 이미 숨을 거둔 사실을 몰랐기 때문에 적을 살필 겨를도 없이 사숙에게 다가갔다. 이막수는 주자류가 적을 막기보다 오로지 사숙을 살릴 생각뿐임을 보고 또다시 은침을 날렸다. 다급해진 주자류는 맨손으로 은침을 내리쳐 땅에 떨어뜨렸다. 그 틈을 타 이막수가 장검으로 주자류의 오른쪽 어깨를 찔렀다. 어깨에 부상을 입은 주자류는 이막수를 상대하기 힘들었으나 뒤로 물러나면 사숙을 구할 수가 없었다. 마음은 다급하기 그지없으나 적이 계속해서 공격해 들어오니 그저 막기만 할 뿐이었다. 몇 초식을 겨루다 문득 사숙이 땅바닥에 엎드린 채 미동도 하지 않는 것을 깨달았다.

"사숙, 사숙!"

그러나 여전히 아무런 대답도 없었다. 이막수가 히죽히죽 웃으며 말했다.

"사숙의 대답을 들으려면 간단해. 너도 내 독침에 맞아 저승으로 가면 사숙과 대화를 나눌 수 있겠지."

사숙의 죽음을 알게 된 주자류는 마음이 찢어질 듯 아팠다. 이막수에 대한 증오가 끓어올라 손에 더욱 힘을 주어 공격했다. 달빛 아래 주자류의 눈이 증오로 불타올랐다. 죽기를 각오하고 미친 듯이 덤벼드는 모습에 이막수는 더럭 겁이 났다. 이막수는 장검으로 몇 차례 공격을 퍼부은 후 몸을 돌려 달아났다. 주자류는 얼른 사숙의 손목을 잡아 맥을 짚어보았으나 전혀 뛰지 않았다. 이미 숨을 거둔 것이 확실했다. 주자류는 고통과 슬픔에 찬 고함을 지르며 이막수의 뒤를 쫓았다. 그렇게 쫓고 쫓기며 대청까지 오게 된 것이었다.

공손지는 이막수를 보자 반가움을 감추지 못했다.

"마침 잘 오셨소. 이 도장, 이쪽으로 오시오."

황용은 이막수를 반기는 공손지의 태도를 보고 이미 둘 사이의 거래를 어느 정도 짐작할 수 있었다. 그들이 서로 가까이 가기 전에 막아야 했다.

"과야, 저 둘을 막아야 해!"

양과는 천축승이 죽었다는 소식을 듣자 모든 의욕이 사라지는 것 같았다. 이제 공손지가 절정단을 내놓든, 내놓지 않든 상관없었다. 양과는 황용의 말을 듣고도 쓴웃음만 지을 뿐 움직이지 않았다.

야율제가 얼른 찢어진 어망을 집어 들더니 한쪽 끝을 무돈유에게 내밀었다.

"돈유, 이쪽을 잡으시오."

야율제와 무돈유, 무수문 그리고 야율연 네 사람은 어망을 펼쳐 공손지와 이막수 사이를 가로막았다. 대청 안은 온통 난장판이 되어 있었다. 구천척이 몇 차례 대추씨를 발사하자 절정곡의 제자들은 피해 다니느라 정신이 없었다. 이미 다섯 명의 제자가 대추씨에 맞아 목숨을 잃었기에 더 이상 어망전을 펼칠 여유가 없었다.

공손지는 이리저리 피하다가 큰 소리로 말했다.

"이 도장, 각자 여기를 빠져나가 조금 전 만났던 곳에서 봅시다."

두 사람은 좌우에서 양과와 소용녀 곁을 지나 밖으로 나갔다. 양과는 그 모습을 보고도 막으려 하지 않고 내버려두었다.

"용 낭자, 공손지를 막아요. 그자에게 절정단이 있어요."

황용의 말에 소용녀는 정신이 번쩍 들었다.

'천축승이 죽은 이상 과의 독을 치료할 수 있는 길은 절정단밖에 없어.'

소용녀는 자신을 감싸고 있는 양과의 손을 뿌리치고 공손지를 향해 나르듯이 달려갔다. 양과는 그녀를 잡으면서 고개를 저었다.

"그냥 가게 내버려둬요."

"저자에게 절정단이 있는데 어떻게 내버려둬요?"

소용녀는 양과의 손을 뿌리치고 공손지의 뒤를 쫓았다. 양과도 하는 수 없이 소용녀를 따라갔다.

공손지와 이막수는 각기 서북쪽과 동북쪽을 향해 달렸다. 황용 일행도 양쪽으로 나뉘어 두 사람을 쫓았다. 소용녀, 양과, 정영, 육무쌍 네 사람은 공손지의 뒤를 쫓고, 무씨 부자, 주자류, 완안평 등 다섯 명은 이막수의 뒤를 쫓았다. 야율제 남매와 곽부는 일등대사와 황용 곁에 남아 구천척을 감시했다. 무씨 부자 일행 다섯 명 중 주자류는 피를 너무 많이 흘린 탓에 더 이상 이막수를 뒤쫓기 힘들었다. 일행이 주자류의 상처를 싸매주느라 잠시 지체하는 사이 그만 이막수를 놓치고 말았다. 주자류가 이를 갈며 말했다.

"저 악녀를 살려 보내면 무슨 염치로 사숙의 시신을 보겠소?"

일행은 정화 수풀 주변을 샅샅이 뒤졌다. 무삼통은 화가 머리끝까지 치민 나머지 굵은 막대기를 들고 나무들을 내리쳤다.

"공손지가 이막수에게 조금 전 만났던 곳에서 다시 보자고 했지요? 공손지만 놓치지 않으면 됩니다. 해독약을 구해야 하니 반드시 이막수가 공손지를 찾아올 거예요."

주자류의 말에 무삼통이 고개를 끄덕였다.

"사제의 말이 맞네. 차라리 가서 공손지를 찾아보세."

일행은 다시 서북쪽으로 방향을 틀었다. 얼마 가지 않아 앞에서 싸우는 소리가 들려왔다. 무삼통은 주자류를 부축하며 발걸음을 재촉했다. 싸우는 소리는 멀어졌다 가까워지기도 하고 때로는 아무 소리도 들리지 않을 때도 있었다. 일행은 밤새도록 소리를 따라 헤맸으나 찾지 못했다. 날이 점차 밝아오고 있었다.

그때 계곡을 울리는 웃음소리가 들렸다. 목소리가 매우 날카로워 어찌 들으며 새가 우는 소리 같기도 했다. 고개를 들어보니 맞은편 절벽 위에서 누군가가 하늘을 바라보며 큰 소리로 웃어대고 있었다. 바로 공손지였다. 절벽 밑은 끝을 알 수 없는 숲으로 어우러졌고 주변에는 높은 산봉우리가 즐비했다. 절벽 꼭대기는 구름을 뚫기라도 할 것처럼 높기가 이를 데 없었다.

미친 듯이 웃어대는 공손지의 모습에 주자류는 걱정이 되었다.

'만약 저자가 실성해 골짜기로 떨어지기라도 하면 어쩌지? 저자가 죽는 것은 괜찮지만 그러면 절정단을 구할 수가 없게 되잖아.'

모퉁이를 돌아서 절벽 가까이 다가가니 저만치에서 양과와 소용녀, 정영과 육무쌍 등이 역시 고개를 쳐들고 공손지를 바라보고 있었다.

소용녀가 주자류를 보며 낮은 소리로 말했다.

"주 사숙, 저자를 내려오게 할 방법이 없을까요?"

주위를 둘러보니 일행이 서 있는 곳과 공손지가 있는 곳 사이에 좁은 돌다리가 놓여 있었다. 돌다리와 절벽 위는 온통 이끼로 덮여 있어 매우 미끄러워 보였다. 더구나 너무 좁아 혼자 서서 몸을 돌리기도 힘들 것 같았다. 공손지가 자진해서 나오지 않는 한 힘으로 끌고 내려오기는 불가능했다. 무삼통은 양과가 두 아들의 생명을 구해준 데다 둘의 관계를 회복시켜주었기에 그 은혜를 갚고 싶었다.

"내가 가서 잡아오리다."

무삼통이 소매를 걷어붙이며 말했다. 그러자 정영이 그의 앞을 가로막았다.

"제가 갈게요."

말을 하면서 그녀는 몸을 날렸다. 신법이 어찌나 빠른지 이미 돌다리에 발을 올려놓고 있었다. 그러나 양과가 정영보다 더 빨랐다. 정영은 돌다리에 발을 들여놓는 순간 누군가 허리를 잡아당긴다 싶더니 순식간에 양과에 의해 제자리로 끌려 나오고 말았다.

"저 때문에 이럴 필요 없어요."

정영은 얼굴을 붉힌 채 아무 말도 하지 못했다. 그때 소용녀가 앞으로 나섰다.

"검을 좀 빌려주세요."

소용녀는 무돈유와 완안평 옆을 스치듯 지나가는가 싶더니 이미 두 사람의 검을 손에 들고 있었다. 무돈유와 완안평이 자신들의 검이 사라진 것을 알았을 때 소용녀는 이미 돌다리를 지나 공손지를 향해 다가가고 있었다. 물러설 곳이 없는 공손지는 소용녀가 다가오는 것을 보고 검을 휘둘러 돌다리 끝을 막아섰다.

"죽고 싶소?"

그러나 소용녀는 얼굴빛 하나 변하지 않았다.

'어떻게 해서든 절정단을 빼앗아야 해.'

소용녀는 일단 공손지를 달래보기로 했다.

"공손 어른, 당신은 제 생명의 은인이신데 도리어 해만 끼쳐드려 얼마나 죄송한지 몰라요. 제가 여기 온 건 결코 싸우기 위해서가 아니에요."

"싸우려고 온 것이 아니면 무엇 하러 왔소?"

"제발 절정단을 제게 주세요. 제 남편을 좀 살려주세요. 그렇게만

해주신다면 평생 그 은혜를 잊지 않을게요."

반대편에서 두 사람을 바라보던 양과가 소리쳤다.

"용아, 어서 돌아와요. 절정단 반 알 가지고는 당신과 나 두 사람을 살릴 수 없어요. 그러니 어서 돌아와요."

돌다리 위에서 옷자락을 휘날리며 서 있는 소용녀의 모습은 선녀처럼 아름다웠다. 그 여리고 가냘픈 몸이 마치 바람에 펄럭여 날아가버릴 것만 같았다. 이막수도 아름다웠지만 소용녀와는 비교가 되지 않았다. 공손지는 아름다운 소용녀의 모습을 넋이 나간 듯 멍하니 바라보았다.

"방금 양과라는 자를 남편이라 불렀소?"

"그래요, 우린 이미 결혼했어요."

"내 소원을 한 가지 들어주면 절정단을 당신에게 주겠소."

소용녀는 공손지의 번들거리는 눈동자를 보고 그의 의도를 알 수 있었다.

"전 이미 결혼한 몸인데 어찌 어른의 소원을 들어드릴 수 있겠어요? 절 어여삐 여겨주시는 마음은 잘 알지만 전 이미 낭군이 있는 몸입니다."

소용녀는 고개를 가로저으며 말했다. 공손지의 눈빛이 당장 싸늘하게 식었다.

"정히 그렇다면 어서 물러가시오. 더 이상 당신을 봐주지 않을 테요. 내 칼과 검이 당신을 해쳐도 날 원망하지 마시오."

"우리가 서로 싸워 원수가 된다면 서로 알게 된 인연이 아깝지 않나요?"

소용녀의 목소리는 매우 온화했다. 사실 그녀는 전에 공손지가 자신에게 베푼 은혜와 사랑을 잘 기억하고 있었다. 그러나 공손지는 여전히 냉소를 지을 뿐이었다.

"양과라는 자가 고통으로 땅바닥을 구르다 신음하며 죽는 모습을 내가 직접 봐야 속이 풀리겠소. 내 반드시 당신이 과부가 되는 모습을 지켜보리다."

공손지는 분노와 질투로 이를 갈았다. 얼굴은 일그러질 대로 일그러져 있었다.

양과는 계속해서 소용녀를 불렀다.

"용아, 돌아와! 그래 봐야 소용없어요."

양과는 당장이라도 뛰어가서 소용녀를 데려오고 싶었지만 그러기에는 돌다리가 너무나도 좁았다. 양과가 소리만 지를 뿐 달려오지 않자 공손지의 머리에 한 가지 생각이 떠올랐다.

'음, 좋은 기회겠는데……'

공손지와 소용녀 사이의 거리는 반 장이 채 되지 않았다. 생각 같아서는 한 발짝 다가가 소용녀를 잡아 인질로 삼고 싶었으나 그러기에는 지세地勢가 너무 위험했다. 게다가 발밑이 워낙 미끄러워 만약 소용녀가 조금이라도 반항을 하면 두 사람 모두 골짜기 밑으로 떨어질 것 같았다. 그러나 반대편에 있는 적들을 물리치고 절정곡을 빠져나가기 위해서는 소용녀를 인질로 삼는 것이 가장 좋은 방법이었다. 보아하니 양과를 제외한 나머지 사람은 별 볼일 없을 것 같았다. 전력을 다해 싸우면 승산이 없는 것도 아니었다. 지금으로서 제일 좋은 방법은 소용녀 뒤에 바짝 붙어 돌다리를 건너는 것이었다. 그리고 소용녀를 인질로 삼아 적들을 물러가게 한 후 이막수와 만날 생각이었다. 생각이 정해지자 공손지는 손에 들고 있던 검과 칼을 맞부딪쳤다. 금속이 부딪치는 소리가 계곡에 울려 퍼졌다.

"돌아가는 게 좋을걸."

공손지는 큰 소리로 외치며 소용녀를 향해 검을 찔렀다. 소용녀는 왼손에 들고 있던 검으로 공손지의 검을 막고 오른손의 검으로 반격했다.

그녀는 주백통에게서 분심합격술分心合擊術을 배운 후 무공이 많이 늘었다. 비록 부상을 입은 후 내공이 점차 약해지고 있는 상황이기는 했지만, 그녀가 구사하는 옥녀소심검법은 공손지의 금도흑검에 비할 바가 아니었다. 공손지의 칼과 검이 비록 변화무쌍하게 움직이기는 했지만 칼은 역시 칼이요, 검은 역시 검일 뿐이었다. 소용녀가 양손의 검을 휘두르자 두 개의 흰 원이 형성되어 마치 두 명의 고수가 함께 공격하는 것과 같은 위력을 발했다. 공손지는 점차 후회가 되었다.

'무공 실력이 이렇게 강한 줄 알았다면 차라리 협조하는 방법을 택했을 것을.'

다행히 옥녀소심검법이 초식은 절묘하나 사람을 해치는 위력은 강하지 않은 데다 소용녀 역시 공손지를 해칠 생각은 없었기에 버틸 수 있었다.

두 사람이 한창 싸우고 있는데 일등대사, 황용, 곽부, 야율제, 야율연 등이 도착했다. 모두들 위험한 절벽 위에서 싸우고 있는 두 사람을 보고 놀란 입을 다물지 못했다. 곽부가 야율제를 바라보며 말했다.

"어서 가서 도와줍시다."

그러나 야율제는 고개를 가로저었다.

"돌다리가 너무 좁아서 안 돼요."

곽부는 공손지와 겨룬 적이 있기 때문에 그의 무공이 매우 강하다는 것을 잘 알고 있었다. 설사 황용이 나선다 해도 쉽지 않을 것인데 소용녀 혼자 어떻게 그를 상대한단 말인가? 곽부는 마음이 급해졌다.

"엄마, 엄마, 용 낭자를 구할 방법을 생각해보세요."

사실 곽부뿐 아니라 일행 모두가 소용녀에 대한 걱정으로 마음을 졸이고 있었다. 그러나 돌다리는 한 사람이 서기에도 매우 비좁았다. 공손지는 금도흑검으로 계속해서 살수를 전개했다. 소용녀는 쌍검을 종횡으로 휘두르고 있기는 했으나 힘이 부족해 보였다.

일등대사, 양과, 황용, 그리고 주자류 네 사람만이 소용녀의 초식이 훨씬 뛰어나다는 것을 알 수 있었다. 사실 경공술을 따져도 소용녀가 공손지보다 훨씬 뛰어났지만 발밑이 워낙 미끄러워 자칫 잘못하면 절벽 밑으로 떨어질 위험이 있었다. 소용녀의 쌍검이 일으키는 두 개의 흰 원 중 하나는 점차 누런빛을, 다른 하나는 점차 검은 기운을 내뿜었다. 모두들 손에 땀을 쥐고 숨을 죽인 채 두 사람의 싸움을 지켜보았다.

황용은 소용녀가 쌍검을 이용해 분심합격술을 사용하고 있다는 것을 알았다. 이 무공은 오직 주백통과 곽정만 할 줄 아는 것인데, 소용녀가 구사하는 것으로 보아 주백통이 전수해준 게 틀림없어 보였다. 원래는 매우 강한 위력을 발할 수 있는 무공이나 소용녀의 부상이 워낙 중하고 내공이 소모된 상태인지라 힘이 부족해 이기지 못할 뿐이었다. 안타까운 마음으로 지켜보던 황용의 머리에 문득 좋은 생각이 떠올랐다.

"과야, 너와 내가 동시에 공손지에게 말을 걸어보자꾸나. 넌 어떻게

든 저자를 위협하고 겁을 주어라. 난 듣기 좋은 말로 달래서 저자의 마음을 분산시켜야겠다."

양과는 황용의 제의에 쾌히 응하며 소리 높여 외쳤다.

"공손지, 이막수가 당신을 만나면 죽여버리겠다고 하더구나."

이번에는 황용이 목소리를 높여 말했다.

"공손 어른, 제가 이미 구천척을 죽였으니 안심하세요."

양과 역시 동시에 목소리를 높였다.

"이막수는 당신을 못 찾아서 지금 화가 단단히 나 있다."

"아니에요. 제가 이막수를 만났는데, 당신이 정화의 독을 없애주기만 하면 당신에게 시집가겠다고 하던걸요? 모든 일이 잘 해결될 테니 걱정하지 마세요. 서로 잘 지내는 게 피차에 좋지 않아요?"

"전에 네가 죽인 유아가 귀신이 되어 널 찾아갈 거다. 앗, 유아가 네 뒤에 있다. 어서 뒤를 봐!"

황용과 양과가 번갈아가며 소리를 질러대자 공손지는 기쁨과 공포가 엇갈리며 정신이 혼란스러워졌다. 물론 소용녀 역시 두 사람의 말을 듣긴 했지만 일단은 자신과 상관없는 일이었다. 그리고 분심합격술을 쓰고 있기 때문에 마음을 비운 상태인지라 전혀 영향을 받지 않았다. 공손지는 그러잖아도 힘겹게 싸우고 있는 터에 정신마저 산란해지니 곧 발을 헛디딜 것만 같았다.

"쓸데없는 소리 집어치우지 못해?"

"공손지, 당신 등 뒤에 머리를 풀어 헤친 낭자가 대체 누구야? 얼굴이 피투성이가 된 채 혀를 쭉 빼고 있는데, 끔찍하기도 해라. 손톱은 또 왜 저렇게 길어? 어! 어! 공손지, 당신의 목을 잡으려 하고 있어!"

떠들어대던 양과는 갑자기 기를 실어 큰 목소리로 외쳤다.

"좋아, 어서 공손지의 목을 졸라!"

공손지는 양과가 자신을 혼란시키기 위해 되는대로 지껄이고 있다는 것을 알고 있었지만, 워낙 큰 소리로 외치니 저도 모르게 힐끗 뒤를 돌아보았다. 그러자 등에서 식은땀이 흘렀다.

소용녀는 때를 놓치지 않고 장검을 휘둘러 공손지의 왼손 손목을 찔렀다. 공손지의 금도가 허공으로 날아올랐다. 금도는 아침 햇살 아래 빛을 발하더니 절벽 밑 골짜기로 떨어졌다. 칼을 놓친 공손지는 공격은커녕 방어를 하기에도 힘겨워했다.

소용녀는 쌍검을 휘둘러 연속 네 차례 공격을 퍼부었다. 공손지는 잠시 비틀거리는가 싶더니 오른손 손목마저 찔렸다. 결국 오른손에 들고 있던 흑검마저도 골짜기 밑으로 떨어지고 말았다. 소용녀는 두 개의 검으로 공손지의 가슴과 아랫배를 겨냥한 채 말했다.

"공손 어른, 절정단을 주시면 해치지 않겠습니다."

"당신은 날 해치지 않겠지만 다른 사람들은 그러지 않을 텐데."

공손지의 목소리가 떨렸다.

"제가 보장할게요. 절 믿으세요."

일이 이렇게 되자 공손지도 우선 자기 목숨을 살리는 것이 중요했지 이막수를 고려할 여유가 없었다. 그는 품속에서 작은 자기병을 꺼내 소용녀에게 건네주었다. 소용녀는 왼쪽 검으로 여전히 공손지의 아랫배를 겨눈 채 오른손으로 병을 받았다. 마음속에 기쁨과 비애가 교차했다.

'나는 비록 머지않아 죽겠지만 절정단을 구했으니 과는 살릴 수 있겠구나.'

절정단을 손에 넣은 소용녀는 돌다리를 건너 양과 일행이 있는 곳으로 돌아왔다.

무삼통, 주자류 등은 소용녀의 무공이 뛰어나다는 것을 알고는 있었지만 이 정도로 신출귀몰할 줄은 생각지도 못했다. 양손에 검을 쥐고 각기 다른 검법을 구사하는 것은 평생 동안 듣도 보도 못한 검법이었다. 주백통과 곽정이 양손으로 각기 다른 무공을 쓸 수 있다는 말을 듣기는 했지만, 그저 소문으로 들었을 뿐인지라 반신반의했다. 그런데 오늘 그 무공을 직접 보고 나니 탄복하지 않을 수 없었다. 야율 남매와 무씨 형제, 정영, 육무쌍 등도 놀라기는 마찬가지였다. 소용녀의 나이는 그들과 비슷한 또래인데 무공 실력이 이렇게 뛰어나니 진심으로 존경스러웠다. 그녀가 손에 병을 들고 선녀처럼 옷자락을 휘날리며 돌다리를 건너오자 일행은 환호성을 지르며 박수를 쳤다.

양과가 앞으로 나서서 그녀를 맞이했다. 일행이 소용녀를 둘러쌌다. 소용녀는 병뚜껑을 열고 절정단 반 알을 꺼냈다.

"과, 설마 이 약이 가짜인 건 아니겠지요?"

그러나 양과는 약에 관심을 보이지 않았다.

"용아, 괜찮은 거야? 얼굴이 너무 창백해요. 숨을 한번 크게 내쉬어봐요."

소용녀는 담담하게 미소를 지어 보였다. 그녀는 돌다리를 건너올 때 이미 단전의 기와 혈이 역행하면서 구토와 현기증을 느꼈다. 진기를 운기해 억지로 눌러보려 했으나 호흡을 고를 수가 없었다. 상태가 위중하다는 걸 스스로도 느꼈다. 그래도 절정단을 구했으니 천만다행이었다. 양과는 그녀의 오른손을 꼭 쥐었다. 손이 얼음장처럼 차가웠다.

"괜찮은 거예요?"

양과의 목소리는 걱정과 놀라움으로 떨렸다.

"괜찮아요. 어서 절정단을 먹어요."

양과는 그녀가 주는 반 알의 절정단을 받아 들었다.

"우리 두 사람의 목숨을 모두 구할 수 없는 바에야 이까짓 절정단이 무슨 소용 있겠어요? 당신이 곁에 없는데 내가 어떻게 살아간단 말이에요!"

양과는 손에 든 절정단을 절벽 밑으로 던져버렸다. 그것은 이 세상에서 양과의 체내에 쌓인 독을 해독할 수 있는 유일한 약이었다. 전혀 예상치 못한 양과의 행동에 모두들 깜짝 놀랐다.

소용녀는 양과의 마음을 알고 참으로 비통하면서도 감격스러워 눈물이 났다. 그러나 조금 전 심한 혈투를 벌인 탓에 독이 발작을 일으키는지 더 이상 버틸 수가 없었다. 잠시 비틀거리던 소용녀는 기절하며 양과의 품으로 쓰러졌다.

곽부, 무씨 형제, 완안평, 야율연 등은 양과의 행동을 이해할 수 없어 제각기 중얼거렸다.

"도대체 어떻게 된 거야?"

"이제 어떡하면 좋아……."

그때 무삼통이 왼쪽 산모퉁이에서 달려오며 소리쳤다.

"오늘은 결코 널 놓치지 않겠다!"

모두들 고개를 돌려보니 공손지가 산비탈의 작은 오솔길을 따라 서쪽으로 달려가고, 저쪽 산등성이 위에는 이막수가 서 있었다. 두 사람은 점차 가까워지고 있었다. 무삼통이 빠른 속도로 뒤쫓고 있었지만 아직 거리가 멀었다.

그때였다. 누군가 소리 내어 웃으며 나타났다. 그는 어깨에 큰 나무 상자를 짊어진 백발의 노인 주백통이었다.

"노완동! 저 여자 좀 잡아주세요."

황용의 말에 주백통은 신이 난 듯 대답했다.

"좋아! 모두들 이 노완동의 실력을 잘 보라고."

주백통은 짊어졌던 나무 상자를 조심스럽게 내려놓았다.

몽고 대군이 종남산을 불태우자 전진교의 도사들은 하는 수 없이 모두 후퇴했다. 그래서 전진교가 보관하고 있던 서적과 문서들은 모두 훼손되었다. 주백통은 그 난리 틈에 이 상자를 주워 그 안에 소용녀가 기르던 옥봉을 담아두었다. 며칠 동안 벌들과 씨름하다 보니 어느덧 제법 잘 다룰 수 있게 되었다. 마침 오늘 벌 다루는 솜씨를 선보일 기회를 만나니 기쁘기 그지없었다. 그가 뚜껑을 열고 양손으로 상자를 흔들자 그 속에서 벌 떼가 날아오르더니 곧장 이막수를 향해 날아갔다.

공손지는 벌 떼를 보더니 깜짝 놀라 더 이상 이막수에게 다가가지 못하고 수풀 사이로 몸을 숨겼다. 이막수는 벌 떼가 자신을 향해 날아오는 것을 보고 달리 갈 곳이 없어 양과 일행이 있는 동쪽으로 피했다. 무씨 부자, 정영, 육무쌍 등이 각자 무기를 들고 이막수에게 다가갔다.

야율제가 소리쳤다.

"사부님, 정말 대단하십니다. 이제 그만 벌 떼를 불러들이시지요."

주백통은 휘파람을 불어 벌 떼를 거두어들이려 했다. 그러나 우쭐한 기분에 다소 흥분했던지 벌들이 전혀 말을 듣지 않았다. 벌 떼는 여전히 이막수를 향해 날아갔다.

양과는 낮은 목소리로 품에 안긴 소용녀를 흔들어 깨웠다.

"용아, 용아."

소용녀가 천천히 눈을 떴다. 귓가에 벌 떼 소리가 들리니 종남산의 고묘로 돌아온 것 같았다. 소용녀가 활짝 웃으며 물었다.

"집에 돌아온 건가요?"

그러나 정신을 차려보니 조금 전 있었던 일이 생생하게 떠올랐다. 상황을 파악한 소용녀는 낮게 휘파람을 불기도 하고 큰 소리로 고함을 지르기도 하며 벌 떼를 불러들였다. 벌 떼는 즉시 원을 그리며 이막수 주변을 빙빙 돌 뿐 더 이상 어지럽게 날아다니지 않았다.

"사자, 평생 동안 나쁜 짓만 일삼더니 이제 좀 후회가 되시나요?"

이막수의 얼굴은 사색이 되어 있었다.

"절정단은?"

"절정단은 저 절벽 밑에 있어요. 왜 천축승을 죽였나요? 만약 그를 죽이지 않았다면 그가 양과와 나는 물론 사자의 독도 치료해주었을 텐데."

소용녀의 말을 듣고 이막수는 가슴이 철렁 내려앉았다. 빙백은침으로 천축승을 죽인 것이 결국 자기 자신까지 죽게 만들 줄은 꿈에도 몰랐다. 무씨 부자, 정영, 육무쌍 등이 사방에서 이막수를 에워쌌다. 주백통은 여전히 벌 떼를 조정해보려고 휘파람을 불다가 고함을 지르다 했지만 벌들은 요지부동이었다.

"이렇게 하는 거예요."

보다 못한 소용녀가 벌 떼를 조정하는 법을 가르쳐주었다. 주백통은 소용녀가 가르쳐준 대로 소리를 내보았다. 과연 벌들이 모두 상자 속으로 들어갔다. 주백통은 좋아서 어쩔 줄 몰랐다. 어린아이 같은 주백통의 모습에 일등대사가 미소를 지었다.

"주 형, 오랫동안 뵙지 못했는데 여전하시군요."

일등대사의 말을 듣고 주백통은 얼굴을 붉히며 급히 상자 뚜껑을 닫았다.

"단 황야, 당신도 좋아 보이십니다."

주백통은 상자를 어깨에 짊어지고 소용녀를 향해 말했다.

"용 낭자, 내가 양손으로 서로 다른 무공을 사용하는 법을 가르쳐 주었으니 내가 네 사부가 되는 거지? 그런데 이제 네가 벌 떼 다루는 법을 가르쳐주었으니 너도 내 사부가 되었구나. 그러면 나는 나의 조사님이 되는 셈인데, 재미있지 않느냐? 하하하!"

상황이 이렇게 되니 이막수는 마음이 다급해졌다. 황용, 양과, 소용녀 등과는 일대일로 싸워도 이길 자신이 없는데 더구나 저들이 한꺼번에 덤빈다면 결과는 뻔했다. 그러나 달리 빠져나갈 방법도 없었다.

"무림의 고수는 한꺼번에 한 사람을 공격하지는 않는다. 사매, 나는 고묘파의 제자인데 설마 다른 사람 손에 죽게 놔두진 않겠지?"

이막수는 장검의 끝을 자신의 가슴으로 향하게 한 채 손잡이를 소용녀에게 내밀었다. 소용녀는 조용히 고개를 저었다.

"지금 와서 사자를 죽인들 무슨 의미가 있겠어요?"

"이막수, 육전원과 하원군의 시체를 어떻게 했느냐?"

무삼통이 매서운 목소리로 물었다. 이막수는 갑자기 육전원과 하원군의 이름을 듣자 얼굴이 굳어지며 눈에 살기가 돋았다. 그녀의 얼굴

근육이 부르르 떨렸다.

"둘 다 불에 태워서 가루를 만들었지. 그리고 다시는 만날 수 없도록 하나는 화산 정상에, 또 하나는 동해 바다에 뿌렸다."

이막수가 이를 갈며 대답했다. 그녀의 목소리는 귀기가 서린 듯 음침했다. 모두들 그녀의 뿌리 깊은 한과 증오에 새삼 가슴이 서늘해졌다.

이번에는 육무쌍이 원한에 찬 얼굴로 앞으로 나서며 외쳤다.

"용 낭자는 마음이 착해 차마 널 죽이지 못하지만 난 달라. 내 오늘 반드시 부모님을 죽인 원수를 갚아야겠다."

무씨 형제도 앞으로 나서며 동시에 말했다.

"넌 우리 어머니를 죽인 원수다. 남들이 모두 널 용서한다 해도 우린 결코 용서 못 해!"

이막수는 여기저기에서 원한에 사무친 소리가 들리자 다소 기가 꺾이는 듯했다.

"나는 평생 동안 수없이 많은 사람을 죽였지. 그런데 날 죽이고 싶은 사람은 많겠지만 내 목숨은 하나뿐이야."

"그러니 한 번 죽어 끝내게 된 것을 다행인 줄 알아라."

육무쌍과 무수문이 각기 칼과 검을 들고 앞으로 나섰다. 두 사람을 노려보던 이막수가 갑자기 손목에 힘을 주고 흔들자 손에 들고 있던 장검이 두 동강 났다. 이막수의 입가에 비웃음이 감돌았다. 자신의 장검을 부러뜨린 이막수는 양손을 등 뒤로 돌려 뒷짐을 졌다. 반격하지 않을 테니 마음대로 하라는 태도였다.

바로 그때 동쪽에서 검은 연기와 화염이 크게 일었다. 황용이 외쳤다.

"이런, 불이 난 모양이군!"

"이자를 죽이는 것은 나중으로 미루고 일단 가서 사숙의 시체를 찾아야 해요."

주자류가 다가와 일양지법으로 이막수의 혈도를 세 군데 찍어 도망가지 못하도록 했다.

"공손 낭자의 시체도 찾아야 해요."

정영의 말에 모두들 고개를 끄덕였다.

"맞아."

무씨 형제가 이막수를 맡고, 일행은 불이 난 쪽을 향해 달렸다. 양과, 소용녀, 황용, 일등대사 등이 가장 뒤에서 천천히 뒤를 따랐다. 가까이 다가갈수록 뜨거운 열기가 얼굴을 덮쳤다. 남녀의 비명 소리, 건물 무너지는 소리가 어지럽게 들려왔다. 무삼통이 혀를 끌끌 찼다.

"공손지의 짓이야. 용 낭자는 이런 잔악한 놈을 어찌 죽이지 않고 살려 보냈을까?"

"공손지의 짓이 아닐 겁니다. 구천척 짓이에요."

주자류의 말에 무삼통이 의아한 표정을 지었다.

"구천척요? 이곳이 그녀의 근거지인데 왜 그런 짓을 해요?"

"절정곡의 제자들이 그녀를 따르지 않으니까요. 공손지를 없앤다 해도 절정곡에 정착하기는 힘들 겁니다. 그럴 바에야 차라리 모조리 없애버리겠다는 심보겠지요."

일행은 정화 수풀 근처 천축승이 숨을 거둔 장소에 도착했다. 주자류가 달려가 사숙의 시체를 안아 일으켰다. 엷은 미소를 띠고 있는 것이 아직도 살아 있는 듯한 모습이었다. 무삼통이 혀를 차며 안타까워했다.

"다행히 별 고통 없이 죽은 모양이군."

주자류가 슬픔에 겨워 비통한 목소리로 말했다.

"돌아가시기 직전 정화의 독을 없앨 약초를 찾고 계셨어요."

황용과 일등대사도 도착했다. 황용은 주자류의 말을 듣고 천축승의 시체 주변을 샅샅이 살폈다. 그러나 별로 특이한 점을 발견할 수 없었다. 천축승의 몸을 뒤져보았지만 역시 아무것도 찾을 수 없었다. 황용이 물었다.

"사숙께서 특별히 남기신 말씀은 없었습니까?"

"없었네. 사숙이나 나나 이곳에서 적의 공격을 받으리라고는 전혀 예상치 못한 터라 그저 약초를 찾고 있었지."

미소를 띤 채 숨을 거둔 승려의 얼굴을 바라보던 황용은 급히 그의 손바닥을 펼쳐 보았다. 과연 오른손 엄지와 식지 사이에 짙은 자색의 작은 풀이 있었다.

"이게 무슨 풀이지요?"

그녀는 이리저리 살펴보다가 풀을 코에 대고 냄새를 맡아보았다. 이상한 냄새가 났다. 악취 때문에 토할 것만 같았다.

"곽 부인, 조심하세요. 단장초斷腸草라는 독초입니다."

일등대사의 말에 황용은 실망감을 감추지 못했다.

그때 무씨 형제가 이막수를 끌고 도착했다. 무수문이 이막수를 노려보며 말했다.

"독초라면 이 마녀에게 먹여 죽이면 어떨까요?"

그 말에 놀라며 서로 쳐다보는데, 바람을 따라 뜨거운 열기가 사람들을 감쌌다. 불길이 숲을 태우며 점점 다가왔다.

"우선 동북쪽에 있는 석산 위로 피해야겠어요."

모두들 황용이 가리키는 쪽을 향해 뛰기 시작했다. 절정곡의 가옥들은 이제 거의 불길에 휩싸였다.

이막수는 혈도가 찍힌 상태라 겨우 걸을 수 있었다. 그녀는 남몰래 운기해 혈을 풀어보려 했다. 일단 혈도만 풀리면 적들이 방심하는 틈에 기습 공격을 할 수 있을 터였다. 설혹 적들을 이기지는 못할지라도 최소한 그들의 손에서 벗어날 수는 있을 것이다. 그러나 진기眞氣를 운기하자 뜻밖에 가슴과 아랫배에 심한 통증이 느껴졌다. 이막수는 고통을 이기지 못하고 비명을 내질렀다.

그녀는 온몸이 정화에 찔린 상태였다. 조금 전 운기할 때까지만 해도 정화의 독이 아직 발작을 일으키지 않았지만, 혈도를 찍혀 진기가 흩어지자 독의 발작이 심해진 것이다. 이막수는 가슴을 움켜쥐며 고통스러워했다.

문득 저 멀리에서 양과와 소용녀가 어깨를 나란히 하며 걸어오는 것이 보였다. 하나는 멋지고 잘생긴 미소년이고, 하나는 여리고 아름다운 낭자였다. 갑자기 눈앞이 흐려지는가 싶더니 평생 동안 사모해온 육전원의 모습이 보였다. 이막수는 원망에 찬 목소리로 말했다.

"육전원! 드디어 나타나셨군요. 무슨 낯으로 내 앞에 나타난 거죠?"

그녀는 발작 증세를 일으키는 것 같았다. 전신이 부들부들 떨리고 얼굴 근육이 실룩거렸다. 그 모습이 어찌나 공포스러운지 모두들 저도 모르게 뒷걸음질을 쳤다.

평생 동안 도도하고 거만하게 살아온 그녀는 늘 표독스러운 모습으로 사람들을 위협했다. 좀처럼 약한 모습을 보이지 않던 그녀가 지금 죽음 앞에서 몸을 벌벌 떨며 고통스럽게 소리쳤다.

"너무 아파. 나 좀 살려줘요."

주자류가 천축승의 시체를 가리키며 말했다.

"우리 사숙이 당신을 구해줄 수 있었는데, 당신이 죽였어!"

"그래, 내가 죽였다. 이 세상의 모든 사람을 다 죽여버릴 테다. 억울해! 난 죽는데 왜 너희는 멀쩡하게 살아 있는 거지? 너희도 죽어야 해. 나랑 같이 죽어야 해!"

이막수가 이를 갈며 말했다. 그러다 더 이상 고통을 참을 수 없었던지 갑자기 무돈유가 들고 있는 장검을 향해 몸을 던졌다. 무돈유는 이막수를 죽여 복수하겠다는 생각을 한시도 잊은 적이 없었지만, 이막수가 갑자기 검 끝을 향해 몸을 날리자 깜짝 놀라 뒤로 피했다.

이막수는 검에 찔려 죽으려던 것이 실패로 돌아가자 이번에는 맹렬한 불길 속으로 몸을 던졌다. 불길은 순식간에 이막수의 몸을 삼켰다. 그녀의 몸부림이 불길 속에서 간간이 보였다. 그 끔찍한 광경에 모두들 고개를 돌렸다.

소용녀는 그래도 자신의 사자인지라 마음이 아팠다.

"사자, 어서 나와요!"

그때 불길 속에서 처량한 노랫소리가 흘러나왔다.

"세상 사람에게 묻노니, 정이란 무엇이길래 이토록 생과 사를 같이하게 한단 말인가. 하늘과 땅을 가로지르는 저 새야……."*

노랫소리가 점차 약해지더니 마침내 완전히 잠잠해졌다.

소용녀는 양과의 팔을 꼭 잡은 채 말없이 눈물을 흘렸다. 평소 이막수가 저지른 악행을 생각하면 죽어 마땅했으나 그녀 역시 태어날 때부터 악독한 성격을 타고난 것은 아니었다. 다만 엇갈린 사랑 때문에 세상에 한을 품으면서 잘못된 길로 들어선 것이었다. 생각해보면 그녀 역시 불쌍한 사람이었다.

육무쌍은 식구들이 모두 이막수의 손에 죽었기 때문에 이막수에 대한 원한이 깊었다. 그러나 오늘 이막수가 비참하게 죽는 모습을 보자 비록 원수는 갚은 셈이지만 결코 기쁘지 않았다.

황용은 품에 안긴 곽양을 바라보았다. 이막수가 비록 극악무도한 사람이기는 했지만 평생 동안 단 한 가지 착한 일을 한 것이 있다면 바로 곽양을 한 달여 남짓 보살펴준 일이었다. 황용은 잘 가라는 인사로 곽양의 작은 손을 들어 불길을 향해 흔들어주었다.

양과는 원래 곧장 대청으로 가서 공손녹악의 시체를 찾을 생각이었다. 그러나 불길이 대청에서 시작된 탓에 가까이 접근할 방법이 없었다. 대청은 이미 사방이 화염에 휩싸여 있었다. 공손녹악은 착하고 선량한 사람이었는데, 그녀 역시 사랑 때문에 목숨을 잃었다. 양과는 공손녹악을 생각하니 너무나 불쌍해 절로 한숨이 나왔다.

그때 동북쪽 산 정상에서 누군가가 기괴한 목소리로 웃는 것 같기

---

* "세상 사람에게 묻노니, 정이란 무엇이길래 이토록 생과 사를 같이하게 한단 말인가"는 금나라 시인 원호문元好問의 《매피당遍陂塘》〈안구사雁丘詞〉에 나오는 구절이다. 이 가사는 금金 태화泰和 5년에 쓴 것인데, 당시는 이막수가 아직 출생하지 않았을 때이다. 원호문은 산서山西 태원太原으로 과거를 보러 가던 중 길에서 우연히 기러기를 잡는 사람을 만났다. 그 사람이 원호문에게 말하길 "내가 기러기 한 쌍을 잡았는데 한 마리는 죽었고 한 마리는 그물을 피해 요행히 도망을 쳐 살았습니다. 그런데 살아남은 기러기가 도망가지 않고 배회하며 슬피 울다가 땅에 머리를 찧고 죽어버렸답니다"라고 했다. 이 이야기에 감동을 받은 원호문은 죽은 한 쌍의 기러기를 사서 고이 묻어준 후 돌을 쌓아 표시하고 그곳을 기러기 무덤이란 뜻으로 '안구'라 칭했다.

32. 정이란 무엇이길래

도 하고 우는 것 같기도 한 소리를 냈다. 괴물의 울부짖음 같아 매우 귀에 거슬렸다.

"구천척이다! 언제 저기까지 갔을까?"

양과가 먼저 알아보고 말했다. 소용녀는 구천척을 보자 또 해독약이 생각났다.

"우리 그녀에게 가봐요. 혹시 절정단이 더 있으면……."

소용녀의 말에 양과가 쓴웃음을 지었다.

"용아, 아직도 모르겠어요?"

'절정단을 하나 더 얻을 수 있다면 얼마나 좋을까. 그렇게만 된다면 이번에는 꼭 양과에게 먹여야지. 아까처럼 약을 없애버리게 그냥 두지는 않겠어.'

황용, 무삼통, 주자류 등도 모두 소용녀와 같은 생각이었다.

"어서 가보자."

모두들 이구동성으로 말했다. 무씨 부자, 야율제, 완안평 등이 앞장을 섰다. 양과는 한숨을 쉬며 고개를 가로저었다.

"가지 말아요. 우리 둘 다 살릴 수 있는 약이라면 몰라도 소용없어요."

말없이 서 있던 정영이 안타까운 눈으로 그를 쳐다보았다.

"양 대형, 우리 모두의 마음을 저버려서는 안 돼요. 어서 같이 가봐요."

정영은 양과를 극진히 생각했다. 양과도 정영의 마음을 잘 아는지라 고마운 마음이 들었다. 비록 소용녀를 사랑하는 마음은 변할 수 없었지만 정영을 대하는 마음 역시 각별했다. 정영은 한 번도 양과에게 무엇을 바라거나 부탁한 적이 없었다. 그런 그녀가 같이 가자고 간절히 권하자 차마 거절할 수 없었다. 양과는 하는 수 없이 고개를 끄덕였다.

"좋아요. 구천척이 산 정상에서 무슨 수작을 부리는지 한번 가봅시다."

일행은 구천척의 웃음소리를 따라 산 정상을 향해 달렸다. 가까이 다가가 보니 바로 양과와 공손녹악, 구천척이 지하 동굴에서 빠져나온 곳이었다. 세월이 흐른 탓에 주변 환경이 많이 바뀌어 있었다. 그때 함께 있던 공손녹악은 이미 세상을 떠났다. 이제 머지않아 양과도 세상을 떠날 것이었다.

일행은 산 정상 조금 떨어진 곳에서 걸음을 멈췄다. 구천척은 산 정상에 의자를 놓고 앉아서 여전히 이상한 소리를 내고 있었다. 육무쌍이 말했다.

"혹시 실성한 게 아닐까요?"

황용이 모두에게 주의를 주었다.

"가까이 가지 말아요. 악독하고 간교한 여자라 미친 척하는 건지도 몰라요. 조심해야 해요."

다른 사람들도 구천척의 대추씨가 얼마나 무서운지 잘 알기에 감히 가까이 다가갈 수 없었다. 황용이 막 운기해 뭐라 말을 걸려는데 갑자기 구천척의 뒤쪽에 사람 그림자가 어른거렸다. 바로 공손지였다.

공손지는 구천척이 산 정상에 혼자 앉아 있는 모습을 보고 지금이 그녀를 죽일 수 있는 좋은 기회라는 생각이 들었다. 양과 일행이 오면 구천척을 상대할 틈이 없을 것이기에 위험을 무릅쓰고 산 정상으로 올라온 것이다.

공손지는 도포를 벗어 오른손에 들고 휘둘렀다. 힘이 도포 끝까지 전해져 긴 옷이 꼿꼿해졌다. 모두들 속으로 그의 무공에 갈채를 보냈다.

"독한 년, 수백 년 전부터 조상들이 물려주신 유산을 모두 태워버리다니, 네가 그러고도 온전할 줄 알았더냐?"

공손지가 구천척을 향해 도포를 휘둘렀다. 구천척도 공손지를 향해 대추씨를 발했다. 두 사람 사이에 거리가 있는지라 허공을 가르는 대추씨 소리가 매섭게 울려 퍼졌다. 공손지는 도포를 휘둘러 대추씨를 막았다. 대추씨의 위력이 대단해 도포가 약간 찢어지기는 했으나 공손지의 몸을 상하게 하지는 못했다. 공손지는 구천척의 대추씨를 막아내자 용기가 생겨 그녀를 향해 다가갔다.

"자, 이젠 각오해야 할 거야."

구천척은 공손지가 다가오는 것을 보고 찢어지는 듯한 소리로 비명을 질렀다.

"아악!"

황용은 구천척의 태도를 이해할 수 없었다.

'분명 미친 게 아닌데 왜 저렇게 미친 듯이 큰 소리로 웃어 공손지를 끌어들였을까?'

순간 바람을 가르는 소리가 났다. 구천척이 연이어 두 개의 대추씨를 날렸다. 공손지와 구천척 사이의 거리가 더 가까워졌기 때문에 대추씨의 위력은 더 강해졌다. 공손지는 기합 소리를 지르며 연신 도포를 휘둘러 대추씨를 막아냈다. 그런데 그의 몸이 갑자기 땅 밑으로 푹 꺼지는 것이 보였다. 그 모습을 본 구천척이 통쾌하게 웃어댔다.

"하하하하……."

그 순간이었다. 공손지가 사라진 땅 밑에서 도포 자락이 솟아오르더니 구천척을 뒤덮었다. 결국 구천척은 의자에 앉은 채 땅 밑으로 끌려 들어가고 말았다. 구천척의 웃음소리가 비명 소리로 바뀌었고, 뒤이어 공손지의 비명 소리도 들렸다. 한참이 지나서야 공포스러운 이중주의 비명 소리가 멎었다. 주변은 숨이 막힐 듯이 조용해졌다.

이 장면을 지켜본 일행은 놀랍고 의아한 나머지 멍하니 서로의 얼굴만 마주 보았다.

양과만이 어찌 된 영문인지 알 수 있었다.

"죗값을 받는구나."

일행은 발걸음을 재촉해 산 정상으로 올라갔다. 꼭대기에 큰 동굴이 파여 있고, 동굴 주위에는 네 구의 시체가 널브러져 있었다. 모두 절정곡의 제자들이었다. 구멍 속을 들여다보니 어찌나 깊은지 바닥이 보이지 않았다. 양과와 공손녹악이 지하 동굴에서 그녀를 구출할 때 바로 산 정상으로 나 있는 이 입구를 통해 빠져나온 것이다.

구천척은 남편에 의해 지하 동굴에 갇힌 후 뼛속 깊이 한을 품어왔다. 그래서 먼저 불을 질러 절정장을 불태운 후 제자들에게 자신을 이 동굴 입구로 옮기도록 했다. 구천척은 제자들을 시켜 나뭇가지며 풀을 뜯어 동굴 입구를 가리게 하고 대추씨를 발사해 제자들을 죽였다. 그런 다음 일부러 미친 듯이 괴성을 질러 공손지를 끌어들인 것이다. 그녀가 놀라는 척, 두려운 척한 것은 모두 꾸며낸 것이었다.

공손지는 황량한 이곳 산 정상에 동굴의 다른 입구가 있다는 사실을 전혀 몰랐다. 그러기에 멋모르고 구천척을 향해 달려들다가 그만 함정에 빠지고 만 것이었다. 함정에 빠진 순간 공손지는 놀랍고 당황스러웠지만 그 와중에도 빠져나갈 궁리를 했다. 도포를 휘둘러 구천척과 의자를 끌어당긴 후 그 힘을 받아 동굴 밖으로 몸을 날리면 될 것 같았다. 그러나 결국 자신의 의도와는 달리 두 사람 모두 동굴 바닥으로 떨어지고 말았다. 서로 죽일 듯이 미워하고 증오하더니 결국 같은 날, 같은 시간, 같은 장소에 묻히게 된 것이다. 동굴은 깊이가 백 장이 넘었다. 바닥에 떨어지면 그야말로 산산이 부서져 가루가 되고 말 것이다. 결국 두 사람은 다시는 서로 떨어지지 않은 채 하나가 되어 숨을 거둔 셈이었다.

양과의 설명을 듣고 난 일행은 저마다 한숨을 내쉬었다. 정영, 야율제 등은 구덩이를 파서 동굴 입구 주변에 쓰러져 있는 네 구의 시신을 묻어주었다. 불길은 아직도 맹렬히 타고 있었다. 이제 이곳에는 잠시도 기거할 곳이 없었다. 하루 사이에 너무도 많은 사람의 죽음을 지켜본 일행은 이 음침한 계곡을 한시바삐 떠나고 싶었다.

"자, 우리는 어서 이곳을 떠나 의원을 찾아봅시다. 이 두 사람의 독을 치료해야지요."

주자류의 말에 모두들 고개를 끄덕이는데 황용만은 힘없이 앉아 있었다. 곽부가 다가오며 걱정스럽게 물었다.

"엄마, 왜 그래요?"

황용이 이마를 찌푸렸다.

"구천척의 대추씨를 막을 때 충격을 받아서인지 호흡이 곤란해요. 죄송하지만 오늘은 이곳에서 보내고 내일 함께 떠나면 어떨까요?"

황용의 몸이 편치 않다는데 굳이 바로 떠나자고 고집할 사람은 없었다. 모두들 흩어져서 밤을 지낼 만한 장소를 찾아보기로 했다.

소용녀와 양과가 막 함께 산을 내려가려는데 황용이 소용녀를 불러세웠다.

"용 낭자, 할 말이 좀 있어요."

황용은 품에 안고 있던 아기를 곽부에게 건네준 후 소용녀의 손을 잡아끌었다.

"과야, 용 낭자가 이미 너와 결혼한 이상 다시는 떼어놓으려 하지 않을 테니 걱정하지 마라."

황용이 양과를 향해 미소를 지어 보이자 양과도 미소로 답했다. 황용은 소용녀의 손을 잡고 저쪽 큰 나무 밑으로 가 앉았다.

'백모님이 무슨 할 말이 있으실까?'

양과는 이상한 생각이 들었지만, 그렇다고 가까이 가서 엿들을 수도 없는 일이었다.

'용이는 무엇이든 내게 숨기는 일이 없으니 조금 있다 물어보면 되겠지.'

황용이 소용녀의 손을 꼭 잡은 채 입을 열었다.

"용 낭자, 우리 딸이 경솔하고 버릇이 없어서 양과에게 너무나 큰 죄를 지었어요. 정말이지 어떻게 사죄를 해야 할지 모르겠어요."

"지난 일인데요, 뭐."

소용녀는 비록 말은 그렇게 했지만 마음속은 편치 않았다.

'곽부는 독침으로 우리를 죽이려 했는데, 그게 어디 사죄한다고 될 일인가요?'

황용은 소용녀의 표정이 어두운 것을 보자 더욱 미안한 생각이 들었다. 당시 황용은 고묘에 들어가지 않았기 때문에 정확한 정황을 알지 못했다. 그녀는 단순히 은침에 독이 있기는 하지만 쉽게 치료할 수 있을 것이라 생각했다. 무삼통, 양과 등도 그 침에 맞았지만 나중에 다 치료되지 않았던가. 그러나 그녀는 소용녀가 경맥을 거꾸로 흐르게 하던 중 곽부의 은침에 맞은 탓에 다시는 회복할 수 없게 된 사실을 알지 못했다.

"한 가지 물어볼 게 있어요. 과가 왜 용 낭자가 어렵게 구한 절정단을 먹지 않고 계곡으로 던져버린 거죠?"

황용의 말에 소용녀는 가볍게 한숨을 내쉬었다.

'내가 살날이 얼마 남지 않았는데 날 끔찍이 아끼는 과가 홀로 살아남으려 하겠어요? 그러나 지금 와서 이런 말을 해봐야 귀찮은 일만 생길 뿐 아무 의미가 없지요.'

"원래 성격이 특이하잖아요."

"과가 정이 많은 아이라서 공손 낭자가 절정단 때문에 목숨을 버린 것을 보고 의리를 지키느라 그런 것이 아닌가 싶어요. 그 마음이야 갸륵하지만, 사람은 한번 죽으면 다시는 살아 돌아올 수 없는 것 아니에요? 과가 죽는다면 공손 낭자가 목숨까지 버려가며 양과에게 절정단을 주려 한 정성을 헛되게 만드는 셈이죠."

소용녀는 말없이 고개를 끄덕였다.

"과는 용 낭자의 말만 들으니, 용 낭자가 한번 잘 설득해봐요."

"제 말을 듣는다고 해도 이제 절정단이 없으니 무슨 소용이 있겠어요?"

"절정단이 없다고 해서 정화의 독을 치료할 방법이 없는 건 아니에요. 문제는 양과에게 그럴 의지가 있느냐는 거지요."

황용의 말에 소용녀는 뛸 듯이 기뻐하며 자리에서 벌떡 일어났다.

"정말이에요? 어떻게요?"

황용이 소용녀의 손을 끌어당겨 자리에 앉혔다.

"앉아요."

황용은 품속에서 짙은 자색의 작은 풀을 꺼냈다.

"이것은 단장초예요. 천축의 승려가 죽기 전 손에 이 풀을 꼭 쥐고 있었어요. 주 대형의 말로는 천축승이 정화의 독을 치료할 수 있는 약초를 찾다가 갑자기 빙백은침에 맞아 숨을 거두었다고 했어요. 아까 천축승의 시신을 봤죠? 얼굴에 미소를 띠고 있었잖아요. 틀림없이 이 풀을 찾아낸 후 기뻐서 웃는 순간 이막수에게 당한 거예요. 내 사부이신 홍칠공 어른께서 그러셨는데, 독사가 나오는 곳에는 반드시 근처에 독사의 독을 해독할 수 있는 약초가 있다고 했어요. 모든 독이 다 그렇다고 하더군요. 이 단장초는 마침 정화나무 아래에서 자라고 있었어요. 비록 이 풀이 독초라고는 하지만 아무리 생각해도 정화의 독을 치료할 수 있는 약초인 것 같아요."

소용녀는 연신 고개를 끄덕였다.

"물론 이 독초를 먹는다는 것은 매우 위험한 일이기는 해요. 그러나 어차피 해독약을 찾지 못하면 과는 죽게 돼요. 그러니 위험하더라도 시도를 해봐야죠. 내 생각에는 십중팔구 효과가 있을 거예요."

소용녀는 총명한 황용이 이토록 확신을 가지고 말할 때에는 분명 일리가 있을 것이라고 생각했다. 게다가 실제로 양과를 살릴 수 있는 방법이 없는 게 사실이었다. 조금 전 이막수도 정화의 독이 발작해 엄청난 고통에 시달리다 숨을 거두었다. 그 모습이 얼마나 끔찍했던가? 만약 단장초가 정화의 독을 치료하지 못한다 해도 단장초의 독 때문에 죽는 것이 정화의 독 때문에 죽는 것보다는 더 나을 것 같았다. 소용녀는 고개를 숙이며 잠시 생각에 잠기더니 이내 결심이 선 듯 고개를 들었다.

"좋아요. 제가 가서 잘 말해볼게요."

황용은 품속에서 단장초 한 움큼을 꺼내 소용녀에게 건네주었다.

"오는 길에 계속 꺾어두었어요. 이 정도면 충분할 거예요. 우선 처음에는 소량만 먹으면서 운기해 내장 육부를 보호해야 할 거예요. 경과를 지켜봐서 효험이 있으면 조금씩 양을 늘리도록 해봐요."

소용녀는 단장초를 받아 품속에 넣은 후 황용을 향해 절을 했다.

"과는 평생을 외롭게 산 사람이에요. 비록 성격이 다소 제멋대로이기는 하지만 곽 부인께서 잘 좀 보살펴주세요."

황용이 급히 손을 내저으며 소용녀를 일으켜 세웠다.

"과를 돌보는 데는 용 낭자가 저보다 훨씬 낫죠. 양양성의 적들을 물리치고 나면 우리 모두 함께 도화도에 가서 푹 쉬어요."

소용녀는 진심으로 자신이 죽은 후 양과를 잘 돌봐달라고 부탁한 것이었다. 그러나 소용녀가 머지않아 죽게 되리라는 것을 모르는 황용이 소용녀의 그런 마음을 알 리가 없었다. 황용이 고개를 들어보니 저 멀리서 양과가 소용녀를 바라보고 있었다. 황용이 자리를 뜨자 양과가 소용녀에게 다가왔다. 소용녀도 자리에서 일어났다.

"오늘은 정말 많은 일이 있었군요. 그렇지만 우리 두 사람에게 주어진 날이 많지 않으니 더 이상 다른 사람들 일에 신경 쓰지 말고 우리만의 시간을 가져요."

"좋아요. 내 생각도 그래요."

두 사람은 서로 손을 꼭 잡고 산비탈을 걸어 내려갔다. 저쪽에서 두 남녀가 바위 위에 앉아 속삭이며 대화를 나누고 있었다. 무돈유와 야율연이었다. 양과는 미소를 지으며 발걸음을 재촉해 두 사람의 곁을 지나쳤다. 갑자기 맞은편 수풀 속에서 웃음소리가 나더니 완안평이 달려 나왔다. 그 뒤를 따라 누군가가 뛰어왔다.

"어딜 도망가는 거예요?"

완안평은 양과와 소용녀를 발견하고 무안한 나머지 얼굴을 붉혔다.

"양 오빠, 용 낭자!"

완안평은 곧 몸을 돌려 숲속으로 사라졌다. 무수문이 그 뒤를 따랐다.

양과가 낮은 소리로 혼잣말하듯 중얼거렸다.

"얼마 전까지만 해도 곽부 때문에 죽네 사네 하던 사람들이 벌써 각기 다른 이들과 사랑에 빠졌구나. 어떤 이들은 평생 동안 한 사람만 좋아하기도 하는데……. 대체 사랑이란 무엇일까?"

두 사람은 천천히 걸어서 산을 내려갔다. 산 너머로 저녁 해가 뉘엿뉘엿 지고 있었다. 붉은 노을이 하늘을 덮고 있었는데, 산 정상에 쌓인 흰 눈과 조화를 이루어 아름다운 정경을 만들어냈다. 살날이 많지 않은 두 사람에게는 소중하고 아름답기 그지없는 정경이었다. 넋을 잃은 듯 아름다운 저녁 풍경을 바라보던 소용녀가 갑자기 물었다.

"사람이 죽고 나면 정말 저승으로 갈까요? 정말 염라대왕이 있는 걸까요?"

"있었으면 좋겠네요. 저승 세계가 아무리 무섭다고는 해도 좋은 점도 있겠지요. 만약 저승이 없다면 우린 다시 만날 수 없다는 말인데, 그건 너무 막막하고 허무하잖아요."

"그러게요. 정말 저승이 있었으면 좋겠어요. 전에 누가 그러는데 저승길에 어떤 노파가 있어, 그 노파가 죽은 사람들에게 국을 마시게 한

대요. 그 국을 마시면 이승에서 있었던 모든 일을 잊어버리게 된다더군요. 난 절대 그 국을 마시지 않을 거예요. 과, 난 영원히 당신의 사랑을 기억할 거예요."

감정을 절제하는 데 익숙한 소용녀는 비록 가슴이 찢어질 듯 아팠지만 말투는 여전히 담담했다. 그러나 양과는 슬픔을 참지 못하고 연신 눈물을 훔쳤다. 소용녀가 한숨을 내쉬었다.

"죽는다는 게 참 막연해요. 과, 이 꽃 좀 봐요. 정말 예쁘지 않아요?"

그녀가 가리키는 곳을 보니 길가에 붉은 꽃이 가득 피어 미풍에 흔들리고 있었다. 모란꽃인 것 같기도 하고, 작약인 것 같기도 했다.

"겨울인데 이렇게 꽃이 활짝 피다니. 이 꽃 이름을 용녀화龍女花라고 하면 어떨까요?"

양과는 가까이 다가가 꽃을 한 송이 꺾어 소용녀의 머리에 꽂아주었다. 소용녀가 활짝 웃었다. 두 사람은 근처 풀밭 위에 나란히 앉았다.

"나를 사부로 모시던 날 기억나요?"

"당연히 기억나죠."

"그때 내가 무슨 말을 하든 평생 동안 내 말을 어기지 않고 모두 따르겠다고 맹세했죠. 이젠 내가 당신의 아내가 되었는데, 아내가 남편 말을 따르는 게 맞을까요, 아니면 제자가 사부의 말을 따르는 게 맞을까요? 당신 생각은 어때요?"

양과가 웃으며 대답했다.

"난 당신 말이면 뭐든지 따를 거예요. 사부님 말을 거역하면 안 되지만 마누라 말은 더더욱 거역하면 안 되죠."

"응, 마음에 들어요."

두 사람은 서로에게 기댄 채 풀밭 위에 앉아 이런저런 이야기를 나누었다. 잠시 후 저쪽에서 무삼통이 식사하라고 부르는 소리가 들렸다.

"밥 한 끼 먹으려고 이렇게 아름다운 정경을 놓칠 수 있나."

두 사람은 서로를 마주 보며 웃었다.

날이 점차 어두워졌다. 두 사람은 몸도 편치 않은 데다 그동안 쌓인 피로가 몰려 자기도 모르게 잠이 들었다.

깊은 밤 양과는 문득 잠에서 깨어났다.

"용아, 춥지 않아?"

양과는 눈을 감은 채 팔을 뻗어 소용녀를 안으려 했다. 그러나 아무것도 손에 잡히지 않았다. 깜짝 놀라 눈을 떠보니 곁에는 아무도 없었다. 소용녀는 대체 어디로 갔을까? 양과는 벌떡 일어나 사방을 둘러보았지만, 차가운 달빛이 풀밭 위를 비추고 있을 뿐 소용녀의 모습은 어디에도 보이지 않았다.

"용아, 용아!"

양과는 산을 뛰어올라가며 소용녀를 불렀다.

"용아, 용아!"

그러나 돌아오는 것은 메아리뿐이었다. 양과는 걱정이 되어 어쩔 줄을 몰랐다.

'대체 어디로 간 걸까? 이 산에는 무슨 맹수 같은 게 있을 것 같지도 않은데. 설사 있다고 해도 풀밭까지 내려왔을 리 없고. 맹수나 적이 와서 공격을 했다면 내가 몰랐을 리 없는데.'

양과가 소용녀를 부르는 소리에 일등대사, 황용, 주자류 등이 모두 잠에서 깨어났다. 모두들 소용녀가 갑자기 없어졌다는 말에 깜짝 놀라 함께 소용녀를 찾아다녔으나 행방이 묘연했다.

양과는 실성한 듯 소용녀를 찾아 헤맸다. 소용녀를 찾아다니던 일행은 한자리에 모여 어찌해야 할지 의논을 했다. 양과도 조금 진정이 되었다.

'스스로 떠난 거야. 그랬으니까 내가 몰랐겠지. 왜 떠났을까? 틀림없이 낮에 백모님과 무슨 일이 있었던 거야. 전에 용이가 내 곁을 떠난 것도 백모님 때문이었잖아.'

소용녀가 떠난 것이 황용 때문이라고 생각한 양과는 고개를 번쩍 들고 황용에게 물었다.

"대체 낮에 용이에게 무슨 말씀을 하신 거죠?"

이마에 핏발을 세우며 따지듯 묻는 양과를 보며 황용은 당황스럽기도 하고 걱정이 되기도 했다.

"너를 설득해서 단장초를 먹게 하라고 그랬다. 단장초를 먹으면 네 몸속의 정화 독을 없앨 수 있을지도 모른다고."

"용이가 죽는데 저 혼자 사는 게 무슨 의미가 있다고 약을 먹어요?"

"너무 걱정 마라. 용 낭자가 어디로 갔는지는 모르겠다만, 무공이 강한데 무슨 일이야 있겠느냐? 용 낭자가 죽긴 왜 죽어?"

황용의 말에 양과는 결국 참지 못하고 사실을 말해버리고 말았다.

"백모님의 귀한 따님이 빙백은침으로 용이를 공격했을 때 마침 경맥을 거꾸로 흐르게 해 치료를 하고 있던 중이었어요. 순식간에 독이 단전과 내장에 퍼졌다고요. 그런데 무슨 수로 살 수 있겠어요. 용이는 곧 죽을 목숨이라고요."

뜻밖의 말에 황용은 놀라 입을 다물지 못했다. 황용은 딸이 빙백은침으로 양과와 소용녀를 공격했다는 말을 듣기는 했지만, 다행히 두 사람 모두 고묘파의 제자들이기에 해독약을 가지고 있으리라 생각했다. 잠시 아프긴 하겠지만 큰 부상은 아닐 거라 여긴 것이다. 황용의 얼굴이 창백해졌다.

'과가 절정단을 먹지 않으려 한 이유가 여기에 있었구나. 용 낭자가 죽을 것을 알고 있기에 용 낭자의 뒤를 따르려 한 거야. 아! 대체 용 낭자는 어디로 간 걸까?'

문득 공손지와 구천척이 떨어져 죽은 동굴이 있는 산봉우리가 눈에 들어왔다. 황용은 불길한 예감에 몸을 부르르 떨었다. 뚫어져라 황용을 주시하던 양과는 황용이 동굴이 있는 산봉우리를 바라보다 몸을 떠는 것을 보고 그녀가 무슨 생각을 하는지 알 수 있었다.

"백모님께서 저를 구하기 위해 용이에게 자살하라고 권하신 거죠? 그렇죠? 그게 절 위한 길이라고 생각하셨나요? 백모님은, 백모님은 왜 평생 제게 이렇게 모질게 대하시는 거죠? 왜요? 왜?"

극도로 흥분한 양과는 갑자기 가슴이 턱 막히더니 결국 기절하고 말았다. 일등대사가 양과의 등을 몇 차례 두드렸다. 잠시 후 양과가 의식을 되찾자 황용이 말했다.

"난 정말 널 설득해서 약초를 먹도록 하라고 권했지, 자살하라고 권한 적은 없다. 믿든 안 믿든 네 마음이겠지만, 난 정말 그런 적 없어."

모두들 어찌해야 할지 난감해하며 서로를 바라보았다.

"이러지 말고 다시 한번 용 낭자를 찾아봅시다."

황용의 말에 모두들 고개를 끄덕이며 자리에서 일어났다. 일행은 동굴이 있는 산봉우리로 올라가 동굴 밑을 바라보았다. 동굴 밑이 워낙 어두워 아무것도 보이지 않았다.

"혹시, 혹시 만에 하나 모르니까 나무껍질로 밧줄을 만들어서 동굴 밑으로 내려가면 어떨까요? 제가 내려갈게요."

정영의 말에 황용이 고개를 끄덕였다.

"그래, 그럴 일은 없겠지만 확인을 해야 하니까."

일행은 나무껍질을 벗겨 밧줄을 만들었다. 여러 사람이 함께 만드니 날이 밝을 때쯤 10여 장 길이의 밧줄이 완성되었다. 밧줄이 만들어지자 모두들 서로 내려가겠다고 자원을 했다.

"제가 직접 내려갈게요."

양과의 말에 모두들 황용을 바라보았다. 황용은 어차피 양과가 자신을 의심하고 있는 이상 말려봤자 말을 듣지 않을 거라고 생각했다. 그러나 만약 양과가 내려갔는데 소용녀가 정말 동굴에 떨어져 죽어 있다면 다시 올라오지 않을 것이 뻔했다. 황용은 어찌해야 할지 판단이 서지 않아 잠시 망설였다.

"양 대형, 제가 갈게요. 날 믿죠?"

정영이 간절한 목소리로 말했다. 소용녀를 제외하고, 양과가 가장 신뢰하는 사람이 바로 정영이었다. 사실 몸도 성치 않고 걱정과 근심으로 흥분한 상태인지라 손발에 힘이 없어 동굴 밑으로 내려가기 힘들다는 것을 양과 자신도 잘 알고 있었다. 양과는 정영의 진심 어린 말에 고개를 끄덕였다. 정영은 밧줄을 잡고 천천히 밑으로 내려갔다. 무씨 부자와 야율제 등이 밧줄의 끝을 잡았다. 밧줄이 10여 장 정도 내려가자 정영의 발이 동굴 밑에 닿았다.

일행은 동굴 입구를 에워싸고 밑을 바라보았다. 아무도 입을 열지 않았다. 그저 애타는 마음으로 정영의 신호를 기다릴 뿐이었다. 그러나 한참이 지나도 동굴 밑에서는 아무런 신호도 오지 않았다. 황용과 주자류는 서로 걱정스러운 눈빛을 교환했다.

'만약 소용녀가 정말 동굴 밑에 떨어져 자살했다면 양과도 뛰어들 것이 뻔해. 잘 보고 있다가 여차하면 얼른 양과를 잡아야지.'

무삼통이 잡고 있던 밧줄이 흔들렸다. 곽부와 무씨 형제가 동시에 소리를 질렀다.

"어서 끌어올려요."

모두들 힘을 합쳐 밧줄을 끌어올렸다. 정영은 밖으로 나오기도 전에 큰 소리로 소식을 알렸다.

"용 낭자는 동굴 밑에 없어요."

일행은 모두 약속이나 한 듯 안도의 한숨을 내쉬었다. 동굴 밖으로 올라온 정영이 양과에게 말했다.

"양 대형, 제가 동굴 밑을 샅샅이 뒤져보았는데 공손지 부부의 시체뿐 다른 것은 아무것도 없었어요."

그때 육무쌍이 끼어들며 소리쳤다.

"한 군데 아직 찾아보지 않은 곳이 있어요. 혹시 용 낭자도 우리처럼 밧줄을 만들어 양 대형이 던져버린 절정단을 찾으러 간 것 아닐까요?"

육무쌍의 말이 끝나기도 전에 양과가 벌떡 일어나더니 절벽을 향해 달렸다.

"용아, 용아!"

절벽 앞에 도착한 양과는 골짜기 밑을 내려다보았다. 그러나 안개만 자욱할 뿐 아무것도 보이지 않았다.

'용이는 단순한 성격이라 무슨 걱정이나 고민이 있으면 내게 말했을 텐데……'

양과는 어제 소용녀와 나눈 대화 내용을 다시 한번 떠올렸다.

'어제 용이가 영원히 자기 말을 따르겠다고 한 맹세를 기억하냐고 물어보기에 영원히 용이의 말을 거역하지 않겠다고 대답했지. 그렇지만 내게 아무것도 시키지 않았어.'

양과는 고개를 들어 하늘을 바라보며 낮은 소리로 소용녀를 불렀다.

"용아, 용아, 대체 어디로 간 거야? 내게 뭘 시키고 싶었는데? 어서 말해봐."

고개를 들어 맞은편 절벽을 바라보니 어렴풋이 흰옷을 입은 젊은 여자가 머리에 붉은 꽃을 꽂은 채 양손에 검을 들고 공손지와 싸우고 있었다.

"용아!"

양과는 큰 소리로 소용녀를 불렀다. 그러나 정신을 차리고 보니 절벽 위에는 안개만 자욱할 뿐 아무것도 보이지 않았다. 그런데 절벽 위에 붉은 꽃 한 송이가 떨어져 있는 것이 아닌가.

'이상하다. 어제 용이와 공손지가 저기서 싸울 때 꽃 같은 건 보이지 않았는데. 게다가 이곳은 돌로 이루어진 산이라 풀이나 나무가 자라지 않는데 어떻게 저기에 꽃이 있을까? 바람에 날려 왔을까?'

양과는 숨을 가다듬은 후 한달음에 돌다리를 건너 맞은편 절벽으로 건너갔다. 가까이 가서 꽃을 본 양과는 숨이 막히는 것만 같았다. 그것은 바로 어제 양과가 소용녀의 머리에 꽂아준 꽃이었다. 꽃잎이 시들기는 했지만 분명 자기가 꽂아준 꽃이었다. 어제저녁 잠들기 직전까지 소용녀는 이 꽃을 머리에 꽂고 있었다. 그런데 그 꽃이 여기에 떨어져 있는 것으로 보아 소용녀가 어젯밤 이곳에 온 것이 틀림없었다.

양과는 허리를 굽혀 꽃을 집어 들었다. 꽃 밑에 작은 종이가 놓여 있었다. 급히 펼쳐보니 안에는 짙은 자색의 풀이 한 움큼 들어 있었다. 바로 단장초였다. 양과는 가슴이 쿵쿵 뛰었다. 그는 종이를 들고 앞뒤를 자세히 살폈다. 그러나 글 같은 건 쓰여 있지 않았다. 저쪽에서 육무쌍이 소리쳤다.

"양 대형, 거기서 뭐 하시는 거예요?"

육무쌍의 말에 고개를 돌리던 양과의 눈에 문득 절벽 위에 검으로 새긴 두 줄의 글씨가 보였다.

16년 후 이곳에서 다시 만나요. 부부의 정이 깊으니 약속 꼭 지켜야 해요.

다른 한 줄은 더 작은 글씨로 다음과 같이 쓰여 있었다.

소용녀가 부군 양 도령에게 부탁하오니 소중한 몸부터 보전한 뒤 다시 만나기로 해요.

양과는 멍하니 글씨를 바라보았다. 머릿속이 혼란해서 무슨 뜻인지 알 수가 없었다.

'16년 후에 다시 만나자고? 대체 어디로 간 걸까? 용이는 앞으로 열흘을 살지, 한 달을 살지 알 수 없는 상황인데 어떻게 16년 후에 만나자는 걸까? 절정단이 없으니 나도 살길이 없다는 걸 잘 알 텐데 왜 16년

후에 만나자고 한 걸까?'

머릿속이 혼란해진 양과는 몸을 비틀거렸다. 자칫 잘못하면 절벽 밑으로 떨어질 것 같았다.

맞은편 절벽에서 양과를 바라보던 일행은 행여 양과가 밑으로 떨어지지나 않을까 걱정이 되었다. 건너가서 데려오고 싶었으나 돌다리가 워낙 좁은지라 만약 양과가 이성을 잃고 날뛰면 무공이 강한 양과를 당해낼 수 없을 테고, 그를 진정시키기는커녕 둘 다 절벽 밑으로 떨어질 게 뻔했다. 황용이 눈살을 찌푸리며 정영에게 말했다.

"사매, 과가 그래도 사매의 말을 제일 잘 들을 것 같아."

정영이 고개를 끄덕였다.

"그래요, 제가 가볼게요."

정영은 돌다리를 건너 양과에게 다가갔다. 양과는 발소리가 들리자 큰 소리로 고함을 질렀다.

"아무도 가까이 오지 마!"

고개를 돌려 이쪽을 바라보는 양과의 눈이 이상하게 빛났다.

"양 대형, 저예요. 제가 용 낭자를 찾는 걸 도와드릴게요."

정영이 부드러운 목소리로 달랬다. 한참이 지나자 죽일 듯 정영을 노려보던 양과의 눈이 점차 온순해졌다. 정영은 또 한 걸음 다가가 양과에게 물었다.

"그 꽃은 용 낭자가 남긴 건가요?"

"그래요. 왜 16년이라고 했을까요? 16년이 무슨 의미일까요?"

정영은 천천히 절벽 위로 올라가 양과의 시선이 멈춰 있는 곳을 바라보았다. 절벽 위의 글씨를 읽은 정영도 이해가 가지 않는 듯 고개를 갸웃거렸다.

"곽 부인은 영리하고 총명하시니 어쩌면 이 글이 무슨 뜻인지 알 수 있을지 몰라요. 어서 가서 곽 부인께 물어봐요."

"맞아요, 갑시다. 돌다리가 미끄러우니 조심하세요."

두 사람은 돌다리를 건너 되돌아와 황용에게 절벽에 쓰인 글자의 내용을 들려주었다. 한참 동안 생각에 잠겨 있던 황용이 눈을 빛내며 손뼉을 쳤다.

"과야, 다행이다. 다행이야!"

양과가 떨리는 목소리로 물었다.

"왜요? 뭐가 다행인데요?"

"용 낭자가 남해신니南海神尼를 만난 게 틀림없다. 정말 그런 우연한 인연이 없구나."

양과는 황용의 말이 무슨 뜻인지 몰라 의아한 표정을 지었다.

"남해신니가 누군데요?"

"남해신니는 불교의 성인으로 불리는 분이시다. 불법과 무공이 신의 경지에 이른 분이지. 중원에 나오는 법이 거의 없기 때문에 그분의 이름을 아는 사람이 없단다. 우리 아버지가 그분을 딱 한 번 뵙고 간단한 장법을 배운 적이 있는데, 평생 동안 그 장법의 덕을 정말 많이 보셨지. 음, 16, 32. 맞아, 분명 32년 전 일이야."

양과는 반신반의하는 표정으로 황용을 따라 중얼거렸다.

"32년?"

"그래, 그분이 지금 아마 백 살 정도는 되었을 거다. 아버지께서는 그분이 16년 만에 한 번씩 중원에 나온다고 하셨어. 나쁜 사람은 그분을 만나면 벌을 받고 착한 사람은 자비를 얻는다고 했지. 용 낭자가 그분을 만난 게 틀림없어. 예쁘고 착한 용 낭자를 보고 제자로 삼아 남해로 데려가신 거야."

"16년, 16년? 일등대사님, 대사님도 그분에 대한 이야기를 들은 적이 있나요?"

"음."

이번엔 황용이 다급하게 일등대사에게 물었다.

"그분은 불법이 깊기는 하나 성격이 조금 이상하다고 들었어요. 대사님, 대사님은 그분을 뵌 적이 있나요?"

일등대사는 고개를 가로저었다.

"인연이 닿지 않아 뵙질 못했네."

"그분도 참 너무하시지. 젊은 부부를 16년이나 헤어지게 하다니 너무 잔인하지 않아요? 용 낭자는 원래 무공이 강한데 16년 동안 그분에게 배우고 나면 남편과 비교도 할 수 없겠군요."

"아니에요, 그렇지 않아요."

"그게 무슨 말이냐?"

"용이는 독이 오장육부 깊숙이 퍼진 상태예요. 만약 정말 남해신니라는 분에게 능력이 있다면 16년 동안 용이 체내의 맹독을 없애려고 데려가셨겠지요. 그렇지만…… 그분이 아무리 능력이 있어도 치료하기는 힘들 거예요."

황용이 한숨을 내쉬었다.

"철없는 부가 너희 부부를 이렇게 만들었으니 정말 면목이 없구나. 과야, 네 말대로 용 낭자는 독이 너무 깊이 퍼져 있어서 남해신니가 아무리 능력이 있어도 단기간 내에 독을 없앨 수는 없을 거야. 어쨌든 용 낭자가 빠른 시간 내에 건강이 회복되면 남해신니께서 자비를 베풀어 16년까지 기다리지 않고 일찍 용 낭자를 보내주시길 기대해봐야지."

양과는 지금까지 한 번도 남해신니에 대해 들어본 적이 없는지라 황용의 말을 쉽게 믿을 수가 없었다. 그러나 소용녀가 왜 하필 16년 후라고 했을까? 그것을 곰곰이 생각해보면 황용의 말이 그럴듯하기도 했다.

"백모님, 남해신니가 용이를 제자로 거두었다는 것을 어떻게 알아요? 만약 그랬다면 용이는 왜 내가 걱정할 걸 뻔히 알면서 사실대로 쓰지 않고 저렇게 애매한 말만 남겼을까요?"

"글쎄, 나도 16년이라는 말에서 추측을 한 것일 뿐이야. 남해신니가 16년 만에 한 번씩 중원에 온다는 말이 생각나서 그런 것이지. 일등대사님의 생각은 어때요?"

"내 생각에도 가능성은 그것뿐인 것 같네."

"남해신니는 자신의 이름을 아무에게도 알리지 않는다고 해. 그래서 소용녀가 사실 그대로 절벽 위에 남기게 허락하지 않았겠지. 그나저나 단장초가 네 체내의 독을 없앨 수 있을지 모르겠구나. 만에 하나 16년 후에 소용녀가 돌아왔는데, 네가 보이지 않으면 얼마나 절망하겠니?"

양과는 눈물이 앞을 가렸다. 16년 후 이곳에서 자신의 모습이 보이지 않아 절망하는 소용녀의 모습이 보이는 것만 같았다. 문득 찬 바람이 얼굴을 스치고 등에 소름이 돋았다.

"백모님, 남해로 용이를 찾으러 갈래요. 남해신니가 사는 곳이 어딜까요?"

"말도 안 되는 소리 하지 마라. 남해신니가 사는 곳에 외부인이 발을 들여놓을 수 있겠니? 특히나 남자는 그곳에 가면 큰 화를 입는다고 들었다. 아버지께서도 그분의 은혜를 입은 후 다시 한번 뵙고 싶어 했지만 감히 그분이 사는 곳에 찾아갈 생각은 하지도 못하셨다. 16년 후에 다시 온다지 않니. 16년, 생각보다 금방 지나간다. 서두르지 말아라."

갑자기 양과가 눈을 부릅뜨며 황용을 노려보았다.

"백모님, 혹시 거짓말은 아니겠지요?"

"다시 가서 절벽 위의 글자를 자세히 보고 오너라. 만약 용 낭자가 쓴 게 아니라면 내 말이 거짓말이겠지."

"그 글씨체는 이상하지 않아요. 그녀가 제 이름의 '양楊' 자를 쓸 때 우변의 '일日' 자 아래를 한 획 적게 쓰는데, 이것은 다른 사람이 흉내 낼 수가 없어요."

"그것 봐라. 사실 난 설마 남해신니가 이곳에 왔을까 싶어서 속으로 은근히 주 대형이 몰래 써놓은 것이 아닐까 생각했는데, 다행히 정말 용 낭자가 쓴 것이구나."

양과는 한참 동안 고개를 숙인 채 생각에 잠겼다.

"좋아요, 단장초를 먹겠어요. 만약 효과가 없다면 16년 후 백모님께서 제 대신 이곳에 와주세요."

양과는 고개를 돌려 주자류를 바라보며 말했다.

"주 대숙, 단장초를 어떻게 먹으면 될까요?"

그러나 주자류도 단장초가 매우 무서운 독초라는 것만 알 뿐 약으로 먹을 경우 어떻게 복용해야 하는지에 대해서는 전혀 몰랐다. 주자류는 난감한 얼굴로 일등대사를 바라보았다.

"사부님, 어떻게 하면 좋을까요?"

일등대사는 오른손 식지를 뻗어 양과의 소해少海, 통리通里, 신문神門, 극천極泉 네 곳의 혈도를 가볍게 찍었다. 이 네 곳의 혈도는 양기가 처음 생기는 수소음심경手少陰心經에 속했다. 그러자 즉시 따뜻한 기운이 네 곳의 혈도에서 가슴으로 모이는가 싶더니 답답하던 가슴이 뚫리는 듯했다.

"정화 독의 발작은 감정과 밀접한 관계가 있다. 심장과 관계가 있다는 말이지. 단장초에 해독 기능이 있다면 그 역시 가슴과 관계가 깊을 거다. 내가 혈을 찍은 것은 심맥을 보호하기 위해서다. 이제 단장초를 먹어보아라."

양과는 허리를 숙여 감사를 표했다.

"만약 사제가 살아 있다면 틀림없이 해독약을 만들 수 있었을 것이다. 그랬다면 이렇게 위험한 시도를 하지 않아도 되었을 텐데……."

일등대사는 비통한 심정으로 한숨을 내쉬었다.

양과는 천축승이 죽었다는 말을 듣는 순간 이제 다시는 소용녀를 치료할 방법이 없다는 생각이 들어 죽음을 받아들일 각오를 했다. 그러나 이제 16년 후의 약속을 생각하니 삶에 대한 의지가 생겼다. 양과는 단장초를 조금 집어 입에 넣고 천천히 씹었다. 말로 표현할 수 없는 악취와 함께 쓴맛이 느껴졌다. 지금까지 먹어본 그 어떤 것보다도 쓴맛이었다. 양과는 조금 씹다가 그대로 삼켜버렸다. 전에는 소용녀가 없는 이 세상에서 혼자 살아남아야 할 의미가 없다는 생각뿐이었다. 그러나 지금은 달랐다. 어떻게든 살아야 했다.

'만약 16년 후 용이가 이곳에 왔는데 내가 없다면 얼마나 상심하고

절망하겠는가?'

양과는 단장초를 먹은 후 그 자리에 가부좌를 틀고 앉아 내공을 운기해 심맥과 단전을 보호했다. 그런데 갑자기 배가 참을 수 없이 아파왔다. 마치 수천수만 개의 바늘이 배를 쿡쿡 찌르는 것 같고, 창자가 마디마디 끊기는 것 같기도 했다. 단장초斷腸草라는 이름이 괜히 붙은 게 아니었다. 양과는 이를 악물고 비명 소리 한 번 내지 않았다. 얼마나 지났을까, 통증이 전신으로 퍼져 온몸 구석구석이 참을 수 없이 아팠다. 그러나 가슴은 여전히 따뜻하고 편안했다. 일등대사의 일양지신공이 얼마나 대단한지 알 수 있었다. 통증은 반 시진이 넘게 계속되었다. 한참이 지나자 통증이 다시 복부에 집중되었다. 양과의 입에서 피가 왈칵 쏟아졌다. 일반인의 피보다 훨씬 선명하고 짙은 선홍색이었다.

"아!"

정영과 육무쌍 등은 양과가 피를 토하자 놀라 소리를 질렀다. 그러나 일등대사의 얼굴에는 도리어 희색이 감돌았다.

"사제, 사제, 자네는 비록 죽었지만 결국 자네가 사람을 살렸네."

양과가 그 자리에서 벌떡 일어나더니 넙죽 엎드려 절을 했다.

"천축 승려와 대사님 그리고 백모님이 제 생명을 구해주셨습니다."

육무쌍이 들뜬 목소리로 물었다.

"그럼 이제 체내의 독이 없어진 건가요?"

"그렇게 쉽게 없어지겠어요? 그러나 단장초가 효과 있다는 것을 안 이상 매일 조금씩 복용하면서 치료하면 언젠가는 완전히 없어지겠지요."

"독이 완전히 없어졌다는 것을 어떻게 알 수 있죠? 만약 독이 다 없어졌는데도 계속 단장초를 먹으면 장이 못 쓰게 될 것 아니에요?”

“알 방법이 있어요. 정화의 독에 중독되면 머릿속으로 여자를 생각할 때마다 가슴이 말할 수 없이 아프거든요.”

황용의 말에 육무쌍이 고개를 끄덕였다. 그때 말없이 듣고 있던 곽부가 육무쌍을 보며 비웃듯이 말했다.

“그렇다 해도 양 대형이 생각할 사람은 용 낭자이지 결코 당신은 아닐 테니 너무 좋아하지 말아요.”

어제 공손지가 흑검으로 내리칠 때 육무쌍이 팔로 막으라고 소리친 일이 내내 곽부의 마음속에 남아 있었다. 처음에는 육무쌍이 자신을 도와주려 한 말인 줄 알고 고맙다고 생각했으나, 생각하면 할수록 결코 호의에서 나온 말이 아니라는 것을 알았다. 육무쌍은 자신이 연위갑을 입었다는 것을 알지 못했다. 그래서 양과의 팔을 자른 것에 복수를 하려고 일부러 그런 말을 한 것이었다. 육무쌍의 의도를 깨닫자 곽부는 기가 막히고 화가 나서 내내 그 일을 마음에 새겨두고 있었다. 그러다 기회를 만나자 육무쌍을 비웃어준 것이었다. 황용이 급히 수습에 나섰다.

“부야, 쓸데없는 소리 하지 말고 입 다물어!”

그러나 육무쌍의 얼굴은 부끄러움과 무안함으로 붉게 물들었다. 곽부는 여기서 그만 물러나려 하지 않았다.

“16년 후면 용 낭자가 돌아올 테니 헛된 기대 같은 건 버리는 게 좋을 거예요.”

육무쌍도 참지 못하고 대꾸했다.

“당신만 아니었다면 양 대형과 용 낭자가 16년이나 헤어져 있어야 할 필요도 없었겠죠. 자신이 얼마나 잔인하고 못된 짓을 했는지 조용히 반성이나 하세요."

곽부는 화가 나서 눈꼬리를 치켜뜨며 반박하려 했으나 황용의 꾸지람에 입을 다물어야 했다.

"부야, 계속 그런 식으로 무례하게 굴려거든 당장 도화도로 돌아가거라. 양양으로 올 생각은 꿈에도 하지 마."

곽부는 아무 말도 하지 못하고 그저 매서운 눈초리로 육무쌍을 노려보았다. 그 모습을 지켜보던 양과가 탄식을 했다.

"이번 일은 우여곡절이 많아. 육 누이, 곽 낭자도 일부러 그런 건 아니니까 다시는 그 일을 꺼내지 마."

육무쌍은 양과가 곽부를 '곽 낭자'라고 부르면서 자신에겐 '육 누이'라고 친근한 호칭을 사용하자 기분이 좋아 곽부를 향해 우쭐한 표정을 지어 보였다. 일등대사가 말했다.

"양 소협이 단장초를 먹고도 몸이 괜찮은 것을 보니 확실히 효과가 있나 보군. 그러나 혹시 모르니까 연속해서 복용하지 말고 7일 정도 지난 후 다시 복용하는 게 좋겠네. 그때는 자네가 스스로 내가 알려준 네 군데의 혈도를 찍어 심맥을 보호하도록 하게. 약초의 양도 오늘보다는 조금 줄여야 할 거야."

양과가 허리를 굽혀 답례했다.

"감사합니다. 말씀하신 대로 하겠습니다."

황용은 태양이 중천에 떠 있는 것을 보고 말했다.

"양양을 떠난 지 너무 오래되었습니다. 상황이 어떻게 돌아가고 있는지 모르겠군요. 이제는 그만 가봐야 할 것 같습니다. 과야, 너도 함께 양양으로 가자. 백부께서 널 많이 보고 싶어 하신다."

"전 여기서 용이를 기다리겠습니다."

곽부가 말도 안 된다는 듯 말했다.

"16년 동안 여기서 기다리겠다고요?"

"글쎄, 어차피 딱히 갈 데도 없어요."

황용이 말했다.

"용 낭자가 혹시 사람을 통해 전갈을 보내오는지도 모르니까 여기서 좀 더 머무르는 것도 좋겠지. 그러나 어쨌든 용 낭자에게서 아무런 소식이 없으면 양양으로 오너라."

양과는 멍하니 소용녀가 떠난 절벽을 바라볼 뿐 아무 대답도 하지 않았다. 일행은 양과와 작별 인사를 했다. 곽부는 육무쌍이 떠날 준비를 하지 않는 것을 보고 또다시 참견을 했다.

"육무쌍, 양 대형과 함께 여기 남으려고요?"

육무쌍이 얼굴을 붉혔다.

"당신과 상관없는 일이에요."

정영이 나서서 대답했다.

"양 대형의 건강도 좋지 못한 상태이니 저와 동생이 당분간 양 대형을 보살펴드린 후 떠나겠습니다."

황용은 딸이 외유내강인 사매를 잘못 건드리면 후에 문제가 복잡해질 것 같아 얼른 딸에게 눈짓을 보내 아무 말도 하지 못하도록 했다.

"사매와 육 낭자가 과를 돌봐준다니 안심하고 떠나도 되겠군요. 과의 독이 모두 없어지고 나면 과와 함께 양양으로 오세요. 저희 부부가 잘 대접할게요."

양과, 정영, 육무쌍 세 사람은 황용 일행이 점점 멀어져 완전히 보이지 않을 때까지 그 자리에 서서 전송을 했다. 맹렬히 타오르던 불길도 이제는 거의 잦아들었다.

"한 가지 제안할 것이 있는데 실례가 되지 않을지 모르겠네."

"그럴 리가 있겠어요?"

양과의 말에 육무쌍이 웃으며 고개를 살래살래 흔들었다.

"우리 세 사람은 마음이 참 잘 맞는 것 같아요. 어차피 모두들 친형제자매도 없는 처지니 차라리 의남매를 맺어 형제자매처럼 지내는 것이 어떨까요?"

양과의 말에 정영은 문득 마음이 쓸쓸해졌다. 앞으로 함께 지내는 동안 난처한 상황이 생기지 않도록 관계를 확실히 해두려는 의도라는 걸 눈치챘기 때문이다. 그만큼 소용녀에 대한 양과의 마음은 절대로 변할 수 없는 것이었다. 육무쌍의 눈에도 눈물이 고였다.

"이렇게 믿음직한 오빠가 생긴다면 든든하고 좋겠죠."

육무쌍은 정화나무 아래로 다가가 단장초를 세 뿌리 뽑아서 나란히 땅에 꽂았다.

"이럴 때 보통은 향을 피우지만 우린 특이하게 풀로 대신해요."

그녀는 얼굴은 웃고 있었지만 목이 멘 듯 말을 잇지 못했다. 육무쌍은 양과의 대답을 기다리지 않고 먼저 절을 했다. 양과와 정영도 그녀 곁에서 절을 했다. 팔배八拜를 마친 후 서로를 향해 인사했다.

"누이들, 내 생각에 천하에 가장 나쁜 물건이 있다면 그게 바로 정화나무인 것 같아. 만약 정화나무씨가 절정곡 밖으로 전해진다면 무서운 화근이 될 거야. 우리 착한 일 하는 셈 치고 정화나무를 모조리 없애버리는 게 어떨까?"

"좋아요. 오빠의 마음씀씀이가 이토록 바르니 부처님께서 빠른 시일 내에 언니와 만나게 해주실 거예요."

양과는 정영의 말에 기운이 부쩍 솟았다.

세 사람은 잿더미 속에서 연장을 찾아내 정화나무를 뿌리째 캐내어 불에 태웠다. 절정곡에 정화나무가 워낙 많은 데다 행여 가시에 찔리지 않을까 조심스럽게 일해야 했기 때문에 모조리 없애기까지는 꼬박 엿새가 걸렸다. 혹시 한 그루라도 남아 있으면 다시 번식할 수 있으므로 세 사람은 절정곡 구석구석을 뒤져 정화나무를 찾아냈다. 세 사람은 큰 화근이 될 수 있는 정화나무를 자기들 손으로 없앴다는 생각에 마음이 뿌듯했다.

다음 날 새벽, 육무쌍이 단장초를 꺼내 들고 말했다.

"오빠, 단장초를 드셔야 할 날이에요."

양과는 지난번에 단장초를 복용한 경험이 있기 때문에 단장초가 비록 독초이기는 하나 충분히 견뎌낼 자신이 있었다. 그는 스스로 일등대사가 알려준 네 군데의 혈도를 찍은 후 단장초를 먹었다. 지난번 복용으로 체내의 독이 조금은 없어진 상태이므로 오늘은 복용량을 조금 줄였다. 그래서인지 통증도 훨씬 덜했다. 반 시진 정도 지나자 지난번처럼 피를 토했고 통증이 멎었다. 양과는 자리에서 일어나 손발을 움직이며 가볍게 몸을 풀었다. 정영과 육무쌍의 얼굴에도 기쁨이 감돌았다.

'나를 참으로 아껴주는구나. 평생을 살면서 이런 친구 하나만 있어도 헛되지 않을 텐데, 난 둘씩이나 있으니 얼마나 행복한 사람인가. 다만 보답할 것이 없어 안타까울 뿐. 영이는 좋은 스승을 만나 잘 배웠기에 앞으로 수련을 계속하면 훌륭한 고수가 될 수 있을 테지만, 무쌍이는 기초가 너무 허술해 보인다. 내가 조금 가르쳐줘야겠다.'

한참 동안 생각에 잠겨 있던 양과가 고개를 들더니 육무쌍을 바라보며 말했다.

"육 누이, 너의 사부님과 내 사부님은 같은 문파시니까, 결국 우리 둘도 같은 문파인 셈이지. 우리 고묘파의 무공 중 가장 심오한 무공은 〈옥녀심경〉이야. 죽은 이막수의 평생소원이 바로 〈옥녀심경〉을 손에 넣는 것이었는데, 결국 죽을 때까지 그 원을 풀지 못했지. 이곳에 머무르는 동안 어차피 달리 할 일도 없으니 네게 〈옥녀심경〉의 무공을 전수해주고 싶은데 어때?"

양과의 뜻밖의 제안에 육무쌍은 뛸 듯이 기뻐했다.

"고마워요. 그렇게 되면 곽부를 만나도 두려울 것이 없겠죠?"

양과는 즉시 〈옥녀심경〉의 구결을 자세히 알려주었다.

"우선 구결을 완벽하게 기억해야 해. 실제 무공을 연마할 때는 언니에게 도움을 청하면 될 거야. 절정곡은 외부인의 발길이 거의 닿지 않는 곳이니 〈옥녀심경〉을 연마하는 데 최적의 장소야."

그 후 며칠 동안 육무쌍은 〈옥녀심경〉의 구결을 열심히 외웠다. 그녀가 이막수에게 배운 무공도 결국 고묘파에 뿌리를 둔 것이어서 이해하는 데 어려움이 없었다. 혹 어려워서 이해가 가지 않는 부분은 양과가 자세히 설명해주었다. 사실 이해가 안 가도 억지로 외운 후 두고두고 생각하면 저절로 알 수 있게 마련이었다. 한 달여가 되자 육무쌍은 〈옥녀심경〉의 구결을 완벽하게 외울 수 있었다.

〈옥녀심경〉의 핵심은 두 사람이 한마음이 되어 적을 공격하는 것이다. 당시 임조영과 왕중양은 한마음을 이룰 수 없었기에 〈옥녀심경〉의 위력을 발휘하지 못했는데, 양과와 소용녀에 이르러 비로소 완벽한 〈옥녀심경〉이 완성된 것이다. 그러나 양과는 자신을 향한 육무쌍의 마음을 잘 알고 있었기 때문에 〈옥녀심경〉 중 두 사람의 마음을 하나로 통하게 하는 부분은 가볍게 언급만 하고 자세히 알려주지 않았다. 행여나 육무쌍의 마음이 더욱 흔들릴까 봐 두려웠던 것이다. 〈옥녀심경〉을 연마한 후 육무쌍의 무공은 크게 향상되었다. 육무쌍 스스로도 자신의 무공이 곽부보다 뛰어나다는 것을 느끼자 더 이상 곽부를 이기려고 하는 마음을 갖지 않게 되었다.

양과는 7일에 한 번씩 꾸준히 단장초를 복용했다. 어느 날 아침, 정영과 육무쌍은 아침 식사를 준비해놓고 양과를 불렀다. 그러나 아무리 기다려도 오지 않자 이상히 여긴 두 사람은 양과가 기거하는 동굴에 가보았다. 그랬더니 양과는 보이지 않고 땅바닥에 다음과 같은 글만 쓰여 있었다.

언젠가 다시 만날 날이 있을 테니 잠시의 이별을 너무 서운해하지 말아라. 오누이의 정은 해와 달처럼 희디희다.

정영과 육무쌍은 한참 동안 아무 말도 하지 못하고 멍하니 서 있었다.
"마침내 떠나고 말았군요."
두 사람은 산등성이로 뛰어올라가 사방을 살폈으나 보이는 것은 구름과 안개뿐이었다.
"어디…… 어디로 갔을까요? 언젠가…… 언젠가 다시 만날 수 있을까요?"

육무쌍은 목이 메어 말을 잇지 못했다.

"무쌍아, 저 구름과 안개를 봐. 흩어졌다가 다시 모이고 모였다가 또 흩어지곤 하잖아. 우리 인생도 마찬가지야. 이제 헤어졌으니 언젠 가는 다시 만날 날이 있겠지. 너무 슬퍼하지 마."

그러나 이렇게 말하는 정영의 눈에서도 눈물이 흘러내렸다.

양과는 절정곡에서 두 달여를 머무르면서 육무쌍에게 〈옥녀심경〉을 전수해주었다. 그동안 소용녀의 소식이라고는 전혀 들을 수 없었다. 더 기다려봐야 소용없다는 것을 깨달은 양과는 단장초를 충분히 뜯어 몸에 지닌 후 두 동생에게 작별의 글을 남기고 절정곡을 떠났다. 양과는 그럴 리가 없다는 것을 잘 알면서도 혹시나 하는 마음에 종남산의 고묘로 갔다. 혼례식 때 입은 옷이며 모자 등이 떠날 때 모습 그대로 남아 있었다. 오히려 슬픔과 상실감만 더해졌다.

종남산을 내려온 양과는 정처 없이 강호를 떠돌며 몇 달을 보냈다. 어느덧 양양 근처에까지 다다랐다. 전에 몽고군에 의해 불에 타 폐허가 되었던 지역이 지금은 인가가 들어서 있었다. 최근 몇 개월 동안 몽고군의 침략이 없었던 모양이었다. 양과는 곽정이 보고 싶었으나 곽부를 만나고 싶지는 않았다.

'수리 형을 못 본 지가 오래되었군. 한번 가봐야겠다.'

양과는 독고구패의 거처를 찾아가 길게 휘파람을 불었다. 얼마 지나지 않아 우는 소리가 들려왔다. 고개를 들어 살펴보니 저쪽 큰 나무밑에서 신조가 두 발로 승냥이의 목을 누르고 있었다. 양과를 본 신조는 승냥이의 목을 놓아주고 성큼성큼 다가왔다. 구사일생으로 살아난 승냥이는 꼬리를 감추며 수풀 속으로 도망갔다. 양과는 신조의 목을 끌어안고 볼을 비볐다. 참으로 친근한 모습이었다. 양과와 신조는 동굴로 들어갔다. 신조와 헤어진 후 수개월 동안 참으로 많은 일을 겪었다. 양과는 그동안의 슬픔과 기쁨, 만남과 이별을 털어놓지 못하는 것이 못내 아쉬웠다.

양과는 숲속에서 신조를 벗 삼아 지냈다. 어느 날 무료해진 양과는 독고구패가 검을 놓아둔 절벽 앞에 이르렀다.

'독고 선배가 주신 현철중검은 과연 천하에 적수가 없다고 해도 과언이 아니었다. 그런데 독고 선배가 남긴 글에는 목검이 현철중검을 이긴다고 했지. 그리고 마지막에는 검을 사용하지 않고도 목검을 이길 수 있다고 했어. 어차피 용이를 만나려면 16년이라는 세월을 기다려야 하니 그동안 독고 선배의 말에 따라 무공이나 더 연마해야겠다.'

양과는 굵은 나뭇가지를 깎고 다듬어 목검을 만들었다.

'현철중검은 무게가 80근이 넘는데 이 가벼운 목검으로 어떻게 이길 수 있을까? 무거운 현철중검을 이기려면 두 가지 방법밖에 없을 것이다. 신속하고 뛰어난 검법으로 승부를 걸든지, 아니면 상대방보다 내공이 뛰어나든지.'

그날부터 양과는 밤낮으로 검술 연마에 정진했다. 큰비가 내릴 때면 어김없이 폭포가 있는 곳으로 가 물속에서 검술을 연마해 힘을 길렀다. 이렇게 여름이 가고 가을이 오고, 또 가을이 지나고 겨울이 왔다. 비록 열심히 무공을 연마했지만 내공이나 검술에서 별 진전을 얻지 못했다. 양과의 무공은 애초에 워낙 고강했기 때문에 그 상태에서 무공을 더 향상시킨다는 것이 쉽지 않은 일이었다. 양과는 결코 조급해하지 않고 꾸준히 무공을 연마했다.

눈이 많이 내리던 어느 날 신조가 날개를 휘둘러 강풍을 일으키며 내리는 눈발을 막았다. 그 모습을 본 양과는 문득 좋은 생각이 떠올랐다.

'겨울에는 비가 내리지 않아 무공을 연마할 방법이 없다고 생각했는데, 이제 보니 눈 속에서 검술을 연마하는 것도 좋은 방법이겠군.'

신조의 날갯짓이 갈수록 강해졌다. 엄청나게 많은 눈이 내리는데도 신조의 몸에는 전혀 닿지 않았다.

흥이 난 양과는 눈밭에 서서 목검을 휘두르기 시작했다. 옷소매가 펄럭였다. 옷소매로 혹은 검이 일으키는 바람으로 눈발을 막아냈다. 이렇게 반나절 동안 검을 휘두르고 나니 검과 옷소매를 휘두르는 힘이 크게 강해졌다.

3일 연속 큰 눈이 내렸다. 그동안 양과는 매일 검술을 연마했다. 3일째 되던 날 오후, 눈이 더 많이 내렸다. 양과가 여느 날처럼 내리는 눈을 응시하며 검을 휘두르고 있는데, 갑자기 신조가 다가오더니 날개를 펼쳐 양과를 공격했다. 뜻밖의 공격에 양과는 하마터면 날개에 맞을 뻔했으나 순발력 있게 뒤로 물러나 겨우 피했다. 이마가 차갑다 싶어 만져보니 눈이었다.

'전에도 날개로 나를 공격해서 무술 연습을 시켰지. 이번에도 나를 훈련시키려는 모양이군.'

양과는 목검을 들어 수리를 공격했다. 픽, 소리가 나며 목검이 신조의 날개와 부딪치더니 그대로 두 동강이 났다. 신조는 더 이상 공격하지 않고 그 자리에 서서 낮게 울어댔다. 양과를 질책하는 듯한 모습이었다.

'가벼운 목검으로 너의 신력에 맞서 싸우려면 일단은 피하다가 빈

틈을 노려 공격해야겠지.'

양과는 또다시 목검을 만들어 신조와 대결을 벌였다. 이번에는 10여 초식을 겨룬 후 목검이 부러졌다.

양과는 쉬지 않고 검술을 연마했다. 신조는 지치는 기색도 없이 엄격한 사부처럼 양과를 훈련시켰다. 양과는 그런 신조가 고마우면서도 부끄러운 생각이 들었다.

'수리 형이 이렇게 열심히 도와주는데 만약 목검을 제대로 배우지 못한다면 무슨 낯으로 수리 형을 대하겠는가? 게다가 이렇게 좋은 기회는 다시 만나지 못할 것이다. 기회를 놓치지 말고 최선을 다해 열심히 해야겠다.'

양과는 꿈에서조차 초식을 연구하고 내공을 증진시킬 방법을 생각했다. 무공 연마에 전념하다 보니 소용녀에 대한 그리움도 덜해져 전처럼 힘들지 않게 견딜 수 있었다. 체내에 쌓여 있던 정화 독도 완전히 없어졌고 내공도 강해졌다. 정신도 맑아져 전처럼 초췌한 모습은 이제 찾아볼 수 없었다.

겨울이 깊어가고 있었다. 소용녀와 헤어진 지 1년이 다 되어간다.

"수리 형, 절정곡에 한번 다녀와야겠어요."

양과는 신조와 작별 인사를 나눈 후 목검을 들고 길을 나섰다. 수리는 갈림길까지 따라나왔다. 양과는 신조를 향해 읍한 후 북쪽으로 난 큰길을 향해 발걸음을 옮겼다. 그러나 이상하게도 신조가 양과의 옷을 물고 늘어지더니 남쪽 방향으로 끌고 가는 것이었다.

"수리 형, 난 북쪽으로 가야 해요. 수리 형은 이제 그만 돌아가세요."

그러나 신조는 여전히 양과를 남쪽으로 끌고 가려 했다.

"수리 형, 전에는 내 말을 잘 이해하는 것 같았는데 오늘따라 왜 이렇게 고집을 부리시는 거죠?"

그러나 말이 통하지 않기 때문에 하는 수 없이 신조에게 끌려 남쪽으로 향했다. 신조는 양과가 순순히 자신을 따라오자 물고 있던 양과의 옷을 놓아주었다. 그러나 양과가 북쪽으로 방향을 틀기만 하면 곧장 옷을 물고 놓아주지 않았다.

'수리 형이 기어이 나를 남쪽으로 데려가려고 할 때는 반드시 이유가 있을 거야. 일단 수리 형이 가는 대로 따라가보자.'

양과는 절정곡에 가려던 생각을 잠시 접고 신조를 따라 동남쪽을 향해 걸었다. 10여 리쯤 갔을까, 갑자기 머릿속을 스치는 생각이 있었다.

'수리는 영물이잖아. 혹시 나를 남해로 데려가 소용녀와 만나게 해주려는 게 아닐까?'

생각이 여기에 미치자 갑자기 뜨거운 피가 솟구치는 것 같았다. 양과는 부푼 가슴으로 신조를 따라 걸었다. 두 달여가 지나자 동해의 한 바닷가에 도착했다.

양과는 해변가의 바위 위에 올라서서 먼 바다를 바라보았다. 파도가 넘실대는 바다를 바라보고 있으려니 마음속에 만감이 교차했다. 멀리서 우릉 우르릉, 하는 소리가 끊임없이 들려왔다. 양과는 어릴 때 도화도에 살았기 때문에 밀물이 밀려들 때 이런 소리가 난다는 것을 잘 알고 있었다. 매일 자시子時와 오시午時 두 차례 만조滿潮가 되는데, 지금이 마침 그 시간이었다. 밀물이 밀려드는 소리가 갈수록 크게 들리더니 마치 수천수만 마리의 말이 동시에 달리는 듯한 소리가 났다. 멀리서 조수가 밀려드는 것이 마치 흰 선이 해안을 향해 급히 다가오는 것처럼 보였다. 그 모습이 얼마나 장관인지 이를 바라보던 양과는 대자연의 위력에 입을 다물지 못했다.

순식간에 양과가 있는 곳까지 물이 차올랐다. 머지않아 양과가 서 있는 바위마저도 물에 잠길 것 같았다. 양과는 훌쩍 뛰어 뒤로 물러났다. 그러나 뛰는 순간 강한 힘이 등을 밀어냈다. 신조가 날개로 내친 것이었다. 양과는 몸이 허공에 떠 있는 상태인지라 달리 방법이 없어 날개에 밀려 물속에 떨어졌다. 갑자기 당한 일이라 양과는 그만 바닷물을 몇 모금 마시고 말았다.

사실 매우 위험한 순간이었으나, 다행히 홍수가 일 때 계곡에서 검술을 연마한 적이 있어 얼른 바위 위로 올라가 안정된 자세로 설 수 있었다. 해수면은 큰 파도가 출렁이고 있었지만 바다 밑은 도리어 매우 고요했다. 양과는 그제야 신조가 자신을 바다로 데려온 이유를 깨달을 수 있었다.

'바다의 파도를 상대로 검술을 연마하게 하려는 것이었구나.'

양과는 양발에 힘을 주어 바위를 밀고 그 힘을 받아 바다 위로 몸을 솟구쳤다. 강한 바람이 얼굴을 덮치는가 싶더니 뒤이어 산더미 같은 파도가 머리 위를 덮쳤다. 양과는 바닷속으로 가라앉았다가 다시 바위를 딛고 몸을 솟구쳤다. 그러고는 숨을 크게 한 번 들이쉰 후 다시 바닷속으로 들어갔다.

이렇게 반복하다 보니 썰물이 될 때쯤 양과는 피곤해서 얼굴이 창백해졌다. 그날 밤 자시에 또다시 밀물이 몰려왔다. 양과는 목검을 만들어 파도 속으로 뛰어들었다. 단순히 위에서 아래로 흐르던 계곡물과 달리 파도의 힘은 사방팔방에서 양과를 향해 밀어닥쳤다. 양과는 파도를 상대로 정신없이 검을 휘둘렀다. 파도를 이겨내지 못할 것 같으면 잠시 바다 밑으로 들어가 숨을 돌리곤 했다.

이렇게 매일 두 차례씩 한 달여를 연습하고 나자 공력이 크게 강해졌다. 평지에서 목검을 휘두르면 그 위력이 대단했다. 신조를 상대로 검술을 연마할 때도 전과 달리 양과가 신조의 날개를 피하는 것이 아니라, 신조가 양과의 검을 정면으로 받아내지 못하고 옆으로 피해 다녔다.

하루는 양과가 신조를 상대로 검술을 연마하다가 흥이 난 나머지 미처 힘을 거두지 못하고 있는 힘껏 신조의 날개를 쳤다. 신조가 큰 소리를 지르며 피하자 양과의 목검이 옆에 있던 작은 나무를 치게 되었다. 목검이 부러지는 것은 당연했지만 놀랍게도 나무 역시 부러졌다.

'가볍고 얇은 목검이 나무를 부러뜨릴 수 있구나. 계속해서 수련을 하면 언젠가는 검은 부러지지 않고 나무만 부러뜨릴 수 있을 거야. 그렇게 되면 독고구패 선배의 수준에 조금 더 가까워지겠지.'

세월은 물같이 흘러 어느덧 봄이 가고 여름이 가고 가을이 왔다. 양과는 날마다 밀물 때가 되면 파도를 상대로 검술을 연마했다. 밤이나 낮이나, 비가 오나 눈이 오나 연습을 게을리하지 않았다. 목검을 휘두를 때 나는 소리가 갈수록 커져 우레와 같은 소리가 나더니 나중에는 소리가 점점 가벼워졌고, 결국에는 아무리 힘 있게 검을 휘둘러도 아무런 소리도 나지 않게 되었다. 또 몇 개월이 지나갔다. 검을 휘두를 때 나는 소리가 한동안 커졌다가 한동안 작아졌다를 몇 차례 반복했다. 이 주기가 일곱 번 반복되고 나니 마침내 소리를 내고 싶으면 소리가 나고, 내고 싶지 않으면 나지 않도록 조절할 수 있었다. 어느덧 바닷가에 와서 무공을 연마한 지 6년이 지났다.

이제 양과는 손에 목검을 들고 파도에 맞서 휘두르면 검이 일으키는 질풍이 거친 파도의 힘을 거뜬히 이겨낼 수 있을 정도가 되었다. 신조가 신력을 지녔다고는 하나 이제는 양과의 목검을 받아내지 못했다. 양과는 이제 독고구패의 심정을 이해할 수 있을 것 같았다.

'이제 내 검술은 천하무적이라 해도 과언이 아닐 정도다. 그런데 오히려 허무하고 적막하구나. 이제 독고구패가 검을 묻고 산속에 은거한 심정을 조금은 이해할 수 있겠다. 만약 그때 수리 형이 독고구패 선배의 검술을 내게 전수해주지 않았다면 어찌 지금의 내가 있을 수 있겠는가? 수리 형이라고 부르고 있지만 실은 내 스승인 셈이다.'

양과는 해변에서 무공을 연마하면서 오가는 뱃사람들에게 남해도의 남해신니라는 사람에 대해 알아보았다. 그러나 여러 해 동안 수천수백 번을 물어보았지만 남해신니를 안다는 사람은 아무도 없었다. 양과는 점차 한시라도 빨리 소용녀를 만나고 싶은 생각을 단념해가기 시작했다. 아무래도 16년이라는 기한이 차기 전에는 소용녀를 만날수 없을 것 같았다.

비가 오고 바람이 불던 어느 날, 양과는 문득 이곳을 떠나야겠다는 생각을 했다. 양과는 새로 목검을 만들어 허리에 차고 수리와 함께 서쪽을 향해 길을 나섰다. 그 후 몇 년 동안 양과는 발길 닿는 대로 중원의 강남 지역을 떠돌아다녔다.

풍릉 야화

풍릉도의 한 객잔에서 곽부, 곽양, 곽파로는 모닥불 주위에 둘러앉아 신조협에 관한 여러 가지 이야기를 듣고 있었다. 그중 곽양은 이야기에 빠져들면서 신조협에게 호감을 가지게 되었고, 그를 꼭 한번 만나봐야겠다고 다짐했다.

대송大宋의 이종理宗 황제 개경開慶 원년은 몽고 대칸 몽가蒙哥*의 재위 9년째 되는 해였다. 그해 3월 어느 날 황하 북쪽의 풍릉風陵 나루터에 는 사람들의 아우성과 수레 끄는 소리, 말들의 울음소리 등이 뒤섞여 북새통을 이루고 있었다. 요즘 며칠 동안 날씨가 추웠다 더웠다를 반복하더니 황하의 얼음이 녹았다가 한차례 북풍이 불고 갑자기 추워지면서 녹았던 강물이 또다시 얼어붙었다. 걸어서 강을 건너기에는 얼음이 너무 얇고, 배가 다니기에는 너무 두꺼웠다. 강을 건너려던 사람들은 결국 풍릉 나루터에서 발이 묶이고 말았다. 부근에 객점이 몇 집 있기는 했으나 그곳마다 손님이 들어차 뒤늦게 온 사람들은 묵을 곳이 없는 형편이었다. 그래도 남쪽으로 가려는 사람들은 끊임없이 밀려 들어왔다.

　그중 안도노점安渡老店이라는 객점이 가장 규모가 컸다. 안도노점은 '평안히 강을 건너가는 여관'이라는 뜻이었다. 이 객점에는 큼직큼직한 방이 여럿 있었기 때문에 묵을 곳을 찾지 못한 손님들이 모두 이 집으로 몰려들었다. 객점 주인은 손님들에게 양해를 구하며 방마다 대여섯 명씩 밀어 넣었다. 그러나 밤늦게 도착한 20여 명은 그나마도 방

---

* 몽고제국 제4대 황제인 몽케. 그는 칭기즈칸의 유목군 대부분을 계승한 타뢰의 장자로 홀필열(쿠빌라이)은 그의 동생이다.

이 없어서 식당에 둘러앉아 밤을 새는 수밖에 없었다. 점원이 가운데 있는 식탁과 의자를 치우고 불을 피웠다. 밖에는 여전히 매서운 북풍과 함께 눈발이 날렸다. 문틈으로 들어오는 바람 때문에 불길이 꺼질 듯 사그라졌다가 다시 피어오르곤 했다. 지금으로 봐서는 내일도 강을 건널 수 없을 것 같았다. 모두들 걱정스러운 표정이었다.

날이 어두워지면서 눈발이 더욱 거세게 날렸다. 그때 밖에서 말발굽 소리가 들리더니 세 필의 말이 객점 앞에 멈춰 섰다. 식당에서 불을 쬐고 있던 손님들 중 한 노인이 이마를 찌푸렸다.

"또 손님이 온 모양이군."

"주인장, 넓고 깨끗한 방 두 개만 주세요."

젊은 여자의 목소리였다.

"죄송합니다. 방마다 손님들로 가득 차서 남은 방이 없습니다."

"좋아요, 그럼 한 개만 빌리기로 하지요."

"정말 죄송하지만 손님이 많아 한 개도 어렵겠습니다."

주인의 말에 젊은 여자는 허공에다 대고 말채찍을 휘둘렀다.

"객점에 방이 없다는 게 말이 돼요? 돈은 달라는 대로 드릴 터이니 있는 손님을 내보내서라도 방을 비워주세요."

여자는 단호하게 말하며 빠른 걸음으로 식당에 들어섰다. 그 여자가 들어서자 식당 안이 금세 환해지는 것 같았다. 서른 살 정도 되어 보이는 아름다운 여자였다. 담비 가죽옷 위에 남색 비단옷을 걸친 모습이 무척 화려했다. 그 뒤에 남녀 두 명이 따라 들어왔다. 둘 다 열대여섯 살 정도 되어 보였다. 남자는 눈썹이 짙고 눈이 커다란 건장한 소년이었고, 여자는 청아하고 아름다운 소녀였다. 소녀는 목에 진주 목걸이를 하고 있었는데, 그 왕구슬만 한 진주알이 빛을 발했다. 두 사람은 모두 고귀해 보이는 연녹색의 비단옷을 입고 있었다. 여자의 건방진 태도에 한마디 하려던 사람들도 아름답고 화려한 이들의 차림새에 기가 죽어 아무 말도 하지 못했다.

주인이 굽실대며 사정했다.

"젊은 마님, 사정 좀 봐주십시오. 이분들도 모두 방이 없어서 여기이러고 계십니다. 정히 묵으실 곳이 없으면 세 분도 이분들과 함께 하룻밤을 보내시는 수밖에 없습니다. 하루만 참으시면 내일은 날씨가 풀려 능히 강을 건널 수 있을 것입니다."

객점 주인의 공손한 말에 여자는 이마를 찡그린 채 아무 말도 하지 않았다. 눈앞의 상황이 그러하니 어쩔 수가 없었다. 불 곁에 앉아 있던 한 부인이 옆으로 비켜 앉으며 말했다.

"추울 텐데 우선 이리 앉아서 불을 좀 쬐시구려."

"고맙습니다."

여자가 마지못해 고개를 끄덕였다.

모두들 조금씩 붙어 앉아 세 사람을 위해 자리를 마련해주었다. 잠시 후, 점원이 세 사람 앞에 작은 탁자를 놓더니 상을 차려주었다. 자리는 옹색했지만 술과 음식만은 풍성했다. 여자는 주량이 꽤 센 듯 연신 술잔을 비웠다. 나머지 두 사람도 술을 두어 잔씩 마셨다. 서로를 부르는 호칭으로 보아 남매지간인 모양이었다. 밖에서는 여전히 매서운 바람 소리가 들려왔다. 모두들 너무 추워서인지 불 옆에 앉아 일어날 줄 몰랐다.

산서山西 지역 사투리를 쓰는 남자가 투덜거렸다.

"날씨 한번 더럽구먼. 얼음이 다 녹는가 싶더니 금세 이렇게 꽁꽁 얼어붙으니 날씨를 종잡을 수가 있나."

키가 유달리 작은 남자가 호북湖北 억양을 섞어가며 대답했다.

"불평하지 마시오. 그래도 다행히 불도 쬘 수 있고 먹을 것도 있으니 충분히 견딜 수 있지 않소. 양양성이 몽고 놈들한테 포위당했을 때를 생각하면 아무리 힘든 상황에 처해도 그저 고마울 따름이오."

'양양성'이라는 말에 여자가 동생들을 힐끗 바라보았다.

광동廣東 억양의 남자가 물었다.

"몽고 놈들한테 포위당했을 때 상황이 어땠는데요?"

"몽고 놈들이 잔인하고 포악한 건 모두들 다 아실 테지요? 그해에 10만 넘는 몽고군이 양양성을 포위했지요. 당시 성을 지키던 여 대인이 무능해서 양양성이 위기에 빠졌는데, 다행히 곽 대협 부부가 계셔서……."

'곽 대협'이라는 말에 여자와 동생들은 또다시 서로를 마주 보았다.

"그래서 몽고군을 물리칠 수 있었지요. 양양성의 10만 군민은 모두 죽을힘을 다해 적과 맞서 싸웠어요. 모두들 얼마나 용감했는데요. 나도 별 볼일 없는 장사꾼이긴 하지만 내 마차로 흙도 퍼 나르고 돌도 실어 나르며 할 수 있는 일은 다 했지요. 내 얼굴에 난 이 상처 보이죠? 이것도 몽고 놈들이 쏜 화살에 맞아 생긴 것이라오."

모두들 남자의 얼굴을 바라보았다. 과연 왼쪽 눈 밑에 화살에 맞은 상처가 있었다. 광동 사람이 말했다.

"우리 대송은 땅도 넓고 사람도 많으니 만약 모든 사람이 형씨 같기만 하다면야 몽고군이 아니라 더 강한 군대가 밀어닥쳐도 결코 우리 땅을 짓밟지는 못할 것이오."

호북 사람이 말했다.

"그러게 말입니다. 몽고 놈들이 10년 가까이 공격을 했어도 우리 양양성을 손에 넣지 못했잖아요. 그런데 손쉽게 함락된 곳이 얼마나 많아요. 서역 밖의 여러 나라가 모두 몽고 놈들 손에 멸망했다는데 우리 양양성은 끄떡도 하지 않았잖아요. 몽고 왕자 홀필열이 직접 군사들을 이끌고 우리를 공격했지만 역시 소용없었죠."

광동 사투리를 쓰는 손님이 말했다.

"대송의 백성이라면 누구나 그래야지요. 만약 몽고 놈들이 광동으로 쳐들어오면 우리 광동 사람들도 가만있지 않을 겁니다."

그 호북 사람이 다시 말했다.

"당연히 그래야죠. 목숨을 걸고 싸우지 않으면 결국 그놈들 손에 죽는 길밖에 없으니까요. 그 잔인한 놈들이 양양성을 손에 넣지 못하자 수없이 많은 한인을 성 밑으로 끌고 가 목을 베어 죽였어요. 어디 그뿐이오? 대여섯 살밖에 되지 않은 어린것들을 말에 묶어 땅에 끌며 성 주위를 달리니 그 어린것들이 어찌 되었겠소. 성안에서 살려달라고 우는 어린아이들의 비명 소리를 듣고 있자니 정말 피가 거꾸로 솟는 것 같았소. 그렇게 하면 우리가 항복하리라 생각했겠지만 어림없는 소리지. 우린 끝까지 성을 굳게 지켜냈다오. 나중에는 성안에 먹을 것도 떨어지고 마실 물도 없었는데 풀뿌리, 나무껍질로 배를 채우고 구정물도 없어서 못 마실 지경이 됐지요. 그래도 항복하지 않고 끝까지 맞서 싸우니 몽고 놈들도 결국 포기하고 물러가더군요."

광동 억양의 남자가 고개를 끄덕이며 맞장구를 쳤다.

"양양성이 잘 버텨주었기에 망정이지 그러지 않았다면 지금쯤 나라 꼴이 어찌 되었겠소?"

사람들이 계속해서 양양성에 대해 궁금해하자 호북 말투의 남자는 신이 나서 이야기를 계속했다. 그는 곽정과 황용을 마치 신이라도 되는 양 과장해가며 흥미진진하게 당시 상황을 설명했다. 그때 돌연 사천四川 사투리를 쓰는 남자가 한숨을 쉬며 말했다.

"나라를 위해 용감하게 싸우는 사람이 그렇게 많건만, 조정에는 간신들이 득세해 부귀영화를 누리고 충신들은 억울하게 죽어가고 있으니 안타깝기 짝이 없습니다. 우리 사천 지역만 봐도 강토를 굳건히 지킨 충신들을 여럿 죽였습니다."

호북인이 물었다.

"사천 지역의 충신이라면 누구를 말하는 거요?"

"몽고군이 우리 사천 지역을 10년 넘게 침략해오고 있는데, 지금까지도 적의 손에 넘어가지 않은 것은 모두 여개여余玠余 대수大帥 덕분이지요. 사천의 백성은 모두 그분을 진심으로 믿고 따랐습니다. 그런데 간신 정대전丁大全이 황상께 여 대수가 함부로 권력을 남용하고 횡포를 부린다고 모함을 했지 뭡니까. 황상께서는 그 간신 놈의 말만 믿고 독주를 내려 결국 여 대수의 목숨을 빼앗고 말았어요. 그 후임으로 간신의 무리 중 하나인 사람이 왔는데, 나약하고 무능하기 짝이 없어서 그자가 부임한 지 얼마 되지 않아 천북川北이 결국 몽고 놈들 손에 넘어가고 말았습니다. 몽고 놈들에 맞선 사람들은 여 대수의 부하들이라 목숨을 걸고 싸우는데, 최고 지휘자라는 작자가 병법에 대해서는 완전히 무식한 놈이니 싸움에서 질 수밖에요. 그런데 이게 웬일입니까? 정대전, 진대방陳大方 등 간신 무리들이 도리어 싸움에 패한 죄를 용감하고 충직한 왕유충王惟忠 장군에게 뒤집어씌워 목을 베어버렸으니 이보다 더 원통한 일이 또 어디 있겠습니까?"

남자는 얼굴이 벌겋게 달아오르면서 말을 잇지 못했다. 여기저기에서 한숨 소리가 들려왔다. 광동 말투의 남자가 입에 거품을 물며 말했다.

"그런 간신 놈들 때문에 나라가 망하고 있어요. 조정에 개새끼가 세 마리 있는데 그중 한 마리가 바로 정대전 아닙니까."

한쪽에서 묵묵히 듣기만 하던 한 소년이 맞장구를 쳤다.

"맞습니다. 정대전, 진대방 그리고 호대창胡大昌이 바로 간신들의 우두머리지요. 임안臨安 사람들은 그놈들 이름의 가운데 자인 '대大'에 점 하나를 더 찍어 '견犬' 자로 쓰고 있습니다. 정견전, 진견방, 호견창 이렇게요. 그러니 개 같은 놈이 맞지요."

소년의 말에 모두들 웃음을 터뜨렸다. 사천 말투의 남자가 말했다.

"말투를 들으니 임안 사람이군요?"

"그렇습니다."

"그렇다면 왕유충 장군이 참수당하실 때의 상황을 좀 아시겠군요?"

"직접 봤는걸요. 왕 장군께서는 죽는 순간까지 늠름한 기개를 잃지 않으셨습니다. 얼굴빛 하나 변하지 않는 그 모습이 어찌나 위풍당당하던지. 장군은 죽기 직전까지 정대전과 진대방을 근엄하게 꾸짖으셨습니다. 그런데 왕 장군이 돌아가신 후 이상한 일이 일어났습니다."

"이상한 일이라니요?"

"왕 장군을 모함한 사람이 바로 진대방이잖아요. 장군께서 형장으로 끌려가면서 옥황상제께 이 억울함을 호소하겠노라고 여러 차례 외치셨거든요. 그런데 장군이 돌아가신 후 3일째 되던 날, 실제로 진대방이 갑자기 죽었지 뭡니까. 그런데 그보다 더 이상한 일은 진대방의 목이 임안 동문의 종각에 매달려 있었다는 거예요. 그 종각은 높고 미끄러워 사람은커녕 원숭이도 못 올라가는 곳이거든요. 옥황상제가 천신天神을 보내서 한 일이 아니라면 누가 그런 일을 할 수 있었겠어요?"

모두들 혀를 차며 고개를 끄덕였다. 소년이 계속 말을 이었다.

"절대로 제가 꾸며낸 이야기가 아니에요. 임안에서는 이 일을 모르는 사람이 없습니다. 혹시 임안에 가실 일이 있으면 아무나 붙잡고 물어보세요."

"저도 압니다. 그 이야기는 사실이에요. 그러나 한 가지 잘못 알고 계신 것이 있는데, 진대방을 죽인 것은 천신이 아니라 한 영웅 협객입니다."

사천 사람의 말에 소년은 고개를 가로저었다.

"말도 안 돼요. 진대방은 조정의 대신입니다. 호위병이 얼마나 많고 경계가 얼마나 삼엄한데 누가 그놈을 죽일 수 있단 말입니까? 게다가 날개가 달려 있지 않은 이상 그놈의 목을 종각 위에 단다는 것은 불가능한 일이에요."

"그러게 영웅이라 하지 않습니까? 보통 사람은 상상하지 못하는 능력을 지닌 사람이 있게 마련이에요. 하지만 아무리 말씀드려도 직접 보지 않고는 믿지 못하실 겁니다."

"아니, 진대방의 목을 종각 위에 매다는 모습을 직접 보셨단 말입니까?"

소년의 말에 사천 사람은 잠시 망설이는 듯하다가 말을 이었다.

"왕유충 장군에게는 아들이 하나 있었는데, 왕 장군이 잡혀갈 때 몰래 도망을 쳤지요. 조정의 간신들은 화근을 없애기 위해 군마를 보내 아들을 잡으려 했습니다. 왕 장군의 아들도 군관 출신이기 때문에 무예를 할 줄 알지만 상대의 수가 워낙 많은지라 당해낼 수가 없었어요. 막 붙잡히려는 위기의 순간, 웬 협객이 나타나 맨손으로 수십 명의 군관을 때려눕히고 왕 장군의 아들을 구해주었지요. 왕 장군의 아들은 그 협객에게 왕유충 장군의 억울한 사연을 호소했습니다. 그러자 그 협객이 왕 장군을 구해오겠다며 그길로 임안으로 달려갔습니다. 그러나 안타깝게도 왕 장군은 이미 참수를 당한 뒤였습니다. 협객은 분통함을 이기지 못하고 그 자리에서 진대방의 목을 베어 종각 위에 매달았어요. 그 종각은 원래 원숭이도 오르지 못할 만큼 높고 미끄럽다는데 그 협객은 가볍게 올라갔다 내려왔습니다."

광동인이 말했다.

"대체 그 영웅 대협이 누구란 말입니까?"

"대협의 이름은 저도 모릅니다. 다만 특이한 것은 오른팔이 없다는 겁니다. 그리고 말을 타고 또 한 필의 말을 끌고 가는데 거기에는 생김새가 괴이한 커다란 수리가 타고 있었어요."

사천 사람의 말이 끝나기도 전에 누군가가 큰 소리로 끼어들었다.

"맞습니다. 그분이 바로 강호에서 유명한 신조협神鵰俠입니다."

사천인이 물었다.

"신조협이라고요?"

"그래요. 그분은 신선처럼 용맹하고 의롭고, 약한 사람을 도와주기로 유명하지요. 절대로 자기 이름을 밝히는 법이 없답니다. 항상 수리를 데리고 다니기 때문에 사람들이 그냥 '신조협'이라고 부르지요. 원래는 신조대협이라고 불렀는데 그분께서 대협大俠이라는 말은 너무 과분하다 하셔서 그냥 신조협이라고 부른답니다. 사실 그분의 정의로운 행적으로 봐서는 대협이라는 말이 전혀 과분하지 않지요. 그분이 대협이 아니면 누가 대협이겠습니까?"

뒤늦게 들어온 미모의 여자가 갑자기 코웃음을 쳤다.

"흥! 너도나도 대협이면 대협이 아닌 사람이 없겠군."

여자의 말에 사천 남자가 굳은 표정으로 반박했다.

"뉘신지는 모르나 그런 말씀 마십시오. 그분은 왕 장군을 구하기 위해 강호에서 임안까지 나흘 밤낮을 잠시도 쉬지 않고 달렸습니다. 그분이 평소 왕 장군과 아는 사이였던 것도 아니고, 오로지 나라를 위해 충성한 왕 장군이 간신의 모함으로 억울하게 죽게 되었다는 말을 듣고 위험을 무릅쓰고 달려가신 겁니다. 그 정도면 대협이 아닙니까?"

"흥!"

미모의 여자가 막 코웃음을 치며 뭐라 반박하려는 순간 그녀의 여동생이 입을 열었다.

"언니, 제가 듣기에도 영웅 대협이라 불릴 만하네요."

그 목소리가 어찌나 맑고 청아한지 사람들은 듣기만 해도 마음이 편안해졌다.

"네가 뭘 안다고 나서니?"

미모의 여자는 동생에게 핀잔을 준 후 사천 사람을 향해 말했다.

"당시 상황에 대해 어찌 그리 상세히 알고 계십니까? 강호에 떠도는 소문 중 십중팔구는 믿을 것이 못 되는데요?"

사천 사람은 잠시 머뭇거리더니 곧 정색을 하고 말했다.

"제 성은 왕씨입니다. 왕유충 장군이 바로 제 아버지시죠. 신조대협
께서 제 목숨을 살려주셨습니다. 전 지금 죄인의 신분이고 조정에서는
제 목에 포상금을 건 상태입니다. 함부로 나서서는 안 되나 죽는 것이
두려워 제 목숨을 살려주신 은인의 명예가 더럽혀지는 걸 그냥 두고
볼 수만은 없군요."

뜻밖의 말을 듣고 모두들 잠시 동안 멍해 있었다.

광동 말투의 남자가 엄지손가락을 치켜세우며 큰 소리로 말했다.

"역시 사내대장부이십니다. 누구든지 왕 형을 관에 신고하는 자가
있다면 내가 가만두지 않겠습니다."

모두들 고개를 끄덕이며 맞장구를 쳤다. 미모의 여자도 더 이상은 반
박할 말이 없는지 입을 다물었다. 그녀의 여동생은 타올랐다 사그라지
는 불꽃을 넋이 나간 듯 바라보다가 혼잣말처럼 중얼거렸다.

"신조대협, 신조대협……."

그러다 문득 고개를 돌려 왕 장군의 아들을 바라보며 물었다.

"왕 대숙, 신조대협이라는 분은 무공이 그렇게 강하다면서 어쩌다
팔을 잃게 되셨을까요?"

소녀의 말에 미모의 여자는 안색이 확 바뀌더니 입술이 가늘게 떨
렸다. 마치 하고 싶은 말이 있으나 억지로 눌러 참는 것 같았다. 왕 장
군의 아들이 고개를 가로저으며 말했다.

"그분의 존함도 묻질 못했는데 그런 걸 어떻게 알겠습니까?"

미모의 여자가 비웃듯 말했다.

"흥! 당연히 모르시겠지."

임안에서 온 소년이 말했다.

"신조협이 간신을 죽이는 것은 왕 장군의 아드님께서 직접 보셨다니 천신이 하신 일은 아닌 모양이군요. 그러나 간신 정대전이 하룻밤 사이에 얼굴 가죽이 시퍼레진 것은 분명 하늘이 벌을 내린 탓일 겁니다."

광동 말투의 남자가 물었다.

"그게 무슨 말입니까?"

"아까 말씀드린 대로 임안 사람들은 정대전을 정견전이라고 불렀습니다. 그런데 지금은 정청피丁青皮라고 부릅니다. 정대전은 원래 피부가 매우 하얗는데, 어찌 된 일인지 하룻밤 사이에 얼굴이 퍼렇게 변해버렸거든. 용하다는 의원에게 모두 보여주었지만 아무런 소용이 없었답니다. 황상께서 연유를 묻자 나라를 위해 걱정 근심하느라 밤에 잠을 제대로 이루지 못해 그렇다고 대답했다는군요. 그러나 임안 사람들은 모두 정대전이 나라와 백성에게 해를 끼치는 간신이었기 때문에 옥황상제께서 벌을 내린 것이라고 믿고 있어요."

광동 사람이 웃으면서 고개를 설레설레 흔들었다.

"거참, 이상한 일이군요."

"그것도 신조협께서 하신 일입니다. 하하하! 정말 통쾌하지 않습니까?"

진대방을 죽인 사람이 신조협이라는 걸 알려준 사내가 웃으며 말했다.

"무슨 말씀이십니까? 자세히 좀 이야기해보세요."

모두들 호기심 어린 눈길로 바라보았지만 사내는 그저 웃기만 했다. 광동에서 온 남자는 자세한 이야기를 듣고 싶은 마음에 객점의 점원을 시켜 술을 가져오게 했다. 사내는 술 한 잔을 쭉 들이켜더니 흥이 나는지 큰 소리로 이야기를 시작했다.

"허풍을 치려는 건 아니지만 이 일에는 저도 조금 공을 세운 바 있습니다. 그날 밤 신조협이 갑자기 임안에 나타나더니 저더러 동료들을 데리고 임안 전당현 관아의 관졸들을 해치우고 그들의 옷을 벗겨 관졸로 변장하라고 지시하더군요. 우리는 신조협이 무슨 이유로 그런 지시를 내리는지 자세히는 몰랐지만 어쨌든 신이 나서 시키는 대로 했습니다. 삼경三更이 지났을 때 신조협께서 관복을 입고 전당현 관아에 나타나셨습니다. 그러고는 곧바로 정당正堂에 가서 앉더니 경당목을 두드리며 '죄인 정대전을 데려오너라' 하고 호통을 쳤습니다."

침을 튀겨가며 신나게 이야기하던 사내는 또 술 한 잔을 들이켰다.

"형씨는 임안에서 무슨 일을 하셨습니까?"

광동에서 온 남자가 묻자 사내가 눈을 매섭게 치켜떴다. 광동 남자는 기가 죽어 더 이상 물어볼 수 없었다. 사내는 계속해서 말을 이었다.

"저는 정대전이라는 말을 듣고 깜짝 놀랐지요. 그도 그럴 것이 정대전이라고 하면 당대 재상이 아닙니까. 그런데 그를 데려오라니요. 대체 무슨 속셈인지 궁금하더군요. 신조협이 또다시 경당목을 두드리자 두 명의 남자가 대신大臣 복장을 입은 남자를 끌고 들어왔습니다. 그런데 끌려 들어오는 남자의 얼굴을 보니 정말 정대전이지 뭡니까. 전에 정대전이 우성관에서 향을 피울 때 먼발치서 한번 본 적이 있었거든요. 그 쥐새끼 같은 놈은 무서워서 부들부들 떨고 있더군요. 그때 동료 중 하나가 그놈의 정강이를 발로 걸어차자 그 자리에서 무릎을 꿇고 쓰러졌어요. 하! 생각만 해도 통쾌하지 않습니까? 신조협께서 '정대전, 네 죄를 네가 알렸다?'라고 묻자 정대전이 감히 모른다고 대답하더군요. 신조협께서 '권력을 이용해 온갖 부정부패를 일삼고 충신을 죽이고 백성을 괴롭힌 죄를 하나하나 낱낱이 고하지 못할까!'라고 호통을 치자, '대체 너는 누구냐? 누구인데 조정의 대신을 모욕하는 거냐? 나라의 법이 무섭지 않느냐?'라고 제법 소리를 지르는 겁니다. 화가 난 신조협이 '나라의 법? 네놈이 감히 나라의 법을 입에 담아? 여봐라, 저놈을 되게 쳐라!'라고 불호령을 내렸지요. 모두들 평소에 정대전이라면 이를 갈던 차인지라 그놈을 벌할 기회를 만났으니 신이 났지요. 어찌나 세게 때렸던지 몇 대 때리지 않아 기절을 했고, 깨어나면 또 몇 대를 때리니 다시 기절을 했지요. 그러더니 곧 살려달라고 애걸하기 시작하더군요. 그 뒤부터는 묻는 말에 고분고분하게 대답했습니다. 신조협은 종이와 붓을 가져오게 해 그자 스스로 자신의 죄상을 낱낱이 적도록 시켰습니다. 조금만 망설이는 기색을 보이면 즉시 곤장과 뺨을 치게 했지요."

아름다운 소녀가 피식 웃으며 작은 목소리로 말했다.

"정말 재미있군요."

사내는 사발을 들더니 꿀꺽꿀꺽 술을 들이마셨다.

"재미있고말고요. 매가 두려운데 어쩌겠어요? 얌전히 시키는 대로 하는 수밖에요. 그런데 정대전이 시간을 질질 끌며 제대로 쓰지 않는 겁니다. 신조협이 여러 차례 독촉을 했으나 소용이 없었어요. 얼마 지나지 않아 날이 밝아올 무렵 밖에서 소란스러운 소리가 들려왔습니다. 기밀이 누설되었는지 소식을 들은 군마가 도착했지 뭡니까? 신조협은 화를 버럭 내며 '저놈의 머리를 베어라!'고 고함쳤습니다. 그러나 신조협은 남의 생명을 가볍게 해치는 사람은 아닙니다. 신조협은 저를 향해 눈짓을 했어요. 죽이지는 말라는 뜻이었지요. 저는 검을 들어 검의 등 쪽으로 정대전의 목을 내리쳤습니다. 정대전은 비록 목이 날아가지는 않았지만 너무 놀란 나머지 얼굴빛이 퍼렇게 질리더니 그 자리에서 기절했지요. 신조협께서는 껄껄 웃으시더니 '죽일 필요 없다. 조정에서 알아서 처리해줄 거다'라고 하셨어요. 그런 다음 우리더러 관졸 복장을 한 채로 관아를 빠져나가 집으로 돌아가라고 하시고는 자신은 맨 끝에서 우리의 퇴로를 엄호해주셨지요. 덕분에 모두들 무사히 집으로 돌아갈 수 있었습니다. 나중에 들어보니 신조협께서는 다음 날 직접 입궁하셔서 주상께 정대전이 스스로 쓴 고백서를 올렸다고 하더군요. 그러나 정대전이 무슨 감언이설로 주상을 구워삶았는지 주상께서는 여전히 정대전에 대한 신뢰를 저버리지 않고 재상직도 여전히 유지해주었어요."

묵묵히 듣고 있던 왕 장군의 아들이 비통하게 한숨을 내쉬었다.

"주상께서 유능하시고 도를 지키시면 간신들이 감히 날뛰지 못할 터인데. 진회秦檜가 없어지니 한탁주韓侂冑가 날뛰고, 한탁주가 없어지니 사미원史彌遠이 나타나고, 사미원이 없어지니 이제 정대전이 나라를 다 갉아먹고 있습니다. 게다가 요즘에는 가사도賈似道라는 자가 득세를 하고 있으니 실로 걱정이 아닐 수 없습니다. 간신들이 권력을 잡고 있으니 나라를 어찌 지킨단 말입니까?"

"신조협 같은 분이 재상에 오르셔야 몽고 놈들을 몰아내고 천하를 태평하게 만들 수 있습니다."

사내의 말에 미모의 여자가 또 빈정거렸다.

"흥! 그 사람이 재상직에 어울리기나 하나?"

사내가 화를 버럭 냈다.

"그럼 당신은 어울린다고 생각하시오?"

여자도 지지 않고 말을 받았다.

"당신이 뭔데 나한테 소리를 질러요?"

여자는 사내가 손에 불쏘시개를 들고 있는 것을 보고 바닥에 쌓여 있던 장작을 하나 집어 들더니 그 불쏘시개를 내리쳤다. 그러자 불쏘시개가 튕겨 나가 모닥불 위로 떨어지면서 불똥이 사방으로 튀었다. 모두들 깜짝 놀랐다. 갑작스러운 공격에 사내는 팔뿐만 아니라 온몸이 마비되는 것 같았다. 튕겨 오른 불길에 수염이 그을어 냄새가 났다. 사내는 화가 치밀었지만 여자의 무공이 상당히 고강한 것을 보고 섣불리 나서지 못했다. 그는 불에 그을린 수염을 몇 차례 쓰다듬으며 불평하듯 중얼거렸다.

"신조협을 못 만나서 그렇지 그를 보기만 하면 그런 소리는 하지도 못할걸."

그러고는 술맛이 떨어진 모양인지 다시는 술도 마시지 않았다.

여동생이 눈살을 찌푸리며 말했다.

"언니, 왜 그렇게 화를 내는 거예요?"

여동생은 사내를 향해 웃음을 지으며 언니 대신 사과를 했다.

"아저씨, 죄송해요. 우리 언니가 성질이 급해서 그래요."

억지로 화를 눌러 참고 있던 사내는 예쁜 소녀가 미소를 짓자 화가 다소 풀리는 듯했다. 사내는 미소로 답례를 하며 다시 한번 세 사람을 살폈다. 소녀가 다시 물었다.

"아저씨는 어떻게 신조협을 알게 됐나요? 신조협이라는 분은 나이가 어떻게 되나요? 신조라는 그 수리는 어떻게 생겼어요?"

사내는 대답하고 싶었으나 또 무슨 날벼락이 튈지 걱정되어서 망설이는 눈초리로 미모의 여자를 힐끗 바라보았다. 미모의 여자는 아랑곳하지 않고 거만하게 앉아 있었다.

"괜찮아요. 언니를 직접 건드리지만 않으면 돼요."

그래도 선뜻 대답하지 못하자 소녀가 언니를 바라보며 말했다.

"언니, 그 신조라는 수리와 우리 수리를 비교하면 어떨까요?"

"이 세상에 우리 수리들이랑 비교할 수 있는 새는 없어."

"꼭 그렇지는 않아요. 아버지께서 무학을 배우는 사람은 반드시 기억해야 할 말이 있다고 했어요. 뛰는 사람 위에 나는 사람 있다는 말 말이에요. 그건 절대로 자만하면 안 된다는 말씀인데 그 진리가 어디 사람뿐이겠어요? 짐승도 마찬가지지……."

"쪼그만 게 뭘 안다고 자꾸 나서니? 집 떠날 때 부모님께서 이 언니 말을 잘 들으라 하셨던 말씀 벌써 잊었어?"

"언니 말이 옳았을 경우에만 해당하죠. 얘, 네 생각엔 내 말이 맞니, 아니면 언니 말이 맞니?"

소녀는 남동생을 바라보며 물었다. 잠시 망설이던 소년이 대답했다.

"글쎄, 난 잘 모르겠는걸. 어쨌든 아버지께서 누나 말을 잘 들으라고 하셨잖아. 특히 절대 말대꾸하지 말라고 당부하셨던 건 기억해."

큰누나인 미모의 여자가 의기양양한 표정으로 소녀를 바라보며 말했다.

"들었지?"

소녀는 동생이 언니 편을 들어도 화를 내거나 하지 않고 도리어 미소를 지었다.

"그렇다면 할 수 없이 관둬야겠군."

그러더니 다시 사내 쪽을 향해 고개를 돌리며 말했다.

"아저씨, 신조협 이야기를 더 들려주세요."

"좋아요. 듣고 싶으시다면 더 들려드리죠. 내 비록 뛰어난 재주는 없지만 그래도 사내대장부입니다. 평생 동안 없는 말을 꾸며낸 적은 한 번도 없어요. 만약 제 말을 못 믿으시겠다면 들을 필요도 없습니다."

"믿으니까 다시 들려달라고 부탁드리는 거예요. 제가 술도 따라드릴게요."

소녀는 술병을 들어 사내의 잔에 술을 따라주었다. 그러고는 점원을 불렀다.

"이봐요, 여기 술 열 근이랑 소고기 스무 근 더 주세요. 저희 언니가 여러 손님들 추위를 달래시라고 술과 고기를 대접하신답니다."

"술 열 근에 소고기 스무 근요!"

점원은 큰 소리로 소녀의 주문을 반복하며 분주히 움직였다. 모두들 흥에 겨워 활짝 웃었다. 잠시 후 점원 셋이 술과 고기를 가져왔다. 미모의 여자가 눈살을 찌푸리며 말했다.

"대접이야 얼마든지 할 수 있지만 확실하지도 않은 일을 함부로 지껄이는 사람들에게 그러고 싶진 않아. 이봐요, 이 술과 고기는 내가 내는 게 아니니까 내게 돈 받을 생각은 하지도 말아요."

여자의 말에 당황한 점원들이 여자와 소녀를 번갈아가며 바라보았다. 그러자 소녀가 머리에 꽂고 있던 금비녀를 빼서 점원에게 건네주었다.

"순금 비녀예요. 은자 열 냥은 족히 넘을 거예요. 가서 돈으로 바꿔다 주시고, 술 열 근과 양고기 스무 근 더 가져오세요."

점원은 웃으며 고개를 끄덕이기는 했지만 얼른 비녀를 받지는 못했다. 미모의 여자가 화를 냈다.

"너, 지금 정신이 있는 거니? 비녀 끝에 박힌 진주만 해도 은자 100냥이 넘는 값진 물건이잖아. 주 백부님께 졸라서 기어이 가질 때는 언제고, 그렇게 함부로 써서 되겠어? 양양으로 돌아가서 어머니가 물으시면 뭐라고 대답할래?"

"길에서 잃어버렸다고 하지 뭐."

소녀가 혀를 한 번 쑥 내밀고는 장난스럽게 대답했다.

"너, 지금 나하고 장난치겠다는 거야?"

소녀는 젓가락으로 소고기를 한 점 집어 입에 넣었다.

"이미 먹기 시작했는데 다시 물릴 수도 없잖아요. 그러니 언니도 먹어봐요. 여러분, 어서 드세요. 사양하실 것 없어요."

모두들 두 자매의 입씨름을 흥미롭게 지켜보았다. 아무래도 착하고 천진난만한 소녀가 더 마음에 들었다. 소녀가 술과 음식을 재차 권하자 동생 편을 들어주고 싶은 마음에 술을 마실 줄 모르는 사람들도 잔을 들어 두어 모금씩 마셨다. 화가 난 여자는 짜증이 나는 듯 눈을 감고 귀를 막아버렸다.

"아저씨, 우리 언니가 잠들었으니 큰 소리로 말씀하셔도 돼요."

동생의 말에 여자는 눈을 치켜뜨며 노한 목소리로 말했다.

"내가 언제 잠들었다는 거야?"

"잘됐네. 언니를 깨울 염려도 없으니 정말 큰 소리로 말해도 되겠네."

"양아! 잘 들어. 한 번만 더 까불면 내일 널 데려가지 않을 테야."

"마음대로 해요. 그럼 난 파로랑 가면 되니까."

"파로는 날 따라갈 거야."

소녀가 남동생을 바라보며 물었다.

"너, 누구랑 같이 갈래?"

소년은 난처해서 어찌해야 할 바를 몰랐다. 큰누나 편을 들자니 둘째 누나가 서운해할 것이고, 둘째 누나 편을 들면 큰누나가 화를 낼 것이 뻔했다.

"어머니께서 우리 셋이 함께 가라고 하셨어. 그러니 흩어지면 안 돼."

여자가 소녀를 향해 눈을 흘겼다.

"이렇게 말을 안 들을 줄 알았더라면 네가 나쁜 사람한테 납치되었을 때 그렇게 찾으려고 애쓰지 않았을 텐데."

소녀는 언니의 말에 마음이 약해진 듯 팔을 잡고 애교스럽게 말했다.

"언니, 내가 잘못했으니 화내지 말아요."

여자는 팔을 뿌리치며 여전히 상대하려 들지 않았다.

"언니, 웃어요. 응? 안 웃으면 간지럼 태울 거야. 어서 웃어봐요."

그러나 여자는 콧방귀를 뀌며 더욱 고개를 돌릴 뿐이었다. 소녀는 오른손을 뻗어 언니의 겨드랑이에 손을 넣으려 했다. 여자는 고개도 돌리지 않고 왼손을 뒤로 뻗어 휘둘렀다. 동생은 왼손으로 언니의 손목을 잡고 오른손으로는 여전히 겨드랑이에 손을 넣으려 했다. 여자가 오른쪽 팔꿈치를 살짝 낮추어 소녀의 팔을 치려 하자 소녀는 손으로 둥근 원을 그리며 언니의 공격을 피했다. 그 모습이 우아하고 아름답기 그지없었다. 두 사람은 순식간에 예닐곱 초식을 겨루었다. 두 사람은 모두 소금나수법을 사용하고 있었다. 소녀는 언니의 겨드랑이를 간

질일 수 없었고, 언니 역시 소녀의 손목을 잡지 못했다. 이 모습을 지켜보던 한 남자가 낮은 목소리로 말했다.

"대단한 무공 실력이군."

자매는 동시에 손을 멈추고 남자를 바라보았다. 그는 방 한구석에서 몸을 웅크려 얼굴을 두 무릎 사이에 묻은 채 자고 있었다. 모닥불 옆에 앉을 때 방구석에 누군가가 있는 것을 보긴 했지만 자고 있었기 때문에 전혀 염두에 두지 않았다. 그때까지도 그 사람은 고개를 무릎 사이에 묻은 채 자고 있었기 때문에 두 자매가 싸우는 모습을 보았을 리 없었다. 아무래도 조금 전 무공 실력이 대단하다고 말한 사람은 그가 아닌 모양이었다. 소녀는 술을 한 사발 따른 후 고기 한 접시를 들고 그 남자에게 다가갔다.

"아저씨, 일어나셔서 이것 좀 드세요."

남자는 크고 투박한 손을 뻗어 술과 고기를 받아 들었다.

"고맙소."

그러나 그는 여전히 고개를 들지 않았다. 그때 남동생이 두 누이를 보며 투덜거렸다.

"아버지가 함부로 무공을 사용하지 말라고 당부하셨잖아요. 그런데……."

소녀가 고개를 끄덕였다.

"그래, 네 말이 맞아. 우리가 너무 경솔했나 봐. 이제 안 할게."

이어 소녀는 신조협을 안다는 사내를 향해 고개를 돌리며 말했다.

"아저씨, 미안해요. 언니와 싸우느라 아저씨 이야기 듣는 것을 깜박 잊었네요. 어서 이야기해주세요."

사내도 다소 놀란 눈으로 바라보고 있다가 정색을 했다.

"내가 만들어낸 이야기가 아니고 직접 경험한 것을 말하는 거요."

"당연하죠. 모두 실제로 있었던 사실을 말씀하시는 거잖아요."

사내는 우선 술을 한 모금 마시고는 웃으며 말했다.

"술과 고기를 얻어먹었으니 이야기를 안 할 수도 없군. 어제저녁 노름에서 져서 깨끗이 잃지만 않았어도 내가 술을 사는 건데, 아쉽군요. 내가 신조협을 어떻게 알게 되었느냐? 그건 여기 계신 왕 장군의 아드님과 비슷합니다. 신조협께서 제 생명을 구해주셨거든요. 근데 무공을 써서 구해주신 것이 아니고 돈으로 제 목숨을 사서 구해주셨어요."

"예? 돈으로 아저씨 목숨을 사요? 아저씨 목숨이 얼만데요?"

소녀의 말에 사내는 큰 소리로 웃음을 터뜨렸다.

"물론 소고기나 돼지고기보다는 훨씬 비싸죠. 신조협께서는 저를 살리기 위해 은자 2,000냥을 쓰셨답니다. 5년 전, 산동山東 제남濟南 지역에서 건달 놈이랑 싸움이 붙었다가 그만 그놈을 죽이고 말았지요. 그 일로 참수형을 당하게 되었어요. 저도 사람을 죽였으니 할 말은 없었죠. 그런데 며칠 후 역성현歷城縣의 현관이 날 끌고 가더니 살인, 도박, 강간, 약탈 등 온갖 죄목을 씌워 곤장을 때리고 고문을 하는 거예요. 나중에 간수의 말을 들어보니 원래 그 마을의 한 부자가 온갖 나쁜 짓을 일삼다가 잡혀와 있었는데, 현관에게 은자 1,000냥을 바치자 현관이 그 부자의 죄명을 모두 내게 뒤집어씌우고 그 부자를 풀어주었다지 뭡니까. 저는 너무 억울하고 분해서 감옥 속에서 고래고래 소리 지르며 현관을 욕했지만 그래 봐야 아무런 소용이 없었지요. 며칠이 지난 후, 현관이 저를 끌어내더군요. 웬일인지 풀려났다던 부자가 무

175

33. 풍릉 야화

륜을 꿇고 벌벌 떨고 있더러고요. 저는 그자를 보자마자 욕을 퍼부었지요. '이 나쁜 놈들, 하늘이 무섭지 않느냐? 결코 곱게 죽지는 못할 터이니 두고 보아라.' 그러자 현관이 히죽히죽 웃으며 '그렇게 화낼 필요 없다. 내가 철저히 조사해보니 네가 억울한 누명을 썼더구나. 그 건달을 죽인 것도 네가 아니라 저놈이다' 하는 겁니다. 그러더니 포졸들을 시켜 부자에게 곤장을 치기 시작했죠. 매를 견디다 못한 부자는 결국 그 건달도 자기가 죽였다고 자백하더군요. 저는 어찌 된 영문인지 몰라 멍하니 그 자리에 서 있었습니다. 그 건달은 분명 제가 칼로 죽였거든요. 그런데 왜 부자가 죽였다고 하는 걸까요?"

듣고 있던 소녀가 고개를 갸웃거렸다.

"정말 멍청한 현관이군요."

사내는 고개를 절레절레 흔들었다.

"현관이 멍청해서 그런 것이 아니었어요. 저도 집에 돌아가 아내의 설명을 듣고서야 어찌 된 영문인지 알 수 있었답니다. 제가 잡혀간 후 아내는 날마다 통곡하며 절 살리기 위해 백방으로 애를 썼습니다. 그러던 어느 날 우연히 신조협을 만났는데, 우여곡절을 들은 신조협이 지금은 일이 있어서 직접 현관을 처리할 수 없으니 돈으로 해결하라면서 아내에게 은자 2,000냥을 주었답니다. 결국 그 돈으로 제가 풀려난 거죠. 석 달이 지난 후 역성현을 떠들썩하게 만든 사건이 일어났습니다. 어느 날 밤 현관의 집에 도둑이 들어 은자 4,000냥을 훔쳐갔고, 그 일로 충격을 받은 현관이 피를 토하며 분해했다는 겁니다. 그 소문을 들은 저는 신조협이 한 일이라는 것을 알고 더 이상 그 마을에서 살 수 없다는 생각에 강남 임안부로 이사를 왔지요. 한 1년쯤 지났을까요. 어느 날 동네 사람 중 하나가 해변가에 한쪽 팔이 없는 사람이 이상하게 생긴 수리를 데리고 먼 바다를 멍하니 바라보고 있다고 알려주었지요. 급히 뛰어가보니 과연 해변가에 그분이 계셨어요. 그제야 그분을 직접 만나 뵙고 고맙다는 인사를 할 수 있었지요."

젊은 미모의 여자가 끼어들었다.

"뭐가 고마워요? 당신을 위해 2,000냥을 주었다지만 결국 4,000냥을 훔쳤으니 2,000냥을 이익 본 것 아니에요? 성이 양楊인 그 사람이 손해 보는 장사를 할 리가 없지."

"성이 양이라고? 언니, 신조협의 성이 양이에요?"

소녀가 다그치며 묻자 여자는 당황한 듯 고개를 가로저었다.

"몰라. 내가 언제 양이랬어?"

"방금 분명히 그랬잖아요."

"네가 잘못 들은 거야."

"좋아요. 언니랑 싸우기 싫으니 관두죠. 신조협이라는 분이 비록 2,000냥을 벌기는 했지만 절대로 자신의 이익을 위해 사용하진 않았을 거예요. 가난한 사람을 돕거나 하는 일에 썼겠지요. 결코 재물을 탐할 분이 아닌 것 같아요."

모두들 소녀의 말에 동조했다.

"암, 그렇죠. 그 말이 맞아요."

소녀가 물었다.

"아저씨, 신조협은 왜 바다를 바라보고 있었어요? 누구를 기다리는 건가요?"

사내가 고개를 가로저었다.

"그건 나도 잘 몰라요. 감히 물어볼 수가 있어야죠."

소녀는 장작을 집어 모닥불에 넣었다. 사그라지던 불길이 다시 타오르기 시작했다.

"신조협은 항상 위기에 처한 사람을 구해주고 사람들의 어려움을 해결해주지만, 정작 자기 자신은 도리어 남모르는 걱정거리가 있나 봐요. 그렇지 않다면 왜 멍하니 먼 바다를 바라보고 있겠어요?"

한쪽에 앉아 있던 한 중년 부인이 갑자기 입을 열었다.

"아, 맞아요. 제 사촌 동생이 신조협을 만난 적이 있었답니다. 그때도 신조협이 멍하니 먼 바다를 바라보고 있기에 그 연유를 물었더니 자기 아내가 바다 저쪽에 있는데, 만날 길이 없어 바라보고 있노라고 대답했다고 하더군요."

"아!"

부인의 말에 모두들 약속이나 한 듯 탄식을 내뱉었다. 소녀가 말했다.

"이미 결혼해서 아내가 있군요. 그분의 아내는 어쩌다 바다 저쪽에 가게 되었을까요? 신조협은 무공이 그렇게 강한데 왜 직접 바다를 건너 아내를 찾아가지 않았을까요?"

중년 부인이 말했다.

"망망대해에서 대체 어느 쪽으로 가야 아내를 만날 수 있을지 알 도리가 없다고 했답니다."

소녀가 말했다.

"틀림없이 정이 많고 지조가 강한 분이시리라 생각했는데 과연 틀림없군요. 부인의 사촌 동생은 예쁘게 생겼나요? 속으로 은근히 신조협을 좋아했나 봐요. 그렇죠?"

참다못한 미모의 여자가 소리를 질렀다.

"너, 계속 그렇게 함부로 지껄일래?"

"언니, 들을수록 그분에 대해 알고 싶어져요. 언니는 안 그래요?"

부인도 맞장구를 쳤다.

"맞아요. 내 사촌 동생도 예쁜 편이죠. 신조협이 그 애의 어머니를 구하고 아버지를 죽였어요. 그 애가 마음속으로 신조협을 좋아했는지는 저도 알 수 없죠. 어쨌든 지금은 성실한 농부에게 시집을 갔답니다. 신조협이 돈을 꽤 많이 주어서 별 어려움 없이 잘살고 있고요."

소녀가 눈을 동그랗게 뜨고 물었다.

"어머니를 구하고 아버지를 죽여요? 그럴 수도 있나요?"

그러자 미모의 여자가 대답했다.

"원래 성격이 괴상한 사람이거든. 기분 좋을 때는 남을 구해주기도 하지만 기분이 나쁘면 무고한 사람을 죽이기도 하고. 어릴 때부터 그랬다니까."

"어릴 때부터 그랬다고요? 언니가 어떻게 알아요?"

"내가 잘 알지."

소녀가 계속해서 어떻게 아는지를 캐물었으나 여자는 대답하려 들지 않았다.

"좋아요. 말하기 싫으면 그만둬요. 안 믿으면 그만이지."

소녀는 중년 부인을 바라보며 말했다.

"아주머니, 사촌 동생 이야기나 더 들려주세요."

"좋아요. 그 애는 우리 아버지 누이의 딸인데 나랑 열일곱 살 차이가 나요. 그 애의 어머니가 곧 내 고모죠."

"사촌 동생의 아버지가 곧 아주머니의 고모부고요."

소녀가 웃으며 말했다.

"이런, 내가 너무 당연한 이야기를 길게 늘어놓았군요. 고모부는 하남河南 사람인데 몽고군이 쳐들어왔을 때 몽고군에게 잡혀 노예가 되었답니다. 고모는 딸을 데리고 하남에서 산동으로, 산동에서 산서로 고모부를 찾아 구걸을 하며 다녔지요."

왕 장군의 아들이 한숨을 내쉬며 말했다.

"남편을 찾아서 그 먼 길을 헤매다니 쉽지 않은 일이었겠군요."

"그럼요. 게다가 고모랑 사촌 동생이 워낙 예쁘게 생겨서 험한 일을 더 많이 겪어야 했어요. 두 사람은 남자들 눈에 띄지 않으려고 진흙을 얼굴에 바르고 다녔어요."

"왜 남자들 눈에 띄면 안 되는데요?"

소녀의 천진난만한 표정에 모두들 웃음을 터뜨렸다.

미모의 여자가 인상을 쓰며 쏘아붙였다.

"그만 좀 해라. 아무것도 모르면서 함부로 지껄이니까 남의 웃음거리가 되잖니."

"모르니까 물어보지 알면 뭐 하러 물어보겠어?"

소녀가 입을 삐죽이며 중얼거렸다. 중년 부인이 미소를 지었다.

"그런 건 모르는 게 좋아요. 어쨌든 고모와 사촌 동생은 4년이 넘게 고모부를 찾아다녔어요. 하늘도 그 마음에 감동했는지 마침내 회북淮北에서 고모부를 만나게 되었지요. 고모부는 어느 몽고 사람의 집에서 노예로 일하고 있었답니다. 그런데 그 주인이란 사람이 아주 포악하고 고약한 놈이었지 뭐예요. 고모부를 막 찾아냈을 때 고모부는 마침 주인에게 얻어맞고 있더랍니다. 결국 왼쪽 다리가 부러지고 말았지요. 그 모습을 보고 마음이 너무 아팠던 고모는 남편을 살려달라고 사정을 했지요. 그런데 주인이란 놈이 순순히 고모부를 놓아줄 리 있겠어요? 은자 100냥을 주고 사 온 것이니 은자 500냥을 받기 전에는 때려죽이는 한이 있어도 그냥 놓아줄 수는 없다는 거예요. 고모 형편에 은자 다섯 냥도 구하기 어려운데 500냥을 어디서 구하겠어요? 이리저리 고민한 끝에 결국 생각해낸 방법이 딸과 함께 기원에 들어가는 거였지요."

소녀는 그게 무슨 말인지 알 수 없었지만 조금 전 자신의 질문에 모두들 웃었던 것 때문에 이번에는 감히 물을 수가 없었다.

"그렇게 몇 년이 지나자 모녀는 돈을 조금 모을 수 있었어요. 그러나 은자 500냥을 채우는 게 어디 그리 쉽겠어요? 다행히 기원을 드나들던 손님들이 아버지를 구하려는 두 모녀의 사연을 듣고 돈을 지불할 때 조금씩 더 주곤 했기 때문에 좀 더 빨리 돈을 모을 수 있었지요. 두 모녀는 온갖 모욕과 굴욕을 참고 버틴 결과 마침내 설이 다가오는 어느 날 은자 500냥을 마련할 수 있었답니다. 두 사람은 고모부가 노예로 일하는 집을 찾아가 주인에게 돈을 건네주었어요. 고모는 이제 고모부와 함께 온 식구가 단란하게 설을 보낼 수 있으리라는 꿈에 부풀어 있었지요."

소녀의 얼굴도 환한 웃음을 띠며 밝아졌다. 그러나 이어지는 부인의 이야기는 결코 행복한 결말이 아니었다.

"그런데 이게 웬일입니까? 처음에는 그 주인이란 자가 고모부를 불러내어 세 식구가 서로 만날 수 있게 해주었답니다. 고모네 세 식구는 주인에게 머리를 조아려 인사를 하고서는 그 집을 떠나려 했지요. 그러나 우리 사촌 동생을 본 주인이 딴마음을 품었지 뭡니까? 갑자기 고모부를 풀어주었으니 500냥을 내놓으라고 우기더랍니다. 은자 500냥은 진작에 주인에게 넘겨주었는데 말이에요. 고모는 깜짝 놀라 돈을 이미 주지 않았느냐고 말했지요. 그랬더니 그 주인이란 자가 노발대발하며 '나는 몽고의 사내대장부인데 내가 노예 따위의 돈을 갈취하겠느냐'고 오히려 소리를 지르더랍니다. 고모는 절망스러운 마음에 그 자리에서 대성통곡을 했지요. 그러자 주인이 '내일이 설이니 오늘은 일단 부부가 함께 밤을 보내도록 하되 혹 도망가면 안 되니 딸을 인질로 잡아두겠다'고 하더랍니다. 고모는 곧 주인의 속셈을 알 수 있었지요. 그러니 어찌 딸을 남겨놓고 나오겠습니까? 고모가 단호하게 거절하자 주인은 하인들에게 명하여 고모와 고모부를 집 밖으로 쫓아냈답니다. 고모는 차마 딸을 두고 갈 수 없어서 주인집 밖에서 통곡을 하며 밤을 지새웠지요. 동네 사람들은 모두 고모와 고모부의 억울하고 딱한 사연을 잘 알고 있었지만 감히 나서서 편을 들어주는 사람이 없었어요. 당시 회북 지역은 이미 송나라 땅이 아니었거든요. 몽고군이 한인들을 개미 새끼 죽이듯 짓밟는 시기였지요. 그런데 더 기가 막힌 것은 고모부가 고모에게 '주인 나리가 우리 딸을 눈에 들어 하시다니 이보다 더 큰 복이 어디 있소'라고 하는 거예요. 노예 생활을 오래 하다 보니 노예 근성이 몸에 밴 탓이겠지요. 고모부는 또 은자 500냥이 어디서 났느냐고 추궁했답니다. 처음에는 말하지 않으려 했지만 하도 물어보니 하는 수 없이 사실대로 말했지요. 결국 고모부는 고모가 정절을 지키지 않고 몸을 더럽혔다는 이유로 고모를 내버렸습니다."

듣고 있던 사람들은 모두 불행한 고모의 신세를 생각하며 한숨을 내쉬었다.

"오랜 세월 동안 온갖 고생을 다 참아가며 고모부를 위해 돈을 모았는데, 결국 그런 비참한 결말을 맞게 되자 고모는 더 이상 살고 싶은 생각이 없어졌답니다. 그래서 나무에 목을 매고 죽으려 했지요. 그러나 하늘도 아주 무심하지는 않았는지 마침 신조협이 그 곁을 지나던 길에 고모를 구해주셨답니다. 고모에게서 몽고 주인과 고모부의 파렴치한 행동을 듣고 화가 머리끝까지 치민 신조협은 그날 밤 주인집으로 갔답니다. 주인은 마침 사촌 동생에게 수청을 들도록 협박하고 있었고, 고모부는 딸에게 이미 정조를 잃어 처녀도 아닌데 뭘 그리 따지느냐며 허락할 것을 종용하고 있더랍니다. 신조협은 그 자리에서 고모부를 때려죽였답니다. 그러고는 몽고 주인을 회하淮河에 집어 던지고 사촌 동생을 구해 돌아왔지요. 신조협은 몸을 팔아 남편을 구하려한 행동은 정조를 지키며 수절한 사람보다 더 훌륭한 것이라고 칭찬을 아끼지 않았대요. 그리고 그가 가장 증오하는 것은 의리 없이 쉽게 사랑을 저버리는 사람과 적에게 아첨하는 사람인데, 고모부는 두 가지 모두에 해당하니 살려둘 수 없었노라고 말했답니다."

이야기에 푹 빠져 정신없이 듣고 있던 소녀가 술을 한 모금 마셨다.

"신조협을 만나본 사람이 이렇게 많은데 난 한 번도 못 보다니. 한 번만 만나볼 수 있으면 좋으련만."

소녀의 말에 미모의 여자가 짜증을 내며 소리쳤다.

"그만둬! 그 사람이 무슨 영웅이라고 그렇게 만나고 싶다는 거야? 그 사람의 무공은 우리 아버지와 비교하면 아무것도 아니야. 허풍 섞인 소문을 듣고 무조건 대단하게 생각하다니 철없는 것 같으니라고.

그 사람을 만나고 싶다고? 사실 넌 이미 그 사람을 만난 적이 있어. 그 사람이 널 안아주기도 했는걸."

소녀는 얼굴을 붉히며 화를 냈다.

"언니가 되어서 무슨 말을 그렇게 함부로 해요? 그 사람이 나를 안아주다니, 그런 말을 누가 믿겠어요?"

"믿든 말든 상관없지만 사실이야. 그 사람 이름은 양과이고, 어릴 때 도화도에서 나와 함께 살았어. 그 사람 팔이 그렇게 된 건…… 그렇게 된 건……. 어쨌든 너는 태어나자마자 그 사람에게 안겨 엄청 돌아다녔어."

이 미모의 여자는 바로 곽부였다. 소녀는 태어나자마자 온갖 수난을 겪으며 표범의 젖을 먹고 자란 곽양이었고, 남동생은 곽양의 쌍둥이 동생 곽파로였다.

세월은 이미 10여 년이 지났다. 곽부는 야율제와 결혼을 했고, 곽양과 곽파로도 훌쩍 자라 청년이 되었다. 며칠 후면 양양에서 영웅대연이 열리는데, 세 남매는 아버지의 명을 받들고 전진교의 구처기를 초대하러 진양晉陽으로 갔다가 다시 양양으로 돌아가는 길이었다.

곽부의 설명을 들은 곽양이 환한 웃음을 띠었다.

"내가 아기일 때 안아주었단 말이지?"

곽양은 너무나 기쁜 나머지 곽부에게 매달리며 캐묻기 시작했다.

"언니, 신조협이란 분이 정말 우리 도화도에서 살았나요? 그런데 왜 어머니 아버지는 그분에 대해 전혀 이야기를 안 해주시는 거죠?"

"부모님이 너에게 이야기하지 않은 일이 어디 그것뿐이겠니?"

사실 그랬다. 양과 이야기가 나오기만 하면 곽정은 이성을 잃는 것 같았다. 양과의 팔이 잘린 것이나 소용녀가 중독된 것이 모두 곽부의 경솔한 행동 탓이었기 때문이다. 딸이 어른이 되어 시집을 갔는데도 곽정은 딸과 사위의 체면을 생각하지 않고 호되게 꾸지람을 하곤 했다. 그 때문에 집안 사람들은 모두 절대 양과에 관해 이야기를 꺼내지 않았다. 그러니 곽양과 곽파로가 양과에 대해 들어본 적이 없는 것이 당연했다.

"그럼 우리 집안과도 교분이 두텁다는 얘기인데 왜 오랫동안 왕래가 없었을까? 아무튼 언니, 9월 15일에 양양에서 열리는 영웅대연에는 그분도 오시겠네요?"

"성격이 괴상하다고 말했잖니. 거만하기는 또 얼마나 거만한데. 십중팔구는 참석하지 않을 거야."

"언니, 어떻게 하면 그분께 초대장을 드릴 수 있을까요?"

곽양은 고개를 돌려 신조협을 안다는 사내를 바라보았다.

"아저씨, 혹시 신조협께 초대장을 전해주실 수 있으세요?"

사내가 고개를 저었다.

"신조협께서는 정처 없이 떠돌아다니시기 때문에 그분의 행적을 아는 사람이 없어요. 위급한 일을 당해 그분 힘이 필요할 때면 어디에선가 적시에 우리 앞에 나타나시곤 하죠. 우리 쪽에서 그분을 찾는다는 건 불가능한 일이에요."

곽양은 퍽 실망하는 눈치였다. 그녀는 양과가 왕유충의 아들을 구하고, 진대방을 처단하고, 정대전을 벌한 일, 그리고 어려움에 처한 사람들을 구해준 일 등을 들으니 자신도 모르게 너무나 호감이 갔다. 게다가 어릴 때 양과가 자신을 안아준 적도 있다는 말을 들으니 더욱 친근감이 들면서 보고 싶은 생각마저 들었다. 그런데 영웅대연에 참석하지 않을 것이라는 말을 듣자 한숨이 절로 나왔다.

그때 한 우렁찬 음성이 대화 속에 끼어들었다.

"영웅대연에 참석하는 사람들이라고 해서 모두 영웅이 아니고, 진정한 영웅호걸이라고 해도 모두 영웅대연에 참석하는 건 아닐 것이오!"

방구석에서 웅크리며 자고 있던 그 남자였다. 그가 자리에서 벌떡 일어나며 말했다.

"낭자께서 신조협을 만나보고 싶다면 어려울 것도 없습니다. 제가 오늘 밤 낭자를 그분이 있는 곳으로 안내해드리죠."

그 사내의 목소리가 어찌나 우렁찬지 귀가 다 멍멍해질 지경이었다. 모두들 그의 목소리에 깜짝 놀랐는데, 그의 용모를 보고서는 더욱 놀랐다. 사 척 정도의 작은 키에 비쩍 마른 몸, 엄청나게 큰 머리, 손발은 또 일반 사람보다 훨씬 길었다. 저렇게 큰 머리와 긴 손발이라면 일반인의 몸에 달려 있다 해도 매우 이상하게 보일 터인데, 유난히 작은 난쟁이 같은 사람에게 붙어 있으니 더더욱 괴상하게 보였다. 키 작고 머리 큰 남자의 말에 곽양은 뛸 듯이 기뻐했다.

"신조협이 있는 곳을 알고 있군요. 아저씨, 정말 고마워요. 평생 잊지 않을게요. 하지만 평소 신조협과 아는 사이도 아니니 불쑥 찾아가면 실례가 되지 않을까요? 신조협이 만나려 하지 않을 수도 있잖아요?"

"오늘이 아니면 다시는 만날 수 없을지도 모르오."

"그렇다면 더욱 가야겠군요. 좋아요. 아저씨 얼굴을 봐서 절 만나줄지도 모르겠네요."

곽양은 신이 나서 싱글벙글 미소를 지었다. 곽부가 자리에서 일어나 키 작고 머리 큰 남자에게 다가갔다. 그녀는 냉랭한 어조로 물었다.

"실례지만 존함이 어찌 되시는지요?"

남자는 쳐다보지도 않고 대답했다.

"나는 이름이 필요 없는 사람이라오. 천하에 나같이 외모가 괴상한 사람이 또 있겠소? 내가 누구인지 모르겠으면 돌아가서 당신 부모님께 물어보시오. 당신 부모님께서는 나라와 백성을 위해 몸을 아끼지 않는 분인지라 내 평소 존경해왔으니 오늘 세 분을 만난 것도 영광으로 생각하겠소. 그리고 당신은 밝고 심성이 고운 데다 사람들에게 술과 고기까지 사주니 도와주고 싶은 생각이 들어 말한 것이오."

바로 그때였다. 멀리서 바람에 실려 들릴 듯 말 듯 한 가는 목소리가 들려왔다. 노래를 부르는 것 같기도 하고, 주문을 외우는 것 같기도 했다.

"서산 일굴귀—窟鬼, 열 가운데 아홉이 도착했구나. 그런데 대두귀大頭鬼, 대두귀는 아직 오지 않으니 어찌 된 일이냐?"

매우 음산한 목소리였다. 소리는 끊어질 듯 끊어질 듯 힘없이 이어졌지만 모든 사람의 귀에 똑똑하게 들렸다. 키 작고 머리 큰 남자가 깜짝 놀란 목소리로 외치며 일어섰다.

"으아! 가…… 갑니다."

쿵, 하는 소리가 나며 방 안이 어두워졌다. 다시 불꽃이 살아나 밝아졌을 때는 대문에 구멍이 뚫려 있을 뿐 키 작고 머리 큰 사내의 종적은 보이지 않았다. 모두들 놀라 그가 뚫고 나간 문을 바라보았다. 놀랍게도 문에는 사람 형태 그대로 구멍이 나 있었다.

"큰누나, 난쟁이가 무공이 대단한가 봐요."

곽파로가 말했다. 곽부는 부모님을 따라다니며 무림의 고수를 많이 만나보았지만 키 작고 머리 큰 사내에 대해서는 들어본 적이 없었다.

그의 행동은 거만한 그녀조차 놀랄 만했다.

"아버지의 은사恩師이신 강남칠괴 어르신들 중에도 키가 작은 분이 계셨어. 키가 작다고 함부로 난쟁이라고 부르다 아버지가 아시기라도 하면 크게 꾸중하실라! 정중하게 선배님이라 불러야지."

곽정은 항상 강남칠괴에 대한 은혜를 잊지 않고 마음에 새겨두고 있었기 때문에 맹인이나, 키 작은 사람, 뚱뚱한 사람을 보면 더욱 예를 갖추어 대하곤 했다. 그리고 자녀들에게도 그렇게 하도록 가르쳤다.

곽파로가 막 대답을 하려는데 갑자기 획, 하는 소리가 나더니 키 작고 머리 큰 남자가 다시 나타났다. 뚫린 문 사이로 매서운 바람과 함께 눈발이 불어닥쳤다. 그 기세에 모닥불의 불꽃이 미친 듯 흔들렸다. 곽부는 혹여 사내가 동생들을 해칠까 봐 곽양과 곽파로의 앞을 막아섰다. 그 사내는 곽부의 허리 옆으로 머리를 내밀고 곽양을 향해 말했다.

"낭자, 신조협을 만나고 싶다면 나와 같이 갑시다."

"좋아요. 언니, 파로, 우리 같이 가요."

"신조협이 뭐 대단하다고 그 사람을 만나러 간단 말이냐? 너도 가지 마! 게다가 이 사람은 우리가 잘 모르는 사람이잖아!"

"이 아저씨는 틀림없이 좋은 사람일 거예요. 가기 싫으면 나만 잠깐 갔다 올 테니 여기서 기다리고 계세요."

신조협을 안다던 남자가 갑자기 자리에서 일어나더니 곽양을 말렸다.

"낭자, 절대로 가면 안 됩니다. 이자는 서산 일굴귀 중 한 명이에요."

키 작고 머리 큰 사내가 히죽 웃으며 말했다.

"서산 일굴귀를 아느냐? 낭자께서는 내가 좋은 사람이라고 하는데 왜 네가 나서서 나쁜 사람이라고 하는 거냐?"

그는 말을 하면서 왼손을 번개같이 뻗어 신조협을 안다던 남자의 어깨를 쳤다. 퍽, 하는 소리와 함께 남자의 몸이 뒤로 날아가 벽에 부딪쳤다. 남자는 그대로 그 자리에서 기절했다.

곽부가 앞으로 나서며 큰 소리로 말했다.

"죄송합니다. 제 동생이 어리고 무지해 따라간다고 했지만 날도 어두운데 어딜 따라가겠습니까?"

그러고는 곽양을 향해 큰 소리로 말했다.

"어딜 간다는 거야? 너, 얌전히 있어!"

바로 그때 가늘고 힘없는 목소리가 또다시 들려왔다.

"서산 일굴귀, 열 가운데 아홉이 도착했는데, 대두귀, 대두귀는 왜 지금까지 오지 않느냐? 걱정이 되는구나."

이 음성은 멀리 떨어진 곳에서 들려오는 것 같기도 하고 혹은 바로 곁에서 들려오는 것 같기도 했다. 이번에는 동쪽에서 들려오는 것 같다가 또 서쪽에서 들려오는 것 같기도 했다. 그 음성이 어찌나 기괴하고 음산한지 소름이 오싹 끼쳤다.

'오늘 아무리 무서운 요괴를 만나게 된다 해도 반드시 신조협을 보고 말 테야.'

곽양은 이미 마음을 굳힌 뒤인지라 전혀 흔들리지 않았다.

"아저씨, 어서 절 데려가주세요."

곽양은 양발에 힘을 주며 몸을 솟구쳐 그 사내가 뚫어놓은 대문의 구멍을 지나 밖으로 나갔다.

"안 돼! 가면 안 돼!"

곽부가 급히 소리치며 팔을 뻗었지만 미처 잡지 못했다. 곽부는 대문을 지나 밖으로 나가 동생의 뒤를 쫓으려 했다. 그러나 막 대문을 지나려는 순간 문득 문의 구멍이 보이지 않았다. 곽부는 비명을 지르며 허공에서 대문을 향해 돌진하는 힘을 거두고 바닥으로 내려섰다. 발끝이 문에서 일 척도 떨어져 있지 않았다. 키 작은 사내가 대문에 난 구멍을 몸으로 막고 있었던 것이다. 하마터면 곽부는 사내의 코에 가슴을 들이밀 뻔했다. 곽부는 급히 뒤로 물러섰다. 그와 동시에 한 줄기 매서운 북풍이 눈보라와 함께 구멍에서 불어닥쳤다. 키 작고 머리 큰 사내는 이미 자취를 감추고 없었다.

"양아, 어서 돌아와!"

곽부는 동생을 부르며 밖으로 나갔지만 웃음소리만 멀리서 들릴 뿐 곽양의 그림자는 보이지 않았다.

대두귀라고 불리는 사내는 곽부를 놀라게 한 후 눈 속으로 몸을 날렸다.

"좋아, 어린 낭자가 담이 크군."

대두귀는 곽양의 손목을 잡아끌며 앞으로 뛰어나갔다. 대두귀의 경공술은 일반적인 것과 차이가 있었다. 마치 큰 청개구리처럼 팔딱팔딱 뛰면서 앞으로 전진하는데, 한 번 뛸 때마다 그 거리가 상당히 넓었다.

곽양은 대두귀에게 잡힌 손목이 너무나 아팠다. 그리고 심장이 몹시 뛰었다. 대체 어디로 데려가는 걸까? 그러나 곽양은 웬일인지 대두귀가 좋은 사람이라는 믿음이 있었기에 결코 두렵지 않았다. 그녀는 어려서부터 곽정과 황용에게서 직접 무공을 배웠기 때문에 무공의 기초가 매우 튼튼했다. 그러나 처음에는 대두귀가 뛸 때마다 자신도 따라 뛸 수 있었지만, 나중에는 완전히 사내에게 의지하는 수밖에 없었다. 얼마나 뛰었을까, 숲속에서 누군가가 말을 걸어왔다.

"대두귀, 어째서 이렇게 늦었지? 하하, 예쁜 여자아이를 데려왔군."

"이 아이는 곽정과 황용의 딸이야. 신조협을 보고 싶다고 해서 데려왔지."

"곽정과 황용의 딸이라고? 대단한 아가씨군."

산모퉁이에서 누군가가 음침한 목소리로 말했다.

"곧 삼경이다. 어서 출발하자."

밖에는 여전히 쉴 새 없이 눈이 내리고 있었다. 땅에 쌓인 눈이 빛을 발했다. 그때 말발굽 소리가 어지럽게 들려오더니 하얀 눈 위에 말을 탄 사람들이 나타났다. 자세히 보니 여러 필의 말 중 아홉 필만 사람이 타고 태우고 있었다. 그중 두 사람은 여자였는데 한 명은 나이 든 노파였고, 다른 한 명은 붉은 옷을 걸치고 있었다. 두 사람은 흰 눈과 대조되어 매우 눈에 띄었다. 나머지 일곱 사람의 얼굴은 제대로 볼 수가 없었다. 대두귀가 가까이 다가가더니 말 두 필을 끌고 와서 한 마리의 고삐를 곽양에게 건네주고 자신도 말 위에 올랐다.

"가자!"

호령이 떨어지자 수십 필의 말이 서북쪽을 향해 달려갔다.

'조금 전에 서산 일굴귀가 어쩌고 하더니 바로 저들을 가리키는 말인가 보군. 신조협을 안다는 아저씨가 나더러 가지 않는 것이 좋다고 했을 때, 그 아저씨를 때려 기절하게 만든 것을 보면 이들이 포악하긴 포악한가 봐. 어쨌든 신조협에게 데려다준다 했으니 날 속이지는 않겠지. 신조협과 아는 사이라면 나쁜 사람은 아닐 거야.'

이들은 순식간에 10여 리를 달렸다. 맨 앞에 선 사람이 소리를 지르자 수십 필의 말이 일제히 멈췄다. 맨 앞에 선 사람이 작은 언덕 위로 올라가더니 말 머리를 돌렸다. 그의 생김새를 본 곽양은 놀랍기도 하고 우습기도 했다. 그 남자 역시 키가 매우 작아서 말 등에 앉은 상반신이 이 척도 채 되지 않았다. 그런데 특이하게도 수염은 앉은키보다도 더 길게 자라 말의 배 밑에까지 늘어져 있었다. 얼굴은 쭈글쭈글 주름이 졌는데 거기에 잔뜩 인상까지 쓰고 있었다.

"이제 목적지 도마평倒馬坪까지는 30리도 남지 않았다. 강호 사람들이 모두 신조협의 무공이 대단하다 하니 우리도 계획을 잘 세워야 한다. 괜히 무턱대고 덤볐다가 서산 일굴귀의 명성이 하루아침에 떨어질지도 모른다."

나이 든 여자가 말했다.

"대형의 분부를 따르지요."

긴 수염의 남자가 말했다.

"한 사람씩 돌아가며 공격할까요, 한꺼번에 덤빌까요?"

대화를 듣던 곽양은 깜짝 놀랐다.

'신조협의 적들이었구나.'

나이 든 여자가 말했다.

"신조협의 능력이 얼마나 대단하다는 거냐? 칠제七弟, 네가 말해보아라."

건장한 사내가 대답했다.

"본 적이 있기는 한데 무공을 겨룬 적은 없습니다. 제가 보기에는 정파가 아닌 듯싶었습니다."

붉은 옷을 입은 젊은 여자가 말했다.

"칠형, 어쩌다 신조협과 원한을 맺게 된 거예요? 이제 좀 속 시원하게 말해보세요. 조금 후면 그와 무공을 겨룰 텐데, 이유는 알아야 할 것 아니에요. 왜 대충 얼버무리며 시원스럽게 이야기하지 않는 거죠?"

건장한 사내가 화를 내며 대답했다.

"서산 일굴귀는 함께 살고 함께 죽는다. 그자가 도전해오는데 우리가 피할 수는 없지."

키가 크고 비쩍 마른 사람이 음산한 목소리로 말했다.

"누가 피한다고 말했느냐? 구매九妹가 묻지 않았다면 내가 물었을 것이다. 우리는 그와 아무런 원한 관계도 없는데 왜 그가 우릴 산서로 쫓아내겠다고 했는가?"

"그놈이 내 귀를 잘랐습니다. 이 원수를 갚지 않고 어찌 사내대장부라 할 수 있겠습니까?"

건장한 사내가 머리에 쓰고 있던 모자를 벗어 던졌다. 눈 빛에 보니 과연 양쪽 귀가 잘려나가 얼굴 양쪽이 밋밋했다. 나머지 아홉 명은 그 즉시 신조협을 저주하면서 함께 행동할 것을 다짐했다. 그러나 붉은 옷을 입은 여자가 눈살을 찌푸리며 말했다.

"신조협이 왜 형의 귀를 잘랐죠? 무슨 잘못을 하신 거예요? 또 양갓집 규수를 희롱했군요. 그렇죠?"

얼굴 가득 웃음을 띠고 있는 듯한 사내가 화를 내며 말했다.

"설사 칠형이 정말 여자를 희롱했다고 해도 신조협이 간섭할 일이 아니지 않습니까?"

사내의 얼굴은 매우 특이했다. 화를 내고 있는데도 얼굴은 여전히 웃는 표정이었다. 곽양은 사내의 얼굴을 자세히 관찰했다. 옆으로 길게 찢어진 눈은 살짝 내려가 있었고, 입술은 끝부분이 살짝 치켜올라가 있었다. 매우 슬프게 울 때도 언뜻 보면 웃는 것처럼 보일 얼굴이었다.

칠형이라는 건장한 사내가 억울하다는 듯 말했다.

"내가 설명해주겠소! 어느 날 내 아내와 작은마누라들이 사소한 일로 싸우다가 칼싸움까지 일어났는데, 우연히 신조협이 지나가다 그 광경을 보았습니다. 원래 그놈이 남의 일에 간섭하기 좋아하는 놈이잖아요. 그냥 지나갈 것이지 싸움을 말린 모양인데, 내 셋째 마누라가 그놈을 보고 화를 내지 않고 오히려 미소를 보냈지 뭡니까?"

붉은 옷을 입은 여자가 놀리듯 말했다.

"아하, 알았어요. 칠형이 질투를 한 거군요?"

"질투는 무슨 질투. 다만 쓸데없이 내 일에 간섭하는 것이 싫었을 뿐이야. 화가 나서 셋째 마누라를 한 대 때렸더니 앞니 세 개가 부러지더군. 그러고는 신조협에게 빨리 꺼지라고 소리쳤지."

듣고 있던 곽양이 호기심을 참지 못하고 말했다.

"좋은 뜻에서 싸움을 말리는데 왜 그렇게 화를 내셨어요? 그건 아저씨 잘못이죠."

사람들이 일제히 고개를 돌려 곽양을 바라보았다. 어린 소녀가 이처럼 대담할 줄은 미처 몰랐다는 표정이었다. 건장한 사내가 화를 버럭 내며 말했다.

"이런 어린것까지 나를 무시하는군. 오형五兄이 이 꼬마를 데려온 거요?"

대두귀가 말했다.

"아주 착한 낭자야. 내게 술과 고기도 사주었지. 신조협을 만나고

194
신조협려

싶다기에 데려왔어. 다른 건 나도 몰라."

"그렇다면 손을 좀 봐줘도 되겠군."

사내는 허공에 대고 채찍을 두어 번 휘두르더니 곽양의 머리를 향해 내리쳤다. 곽양도 채찍을 휘둘러 막았다. 두 개의 채찍이 허공에서 만나 한데 감겼다. 사내가 채찍을 획 당기자 곽양은 버티지 못하고 손을 놓았다. 곽양의 채찍을 빼앗은 사내는 또다시 채찍을 휘두르려 했다. 그때 수염이 긴 노인이 사내를 말렸다.

"아우, 시간이 많이 늦었네. 어린애랑 노닥거릴 시간이 없어."

사내는 채찍을 거두어들였다. 수염이 긴 노인이 곽양을 보며 비웃듯 말했다.

"어린것이 겁도 없구나. 서산 일굴귀는 아무것도 두려워하지 않아. 곽정과 황용의 명성이 아무리 높다 해도 우린 눈 하나 깜짝하지 않는다. 한 번만 더 입을 함부로 놀리면 그땐 네 목이 무사하지 못할 것이야."

다시 건장한 사내의 이야기가 계속되었다.

"신조협에게 빨리 꺼지라고 소리치자 그가 웃으며 몸을 돌려 가더군요. 그런데 그 망할 놈의 셋째 마누라가 울면서 소리를 치는 거예요. 자기는 원치 않았는데 내가 억지로 자기를 잡아다가 아내로 삼았다고 말이에요. 게다가 첫째 부인이 구박을 해서 도저히 살 수가 없다는 둥, 내가 바람둥이라서 자기를 아내로 삼은 후에 또 넷째 마누라를 들였다는 둥 별소리를 다 하더군요. 그 말을 듣고 저만치 가던 신조협이 고개를 돌리더니 묘한 표정으로 '저 여자의 말이 사실이냐?'고 묻는 거예요. 그래서 내가 '사실이면 어쩔 건데? 날 잘 모르는 모양인데 난 눈 하나 깜짝하지 않고 사람을 죽이는 사람이야. 그 사실을 알고 있느냐?'라고 대답했죠. 그랬더니 신조협이 낮은 목소리로 묻더군요. '만약 그녀를 좋아한다면 왜 또 다른 사람을 아내로 맞이한 거요? 만약 그녀를 좋아하지 않는다면 왜 그녀를 아내로 맞이한 거요?' 하면서 따지더군요. 말을 들어보니 웃기잖아요. 자기가 뭔데 그런 걸 묻습니까? 그래서 내가 껄껄 웃으며 말했죠. '처음엔 좋아했는데 나중엔 싫증이 났소이다. 사내대장부가 여자를 세 명 취하든 네 명 취하든 그게 뭐가 잘못이오? 앞으로도 네 명은 더 얻을 생각이오'라고 했더니 그놈이 '당신같이 무정하고 의리 없는 사내들 때문에 여자들이 상처를 받는 것이오'라고 하면서 갑자기 내 허리에 꽂혀 있던 비수를 꺼내더니 내 귀를 베어버린 거예요. 그러고는 비수를 내 가슴에 대고 '어떻게 생겼기에 그렇게 무정하고 의리가 없는지 네놈의 심장을 꺼내봐야겠다'라고 소리를 지르더군요."

듣고 있던 곽양은 또다시 한마디 하려다가 하나같이 흉악하게 생긴 사람들의 얼굴을 보고는 하고 싶은 말을 꿀꺽 삼켰다.

사내가 말을 이었다.

"내 아내와 작은마누라들이 모두 대성통곡을 하며 그놈 앞에 엎드려 나를 살려달라고 빌었죠. 만약 날 죽이면 자신들도 따라 죽겠다고 울고불고 난리들인데 나 원 참, 창피해서 혼났습니다. 난 '죽일 테면 빨리 죽여라. 만약 날 죽이면 서산 일굴귀가 네놈을 가만두지 않을 거다'라고 소리쳤죠. 그랬더니 그놈이 눈살을 찌푸리며 내 마누라들을 보고 묻더군요. '이렇게 무정하고 의리 없는 놈을 살려달라고 비는 이유가 뭐요?' 내 마누라들은 그저 머리를 조아리며 살려달라고 빌 뿐이었어요. 그러더니 그놈이 셋째 마누라에게 묻더군요. '조금 전에 당신은 원하지 않는데 강제로 저놈의 아내가 되었다고 하지 않았소? 내가 저놈을 죽여주면 당신한테 좋은 거 아니오?'라고 했더니 셋째 마누라가 '처음에는 원하지 않았지만 지금은 그러지 않아요. 절대로 남편을 죽이면 안 됩니다'라고 사정을 하더군요. 난 더욱 짜증이 나서 소리쳤죠. '어서 죽여라. 날 죽여도 아직 아홉이 남아 있다.' 그랬더니 그놈이 '서산 일굴귀라고? 좋다. 오늘은 일단 널 죽이지 않겠다. 서산 일굴귀가 얼마나 대단한지 좀 봐야겠다. 이달 말 도마평에서 기다릴 테니 나머지 아홉을 모두 데리고 오너라. 만약 용기가 없으면 그날로 내가 너희를 모두 산서로 쫓아버려서 영원히 돌아오지 못하게 하겠다'라고 말하며 사라졌습니다."

사람들은 그의 얘길 듣고 잠시 아무 말이 없었다. 한참이 지나자 노파가 조심스럽게 물었다.

"무슨 무기를 쓰던가? 무공은 어느 문파에 속하지?"

"팔이 하나뿐이라 무기를 사용하지 않았어요. 무공은…… 글쎄 아무리 보아도 파악할 수가 없었어요."

"대형, 무기도 없이 한쪽 팔로 칠제를 제압한 걸 보면 행동이 매우 민첩한가 봅니다. 아무래도 사도의 무공이 아닐까요? 수로 승부를 거는 수밖에 없겠습니다. 대형이 앞장서면 나와 오제가 양쪽에서 도울게요. 셋이 한꺼번에 덤벼 그가 무공을 쓸 여유를 주지 말아야 해요."

수염이 긴 노인이 고개를 숙인 채 생각에 잠겨 있다가 고개를 들며 말했다.

"신조협의 명성은 무시할 수 없다. 최근 10여 년 사이 그의 손에 당한 사람이 한둘이 아니니 틀림없이 무공이 뛰어날 것이다. 오늘 밤의 결전을 만만하게 생각해서는 안 된다. 나와 이매二妹가 정면에서 공격하고, 삼제와 사제가 옆에서 그의 하반신을 공격하도록 해라. 오제와 육제는 뒤에서 공격하고, 칠제와 팔제는 바깥쪽에서 긴 무기로 공격해 그의 정신을 교란시켜라. 구매는 상황을 봐서 암기를 발하고 십제도 적당한 때에 독 가루를 발사해라. 우리 열 사람이 서산 일굴귀로 연을 맺은 후 열 사람이 함께 적을 맞아 싸우기는 이번이 처음이다. 오늘 밤 만약 그놈을 죽이지 못한다면 우리가 죽게 될 것이다. 이름만 귀신이 아니라 진짜 귀신이 될 수도 있다."

"대형, 열 사람이 하나를 공격한 것이 강호에 알려지면 설사 이긴다 해도 고개를 들고 다닐 수 없게 됩니다."

대두귀의 말에 노파가 말했다.

"신조협을 죽이고 이 어린 계집을 없애버리면 그 사실을 아는 사람은 아무도 없을 것이다."

말을 마친 노파가 팔을 살짝 휘둘렀다. 대두귀가 황급히 곽양의 앞을 막아서며 소매를 휘둘러 노파가 던진 침을 받아냈다.

"선의로 데려온 사람입니다. 해치지 마세요."

그는 곽양을 바라보며 말했다.

"낭자, 오늘 밤에 보고 들은 일을 절대로 누설해서는 안 됩니다. 알 겠지요?"

곽양은 갑작스러운 실수에 놀란 가슴을 진정시켰다.

'이 아저씨가 구해주지 않았다면 난 이미 죽었을 거야. 어쩜 저리 잔인할까.'

"절대 말하지 않겠어요. 그런데 그 사람은 도와주는 사람이 없나요?"

대두귀가 웃으며 말했다.

"신조협이 강호에서 활동한 지 10여 년이 넘었지만 아직 누구와 함께 싸웠다는 말은 들어본 적이 없소. 그는 수리 한 마리와 항상 같이 다닌다고 했으니 그 수리가 도와주지 않겠소?"

말을 마친 대두귀는 떠날 차비를 하며 소리쳤다.

"자, 이제 그만 갑시다!"

모두들 말을 달리기 시작했다. 대두귀가 곽양에게 말했다.

"싸움이 시작되면 내 곁을 떠나지 마시오."

곽양은 말없이 고개를 끄덕였다. 대두귀는 자신의 형제들이 잔인하고 독한 사람들인 것을 잘 알기 때문에 행여 누군가 몰래 그녀를 해칠까 봐 염려한 것이다. 그러나 대두귀의 목소리가 워낙 굵고 컸기 때문에 나름대로 작은 목소리로 말한다고 했으나, 결국 나머지 아홉 사람도 모두 듣고 말았다.

곽양은 그들과 함께 말을 달리는 것이 은근히 두려웠다. 보아하니 열 명 모두 무공 실력이 만만치 않을 것 같은데 신조협이 아무리 무공이 뛰어나다 해도 어떻게 혼자서 이들을 당해낸단 말인가.

'아버지와 어머니가 여기 계시면 아무 걱정도 없을 텐데. 내가 도움이 될까?'

그때 앞쪽 어둑어둑한 숲속에서 괴상한 소리가 들렸다. 말들이 놀라 소리를 내며 앞발을 치켜들고 멈췄다. 어떤 말은 그 자리에 서서 꼼짝도 하지 않았고, 어떤 말은 몸을 돌려 도망가려 했다. 마르고 키 큰 사내가 채찍을 휘두르며 숲속으로 달려 들어갔다. 늙은 여자가 소리쳤다.

"못난 놈들! 밤 고양이에게 먹힐까 봐 그렇게 두려워하느냐?"

서산 일굴귀는 뒷걸음질 치는 말들을 몰아 숲속으로 들어갔다. 수십 장을 달리자 앞에서 날카로운 목소리가 들려왔다.

"어떤 놈들이 겁도 없이 한밤중에 만수산장萬獸山莊을 침범하느냐?"

서산 일굴귀는 일제히 고삐를 당겨 멈춰 섰다. 저만치 누군가가 길을 막고 서 있는데 양옆에 큰 호랑이가 한 마리씩 있었다. 말들은 호랑이 소리를 듣고 또다시 놀라 소란을 피웠다. 수염이 긴 노인이 말 위에 앉은 채 두 손을 모아 예를 갖추었다.

"서산 일굴귀입니다. 허락도 없이 이곳을 지나게 되어 실례가 많습니다. 널리 양해해주시지요."

"서산 일굴귀라고요? 그렇다면 어르신께서 바로 장수귀長鬚鬼 번樊나으리시군요?"

"우리는 지금 급한 일이 있어 도마평에 가는 길입니다. 돌아가는 길에 다시 들러 사죄하겠습니다."

수염이 긴 노인은 만수산장의 주인을 함부로 건드려서는 안 된다는 것을 잘 알고 있었다. 게다가 지금은 신조협을 상대하는 데 전심전력을 다해야 할 때였다. 괜히 귀찮은 일을 만들고 싶지 않아서 매우 정중하게 예의를 갖추어 인사를 한 것이다.

"잠시만 기다리십시오."

길을 가로막은 남자가 목소리를 높여 말했다.

"큰형님, 서산 일굴귀가 도마평에 가는 길인데 돌아가는 길에 들러 사죄하겠다 합니다."

이 말을 듣고 서산 일굴귀는 모두 기분이 불쾌했다.

'돌아가는 길에 들러 사죄하겠다는 것은 그저 예를 갖추기 위해 한 말일 뿐인데, 우리가 정말 고개 숙여 사죄라도 할 줄 아느냐?'

서산 일굴귀는 모두 고강한 무공 실력을 지닌 자들이라 최근에는 강호를 멋대로 누비고 다녀 함부로 건드려서는 안 될 기피 대상으로 여기고 있었다. 그들이 개별적으로 활동할 때에도 이미 그 위세가 대단했는데 열 사람이 함께 행동하니 그 기세가 더욱 등등했다. 오늘 밤 신조협과 겨루기로 한 약속만 없다면 결코 그냥 넘어가지 않을 일이었다.

숲속에서 매우 귀에 거슬리는 목소리가 들려왔다.

"서산 일굴귀가 사죄라니? 그러실 필요 없다고 해라. 그냥 숲을 돌아서 가시면 된다고 일러라."

매우 예의를 갖춘 말 같지만 실은 그렇지 않았다. 서산 일굴귀는 모두 크게 화가 났다. 비쩍 마른 남자가 냉소를 지으며 말했다.

"서산 일굴귀가 길을 돌아가는 법은 없지."

말을 마친 남자는 다짜고짜 채찍을 휘둘렀다. 길을 막고 섰던 남자가 가볍게 피하며 왼손을 들자 곁에 있던 호랑이 두 마리가 비쩍 마른 남자를 향해 덮쳐갔다. 앞쪽에 있던 말이 깜짝 놀라 앞발을 높이 치켜들었다. 말에 탄 비쩍 마른 남자는 기마술이 매우 뛰어나 다행히 말에서 떨어지지는 않았다. 그는 말 등에 바싹 붙어서 잽싸게 단창을 던졌다. 단창은 호랑이의 어깻죽지에 꽂혔지만 호랑이는 물러서지 않고 괴성을 내지르며 달려들었다. 말이 곤두박질치자 비쩍 마른 남자는 나르듯 몸을 솟구쳐 말 위에서 뛰어내렸다.

"무기를 들어라!"

비쩍 마른 남자는 왼손을 높이 쳐들고 오른손을 낮게 하여 쌍룡복연세雙龍伏淵勢 자세를 취했다. 그러나 자세만 취할 뿐 앞으로 내뻗지는 않았다. 길을 막고 서 있던 남자가 냉랭한 어조로 말했다.

"집을 지키는 고양이를 다치게 했으니 이제 숲을 돌아서 가신다 해도 순순히 보내드릴 수가 없게 됐군. 무상귀無常鬼, 무기를 내려놓으시지."

무상귀는 상대방이 자신의 별명을 알고 있자 깜짝 놀랐다.

"만수산장은 서량西凉에 있었는데 어찌 진남晉南으로 옮겨온 겁니까?"

"만수산장이 이사를 하는데 서산 일굴귀에게 보고라도 해야 한다는 뜻인가요? 서량이 지겨워져서 진남으로 옮겨 놀아보려고 왔습니다. 우리 큰형님께서 숲을 돌아가시라고 하셨을 때 이미 충분히 예를 갖춘 겁니다. 지금 집안에 우환이 있어서 조용히 보내드리려고 했는데 결국 일을 그르치는군요."

말을 하면서 남자는 이미 왼손을 뻗어 무상귀의 오른손에 들려 있는 창을 잡았다. 무상귀는 뜻밖의 공격에 깜짝 놀랐으나 얼른 왼손에 든 창으로 남자를 찔렀다. 그러나 왼손의 창도 그의 오른손에 잡히고 말았다. 두 사람은 서로 찌르고 당기며 창에 힘을 가했다. 두 사람의 힘이 어찌나 센지 창은 결국 뚝, 뚝, 소리를 내며 부러졌다. 무상귀는 기겁을 하며 뒤로 물러섰다.

서산 일굴귀 중 나이 많은 장수귀가 나서며 말했다.

"팔수선원八手仙猿이 아니시오? 우환이 있다면 우리가 크게 잘못을 했군요. 그런데 어느 분이 편찮으신지……."

"청갑사왕青甲獅王 사숙강史叔剛께서 심기가 많이 불편하십니다."

장수귀가 고개를 끄덕이며 말했다.

"아, 그랬군요. 저희가 오늘은 일이 있으니 내일 다시 찾아뵙겠습니다."

만수산장의 주인은 다섯 형제였다. 첫째는 백액산군白額山君 사백위 史伯威, 둘째는 관견자筒見子 사중맹史仲猛, 셋째는 청갑사왕 사숙강, 넷째는 대력신大力神 사계강史季强, 그리고 막내가 바로 길을 막고 서 있는 팔수선원 사소첩史少捷이었다. 이들의 집안은 대대로 맹수를 길러 생계를 유지해왔다. 그래서 다섯 형제는 맹수를 길들이는 능력이 뛰어날 뿐만 아니라 맹수를 훈련시키며 무공의 초식을 익혀 상당히 민첩한 동작을 구사했다. 그중에서 셋째인 사숙강은 스무 살이 되던 어느 해 맹수를 잡으러 산에 들어갔다가 기인을 만나 심오한 내공을 배우게 되었다. 사숙강은 집으로 돌아와 형제들에게 자신이 배운 내공의 비법을 가르쳤다. 그래서 다섯 형제는 모두 뛰어난 실력자가 될 수 있었다. 게다가 기르는 맹수가 갈수록 많아져 점점 강호에도 이름이 알려졌다. 무림 사람들은 이들 다섯 형제에게 호표사상원虎豹獅象猿이라는 별명을 붙여주었다. 그중에서 청갑사왕 사숙강의 무공 실력이 가장 뛰어났다.

장수귀는 사숙강이 병이 났다는 말을 듣자 뛸 듯이 기뻤다. 서산 일굴귀의 실력이 막강하다고는 하나 사씨 형제의 실력 또한 만만치 않았다. 그런데 다섯 사람 중에 한 사람이 앓아누웠다니 얼마나 반가운 소식인가. 그래서 내일 밤 다시 찾아오겠노라고 제안을 한 것이었다.

사소첩은 부러진 창을 던져 장수귀 옆의 나무에 꽂고는 두 손을 모으며 말했다.

"좋소이다. 내일 밤 자시에 기다리겠습니다."

"서산 일굴귀는 이만 물러가겠습니다."

장수귀도 목례를 하고 양발로 말의 배를 차며 재촉했다.

"자, 어서 가자."

그들이 앞쪽을 향해 말을 몰자 사소첩이 큰 소리로 외쳤다.

"잠깐! 저희 큰형님께서 숲을 돌아서 가시라고 말씀하셨는데 잊으셨습니까?"

'왜 숲을 지나지 못하게 하는 걸까? 대체 무슨 꿍꿍이가 있는 거지?'

장수귀가 막 고삐를 당겨 멈추며 대답을 하려는데 숲속 동북쪽과 서북쪽에서 동시에 요란한 웃음소리가 들려왔다. 돌아보니 양쪽 숲속에서 짙은 연기가 피어올랐다.

"대체 숲속에서 무슨 수작을 부리는 거요?"

"서산 일굴귀에게는 통하지 않을걸."

"당신들 오늘 임자 만난 줄 아시오."

알고 보니 여덟째인 상문귀喪門鬼와 열째인 소검귀笑臉鬼가 사소첩과 장수귀가 대화를 나누는 틈을 타 몰래 숲속으로 들어가 불을 지른 것이었다. 그런데 그때 상문귀와 소검귀가 대경실색을 하며 달려왔다. 두 사람은 숨이 턱에 차도록 뛰며 비명을 질러댔다. 장수귀가 고함을 질렀다.

"무슨 일이냐?"

"호랑이! 호랑이 수가 100마리, 200마리도 넘어요."

불이 난 것을 본 사소첩의 얼굴에 노기가 가득했다.

"큰형님, 둘째 형님, 우리 일이 급하니 우선 저놈들을 보내버립시다. 나중에 다시 찾아내 손봐주면 될 것 아닙니까?"

그때 무언가가 숲속에서 튀어나와 눈앞을 휙 스치고 지나갔다. 강아지만 한 짐승이었다. 몸은 그다지 크지 않았지만 다리가 매우 길었고, 몸은 눈같이 흰데 꼬리는 검었다. 고양이 같기도 하고, 개 같기도 했다.

"구미영호九尾靈狐가 나왔다!"

짐승을 목격한 사소첩이 기겁해 소리치며 그 뒤를 쫓았다. 매우 당황스럽고 공포에 찬 목소리였다. 연이어 숲 뒤쪽에서 맹수 소리가 들렸다. 호랑이의 포효 소리와 사람의 비명 소리가 뒤섞여 숲을 울렸다. 곽양은 등에 소름이 돋았다.

그 소리를 듣고 사방에서 온갖 짐승들이 일제히 울부짖으며 숲속에서 뛰어나왔다. 사자, 호랑이, 표범, 이리, 코끼리, 원숭이, 오랑우탄 등 종류도 다양했다. 한 사람의 목소리가 들렸다.

"큰형님은 동북쪽으로! 둘째 형님은 서북쪽으로! 넷째 형님은 서남쪽으로……"

검은 그림자가 숲속에서 나와 눈앞을 스쳐 지나갔다.

곽양은 위험하다는 것을 뻔히 알면서도 호기심을 참지 못해 말을 몰아 뒤쫓아갔다. 대두귀가 곽양의 뒤를 쫓았다. 숲 밖으로 나가니 기괴한 광경이 눈앞에 펼쳐졌다. 다섯 남자가 눈 덮인 평원에서 각각 한 무리의 맹수를 이끌고 서로 다른 방향으로 뛰어가고 있었다. 맹수들은 평소 훈련이 잘되어 있는 탓인지 서로 싸우거나 물지 않고 각기 동쪽이면 동쪽, 서쪽이면 서쪽을 향해 질서 정연하게 달리고 있었다.

곽양은 무섭기도 하고 신기하기도 했다.

다섯 무리의 맹수들은 점점 둥근 원을 이루었다. 하얀 그림자가 휙 지나가는가 싶더니 조금 전 보았던 개 같기도 하고 고양이 같기도 한 짐승이 맹수들 틈을 뚫고 나와 곽양 앞을 스치듯 지나갔다. 어찌나 빠른지 그야말로 번개 같은 동작이었다. 곽양은 얼른 손을 뻗어 잡으려 했으나 순식간에 수 장 이상의 거리가 벌어졌다. 짐승은 저만치 멈춰

서더니 고개를 돌려 곽양을 노려보았다. 둥근 눈동자는 불을 뿜는 것처럼 붉었고 쉴 새 없이 번들거리고 있었다.

사씨 형제가 소리쳤다.

"구미영호가 저쪽에 있다! 저쪽, 저쪽이야!"

맹수들이 한꺼번에 그 동물을 향해 달려들었다. 그러자 산사태가 나는 듯한 엄청난 소리가 났다.

곽양은 말을 몰아 옆으로 숨으려 했다. 그러나 맹수들을 보고 놀란 말이 다리에 힘이 빠지는지 앞다리를 굽히며 앞으로 고꾸라지고 말았다.

'맹수들에게 걸리면 끝장인데……'

곽양은 쓰러진 말을 잡고 숨도 쉬지 못했다. 강한 피비린내를 풍기며 맹수들은 곽양을 지나 멀어져갔다. 서산 일굴귀도 말을 몰아 숲에서 나왔다. 장수귀가 말했다.

"사씨 형제들의 무공이 아무리 강하다 해도 전혀 두렵지 않지만, 저 맹수들은 상대하기가 힘들겠다. 오늘 밤은 신조협을 상대해야 하니 다른 일로 힘을 소모해서는 안 된다. 어서 가자."

"맞아요. 우선 신조협을 죽이고, 내일 다시 와서 저 맹수들을 불질러버리자고요."

노파가 맞장구를 치며 채찍을 휘둘렀다.

그때 맹수들의 울음소리가 다시 들리더니 몇 갈래로 나뉘어 돌아오고 있었다. 이번에는 포악한 소리를 내지도 않았고, 빨리 뛰지도 않았다. 장수귀의 안색이 갑자기 굳어졌다.

"이런, 어서 가야겠다."

그러나 사방에서 울부짖는 소리가 들렸다. 이미 맹수들에게 포위된 듯했다. 장수귀가 말에서 내려 낮게 휘파람을 불자 모두들 신속하게 말에서 내려 각자의 위치를 찾았다. 서산 일굴귀는 다섯 방위로 나뉘어 무기를 손에 든 채 적을 기다렸다. 대두귀가 낮은 소리로 말했다.

"낭자, 어서 돌아가시오. 이번에는 정말 위험하겠소."

"신조협은요? 데려가겠다고 약속했잖아요?"

대두귀가 눈살을 찌푸렸다.

"저 사나운 맹수들이 보이지 않아요?"

"맹수들의 주인을 잘 설득해보세요."

"흥! 서산 일굴귀에게 설득이란 건 있을 수 없소."

사씨 형제가 맹수들을 이끌고 나타났다. 다섯 사람 모두 짐승 가죽으로 만든 옷을 입고 있었다. 그들은 서산 일굴귀와 4~5장 정도 떨어진 곳에 멈춰 섰다. 막내인 사소첩이 먼저 입을 열었다.

"만수산장은 서산 일굴귀와 아무런 원한이 없거늘 어찌 우리 숲에 불을 지른 거냐? 그 때문에 구미영호가 도망가버렸다."

분노에 찬 목소리였다. 곽양은 생각했다.

'구미영호라는 것이 그리 무서워 보이지는 않았는데 뭔가 대단한 동물인가 보지? 그런데 꼬리가 분명 하나였는데 왜 구미영호라고 부를까?'

붉은 옷을 입은 여자가 대답했다.

"오늘 일은 그쪽에서 먼저 원인 제공을 한 것이다. 만수산장은 원래 서량에 있었는데 왜 갑자기 산서에 나타나서 길을 막고 못 지나가게 하느냐? 그런 횡포를 부리고도 도리어 우리 쪽을 탓하다니 말이 되느냐?"

백액산군 사백위가 앞으로 나서며 눈을 부라렸다.

"일이 이 지경이 되었는데 더 말해 무엇 하느냐? 한 놈도 살아 돌아 가지 못할 것이다!"

사백위가 엄청난 소리를 지르며 쌍장을 호랑이 발톱 모양으로 쥐고 장수귀를 공격했다. 쌍장이 닿기도 전에 바람이 먼저 와닿았다. 정말 호랑이가 공격한다 해도 이런 위력은 흉내 내지 못할 것 같았다.

장수귀는 왼쪽으로 살짝 비켜서서 긴 무기를 뽑아 들고 횡으로 휘둘렀다. 사백위는 오른손을 휘둘러 무기의 끝을 잡았다. 잡고 보니 달걀 정도 굵기의 강장鋼杖이었다. 강장의 끝을 제대로 잡지도 않았는데 팔이 후끈거렸다. 사백위는 재빨리 팔을 거두면서 왼손을 운공해 강장을 밀어냈다. 조금만 늦었어도 강장 끝에 가슴을 공격당했을 터였다. 사백위는 속으로 깜짝 놀랐다.

'음, 서산 일굴귀의 명성이 높다더니 과연 쉽게 볼 상대가 아니구나.'

사백위는 소홀히 대해서는 안 되겠다는 생각에 무기를 꺼내 들었다. 한 쌍의 호두쌍구虎頭雙鉤였다. 호두쌍구의 오른쪽 갈고리는 무게가 열여덟 근이었고 왼쪽 갈고리는 열일곱 근으로 매우 무거운 무기였다. 사백위의 호두쌍구가 장수귀의 강장에 맞섰다.

한편 관견자 사중맹은 강관鋼管을 들고 최명귀催命鬼의 지당도地堂刀와 상문귀의 연자창鏈子槍에 맞서 싸우고 있었다. 대력신 사계강은 조사귀弔死鬼라는 별명을 가진 노파와 겨루고 있었다. 사계강이 비록 신력을 가졌다고는 하나 조사귀가 긴 밧줄을 무기로 사용했기 때문에 칼로 밧줄을 상대하기가 쉽지 않았다. 팔수선원 사소첩의 상대는 팔각동추八角銅鎚를 사용하는 대두귀였다. 사소첩은 판관필을 사용했는데 초식이 어찌나 정교하고 기묘한지 대두귀가 당해낼 수 없었다. 붉은 옷을 입은 홍초귀紅俏鬼가 나서 대두귀를 도와주었다.

이들은 눈밭에서 네 갈래로 나뉘어 치열한 싸움을 벌였는데 쉽게 승부가 날 것 같지 않았다.

서산 일굴귀 중에서는 아직 네 사람이 나서지 않았지만 사씨 형제들 중에서는 청갑사왕 한 사람만이 남아 있었다. 그러나 그마저도 몸이 좋지 않은지 큰 사자의 몸에 기대어 가쁜 숨을 몰아쉬고 있었다. 아직까지는 서산 일굴귀의 수가 많았기 때문에 우세했지만, 사씨 형제가 맹수들을 불러들이기만 하면 전세는 금방 뒤집힐 게 뻔했다.

곽양은 빙 둘러선 맹수들을 보고 있자니 두렵기 그지없었다. 그러나 신조협을 볼 수 있는 기회가 없어질까 봐 망설이지 않고 소리쳤다.

"대두귀 아저씨, 그만하세요. 어차피 아저씨 편이 수가 많아서 이겨도 체면이 안 서요. 그냥 미안하다고 한마디 하면 끝날 것 아니에요!"

그러나 서산 일굴귀가 그녀의 말에 따라 싸움을 그만두겠는가. 싸움은 한참 동안 계속되었다. 장수귀와 사백위의 결투는 시종일관 막상막하였다. 조사귀의 밧줄은 큰 원을 그렸다가 순식간에 원이 줄어드는 등 초식이 변화무쌍해서 사계강이 조금만 실수를 하면 목에 밧줄이 감길 판이었다. 그러나 사계강도 신력을 지닌 데다 검술이 뛰어나 쉽게 승부가 나지 않았다.

대두귀와 홍초귀는 일강일유一剛一柔로 조화를 이루었다. 그러나 사소첩의 초식이 워낙 빠르고 기묘해서 혼자서 둘을 상대하는데도 전혀 밀리지 않았다. 대두귀는 우레와 같은 고함 소리를 끊임없이 질러댔고, 홍초귀는 음산한 웃음소리를 냈다. 상대방의 정신을 분산시키려는 속셈이었다. 그러나 사소첩은 마치 전혀 소리를 듣지 못하는 듯 오로지 싸움에만 정신을 집중했다.

　최명귀와 상문귀는 사중맹의 강관을 당해내지 못하고 수세에 몰렸다. 강관은 제미곤齊眉棍과 비교하면 약간 짧고 가운데가 텅 비어 있었는데 그 초식이 매우 기괴했다. 상문귀가 창을 앞으로 찌르자 사중맹이 창끝을 겨냥해 강관을 내밀었다. 그러자 상문귀의 창이 강관 속으로 들어갔다. 상문귀는 깜짝 놀랐으나 그대로 무기를 빼앗길 수는 없었다. 곁에서 보고 있던 토채귀討債鬼가 철패鐵牌를 휘둘러 사중맹의 강관을 치려 했다. 사중맹이 뒤로 물러나자 상문귀는 비로소 연자창을 되찾았다. 토채귀의 무기는 보기에는 철패처럼 생겼는데 사실은 강철로 만든 장부帳簿였다. 거기에는 모두 다섯 장이 달려 있었는데, 매 장은 뒤집어 넘길 수 있고 장부 끝이 칼날처럼 예리해 무서운 무기로도 사용할 수 있었다.

　서산 십귀十鬼는 원래 각자의 이름이 있었으나 '서산 일굴귀'라는 이름으로 강호에 알려지기 시작한 뒤부터는 모두 '귀鬼' 자 돌림의 이름을 사용했다. 열 사람의 외모나 행동은 모두 각자의 특징이 뚜렷했다. 서산 일굴귀는 평소 "사람들이 우리를 귀신에 빗대어 부르는데 사람이 더 대단한지 귀신이 더 대단한지 한번 보여주자"고 농담을 하곤 했다. 토채귀는 원래 철패를 사용했다. 그런데 이름이 이렇게 불린 것은 아무리 사소한 원한도 꼭 갚고야마는 성격 때문이었다. 토채귀라는 이름이 마음에 쏙 든 그는 무기도 장부 형태로 바꾸고 장부에 날카로운 칼로 원수 이름을 적어두었다가 원수를 갚은 다음 하나하나 지워나갔다. 사중맹의 강관도 매우 특이한 무기 중 하나였지만 토채귀의 철장부에 비하면 평범하다 할 수 있었다.

철장부의 각 장이 서로 맞부딪쳐 괴이한 소리를 냈다. 최명, 상문, 토채 등 삼귀三鬼가 함께 사중맹을 상대하니 그제야 조금씩 승부가 한쪽으로 기울어졌다.

이들의 싸움을 지켜보고 있던 곽양은 마음이 조급해 견딜 수가 없었다. 이미 신조협과의 약속 시간이 지나버렸다. 만약 기다리다 가버리면 어떻게 할까 조바심이 났지만 이들을 말릴 방법이 없었다.

수백 마리의 맹수는 겹겹이 땅에 엎드린 채 주인의 명령만 기다리고 있었다. 서산 일굴귀는 자신들을 노려보고 있는 불타는 듯한 맹수들의 눈을 보자 절로 기가 죽었다. 설사 사씨 오 형제를 모두 물리친다 해도 이 난관을 뚫고 나가기는 힘들 것 같았다. 그렇다면 다른 방법을 모색해야 했다.

조사귀는 대력신 사계강을 사로잡을 생각이었다. 그를 인질로 삼아 사씨 형제들을 위협하면 맹수들을 물리고 길을 지나갈 수 있을 듯했다. 그러나 사계강은 힘과 무공이 조사귀보다 훨씬 뛰어났다. 다만 조사귀의 무기가 워낙 특이했기 때문에 비교적 동등한 대결을 펼칠 수 있었다.

"누님, 제가 구해드리지요."

소검귀가 허리에 찬 무기를 꺼내 들며 사계강을 향해 돌진했다. 사계강은 한창 박진감 있게 싸우던 중이라 소검귀가 공격해오는 것을 보자 오히려 신이 났다.

"오냐, 어서 덤벼라!"

사계강은 소검귀의 머리를 향해 청동저青銅杵를 내리쳤다. 소검귀는 몸을 옆으로 돌려 피하면서 쌍편을 휘둘러 막았다. 청동저와 쌍편이 맞닥뜨리자 불꽃이 튀며 툭, 하는 소리가 났다. 하나가 끊긴 것이다. 두 사람이 한 발씩 물러서서 살펴보니 쌍편이 끊어져 있었다. 소검귀는 깜짝 놀라 몸을 굴려 저만치 물러났다. 청동저가 그의 몸을 따라가며 땅바닥을 내리쳤다. 소검귀는 품속에서 독 가루를 꺼내 사계강을 향해 뿌렸다. 분홍색 가루가 흩날리자 사계강은 흠칫 놀라며 뒤로 물러섰지만 독 가루를 피하지는 못했다. 머리가 어지럽고 눈앞이 흐릿해진 그는 몸이 휘청거리는가 싶더니 결국 그 자리에 쓰러지고 말았다. 그때를 놓치지 않고 조사귀가 긴 밧줄을 휘둘러 그의 양다리를 휘감았다.

사백위, 사중맹, 사소첩 세 사람은 대력신 사계강이 쓰러지는 것을 보자 놀랍고 화가 났다. 그러나 눈앞의 적을 상대하느라 도와줄 수가 없었다. 곽양이 소리쳤다.

"대체 뭐 하시는 거예요! 그런 잔인한 방법으로 사람을 해치다니 비겁해요."

곽양은 원래 그 어느 편도 도와주지 않았으나 소검귀가 독 가루로 적을 쓰러뜨리는 것을 보고 더 이상 참지 못하고 나섰다. 그때 귀를 쩌렁쩌렁 울리는 낮고 굵은 목소리가 들리더니 청갑사왕 사숙강이 천천히 몸을 일으켰다.

"내 아우를 어서 풀어주어라!"

사계강은 정신을 잃은 채 밧줄에 묶여 끌려갔다. 조사귀는 그의 온몸을 묶고는 다시 겨드랑이 밑의 혈을 찍었다. 사계강의 힘이 워낙 세기 때문에 깨어난 후 밧줄을 끊어버리지 않을까 걱정이 되어서였다. 그러고는 사숙강에게 소리쳤다.

"자, 이자를 살리고 싶으면 어서 맹수들을 보내고 길을 비켜라."

청갑사왕 사숙강이 눈을 부릅뜨고 앞으로 걸어 나왔다. 조사귀는 그의 모습을 보고 냉랭하게 웃었다.

"흥! 그 몸으로 해보시겠다고?"

사숙강은 비틀비틀 걸음을 떼어놓았다. 눈은 움푹 파이고 얼굴빛은 누렇게 뜬 것이 한눈에 봐도 병세가 가볍지 않아 보였다. 곽양은 사숙강이 병든 몸에도 불구하고 아우를 구하기 위해 적에게 다가가는 것을 보고 급히 소리쳤다.

"아저씨, 몸도 편치 않으신 것 같은데 조심하셔야죠."

사숙강은 곽양을 향해 고개를 끄덕여 보이고는 다시 조사귀를 향해 다가갔다. 소검귀가 조사귀에게 눈짓을 보냈다. 두 사람은 좌우 양쪽에서 사숙강을 공격하기 시작했다. 두 사람이 막 사숙강을 잡으려는 순간 사숙강은 엄청난 괴성을 지르며 왼손으로는 조사귀의 어깨를, 오른손으로는 소검귀의 등을 내리쳤다. 두 사람은 전혀 예상치 못한지라 피할 수가 없었다. 두 사람은 비틀거리며 뒤로 물러나 가까스로 몸을 지탱했다. 다행히 사숙강이 연이어 공격하지는 않아 목숨을 부지할 수 있었다. 두 사람은 서로 마주 보며 놀라움을 감추지 못했다. 등에서 자연 식은땀이 흘렀다.

그사이 사숙강은 사계강의 혈을 풀어준 후 손과 발을 묶고 있는 밧줄을 끊었다. 그러나 사계강은 독 가루에 중독된지라 여전히 깨어나지 못했다. 사숙강은 눈살을 찌푸리며 조사귀를 노려보았다.

"해독약을 내놓아라!"

소검귀가 대답했다.

"맹수들을 보내면 해독약을 주겠다."

"흥!"

코웃음을 친 사숙강은 아까처럼 비틀거리며 소검귀에게 다가갔다. 소검귀는 감히 정면으로 대응하지 못하고 얼른 옆으로 비켜섰다. 옆에 있던 삼귀가 소검귀를 도우러 다가가자 이에 힘을 얻은 소검귀도 몸을 돌려 싸울 태세를 갖추었다. 사숙강은 몸이 편치 않은 상태라 뛰어오르거나 빨리 움직일 수가 없었다. 그래서 출수하는 속도는 매우 느렸지만 그 위력이 워낙 강했기 때문에 그를 둘러싼 네 사람은 창이나 칼을 한 번씩 뻗어볼 뿐 감히 가까이 다가가지 못했다. 혹여 자기 형제들이 다칠까 봐 독 가루를 함부로 쓸 수도 없었다.

곽양은 정신을 잃고 쓰러진 사계강을 보자 가여운 생각이 들었다. 그녀는 눈을 뭉쳐 사계강의 이마에 대고 문지르고 입에도 넣어주었다. 사계강은 차가운 기운을 받아서인지 천천히 정신을 차렸다. 그는 소녀가 눈덩어리로 자기 머리를 식혀주고 있는 것을 보고는 엷은 미소를 띠며 감사를 표시했다.

"아가씨, 고맙습니다."

자리에서 일어난 그는 사귀四鬼가 사숙강을 에워싸고 공격하는 것을 보았다. 그는 마치 잠에서 깨어난 사람처럼 몸을 튕겨 뛰어갔다.

"형님, 비키세요."

그는 손을 뻗어 소검귀의 목을 잡아 비틀었다. 그러고는 더 이상 사정을 봐주지 않고 길게 휘파람 소리를 냈다. 그러자 엎드려 있던 맹수들이 그의 휘파람 소리를 듣고 자리에서 일어나 앞으로 뛰어나갈 자세를 취했다. 이번에는 사백위가 고함을 지르자 맹수들이 일제히 큰 소리로 울부짖었다. 서산 일굴귀는 숱하게 많은 적과 싸워봤지만 이런 경험은 처음인지라 두렵고 떨리는 마음을 주체할 수가 없었다. 한참을 울부짖던 맹수들이 드디어 서산 일굴귀를 향해 달려들었다.

곽양은 놀랍고 두려워 얼굴이 하얗게 질렸다. 사숙강은 손을 뻗어 곽양을 향해 달려드는 호랑이를 밀어내더니 머리에 쓰고 있던 가죽 모자를 벗어 곽양의 머리에 씌워주었다. 훈련이 잘된 맹수들인지라 곽양이 가죽 모자를 쓴 것을 보고 더 이상 그녀를 공격하지 않았다. 호랑이, 표범, 승냥이, 사자, 오랑우탄 등 맹수들은 날카로운 이빨과 발톱으로 서산 일굴귀를 할퀴고 물어뜯었다. 서산 일굴귀는 힘을 다해 예닐곱 마리의 맹수를 때려눕혔지만 맹수들의 수가 너무 많은지라 당해낼 수가 없었다. 그들은 순식간에 전신을 물리고 할퀴어져 온몸이 피투성이가 되었다. 이제 죽는 것은 시간문제인 듯했다.

세 마리 사자가 대두귀를 에워쌌다. 그중 한 마리가 대두귀의 오른쪽 어깨를 꽉 물고 놓지 않았다. 팔각동추는 이미 놓친 지 오래였고, 왼손으로 장풍을 일으켜 겨우 두 마리의 사자를 상대했다. 이 모습을 본 곽양은 차마 그대로 있을 수 없어 쓰고 있던 모자를 벗어 대두귀의 머리를 향해 던졌다. 그런데 머리는 크고 모자는 작아 그의 꼴이 매우 우스꽝스러웠다.

사씨 형제는 맹수들을 훈련시킬 때 자신들이 특수 제작한 이 모자를 쓴 사람은 공격하지 못하도록 조련시켰다. 내 편, 네 편을 분간하지 못하는 맹수들은 대두귀가 모자를 쓴 것을 보고 곧 몸을 돌려 다른 곳으로 향했다. 그때 모자를 벗어버린 곽양이 순식간에 네 마리의 표범에게 에워싸였다.

한편 사숙강은 장수귀가 강장으로 맹수들을 죽이지 못하게 무기를 빼앗으려 했다. 그러다 문득 곽양의 비명 소리를 듣고 깜짝 놀랐다. 그러나 거리가 너무 멀어 구해줄 수 없었다. 그런데 이상하게도 네 마리 표범은 곽양을 공격하기는커녕 곽양의 몸에 코를 대고 킁킁대기도 하고 몸을 비벼대기만 했다. 놀라서 꼼짝도 하지 못하던 그녀는 문득 어머니와 언니에게서 들은 이야기가 생각났다. 그것은 자신이 어릴 때 표범의 젖을 먹고 자랐다는 말이었다. 표범들은 아마도 곽양에게서 자신들과 같은 체취를 느낀 모양이었다. 곽양은 용기를 내어 양팔로 표범의 목을 감싸 안았다. 다른 두 마리의 표범도 혀를 내밀어 그녀의 손등과 뺨을 핥았다. 곽양은 간질간질한 느낌에 킥킥대며 웃었다. 사씨 형제는 맹수를 훈련시키면서도 이런 광경은 처음 본지라 놀라지 않을 수 없었다.

대두귀는 가죽 모자 때문에 화를 면하기는 했으나 다른 형제들이 모두 위기에 처한 마당에 자기만 빠져나갈 수는 없었다. 비록 서산 일굴귀가 군자의 무리에 속하지 않을뿐더러 평소 행동 역시 그다지 바르지는 못했지만, 형제들 사이의 의리만큼은 매우 돈독했다. 그는 가죽 모자를 벗어 홍초귀에게 던졌다.

"이 모자를 쓰고 도망가거라."

홍초귀는 모자를 받아서 즉시 장수귀에게 던졌다.

"대형, 어서 가세요. 언젠가 꼭 이 원수를 갚아주셔야 합니다."

그러나 장수귀 역시 모자를 받더니 소검귀의 머리에 씌워주었다.

"십제, 군자가 원수를 갚는 것은 10년이 걸려도 늦은 것이 아니라 했다. 난 이미 나이가 있어 오래 살 수 없으니 복수는 네 몫이다."

모두들 모자를 서로에게 양보했다. 소검귀는 이리 다섯 마리에게 에워싸여 있어 모자를 벗어 던질 여유가 없었다. 그는 이리에게 물려 피를 흘리고 있었다. 피를 좋아하는 이리들은 모자를 쓴 것을 봤는데도 쉽게 물러서지 않았다. 소검귀는 큰 소리로 욕을 퍼부어댔다. 그러나 얼굴은 여전히 웃는 표정이었다.

그때 갑자기 머리 위에서 냉랭한 목소리가 들렸다.

"약속 장소에 나타나지도 않고 한참을 기다리게 하더니 여기서 맹수들과 놀고 있었군."

곽양은 뛸 듯이 기뻤다.

'신조협이다!'

고개를 들어보니 저쪽 숲속 나뭇가지 위에 한 남자와 크고 못생긴 수리가 앉아 있었다. 그는 회색 도포를 입고 있었는데 오른쪽 소매가 허리띠 안으로 들어가 있는 것이 과연 한쪽 팔이 없는 듯했다. 그런데 남자의 얼굴을 본 곽양은 소름이 끼쳐 몸서리를 쳤다. 누런 얼굴에 핏기는 없고 무표정했다. 마른 나무 같은 얼굴이 그야말로 시체처럼 보였다. 서산 일굴귀도 하나같이 인상이 흉악했지만 그래도 이렇게 소름 끼치는 인상은 아니었다.

곽양은 신조협을 보기 전에 그는 틀림없이 잘생기고 풍류가 넘치는 사람이리라 상상했다. 그런데 지금 신조협을 직접 보고 나니 실망을 금할 수가 없었다.

'세상에 이렇게 얼굴이 흉측한 사람도 있구나!'

곽양은 다시 한번 신조협의 얼굴을 힐끗 바라보았다. 여전히 소름 끼치는 인상이기는 했지만 두 눈만큼은 흉악하지 않았다. 서산 일굴귀를 훑어보던 신조협의 눈이 곽양에게 잠시 머물렀다. 신조협은 의아하다는 표정을 지었다. 곽양은 그와 눈이 마주치자 얼굴이 화끈 달아올랐다. 그녀는 얼굴을 붉힌 채 고개를 숙였다.

어려운 일을 해결하다

양과가 장소長嘯를 발하자 마치 용이 울부짖는 듯한 소리가 하늘을 울렸다. 곽양은 귀를 막고 있었는데도 가슴이 울렁거렸다. 장소가 계속 이어지자 모두들 낯빛이 노랗게 변했고, 짐승들이 잇달아 픽픽 쓰러졌다. 서산 일굴귀와 사씨 형제들도 쓰러졌는데, 유독 사숙강만이 간신히 버텨냈다.

곽양의 눈앞에 있는 사람은 바로 양과였다. 그는 16년 동안 소용녀와 재회할 날만 고대하며 강호를 떠돌아다녔다. 그동안 수많은 의협을 행하여 많은 이의 억울함을 풀어주었고, 사람들은 그가 항상 신조와 함께 다닌다고 해서 그에게 '신조협'이라는 별호를 붙여주었다.

　양과는 어려서부터 너무나 많은 사람과 잘못된 인연을 맺은 걸 후회했다. 자신 때문에 공손녹악이 목숨을 잃었고, 정영과 육무쌍의 가슴에도 평생 잊지 못할 아픔을 안겨주었다. 자유분방한 성격 때문에 젊고 아리따운 여자를 보면 친근하게 말을 걸고 웃으며 대하다 보니 상대방은 십중팔구 오해를 해 연정을 느끼곤 했다. 양과는 스스로 자제하려고 노력했지만 오랫동안 굳어온 성격을 어찌할 수 없었다. 그래서 아예 황약사가 만들어준 인피 가면을 써서 잘생긴 얼굴을 감추고 다녔다. 그날 저녁 그는 대결을 하기로 한 서산 일굴귀가 나타나지 않자 직접 찾으러 나선 것이다.

　당시 서산 일굴귀는 짐승 떼에 둘러싸여 거의 숨이 넘어갈 지경이었다. 그런데 갑자기 양과의 목소리가 들리자 더 큰 강적이 나타났으니 이제는 살아남지 못하겠다는 생각을 했다.

　'끝났다, 끝났어. 마지막 살길이 끊어지고 말았구나.'

　그때 양과의 우렁찬 목소리가 들렸다.

"여러분은 만수산장의 사씨史氏 형제들이 아니십니까? 잠시 공격을 멈추고 제 말을 들어주십시오."

양과의 말에 사백위가 대꾸했다.

"우리는 사씨 형제가 맞소만 댁은 누구십니까?"

잠시 생각에 잠겨 있던 사백위가 계속 말을 이었다.

"이런, 제가 몰라뵈었군요. 신조협이 아니십니까?"

"신조협이라는 말은 너무 과분합니다. 잠시 이 짐승들에게 공격을 멈추라 하십시오. 이러다간 가짜 귀신이 진짜 귀신으로 둔갑하겠습니다."

"저 귀신들이 진짜 귀신이 된 후에 다시 이야기를 나누지요."

양과는 눈살을 찌푸렸다.

"서산 일굴귀는 저와 선약이 있습니다. 그런데 저 맹수들에게 물려 죽어버리면 나는 누구와 약속을 지킵니까?"

사백위는 양과가 계속 종용하자 더 이상 입씨름을 하고 싶지 않았다. 그는 냉소를 한 번 날리고는 오히려 더욱 맹수들을 몰아쳤다. 양과도 기분이 상했다.

"내가 신조협인 것을 알면서 무시하겠다는 겁니까?"

"신조협이 뭐가 어떻단 말이오? 그렇게 능력이 있다면 알아서 맹수들을 멈추게 하든지……."

"그렇다면 할 수 없지요. 수리 형, 우리 내려갑시다."

양과가 오른쪽 소매를 휙 내긋자 신조도 양과를 따라 나뭇가지에서 사뿐히 몸을 날렸다. 맹수 떼는 양과와 신조가 착지하기도 전에 으르렁거리며 일제히 달려들었다. 신조가 두 날개를 퍼덕거리며 맹렬한 바람을 일으키자 담비나 늑대같이 몸집 작은 짐승들은 휘청거리며 나동

그라졌다. 사자와 호랑이 한 마리가 동시에 포효하며 달려들자 신조가 다시 날개로 휘둘렀다. 1,000근과 맞먹는 강력한 날개 힘에 사자와 호랑이 역시 동시에 곤두박질쳤다. 곧이어 왼쪽 날개를 뻗어 표범 머리를 적중시키자 표범이 그 자리에서 쓰러지더니 축 늘어져버렸다. 맹수들은 이 광경을 보고 감히 공격하지 못하고 멀리 떨어져서 낮은 소리로 으르렁거릴 뿐이었다.

사백위는 대로하여 양과에게 달려들었다. 사백위는 손가락을 호랑이 손톱 모양으로 만들어 양과의 가슴을 움켜쥐려 했다. 그러자 양과는 오른쪽 어깨를 움직여 위에서 아래로 소매를 획 날려 상대의 양 손목을 쳤다. 사백위는 마치 칼이 지나간 것과 같은 통증을 느꼈다.

그는 비명을 지르며 뒤로 물러섰다. 이제 사숙강이 나섰다. 그는 천천히 앞으로 걸어 나오며 양 손바닥을 평평하게 교차해 뻗었다.

"훌륭한 무공이군요!"

양과는 칭찬을 하면서 왼손을 뻗어 상대가 뻗은 손바닥과 마주 댄 후 미소를 머금고 힘을 약간 주었다. 양과는 10여 년 동안 거친 파도 속에서 무공을 연마해왔다. 만약 그가 장력에 온 힘을 싣는다면 사람은 물론이고 큰 나무와 견고한 벽도 일장에 쓰러지고 말 것이다. 그러나 사숙강 역시 기인에게 무공을 전수받아 탄탄한 내공을 지니고 있었다. 그는 휘청거리기만 할 뿐 쓰러지지는 않았다.

"조심하시오!"

양과는 일단 경고를 한 후 손바닥에 더욱 힘을 실었다. 순간 사숙강은 눈앞이 캄캄해지면서 숨이 끊어질 것만 같은 느낌을 받았다. 그는 간신히 한마디를 내뱉었다.

"아, 나는 이미 부상을 입었소."

그러자 사숙강을 덮치던 괴력이 순식간에 흔적도 없이 사라져버렸다. 죽음의 문턱에서 간신히 살아난 그는 아무 말도 하지 못하고 그저 멍하니 그 자리에 서서 양과를 바라보았다.

사백위, 사중맹, 사계강, 사소첩 등은 사숙강이 꼼짝도 하지 않고 넋이 나간 사람처럼 서 있는 것을 보고 그가 중상을 입었음을 알았다. 사씨 형제들은 분을 참지 못하고 맹수들에게 신호를 보낸 뒤 자기들도 양과에게 덤벼들었다. 양과는 호랑이 한 마리가 옆에서 달려들자 몸을 약간 굽혀 피했다. 그런 뒤 왼손을 뻗어 호랑이 머리를 움켜쥐고는 이를 방패 삼아 사중맹의 강관과 사계강의 동저를 막았다. 그러고는 호랑이의 네발로 사백위와 사소첩의 머리와 가슴을 공격했다. 양과는 10여 년 전 80근이 넘는 현철중검으로 검술을 연마한 터라 제아무리 체구가 큰 호랑이라도 고양이처럼 가볍게 처리할 수 있었다. 그는 호랑이를 움켜쥐고 자유자재로 휘둘렀다. 호랑이는 머리를 붙잡히자 놀라고 화가 나서 주인도 알아보지 못하고 이빨을 드러내 으르렁거리며 발톱으로 마구 할퀴었다. 사백위와 사소첩은 자신이 항상 데리고 다니던 호랑이에게 물리고 할퀴어져 온통 상처투성이가 되었다. 곽양은 옆에서 박수를 치며 좋아했다.

"신조협, 대단하네요! 아저씨들, 패배를 인정하세요."

양과는 곽양을 흘깃 보며 생각했다.

'저 낭자는 대체 어느 편이야? 아까는 표범과 친한 척하고, 서산 일굴귀에게도 친절하더니 이제는 나를 도와주는 말을 하는군.'

한편 사숙강은 가까스로 숨을 두 번 내쉬고는 기를 통하게 했다. 다행히 내상은 입지 않았다.

'진짜 무공을 겨룬다면 우리 다섯 형제는 상대도 되지 않겠군.'

그는 둘째 형과 넷째 아우가 여전히 무기를 들고 공격할 틈을 노리고 있는 것을 보고 황급히 소리쳤다.

"어서 무기를 버려요! 상황 판단을 해야지……."

사중맹은 이 소리를 듣고 즉시 강관을 거두었으나, 사계강은 원래 하룻강아지 범 무서운 줄 모르고 날뛰는 성격이라 막무가내였다.

'상황 판단을 하라니? 내 동저에 얻어맞아 나가떨어지는 모습을 보여줄 테다.'

그는 양손으로 동저를 움켜쥐고 휙, 소리를 내며 양과의 머리를 내리쳤다. 이것은 거상개산巨象開山이라는 초식으로 거대한 코끼리가 긴 코로 내리치는 자세를 응용한 것이다. 내부가 철로 채워진 그의 동저는 코끼리 코 같은 모양으로 앞은 가늘고 뒤로 갈수록 굵으며 약간 휘어져 있어서 이와 같은 초식에 안성맞춤이었다. 그러나 양과는 피하지 않았다. 그는 호랑이를 던지고 왼쪽 손으로 코끼리 코 모양의 동저 앞을 붙잡았다.

"누구 힘이 더 센지 한번 겨뤄봅시다!"

사계강은 전력을 다해 동저를 아래로 눌렀다. 그러나 아무리 힘을 주어도 동저는 양과의 머리 위에서 꼼짝도 하지 않았다. 그때 사숙강이 소리쳤다.

"넷째 아우, 무례를 범하지 마!"

사계강은 손을 거두려고 했으나 양과에게 잡힌 동저는 마치 녹이 슬어 붙어버린 것처럼 꼼짝도 하지 않았다. 사계강은 하는 수 없이 다시 힘을 주면서 내리눌렀다. 사계강의 힘이 예사롭지 않자 양과도 이

대로는 안 되겠다 싶었다.

'내가 신공을 보여주지 않으면 이 힘만 센 하룻강아지가 굴복하지 않겠구나.'

양과는 서서히 내공을 주입시켰다. 그 힘은 정확히 동저 중간에 모아졌다. 그 힘이 너무 강해서 사계강은 손을 놓을 수밖에 없었으나 포기하지 않고 죽을힘을 다해 동저를 눌러댔다. 그러자 코끼리 코만 한 굵기의 동저가 완전히 구부러졌다.

"훌륭하군!"

양과는 탄성을 내뱉고 이번에는 위로 힘을 바꾸었다. 그러자 동저가 아까와는 반대로 구부러지더니 아예 뚝, 하고 부러져버렸다. 사계강은 그 힘에 두 손이 찢어지며 피가 흘러내렸다.

양과는 호탕하게 웃으며 반으로 동강 난 동저를 아무렇게나 날려보냈다. 동저는 눈밭에 직선으로 깊이 꽂히더니 눈 속에 묻혀버렸다. 쌓인 눈은 일 척 정도밖에 되지 않았으나 삼 척이나 되는 동저가 눈속에 박혀 보이지 않았다. 상황이 이렇게 되자 사숙강과 사소첩 등은 맹수들을 멈추게 하려고 이리저리 뛰어다녔다. 그러나 사람 피를 본 맹수들은 이미 야성이 발작해 쉽게 멈추지 않았다.

양과는 곽양에게 손가락으로 귀를 막으라는 시늉을 했다. 곽양은 영문도 모른 채 일단 양과의 손짓대로 귀를 막았다. 양과는 크게 심호흡을 하고 장소를 내질렀다. 그러자 용이 울부짖는 듯한 소리가 하늘을 울렸다. 곽양은 귀를 막고 있었는데도 그 소리에 가슴이 울렁거리고 정신이 혼미해져 제대로 서 있을 수조차 없었다. 다행히 어릴 때부터 부친에게 현문정종의 내공을 전수받아서 부족하긴 했지만 기초는 보통 고수들만

225

큼 탄탄했다. 그래서 양과의 소리를 듣고도 쓰러지지 않았다.

소리가 끊어질 듯 끊이지 않고 계속 이어지자 모두들 낯빛이 노랗게 변했고, 짐승들이 잇달아 픽픽 쓰러졌다. 서산 일굴귀와 사씨 형제들도 쓰러졌는데 유독 사숙강만은 간신히 버티고 서 있었다. 신조는 사방을 둘러보며 아주 위엄 있는 모습으로 서 있었다.

양과는 부상당한 자들의 내공이 얕아서 심한 내상을 입을지도 모르니 소매를 떨치고는 곧 소리를 멈추었다. 잠시 뒤, 사람들과 맹수들이 천천히 일어났다. 담비, 늑대 같은 작은 짐승들은 여전히 정신을 차리지 못하고 여기저기에 오줌을 갈겼다. 정신을 차린 맹수들은 사씨 형제의 지시가 없는데도 잇달아 꼬리를 숨기고는 뒤도 돌아보지 않고 숲속으로 도망쳤다. 사씨 형제와 서산 일굴귀는 평생 처음 보는 고강한 무공에 놀라 입도 벙긋하지 못한 채 멍하니 서 있기만 할 뿐이었다.

양과가 앞으로 나서며 정중하게 말했다.

"사씨 형제분들은 제 무례를 용서하십시오. 저는 서산 일굴귀와 선약이 있어 잠시 멈추라고 한 것뿐입니다. 제 일이 끝난 후 다시 싸우시기 바랍니다."

그런 뒤 양과는 살신귀煞神鬼에게 말했다.

"자, 이제 우리의 약속을 이행합시다. 하나씩 덤빌 거요? 아니면 열 명이 한꺼번에 덤빌 거요?"

살신귀는 양과의 휘파람 소리에 놀라 겨우 일어나기는 했지만, 아직도 정신이 얼떨떨한 상황이라 뭐라 대답할 말을 찾지 못했다. 그때 장수귀가 코가 땅에 닿도록 절을 하며 말했다.

"신조대협, 우리의 보잘것없는 무공으로 어찌 대협과 겨루겠습니까? 서산 일굴귀가 어찌 감히 상대나 될 수 있겠습니까? 저희의 생명을 구해주셨으니 앞으로 어떤 명이라도 받들겠습니다. 불 속에라도 뛰어들 각오가 되어 있으니 저희 형제들에게 산서로 물러나라 하신다면 잠시도 지체하지 않고 즉시 떠나겠습니다."

양과는 그의 얼굴을 보고 의혹을 떨쳐버리지 못했다.

"혹시 성이 번樊이고 이름이 일옹—翁이 아닙니까?"

장수귀는 바로 절정곡 공손지의 수제자 번일옹이었다. 그는 양과 덕분에 겨우 목숨을 부지하고 칩거하고 있다가 강호로 들어와서 서산 일굴귀의 수장이 된 것이다. 번일옹은 양과가 인피 가면을 쓰고 있었기에 알아보지 못했다.

"제가 바로 번일옹입니다. 신조대협께서는 무슨 명이든지 말씀만 하십시오."

양과는 미소를 머금으며 손을 들었다.

"무슨 그런 말씀을 하십니까? 여러분이 제 말만 들어주시면 산서 경계로 물러날 필요는 없습니다. 살신귀 노형께서는 먼저 네 명의 첩을 집으로 돌려보내십시오."

"알겠습니다."

살신귀는 대답을 한 후 잠시 망설이다가 말했다.

"그런데 첩들이 가지 않으려 하면 제가 몽둥이로 때려서라도 돌려보내야 할까요?"

양과는 순간 한 생각이 떠올랐다. 예전 살신귀의 처와 첩들이 그를 살려달라고 애걸했으니 정말로 살신귀를 사랑하고 있는지도 몰랐다. 만약 그녀들이 원해서 함께 사는 것인데 자신의 명 때문에 살신귀가 억지로 첩들을 쫓아 보낸다면 오히려 여자들의 마음에 상처 주는 것이 아닌가.

"그럴 필요는 없습니다. 만약 떠나기를 원한다면 억지로 붙잡아두어서는 안 되지만, 같이 있고 싶어 한다면 함께 살아야지요. 노형을 진심으로 사랑한다는 말이니까요. 첩들에게 잘 대해주십시오. 그런데 다시 첩을 넷이나 더 두려고 한다 하셨는데 그 말이 진심입니까?"

살신귀는 고개를 푹 숙였다.

"부끄럽습니다. 제 첩년들이 난리를 치는 바람에 신조대협의 마음을 어지럽혔고, 하마터면 저희 형제들의 목숨까지 위험할 뻔했습니다. 참으로 후회막급입니다. 앞으로는 절대 경거망동하지 않을 것입니다. 제가 또 그런다면 이제는 저의 대형께서도 절대 용서치 않으실 것입니다."

이 말을 듣고 모두들 한바탕 시원하게 웃었다.

"좋습니다. 그럼 제 일은 해결되었으니 이제 여러분들은 다시 싸움을 시작하시지요."

양과는 신조와 함께 옆으로 물러나서 뒷짐을 지고는 사씨 형제와 서산 일굴귀의 대결을 기다렸다.

번일옹은 팔짱을 끼고 앞으로 나와 사백위에게 말했다.

"서산 일굴귀가 귀장을 멋대로 들어와서 엉망진창으로 만들었습니다. 그러나 오늘은 여기서 끝내시지요. 만약 양주로 가신다면 저희가 다시 찾아뵙도록 하겠습니다."

사백위는 번일옹의 공손한 말투 속에 담겨 있는 말뜻을 알아차렸다. 즉 복수를 하러 오겠다는 의미였다.

"우리 형제들이 양주에서 기다리지요. 만약 셋째 아우가 결국 병을 고치지 못한다면 어찌 그 뿌리 깊은 원한을 두고 보겠습니까? 그렇게 되면 여러분이 양주로 오시지 않아도 저희 네 형제가 찾아갈 것입니다."

번일옹은 영문을 알 수 없었다.

"셋째 형제분은 원래 병을 앓고 있었는데, 그 일과 저희가 무슨 관련이 있단 말씀입니까?"

사백위는 순간 분노로 얼굴이 벌겋게 달아올라 소리쳤다.

"우리 셋째 아우는……."

사숙강이 옆에서 길게 한숨을 쉬며 말을 끊었다.

"큰형님, 서산 일굴귀가 일부러 그런 것은 아니지 않습니까? 제 명이 여기까지인 것을 어찌 남을 탓하겠습니까? 괜한 원수를 만들지 맙시다."

"그래도 기회가 있었는데……."

사백위는 겨우 분노를 가라앉힌 후 번일옹에게 포권의 예를 취했다.

"청산은 변하지 않고 녹수는 유유히 흐르니 다음에 만날 날이 있겠지요."

그러고는 양과를 돌아보았다.

"신조대협, 저희 형제가 30년을 더 연마한다 해도 대협의 적수가 되지는 못할 것입니다. 기꺼이 저희의 패배를 인정합니다. 앞으로는 대협께서 가시는 곳은 저희가 알아서 피해드릴 것입니다."

양과가 웃으며 답했다.

"무슨 그런 말씀을 하십니까."

"가자!"

사백위가 사숙강의 팔을 부축하며 길을 재촉했다. 그러나 번일옹은 사씨 형제의 말에 의혹을 풀 수 없었다.

"대형, 잠시만 멈추십시오. 셋째 형제분께서는 저희가 일부러 그런 것은 아니라고 하셨는데, 그렇다면 저희가 귀장을 멋대로 침입한 것 외에 다른 잘못을 범했다는 말씀입니까? 만약 저희 잘못이 있었다면 목이 잘려도 할 말이 없을 것입니다. 하물며 어찌 사죄를 못 하겠습니까?”

사백위는 아까 서산 일굴귀가 맹수들에게 포위되었어도 용맹을 떨치던 모습을 생각하며 이들이 죽음을 두려워하지 않는 사내대장부일 뿐 아니라 사리도 분명한 사람들이라고 생각했다.

“구미영호를 쫓아버려서 셋째 아우는 이제 치료할 방법이 없게 되었습니다. 천 번 만 번 절을 하며 사죄한다 하더라도 무슨 소용이 있겠습니까?”

번일옹은 깜짝 놀랐다. 사씨 형제들이 맹수를 이끌고 작은 여우 한 마리를 쫓던 것이 생각났다. 괜한 트집이 아니라 그 작은 여우 한 마리가 굉장히 중요한 모양이었다.

“여우가 그렇게 중요하다고요? 셋째 형제분의 건강과 관련이 있다면 모두가 합심해서 잡으면 되지 않습니까? 그런 작은 여우 한 마리 잡는 게 뭐 그리 대수겠습니까?”

살신귀의 말에 사계강이 소리쳤다.

“구미영호를 잡아주기만 한다면 우리 형제들은 백 번 절을 올리겠습니다. 아니 천 번이라도 절을 하겠습니다.”

그러더니 사계강의 목소리가 점점 흐느낌으로 변했다.

‘사씨 형제들은 맹수를 잘 다루는 것으로 천하제일인데 이렇게 어렵다고 말하니 다른 사람들은 희망이 없겠구나.’

번일옹은 이렇게 생각하면서 자신도 모르게 양과를 쳐다보았다. 그때 곽양이 끼어들었다.

"그러지 말고 신조협에게 도와달라고 하세요."

그 말을 듣고 사중맹이 속으로 무릎을 쳤다.

'맞아! 신조협의 무공이 깊이를 알 수 없을 정도로 오묘하니 방법이 있을지도 모른다.'

그러나 그는 일부러 코웃음을 쳤다.

"흥! 낭자가 뭘 안다고 나서시오? 하늘에서 신선이 내려온다면 모를까 이 세상에 누가 구미영호를 잡을 수 있겠소?"

양과는 사중맹이 일부러 자신을 자극하기 위해서 한 말이라는 것을 알고 미소를 지었다. 곽양이 말했다.

"구미영호가 왜 그렇게 귀한 건가요? 한번 말해보세요."

사중맹이 한숨을 내쉬며 대답했다.

"몇 년 전 셋째 아우가 양주에서 억울한 일을 당하는 사람을 보고 도와주려다가 상대의 함정에 빠져 그만 중상을 입고 말았습니다."

"셋째 형제분의 무공이 그렇게 높은데 누가 중상을 입혔단 말이에요?"

곽양이 놀라서 묻자 사숙강이 고개를 흔들며 대답했다.

"괜한 과찬이십니다. 저의 보잘것없는 무공에 그리 칭찬을 하시니 신조대협께서 웃으시겠습니다."

"셋째 아우에게 부상을 입힌 건 곽도라고 하는 몽고 왕자였습니다. 몽고 제일호국대사인 금륜국사의 제자라고 하더군요."

사중맹의 말에 양과가 고개를 끄덕였다.

'곽도 왕자였군. 그자라면 그런 무공을 지니고 있지.'

양과를 가만히 쳐다보고 있던 곽양이 재촉했다.

"신조대협! 몽고 왕자를 찾아가서 사씨 형제분들의 복수를 해주세요."

사중맹이 말했다.

"이 일은 신조대협께 누를 끼치지 않아도 됩니다. 다만 셋째 아우의 내상은 지금 구미영호 피로만 치유할 수 있으니 빨리 찾으려는 겁니다. 아우의 내상을 치유하면 찾아가서 정정당당하게 복수를 할 것입니다."

곽양은 자신의 일이라도 된 듯 마음이 조급해졌다.

"그럼 어서 찾으러 가요."

사중맹은 난처한 표정을 지었다.

"그리 쉽게 찾을 수 없는지라……. 구미영호는 백수 중에 가장 희귀하고 영민한 동물이지요. 저희 다섯 형제가 거의 1년을 찾아 헤맨 끝에 겨우 진남晉南에서 발견했습니다. 구미영호는 서북 3,000리 정도 되는 한 늪에 살고 있었는데……."

살신귀가 놀란 눈을 뜨고 물었다.

"그 늪이라면 흑룡담黑龍潭을 말하십니까?"

"맞습니다. 여러분께서는 진남에 오래 사셨으니 아실 테지요. 흑룡담은 사방 수십 리가 모두 진흙 늪이라 사람이건 짐승이건 한번 빠지면 헤어나오지를 못합니다. 우리는 온갖 노력을 기울여 가까스로 구미영호를 이 산으로 유인해낼 수 있었습니다."

살신귀는 그제야 사건의 전말을 깨달았다.

"아, 그래서 우리를 숲으로 들어오지 못하게 했군요."

"그렇습니다. 저희는 사실 진남의 터줏대감도 아닌데 함부로 점령해서 여러분을 못 들어오게 했으니 실례를 저지른 거지요. 하지만 어쩔 수 없었습니다. 사방에 맹수를 배치하고 이제 그 여우를 사로잡는 게 시간 문제 같아 보였는데, 뜻밖에 여러분께서 숲에 불을 지른 것입니다. 맹수들이 놀라 날뛰는 사이에 간신히 유인해온 여우가 도망가고 말았습니다. 그 여우가 얼마나 신출귀몰한지는 여러분도 보셨지요? 결국 여우가 자신의 동굴로 돌아가버렸으니 다시는 꾀어내지 못할 것입니다. 셋째 아우의 내상은 날로 위독해지는데 정말 안타까운 일이지요. 그래서 행동도 거칠었고 말도 그렇게 무례했으니 여러분께서 이해해주십시오."

사중맹은 다시 한번 포권의 예를 취하며 양해를 구했다. 그러면서도 그의 눈은 양과를 보고 있었다. 서산 일굴귀도 이제 완전히 그들에게 우호적이 되었다. 살신귀가 말했다.

"저희 서산 일굴귀가 사죄를 해야 마땅하겠군요. 그럼 그 여우를 어떻게 유인하셨습니까?"

"여우는 의심이 많아 함정에 빠뜨리는 것이 참으로 어렵습니다. 그래서 저희는 1,000마리가 넘는 닭을 하루 한 마리씩 구워서 그 냄새가 흑룡담에 퍼지게 했지요. 두 달 넘게 그렇게 하다가 경계심을 누그러뜨린 후 천천히 이 숲으로 꾀어낸 겁니다. 그런데 일이 이렇게 되었으니 이젠 10년이 지나도 다시는 함정에 빠지지 않을 겁니다."

"우리가 흑룡담에 들어가서 잡으면 안 되겠습니까?"

번일옹의 말에 사중맹이 대답했다.

"흑룡담은 깊고 넓은 늪입니다. 제아무리 뛰어난 경공술을 지녔다 해도 늪 위를 장시간 걸어갈 수는 없습니다. 그 구미영호는 발바닥이 넓고 몸이 민첩해 늪 위를 자유롭게 건너다닐 수 있으니 어찌 잡겠습니까?"

곽양은 순간 집에서 키우던 수리 두 마리가 생각났다. 양과의 신조가 몸집이 두 배나 크니 두 사람도 태울 수 있을 것 같았다. 곽양은 눈빛을 반짝이며 양과를 돌아보았다.

"신조대협! 도와줄 마음만 있으면 방법이 있어요."

양과가 대소를 터뜨리며 말했다.

"어린 아가씨, 사씨 형제는 맹수를 다루는 데 천하제일이신 분들이야. 그분들도 속수무책인데 내가 무슨 수로 할 수 있겠어? 무슨 방법인지 고견을 한번 들어볼까?"

"수리 위에 타면 흑룡담을 건널 수 있잖아요?"

양과는 고개를 저었다.

"내 수리는 보통 조류와 달라 몸집이 너무 커서 날 수가 없어. 날개로 호랑이를 쓸어버릴 수는 있지만 날지는 못하니 그 방법으로는 안 돼."

사중맹은 양과의 말투에서 도와주겠다는 뜻을 읽었다. 자신의 형제가 생사의 갈림길에 놓여 있는데 더 이상 뭘 더 따지겠는가? 그는 무릎을 꿇고 양과에게 절을 올렸다.

"신조대협, 제 아우의 목숨이 경각에 달려 있습니다."

사백위, 사계강, 사소첩도 일제히 무릎을 꿇었다.

"신조대협, 부디 살려주십시오."

"이러지 마십시오."

그는 얼른 그들을 일으키고는 잠시 생각에 잠겼다가 입을 열었다.

"장담은 못 하지만 한번 힘을 써보겠습니다. 성공하지 못해도 너무 탓하지는 마십시오."

그 말을 듣고 사씨 형제들의 얼굴에 화색이 돌았다. 천하에 명성이 자자한 신조협이 한 약속이니 분명 방법이 있을 것 같았다. 만약 신조협마저 하지 못한다면 아우의 명은 여기까지인 것이다. 사백위는 다시 여러 차례 절을 올렸다.

"신조대협의 아량에 감사드립니다. 대협과 서산 형제분들께서는 저희 거처에서 잠시 쉬시면서 계획을 의논해보는 게 어떠신지요?"

"저희의 잘못으로 이런 난동이 일어났으니 어떤 일이든지 도움이 되고 싶습니다."

번일옹의 말에 사백위가 정색을 표했다.

"그렇게 말씀하시니 마치 오랜 친구가 된 기분입니다."

서산 일굴귀와 사씨 형제들은 싸우면서 상대방의 높은 무공에 감탄했다. 양쪽 모두 원한이 없고 그저 단순한 실수로 인한 싸움인지라 몇 마디 겸손한 말을 주고받자 서로 흉금을 터놓는 사이가 되었다. 양과는 이들의 정담을 들으며 미소를 지었다. 그는 자리에서 일어났다.

"그럼 저는 먼저 흑룡담으로 가겠습니다. 되든 안 되든 한번 해보고 귀장으로 오겠습니다."

서산 일굴귀와 사씨 형제들은 신조협이 항상 혼자 움직인다는 것을 들어온 터라 도와주고 싶은 마음은 굴뚝같았지만 그를 따라가지 않았다. 양과는 모두에게 포권의 예를 취한 뒤 북쪽으로 향했다.

'난 신조대협을 보기 위해 왔고 드디어 만났어. 비록 모습은 추하지만 정의로운 대협이 너무 좋아졌어. 아, 그는 참으로 대협이라는 이름에 걸맞은 사람이야.'

곽양은 이런 생각을 하며 양과가 어떻게 구미영호를 잡을지 호기심이 일었다. 그녀는 몰래 양과의 뒤를 밟았다. 대두귀는 그런 곽양을 보고 부르려다가 곧 그만두었다.

'저 낭자는 신조협을 만나러 왔지? 분명 뭔가 할 말이 있을 거야.'

사씨 형제들은 곽양이 누구인지 모르는 터라 그녀가 뒤따라가는 것을 보고도 아무 말도 하지 않았다.

곽양은 들키지 않으려고 멀찍이 따라갔다. 그런데 양과의 걸음이 점점 빨라졌다. 신조도 양과 옆에서 큰 발걸음을 떼는데 마치 말이 달리는 듯 빨랐다. 순식간에 곽양과 양과의 거리가 수십 장으로 벌어졌다. 양과는 소매를 펄럭이며 눈 위를 천천히 걷는 듯 보였지만 속도는 무척 빨랐다. 곽양과의 거리는 갈수록 멀어졌다. 곽양은 가문에서 전수한 경공술로 전력을 다해 쫓아갔지만 눈 깜짝할 사이 양과와 신조가 저 멀리 두 개의 점으로 보였다. 곽양은 급한 마음에 숨을 헐떡이며 소리 질렀다.

"저기요! 좀 기다려줘요!"

그 순간 발이 휘청하더니 눈밭으로 곤두박질쳤다. 곽양은 급한 마음에 부끄러움도 잊고 그만 어린아이처럼 울음을 터뜨렸다.

그때 부드러운 음성이 귓가를 울렸다.

"왜 울어? 누가 괴롭혔니?"

고개를 들어보니 바로 신조대협이었다. 언제 이렇게 빨리 돌아왔는지 곽양은 놀라고 기쁜 마음에 반색을 했다. 그러다가 괜스레 부끄러워 고개를 숙이고 눈물을 닦으려고 손수건을 찾았다. 그런데 소매 속에 넣어둔 손수건이 없었다. 양과는 호주머니에서 손수건을 꺼내 엄지와 식지로 들고는 웃으며 말했다.

"이걸 찾는 거지?"

곽양이 보니 바로 자신이 직접 귀퉁이에 작은 꽃을 수놓은 손수건이 틀림없었다.

"맞아요. 절 괴롭힌 사람이 바로 대협이었군요."

"내가 언제 너를 괴롭혔다고 그러니?"

"내 손수건을 훔쳐갔으니 날 괴롭힌 게 아니고 뭐예요?"

양과는 어이가 없어 웃음이 나왔다.

"네가 땅에 떨어뜨린 걸 주워주는데 훔쳤다고 말하는구나?"

곽양은 눈을 살짝 흘겼다.

"제 앞에서 가고 있는 사람이 어떻게 주울 수 있단 말이에요? 분명히 제 걸 훔친 거라고요."

양과가 그녀의 앞에 가고 있었던 것은 사실이었다. 그러나 그는 곽양이 뒤따라오고 있는 것을 진작 알고 있었다. 그래서 일부러 걸음을 빨리해 경공을 시험해본 것이다. 그 결과 곽양이 비록 나이는 어리지만 무공은 분명 명문가에서 전수받은 것이란 걸 알았다. 그러던 차에 곽양이 눈밭에 넘어지자 급히 돌아왔고, 그때 곽양의 뒤에 떨어진 손수건을 빠른 경공을 이용해 주웠던 것이다.

"그렇게 억지를 쓰는 넌 왜 날 따라왔지? 네 이름은 뭐야? 존사는 누구시냐?"

양과가 웃으며 말하자 곽양이 즉시 반문했다.

"대협의 존함은 뭐예요? 먼저 말씀해주시면 저도 대답할게요."

양과는 난감해졌다. 10여 년 동안 자신의 진짜 얼굴을 보인 적이 없었는데, 지금 이 어린 낭자 앞에서 진면목을 드러낼 것인가. 양과는 자신의 이름을 밝히고 싶지 않았다.

"얘기하고 싶지 않으면 그만두어라. 손수건을 돌려주마."

양과는 손수건을 가볍게 던졌다. 그러자 손수건이 활짝 펴지며 공중에서 펄럭이더니 정확히 곽양 앞으로 떨어졌다. 곽양은 손수건을 집어 들었다.

"이게 무슨 무공이에요? 저도 배우고 싶어요."

양과는 자신의 무서운 얼굴을 전혀 두려워하지 않는 천진난만한 곽양의 모습을 보고 한번 골려주고 싶다는 생각이 들었다.

"나한테 무공을 배우겠다고? 간도 크구나! 내가 무섭지도 않느냐? 널 해칠 수도 있어."

양과는 버럭 고함을 지르며 성큼 앞으로 다가가서 손을 들어 공격 자세를 취했다. 곽양은 순간 움찔 놀라며 뒤로 물러섰으나 곧 피식 웃고 말았다.

"하나도 겁 안 나요! 정말 날 해치겠다면 왜 먼저 해치겠다는 말을 하겠어요? 신조대협의 의협심이 세상에 널리 알려져 있는데 나 같은 어린아이를 해치겠어요?"

원래 산속에서 은거하며 사는 기인은 다른 사람의 칭찬에 좌지우지되지 않는다. 양과 또한 아부를 좋아하지는 않지만 진심으로 자신을 존경하는 곽양의 말에 절로 웃음을 머금었다.

"넌 나를 잘 모르면서 어찌 해치지 않을 거라고 생각하느냐?"

"그동안은 대협을 잘 몰랐어요. 그러나 어젯밤 풍릉 나루터에서 대협에 대해 사람들이 하는 말을 들었어요. 그런 영웅이라면 꼭 만나보고 싶어서 대두귀를 따라온 거예요."

양과는 고개를 끄덕였다.

"그랬군. 날 봤으니 이제 얼굴이 명성보다 훨씬 못하다는 걸 알겠지?"

"아니에요, 아니에요! 대협이 영웅이 아니라면 세상에 누가 영웅이겠어요?"

곽양은 말을 하고는 자신의 말이 잘못되었다고 생각했다. 그건 자신의 부친이 양과보다 못하다는 말이 아닌가. 그래서 다시 덧붙였다.

"물론 대협 말고도 세상에 유명한 영웅호걸이 몇 분 계시긴 하지만……."

'열 몇 살밖에 되지 않은 어린아이가 당대의 영웅을 몇 명이나 알고 있다고?'

양과는 이런 생각을 하며 질문을 던졌다.

"네가 영웅호걸을 몇 분이나 알고 있는데?"

곽양은 자신을 무시하는 듯한 양과의 말투에 발끈했다.

"그럼 내가 대볼 테니까 제 말이 맞으면 구미영호를 잡는 데 데리고 가주시는 거예요?"

"그러자꾸나. 어디 한번 말해보거라."

"좋아요. 그 첫 번째가 자신의 목숨을 돌보지 않고 몽고에 저항해 양양성을 지키며 백성을 보살피고 계신 분이죠. 이분이야말로 영웅이 아니겠어요?"

양과는 엄지손가락을 치켜올리며 말했다.

"맞다. 곽정 대협이야말로 진정한 영웅이시지."

"또 여자 영웅이 있지요. 부군을 도와 함께 성을 지키며 훌륭한 계책을 짜내는 분이시죠. 그분도 영웅이시죠?"

"곽 대협의 부인 황 방주를 말하는구나? 음, 그래. 실로 뛰어난 여걸이시지."

"또 한 분 나이 드신 영웅이 계시죠. 오행술에 뛰어나고 귀신처럼 예측을 불가능하게 하시는 분. 그분의 탄지신통은 천하제일이죠."

"도화도주 황약사시구나. 무림의 선배님으로 항상 존경해왔다."

곽양은 자신이 말한 세 사람을 양과가 흔쾌히 인정해주자 우쭐해졌다.

"또 한 분이 더 계셔요. 개방을 이끌며 악인을 물리치고 나라와 백성을 돕는 분이시죠. 이분도 영웅이시죠?"

"노유각, 노 방주를 말하느냐? 무공은 별로지만 악인을 물리치고 나라와 백성을 돕는다는 말은 틀림이 없지. 뛰어난 분이시다."

곽양은 자신이 언급하는 사람들을 다 아는 양과에게 더 이상 말할 사람이 없어졌다.

'더 이야기했다간 틀리겠어. 그리고 아버지, 어머니, 외할아버지, 노유각 아저씨 말고는 생각이 나지 않아.'

양과는 머뭇거리는 곽양의 모습을 보고 생각했다.

'백부님, 백모님, 황 도주, 노 방주 네 분은 모두 천하가 아는 영웅이야. 이 아이가 그 이름을 대는 것은 상식이라 할 수 있지.'

"한 사람만 더 말해서 옳다고 여겨지면 너를 데리고 흑룡담에 가마."

곽양은 형부인 야율제를 말하려다가 그가 무공은 높지만 영웅은 되지 못한다고 생각했다. 무돈유, 무수문 형제들은 더욱 가당치 않았다. 순간 머리에 번뜩 한 사람이 떠올랐다.

"맞다, 또 한 분이 있어요. 강자를 물리치고 약자를 돕는 분으로 모두 칭찬이 자자하죠. 신조대협! 이분이 영웅이 아니라고 한다면 그건 억지겠지요."

양과는 어이가 없어 웃음이 나왔다.

"참, 할 말이 없구나."

"그럼 저를 데리고 가주시는 거죠?"

"네 입으로 내가 영웅이라는데 영웅이 어찌 어린 낭자와의 약조를 저버릴 수 있겠느냐? 함께 가자."

곽양은 너무 기뻐 오른손으로 양과의 왼손을 꽉 잡았다. 그녀는 어릴 때부터 양양성의 호걸들과 허물없이 어울렸다. 그들은 곽양을 조카딸처럼 친하게 대했고, 그 때문에 그들 사이에는 남녀 간의 감정이 전혀 없었다. 그래서 너무 기쁜 나머지 양과를 전혀 남으로 대하지 않고 서슴없이 손을 잡았던 것이다.

양과는 작고 부드러운 아이의 손이 자신의 왼손에 닿자 깜짝 놀라 손을 빼려 했다. 그러나 예의가 아닌 것 같아 곁눈으로 쳐다보니 곽양은 기뻐서 팔짝 뛰며 그를 전혀 의식하지 않았다. 양과는 미소를 짓고는 손가락으로 북쪽을 가리키며 말했다.

"흑룡담은 저기 있다. 금방 도착할 거야."

그러면서 자연스럽게 곽양의 손을 풀었다. 양과는 소싯적에는 말과 웃음이 많은 편이었으나 소용녀와 헤어진 후에는 말수가 줄어들었다. 10여 년 동안 강호를 떠돌아다니며 젊은 여자를 만나기도 했으나, 그는 도학을 하는 자들보다 더욱 예를 지켰고 남녀 사이의 정에 얽매이지 않도록 최대한 주의를 기울였다. 비록 순진무구한 어린 소녀의 손이었지만 10여 년 동안 감정을 절제하는 것에 익숙해서 손을 금세 빼게 된 것이다. 그러나 곽양은 이런 양과의 심정을 전혀 눈치채지 못하고 그저 즐거운 표정만 지었다. 곽양은 신조의 생김새가 비록 추하기는 했으나 이를 조금도 개의치 않고 등을 쓰다듬고 날개를 잡았다. 그러나 신조는 두 날개를 퍼덕거리며 곽양의 손을 뿌리쳤다. 곽양은 놀라서 비명을 지르며 물러났다.

"수리 형! 화내지 말아요. 어린 낭자에게 이렇게 대할 필요는 없잖아요."

곽양은 혀를 날름거리고는 양과의 오른쪽으로 바짝 붙어 다시는 신조 근처에 가까이 가지 않았다.

어느덧 두 사람은 흑룡담에 이르렀다. 흑룡담은 원래는 큰 호수였으나 오랜 세월 동안 물이 마르고 진흙이 쌓여 지금은 늪지대로 변해 있었다. 그곳은 사방이 7~8리나 되었지만 풀 한 포기 자라지 않아 멀리서도 쉽게 찾을 수 있었다. 넓은 늪에는 흰 눈이 쌓여 있어서 그 깊이가 어느 정도인지 가늠할 수 없었다. 늪 중간쯤에 잎이 다 떨어진 나무가 우거져 있고, 눈이 덮여 있는 것으로 보아 그곳에 구미영호가 숨어 있는 듯했다.

양과는 조금 큰 나뭇가지를 꺾어 늪 속에 던져보았다. 나뭇가지는 처음에는 눈 위에 머물러 있다가 잠시 뒤 천천히 늪 속으로 빠져들더니 결국은 흔적도 없이 사라졌다. 곽양은 놀라지 않을 수 없었다.

'나뭇가지처럼 가벼운 것도 저렇게 흔적도 없이 빠져버리는데 우리가 어떻게 건너갈 수 있을까?'

곽양은 망연자실하여 양과를 바라보았다. 양과는 뭔가가 생각난 듯 바지런히 움직였다. 그는 오 척 정도 길이의 나뭇가지 두 개를 꺾어 잔가지를 쳐내고는 그것을 발밑에 묶었다. 그런 뒤 훌쩍 몸을 날려 바람처럼 늪 위를 미끄러져 갔다. 그는 왼쪽, 오른쪽, 동쪽, 서쪽을 이리저리 다니며 늪을 한 바퀴 돈 후 다시 돌아왔다.

곽양은 손뼉을 치며 좋아했다.

"대단해요! 멋져요!"

곽양은 부러움이 가득한 눈으로 양과를 쳐다보았다. 그녀도 늪에 들어가서 구미영호를 잡고 싶었지만 양과를 따라 할 수는 없었다. 양과가 웃으며 말했다.

"함께 구미영호를 잡겠다고 약속했는데 겁이 나니?"

곽양은 가볍게 한숨을 내뱉었다.

"겁이 나는 게 아니라 능력이 안 되는 거예요."

"능력이란 노력 여하에 딸린 거야."

양과는 미소를 지으며 사 척 정도 길이의 나뭇가지를 꺾어서 곽양에게 주었다.

"이걸 네 발밑에 묶어."

곽양은 얼른 나뭇가지를 받아 발밑에 꽁꽁 동여맸다.

"자, 나와 함께 나가보자. 몸을 앞으로 기울이되 다리에는 전혀 힘을 주지 마."

양과가 손을 잡아끌자 곽양의 몸이 저절로 늪으로 미끄러져 들어갔다. 처음에는 놀라고 두려웠지만 조금 지나자 몸이 바람을 탄 것처럼 가벼워졌다.

"와! 재미있어요!"

곽양은 신이 났다. 그렇게 늪 위를 미끄러져 가고 있는데 양과가 돌연 정색을 했다.

"어!"

"왜 그래요?"

곽양이 잠시 앞을 쳐다보는데, 순간 발아래가 묵직해지더니 왼쪽 발등에 진흙이 묻었다. 곽양은 놀라 소리쳤다.

"악!"

양과는 곽양을 한 손으로 끌어 올렸다.

"계속 움직여! 한시도 정지해서는 안 돼. 명심해."

"알았어요. 근데 뭘 본 거예요? 구미영호를 봤어요?"

"아니야. 저 가운데에 사람이 사는 것 같아."

"이런 곳에 사람이 산다고요?"

"나도 모르겠어. 근데 이 풀 더미의 배치가 이상해. 자연스럽게 놓인 게 아니야."

두 사람은 풀 더미와 나뭇가지가 놓인 곳으로 가까이 다가갔다. 자세히 살피던 곽양이 조용하게 말했다.

"맞아요. 을목乙木은 동쪽에, 병화丙火는 남쪽에, 술토戌土는 중간에 있는데, 북쪽은 계수癸水가 아니고 경금庚金의 형상이네요."

곽양은 어릴 때부터 어머니에게 음양오행술을 듣고 익혀서 조금은 알고 있었다. 그녀는 성격이 활달하고 솔직한 언니인 곽부보다 훨씬 총명했다. 황용은 자주 이런 말을 하곤 했다.

"네 외조부가 너를 봤다면 눈에 넣어도 아프지 않을 만큼 사랑하셨을 거다."

황약사는 의술과 점, 별자리, 금琴, 서書, 그림, 바둑, 병법에 이르기까지 모든 잡학에 능했다. 곽양은 어릴 때부터 그런 외조부의 성향을 물려받았는지 여러 가지에 두루 관심이 많아서 오히려 무공의 진전이 느린 편이었다. 그리고 고집이 세고 종종 뜻밖의 대담한 행동으로 사람들을 놀라게 하곤 했다. 그래서인지 곽양은 집에서 '소동사小東邪'라고 불렀다. 이번에도 금비녀로 술을 사서 손님들을 대접하더니 생판 모르는 대두귀를 따라 신조협을 만나러 나섰고, 또 처음 보는 신조협과 구미영호를 잡겠다며 함께 나선 것도 그녀의 독특한 성격의 일면이었다. 이런 대담하고 거침없는 성격은 예전의 황용이나 곽부와 비교할 바가 아니었다.

양과는 곽양이 풀과 나뭇가지의 방위를 정확히 알아내는 것을 보고 놀라서 물었다.

"어떻게 알았지? 누가 가르쳐준 거야?"

"책에서 본 거라 맞는지 잘 모르겠네요. 근데 배치가 평범한 것으로 봐서 고수가 살고 있을 것 같지는 않아요."

양과는 고개를 끄덕였다.

"음, 하지만 이런 늪 중간에 살고 있다니 놀라운 일이야."

양과는 곽양을 데리고 앞으로 다가가서 목청을 높여 말했다.

"거기 누구 없습니까? 잠시 뵙고 싶습니다."

그러나 안에서는 아무런 기척이 없었다. 양과는 다시 한번 소리쳤다. 그래도 여전히 아무런 말도 들리지 않았다.

"배치만 이렇게 해놓고 아무도 살지 않는 모양이구나. 한번 가서 보자꾸나."

두 사람은 20여 장을 더 앞으로 미끄러져 간 후 풀과 나무들이 쌓여 있는 곳에 다다랐다. 발밑을 보니 그곳은 땅이었다.

"평범한 배치라 하더니 과연 그랬던 모양이다. 이 늪 가운데는 원래 섬이었나 보구나."

양과의 말이 끝나자마자 눈앞에 그림자가 어른거리더니 풀 사이로 작은 여우 두 마리가 튀어나왔다. 바로 구미영호였다. 구미영호는 동북으로 달리다 다시 서북쪽으로 달리며 이리저리 갈팡질팡했다.

"여기서 꼼짝하지 말고 기다리고 있어!"

양과는 허리를 곧추세우고 서북쪽으로 달아난 구미영호를 뒤쫓았다. 이제는 곽양을 돌보지 않아도 되자 양과는 최상의 경공으로 눈밭 위를 미끄러지며 새처럼 가볍게 달렸다. 하지만 구미영호도 정말 빨라서 바람처럼 방향을 바꾸어 곽양 곁을 스쳐 지나갔다. 연이어 양과가 도착하더니 소매를 휘날려 구미영호를 휘감으려 했다. 구미영호는 펄쩍 뛰면서 공중에서 뱅글뱅글 돌더니 양과의 소매를 아슬아슬하게 벗어났다. 그 모습을 보고 곽양은 연신 안타까워하며 탄식을 했다. 그렇게 양과와 여우는 눈밭 위를 질주하며 쫓고 쫓기었고 곽양은 재미있는 구경거리에 신이 나서 환호를 지르며 양과를 응원했다.

"신조대협! 좀 더 빨리요! 구미호, 넌 딱 걸렸어. 그만 항복해!"

그때 또 다른 여우 한 마리가 동서를 누비더니 양과 곁으로 다가왔다. 양과는 그놈이 일부러 추격을 분산해 동료를 구하려는 수작인 걸 눈치채고 한 마리에만 정신을 집중해서 힘이 빠지도록 몰아갔다. 체구가 작은 여우는 정말 힘이 좋았다. 잡히지 않으려고 죽을힘을 다해 뛰면서도 전혀 지쳐 보이는 기색이 없었다. 양과는 점점 더 속도를 냈다. 다른 여우 한 마리도 옆에서 이리 뛰고 저리 뛰며 정신없이 움직였다.

"이놈아, 넌 저쪽으로 가 있는 게 좋을 거야."

양과는 쫓아가면서 눈덩이를 만들어 훼방을 놓는 여우의 머리를 향해 던졌다. 정신없이 뛰고 있던 여우는 머리에 눈덩이를 맞고 그대로 고꾸라졌다. 양과는 죽이려는 생각은 없었으므로 힘을 살짝만 줘서 던졌다. 잠시 뒤 여우는 눈밭 위를 구르더니 비실대며 일어났다. 그러고는 꼬리를 감추고 섬 위의 풀숲으로 뛰어들어가더니 감히 나오지 못했다. 양과는 같은 방법으로 다른 여우도 잡을까 하다가 누가 빠른지 겨뤄보고 싶은 마음이 들었다.

"여우야, 우리 정정당당히 겨뤄서 내가 너를 따라잡지 못한다면 목숨을 살려주마."

양과는 훅, 하고 숨을 가득 들이쉰 후 몸을 앞으로 기울이고 쏜살같이 달려 여우의 바로 앞에 선 뒤 손을 뻗었다. 여우는 깜짝 놀라 오른쪽으로 내달렸다. 양과는 이미 그 방향을 예측하고 소매를 휙 날려 여우를 그 속으로 집어넣었다. 그러고는 왼손으로 목을 움켜쥐고 득의양양하게 웃음을 터뜨렸다.

"하하하! 결국 잡혔지!"

그런데 여우를 잡고 있는 손이 왠지 이상했다. 얼른 내려다보니 방금 잡은 여우가 뻣뻣하게 굳어 있을 뿐 움직임이 없었다.

'이런…… 소매의 힘이 너무 셌나 보군. 죽은 여우의 피도 내상을 치유하는 데 도움이 될까?'

양과는 죽은 여우를 들고 곽양 곁으로 미끄러져 갔다.

"죽어버렸으니 어쩌지?"

곽양은 양과의 손에 매달려 있는 여우를 들여다보았다.

"이 여우는 참 귀엽게 생겼네요. 너무 많이 달려서 지쳐 죽었나 봐요."

"이 여우는 죽어서 쓸모가 없을지도 모르니 살아 있는 놈을 다시 잡아야겠어."

양과는 죽은 여우를 땅에 던졌다. 그러면서도 혹시나 그놈이 죽은 척한 것인지도 모르니 경계를 늦추지 않았다. 하지만 여우는 꼼짝도 하지 않았다. 죽은 것이 분명했다.

"제가 다른 여우를 몰아올 테니 여기서 기다리세요."

곽양은 마른 나뭇가지를 주워서 아까 여우가 들어간 풀 속을 헤집었다. 그런데 들어간 나뭇가지가 빠지지 않았다. 마치 풀숲에서 누군가가 잡고 놔주지 않는 것 같았다. 곽양은 있는 힘을 다해 잡아당겼다. 그런데 오히려 나뭇가지가 점점 끌려 들어갔다. 곽양이 소리를 지르며 버둥거리는데 갑자기 풀숲에서 사람이 튀어나왔다. 머리가 하얗게 세고 너덜너덜한 옷을 입은 백발의 노파가 곽양을 매섭게 노려보고 있었다. 곽양은 깜짝 놀라 뒤로 물러서서 양과 곁에 바짝 붙었다. 그때 죽은 줄 알았던 여우가 벌떡 일어나더니 노파의 품으로 뛰어들었다. 그러고는 작고 반짝이는 눈으로 양과를 바라보았다. 그놈은 그때까지 죽은 척하고 있었던 것이다.

이 광경을 본 양과는 화가 나고 우습기도 했다.

'내가 저 여우에게 속았구나. 보아하니 이 여우들은 노파가 기르는 것이었군. 그런데 강호에 이런 사람이 있다는 것은 들어보지 못했는데 도대체 누구지? 어쨌거나 이제 여우를 잡기가 제법 힘들겠군.'

양과는 그 노파에게 정중하게 인사를 건넸다.

"후배가 허락도 없이 이곳에 들어왔습니다. 용서하십시오."

노파는 두 사람을 살펴보더니 정색을 하고 말했다.

"난 이곳에 은거하고 있어 손님을 만나지 않는다. 그만 돌아가라."

목소리는 가늘면서도 날카로웠다. 그런데 이상하게도 눈 가장자리에 눈물 자국이 남아 있었다. 지금 노파의 모습은 음산하고 무서우나

이목구비가 뚜렷한 것이 젊었을 때는 상당한 미인이었을 것 같았다. 양과는 다시 한번 예를 갖추며 말했다.

"제 친구가 내상을 입어 구미영호의 피가 있어야 치유된다고 합니다. 노 선배님께서 은혜를 베푸시어 인명을 구해주신다면 저와 제 친구는 그 큰 덕에 감응할 것입니다."

노파는 하늘을 쳐다보며 크게 웃었다. 한참 동안 끊이지 않는 그 웃음에는 비통함과 음산함, 독기가 서려 있었다. 그녀가 입을 열었다.

"내상을 입어서 목숨을 구해야 한다고? 그래, 그런데 왜 내 아이가 내상을 입었을 때는 아무도 도와주지 않았지?"

양과는 놀라서 물었다.

"선배님의 자제분이 어떤 내상을 입었습니까? 지금이라도 치료를……."

노파는 그의 말을 가로채며 분노했다.

"지금이라도 치료를 해주겠다고? 이미 죽었는데 어떻게 치료를 하겠다는 것이냐? 아이는 벌써 몇십 년 전에 죽고 말았다. 시체가 이미 흙이 되었을 텐데 어떻게 치료를 할 수 있단 말이냐?"

양과는 노파가 과거 일 때문에 정신이 이상해졌다고 생각하곤 더이상 대꾸하지 않았다.

"저희가 잘못했습니다. 허락도 없이 멋대로 구미영호를 잡으러 온 것도 잘못된 일입니다. 용서해주십시오."

양과가 공손하게 말하자 백발의 노파가 눈망울을 굴리면서 말했다.

"진심으로 사과하는 것 같으니 용서해주지. 그 대신 조건이 있다. 나는 가족도 친구도 없이 혼자 이 늪에 살면서 여우를 자식처럼 길러

왔다. 네가 잡아간다니 대신 저 아이를 남겨놓고 가거라. 저 아이는 여기에서 10년 동안 살아야 한다."

양과는 눈썹을 찌푸리며 대답하지 않았다. 곽양이 웃으며 말했다.

"여기는 온통 진흙투성이에 나뭇가지뿐이니 재미가 없을 것 같아요. 전 여기가 싫어요. 정 그렇게 외로우시면 저희 집으로 가서 함께 살아요. 10년도 좋고 20년도 괜찮아요. 저희 부모님께서는 분명히 선배님을 귀빈으로 대접하실 거예요. 어때요?"

노파가 얼굴을 찌푸리며 호통을 쳤다.

"네 부모가 뭐길래 감히 나를 모신단 말이냐?"

곽정과 황용을 모욕하는 노파의 말을 곽부가 들었다면 분명 화를 내며 대들었을 것이나 곽양은 그저 웃기만 했다. 그러곤 양과에게 혀를 쑥 내밀어 보이며 아무렇지도 않게 받아넘겼다. 곽양은 성격이 호탕해서 다른 사람이 아무리 무례하게 굴어도 그저 웃어넘길 뿐 좀처럼 화를 내는 법이 없었다. 양과는 어린 나이에도 성격이 원만해 일을 복잡하게 만들지 않는 곽양이 그저 대견해서 마주 눈을 찡긋하고는 노파를 향해 정중하게 말했다.

"선배님께서 이 아이를 받아주신다니 참으로 귀한 인연이지만, 부모님의 허락이 없으니 멋대로 결정할 수 없습니다."

노파가 또 버럭 화를 내며 말했다.

"이 아이의 부모는 누구고, 너는 또 이 아이와 어떻게 되느냐?"

양과가 잠시 머뭇거리자 곽양이 나서서 대답했다.

"저희 부모님은 그저 시골 사람이라 말해도 모르실 거예요. 그리고 이분은…… 이분은 제 큰오빠예요."

곽양은 양과를 바라보았다. 양과도 곽양을 바라보고 있어 두 사람의 눈이 마주쳤다. 비록 양과는 얼굴에 인피 가면을 쓰고 있어 음산하고 무서웠지만 눈만은 친근하고 따뜻했다.

'정말 나한테도 이런 오빠가 있었으면 좋겠다. 그러면 항상 날 보살펴주고 도와줄 텐데. 그리고 언니처럼 하루 종일 이건 안 된다, 저건 안 된다 하면서 잔소리나 하고 욕하지도 않을 텐데…….'

이런 생각이 들자 곽양은 양과가 더욱더 좋아졌다.

"제 누이는 철이 없어서 여기에 있으면 힘이 많이 드실 겁니다. 그러니……."

노파는 더 이상 들을 필요도 없다는 듯 손을 내저었다.

"저 아이를 놓고 갈 수 없다면 어서 썩 꺼져라. 다시는 이곳에서 소란을 피우면 안 된다!"

그러면서 노파는 양과와 곽양에게 쌍장을 뻗었다. 세 사람은 서로 일 장이나 떨어져 있어서 양과나 곽양의 몸에 장이 닿을 수는 없었다. 그러나 곽양은 한풍이 휘몰아쳐오는 것을 느꼈다. 양과는 소매를 살짝 휘둘러 자신을 향해 밀려온 장풍에는 전혀 신경 쓰지 않고 곽양을 겨냥한 장풍을 막아주었다.

노파는 그저 흑룡담에서 이들을 내쫓으려는 것일 뿐 죽일 생각은 없었다. 그래서 장풍에 힘을 반밖에 쏟지 않았다. 그런데 두 사람이 아무일도 없었다는 듯 태연하게 서 있자 놀라고 화가 났다. 그래서 온 힘을 단전에 모으고 조금 전보다 두 배의 힘을 실어 다시 쌍장을 날렸다. 이번에는 상대의 목숨 따위는 아랑곳하지 않고 전력을 다했다. 곽양은 장풍이 몰아치자 가슴이 답답해서 숨을 제대로 쉴 수가 없었다. 그러나 양과가 소매를 휘두르자 한기가 금세 사라졌다. 양과와 노파 두 사람은 그렇게 서로 내공을 겨루었다. 노파는 무시무시한 얼굴로 잔뜩 인상을 쓰고 있었으나, 양과는 아무 일도 없다는 듯 편안한 표정이었다.

노파는 화가 머리끝까지 치밀어서 번개처럼 몸을 앞으로 날리며 쌍장을 날렸다. 그 동작이 얼마나 빠른지 퍽, 하는 소리만 들리며 동작은 보이지도 않았다. 그리고 쌍장은 정확히 양과의 가슴에 맞았다. 노파는 일격을 가한 후 곧 이 장 뒤로 물러나 양과가 반격할 틈을 주지 않았다. 곽양은 깜짝 놀라 양과의 손을 잡아끌며 물었다.

"다…… 다쳤어요?"

노파의 음산하고 매서운 목소리가 들려왔다.

"너는 내 한음전寒陰箭에 맞았으니 내일 정오까지만 살 수 있을 것이다. 모두 자업자득이니 네 스스로를 탓하거라."

그러나 그건 노파의 생각일 뿐 양과의 무공은 이미 15년 전부터 노파를 훨씬 능가했으며, 지금은 이미 내공과 외공을 두루 갖추어 입신의 경지에 이르러 있었다. 노파의 한음전이 아무리 매섭고 독하다 해도 양과를 털끝만큼도 다치게 할 수 없었다. 양과는 노파와는 아무런 원한이 없고, 노파가 아끼는 것을 얻기 위해 몰래 침입한 것이니 세 번이나 공격을 당하고도 반격하지 않았다.

노파는 20여 년 동안 이 한음전 장력에 모든 힘을 쏟아부었다. 일장에 열일곱 장의 기와를 깨면서도 조각이 절대 날리지 않도록 장력을 단련했다. 노파는 양과가 자신의 쌍장을 맞았으니 당연히 내장이 파열되었을 거라고 확신했다. 그런데 양과가 아무렇지도 않은 듯 미소를 짓고 있자 괜한 허세를 부리는 것이라 생각했다.

"내일까지는 목숨이 붙어 있을 테니 죽기 전에 얼른 저 꼬마를 데리고 나가거라. 이 흑룡담에서 시체를 보고 싶지 않다."

양과는 미소를 지으며 쩌렁쩌렁한 목소리로 말했다.

"노 선배님은 이곳에 은거해 계시느라 세상의 무학이 얼마나 다양하고 훌륭한지 모르시는군요."

양과는 일부러 크게 웃었다. 웃음소리가 온 천지를 울리면서 바위를 굴리고 구름을 흩뜨릴 만큼 깊었다.

노파는 양과가 전혀 내상을 입지 않은 것을 알고는 얼굴이 잿빛이 되면서 몸이 휘청거렸다. 그제야 자신은 양과의 적수가 될 수 없다는 것을 알았다. 노파는 양과의 웃음이 멈추기 전에 얼른 품 안의 구미영호를 들어 한입에 물고, 또 다른 한 마리를 풀숲에서 꺼내 품 안에 넣었다. 그런 뒤 격한 음성으로 말했다.

"실로 대단한 무학을 지녔구나. 탄복을 금치 못하겠다. 그러나 강제로 이 늙은이의 여우를 뺏을 생각은 하지 마라. 나는 이미 살 만큼 살았다. 한 걸음만 더 다가오면 나는 이것들과 함께 죽을 것이다."

양과는 이 단호한 어투를 듣고 한동안 머뭇거렸다. 사숙강의 목숨을 살리려고 어찌 무고한 다른 사람의 생명을 죽인단 말인가. 그때 뒤에서 불경 읊는 소리가 들려왔다.

"나무아미타불! 노승 일등이 영고를 만나러 왔소이다."

곽양은 주위를 둘러보았지만 아무도 보이지 않았다. 소리가 울리지 않는 걸로 봐서 분명 가까이 있는 것 같은데 사람의 모습은 보이지 않았다. 게다가 사방에는 몸을 숨길 만한 곳도 없었다. 그렇다면 대체 일등이라는 노승은 어디에 있단 말인가. 곽양은 예전에 어머니가 일등대사는 무림의 고수로서 자신의 목숨을 구해준 적이 있고, 무씨 형제의 아버지인 무삼통의 사부라는 말도 들었다. 그녀는 한 번도 본 적이 없는 일등대사의 목소리를 이곳에서 들으니 무척 반가웠다.

양과 또한 기쁘기는 마찬가지였다. 그는 일등대사가 사용한 것이 상승 내공인 천리전음千里傳音이라는 것을 알고 탄복해 마지않았다. 그리고 이 노승의 깊고 심후한 공력에 비해 자신은 아직 부족하다는 것을 깨달았다.

'노파의 이름이 영고였구나. 일등대사가 무슨 일로 그녀를 보려고 하는지 모르겠군. 그가 우리 일에 나서준다면 여우를 얻을 수 있을지도 모르겠구나.'

흑룡담의 노파는 바로 영고였다. 옛날 일등대사가 대리국의 군왕으로 있을 때 영고는 그의 귀비였다. 그런데 그녀는 주백통과 몰래 정을 통하여 아이를 낳았다. 후에 구천인이 철장무공으로 아이에게 부상을 입히자 단 황야는 질투심에 사로잡혀 아이를 구해주지 않았다. 그런 탓에 아이는 곧 죽고 말았고, 단 황야는 이 일을 후회해 출가를 결심한 것이다. 영고는 원래 상서湘西의 흑소黑沼에 살았는데, 흑룡담이 주백통이 있는 곳과 더 가깝고 경관 또한 흑소와 비슷하면서도 더 넓어 이곳에 뿌리를 내리게 되었다. 한편 일등대사는 영고가 흑룡담에 살고 있는 것을 알고 그 부근에서 7일 동안 머물며 매일같이 만나기를 청했다. 하지만 영고는 과거의 원한을 떠올리며 끝내 그를 만나주지 않았다.

영고는 몇 발짝 뒤로 물러나 장작더미 위에 앉았다. 그녀의 두 눈은 증오로 이글거렸다. 잠시 뒤 일등대사의 목소리가 다시 들려왔다.

"노승이 천 리 길을 걸어 이곳으로 왔으니 한 번만 만나주십시오."

영고는 들은 척도 하지 않았다.

'일등대사의 무공이 이 노파보다 훨씬 높으니 굳이 찾아와서 보려고 한다면 노파도 어쩌지 못할 것이다. 그런데 왜 애원만 하고 나서지 않는 것일까?'

양과는 영문을 알 수가 없었다. 그때 일등대사의 목소리가 끊기자 주위가 곧 잠잠해졌다.

"큰오빠, 일등대사는 정말 대단하신 분인가 본데 한번 뵈러 가고 싶어요."

"좋아, 나도 그러려던 참이다."

그때까지도 영고의 눈에는 독기가 서려 있었다. 양과는 곽양의 손을 잡고 눈밭을 미끄러져 나갔다. 그렇게 한참을 미끄러져 가고 있는데 돌연 곽양이 물었다.

"일등대사는 어디에 있는 걸까요? 목소리를 들으면 마치 바로 옆에 있는 것 같았어요."

"일등대사는 동북쪽에 있어. 바로 옆에서 목소리가 들려도 실은 멀리 계시지. 천리전음을 쓰고 있기 때문이야."

"큰오빠도 그걸 할 줄 알아요? 저한테 가르쳐주세요. 그러면 우리가 천 리 정도 떨어져 있어도 서로 이야기할 수가 있잖아요. 너무 재미있을 거 같아요. 가르쳐줄 거죠?"

양과는 곽양이 자신을 두 번이나 '큰오빠'라며 따뜻하고 친근하게 부르자 마음을 더욱 독하게 먹었다.

'절대 정에 이끌려서는 안 돼. 이 아이는 나이가 어리고 천진무구해서 아직 아무것도 모르니 일찍 헤어지는 게 좋을 것 같다. 괜히 일을

복잡하게 만들어서는 안 돼.'

그러나 이 늪에서는 한순간도 몸을 멈춰서는 안 되니 곽양의 손을
놓을 수도 없었다.

"제 말이 안 들려요? 왜 대답을 안 해요?"

"말이 천리전음이지, 사실은 몇 리 정도밖에 소리가 들리지 않아.
그래도 정말 대단한 무공이지. 일등대사와 같은 공력을 익히려면 너같
이 총명한 아이도 백발이 되어야 가능할 거야."

곽양은 총명하다는 칭찬을 듣자 기분이 우쭐해졌다.

"제가 뭐가 총명해요. 우리 엄마를 열의 하나라도 따라갔으면 좋겠
어요."

양과는 이 소리를 듣고 깜짝 놀라 다시 곽양을 보았다. 그러고 보니
이목구미가 황용을 많이 닮은 듯했다.

'세상에서 총명함과 기지로 따지자면 백모님을 능가하는 사람이 없
지. 설마 이 아이가 백모님의 딸이란 말인가?'

그러다 이내 실소를 머금었다.

'세상에 이런 우연은 없겠지. 정말 백모님의 딸이라면 결코 멋대로
밖으로 나돌게 놔두지는 않았겠지.'

이렇게 생각하면서도 양과는 궁금해서 견딜 수가 없었다.

"어머님이 누구시냐?"

곽양은 아까 자신의 부모님을 대영웅이라고 말한 까닭에 쑥스러워
그냥 웃으며 얼버무렸다.

"그냥 어머니죠 뭐. 말해도 모르실 거예요. 그런데 큰오빠, 오빠와
일등대사가 싸우면 누가 더 강한가요?"

양과는 이미 중년의 나이에 접어들었고 또 소용녀와의 가슴 아픈 시련도 겪었다. 비록 호기가 사라진 것은 아니지만 어린 시절의 활달하던 성격은 이미 많이 무뎌졌다.

"일등대사는 당대 5대 고수 중 한 분으로 남제라고 불리신다. 내가 어찌 그런 분과 비교가 되겠느냐?"

"오빠가 몇십 년만 일찍 태어났다면 당대 고수는 여섯 명이 되었겠군요. 그럼 동사, 서독, 남제, 북개, 중신통, 그리고 신조협이 되었겠죠? 아, 그리고 곽 대협과 그 부인이 있으니 8대 고수가 되겠군요."

양과는 더욱 호기심이 일어 눈을 크게 뜨고 물었다.

"곽 대협과 그 부인을 만나본 적이 있느냐?"

"그럼요. 그분들이 절 아주 좋아하세요. 우리 만수산장의 일이 끝나면 함께 뵈러 가요. 혹시 오빠도 그분들을 아시나요?"

양과는 곽부가 자신의 팔을 자른 원한은 이미 잊었지만, 소용녀가 극독을 맞아 16년 동안 헤어지게 된 일은 잊을 수가 없었다. 그래서 아직 곽부에 대한 증오가 남아 있었다.

"내년에는 곽 대협 부부를 만나러 갈지도 모르겠다. 먼저 내 처를 만난 후에 부부가 함께 갈 수도 있겠지."

양과는 소용녀를 생각하니 절로 미소가 번지며 온몸이 후끈 달아올랐다. 곽양도 양과의 손바닥이 뜨거워지는 것을 느꼈다.

"오빠의 부인은 어떤 사람이에요? 물론 예쁘고 무공도 높겠죠?"

양과가 한숨을 내쉬며 말했다.

"세상에 그녀보다 아름다운 사람은 없어. 무공도 나보다 훨씬 강해져 있을 거야."

곽양은 부럽기도 하고 경외심도 들었다.

"오빠의 부인도 만나고 싶어요. 꼭 만나게 해줘요. 그러실 거죠?"

"그래, 그러자. 그녀도 널 좋아할 거야. 그때는 정말 날 오빠라고 불러도 좋아."

곽양은 뜻밖의 말에 발을 멈추고 물었다.

"지금은 왜 오빠라고 부르면 안 되죠?"

그렇게 멈칫하는 사이 곽양의 오른발이 진흙에 빠져버렸다. 양과는 곽양을 끌어 올리고는 급히 10여 장을 미끄러져 갔다. 저 멀리 흰 눈 위에 누군가 서 있는 것이 보였다. 회색 가사를 걸치고 흰 수염이 가슴까지 내려온 것으로 보아 일등대사가 틀림없었다. 양과가 낭랑한 목소리로 말했다.

"양과, 대사님께 인사드립니다."

양과는 곽양을 데리고 걸음을 더욱 빨리했다. 일등대사가 서 있는 곳은 흑룡담의 외곽이었다. 일등대사는 '양과'라는 말을 듣자 반색을 하다가 양과가 무릎을 꿇고 절을 하자 황망히 부축해 일으켰다.

"현질賢姪께서는 별고 없으신가? 신공의 경지에 오른 것을 축하하네."

양과는 몸을 일으키다 일등대사 뒤에 누군가가 누워 있는 것을 보았다. 낯빛이 누렇고 두 눈이 굳게 감겨 있는 게 꼭 시체 같아 보였다. 흠칫 놀라 다시 자세히 살펴보니 자은이었다.

"자은 법사님은 어떻게 되신 겁니까?"

"장력의 공격을 당했다네. 나는 전력을 다했지만 하늘의 뜻을 거스를 수는 없었네."

양과는 몸을 굽혀 자은의 맥박을 짚어보았다. 맥박이 아주 느리고 약했다.

"자은 법사님 같은 무공을 지닌 분이 어떻게 독수에 당했단 말입니까?"

"나와 자은은 함께 상서에 은거해 있었는데, 몽고 대군이 오랫동안 양양성을 함락하지 못하자 우회해서 대리를 공격한다는 소문을 들었네. 자은은 내가 고국을 걱정하자 소식을 알아보겠다며 나갔는데, 도중에 누군가를 만나 싸움이 벌어졌던 모양일세. 두 사람은 하루 밤낮을 꼬박 싸웠는데 결국 자은이 다치고 말았네."

양과가 화를 내며 말했다.

"금륜국사 그놈이 다시 중원에 나타났군요!"

곽양이 호기심을 참지 못하고 끼어들었다.

"어떻게 금륜국사인지 아세요? 일등대사님은 금륜국사라고 말하지 않았잖아요?"

"대사님께서 하루 밤낮을 꼬박 싸웠다고 했고, 자은 법사님은 다른 사람의 독계에 걸려들 분이 아니야. 세상에 장력으로 자은 법사님을 상하게 할 수 있는 사람은 셋 정도밖에 되지 않아. 그 사람 중에 금륜국사만이 악랄한 사람이거든."

"그런 나쁜 사람은 가만두면 안 돼요. 복수를 해드려야죠."

곽양의 이 말을 듣고 죽은 듯 누워 있던 자은이 눈을 번쩍 뜨더니 곽양을 바라보며 고개를 흔들었다. 그 모습을 보고 곽양이 말했다.

"왜 그러세요? 복수하지 말라고요? 우리 오빠가 금륜국사한테 질까 봐 걱정되세요?"

일등대사가 대신 말했다.

"낭자, 내 제자는 평생 악행을 많이 저질러서 10여 년 동안 죄과를 갚으려고 노력해왔소. 이미 죄가 거의 사라졌으나 한 가지 과오 때문에 편히 눈을 감지 못하고 있는 것이오. 제자는 결코 남이 자신의 복수를 해주는 것을 바라지 않으며, 오히려 용서해주기를 바라고 있소. 그래야 편히 저세상으로 갈 수 있을 테니까요."

곽양이 말했다.

"그럼 이 늪의 노파에게도 용서를 구하러 오신 건가요? 하지만 저 할머니는 마음이 독해서 결코 쉽게 용서해주지 않을 것 같아요."

일등대사가 한숨을 내쉬며 말했다.

"그러게 말이오. 여기서 7일 밤낮으로 용서를 구했건만 만나주지도 않는구려."

양과는 순간 아까 아이가 다쳤는데 고쳐주려 하지 않았다는 노파의 말을 떠올렸다.

"노파의 아이가 치료받지 못한 일 때문인가요?"

일등대사는 약간 휘청하더니 고개를 끄덕였다.

"알고 있었나 보군."

"저는 자세한 사정을 모릅니다. 다만 아까 늪에서 그 선배님이 한 말을 듣고 추측한 것입니다."

양과는 자신이 왜 구미영호를 잡으려 했고, 노파와 어떻게 만났는지 등을 간략하게 설명해주었다. 일등대사가 천천히 말했다.

"그 여자의 이름은 영고라고 하네. 한때 나의 아내였지. 그녀의 성격이 이렇게 된 건…… 내가 그때 죽어가는 아이를 살려주지 않았기 때문이야. 그런데 이제는 자은도 더 이상은 버티지 못할 것 같네."

양과는 자은을 바라보았다.

"사람이 잘못을 깨닫고 용서를 구하면 지난날의 과오는 무가 되는 법인데, 영고라는 분의 마음이 너무 좁은 것 같습니다."

이제 죽을 시간이 얼마 남지 않은 자은을 보자 양과는 의협심이 발동했다.

"대사님, 제가 감히 나서서 그분을 밖으로 나오게 해도 되겠습니까?"

일순 일등대사의 얼굴에 기대감이 일었다.

'나와 자은은 영고에게 용서를 빌기 위해 결코 강제로 힘을 쓰지 않았다. 하지만 몇 날 며칠을 애원해도 만나주지 않으니 앞으로도 괜히 시간만 허비하게 될 것 같다. 그러니 양과에게 방법이 있다면 한번 맡겨보는 것도 괜찮겠지. 실패한다 해도 못 만나는 것밖에 더 있겠는가?'

"현질이 잘 말해서 나오도록만 해준다면 그보다 더 고마울 수는 없지. 하지만 결코 폭력을 써서는 안 되네. 그렇다면 우리의 죄가 더 늘어나는 셈이니."

양과는 고개를 끄덕여 대답을 대신한 뒤 손수건을 꺼내 네 조각으로 찢었다. 부상을 당한 후 기력이 쇠해졌을 자은의 귀를 손수건 조각으로 막고 진흙을 뭉쳐서 또 막았다. 그러고는 나머지 두 조각을 곽양에게 건넸다. 곽양도 그것을 받아 들고 얼른 귀를 막았다. 양과는 자은에게 먼저 허리를 굽혀 무례를 사죄한 후 일등대사에게 말했다.

"제가 감히 대사님 앞에서 작은 재주를 부릴까 합니다. 송구스럽습니다."

일등대사가 합장을 하며 말했다.

"현질의 신공이 얼마나 높은지 익히 알고 있네. 한 수 배워보겠네."

양과는 몇 마디 겸손의 말을 건넨 뒤 기를 단전에 모으고 왼손으로 허리를 쓰다듬으며 장소를 날렸다. 소리가 처음에는 청량하게 공기를 가르다가 점점 천둥이 치는 듯 기세가 강해지더니 굉음으로 변하며 청천벽력처럼 울려 퍼졌다. 곽양은 천 조각으로 귀를 막고 있는데도 그 소리에 정신이 멍해지고 가슴이 뛰며 얼굴색이 변했다. 굉음이 쉬지 않고 울리자 곽양은 황량한 들판에서 홀로 벼락을 맞고 있는 듯한 느낌이 들면서 말할 수 없는 공포에 휩싸였다. 그저 양과가 제발 소리를 멈춰주기만을 바랄 뿐이었다. 그러나 벼락같은 굉음이 끊이지 않고 울리더니 이제는 태풍 같은 바람 소리까지 나기 시작했다.

"제발, 그만해요! 죽을 것 같아요!"

곽양이 비명을 질렀다. 그러나 비명은 양과의 소리에 완전히 덮여 곽양조차 자신의 목소리를 들을 수 없었다. 정신이 하나도 없고 온몸의 뼈가 으스러질 것만 같았다. 그때 일등대사가 손을 뻗어 곽양의 손을 잡았다. 그 순간 온기가 일등대사의 손을 통해 전해져왔다. 곽양은 일등대사가 내공으로 자신을 진정시키려 한다는 것을 알고는 눈을 감고 고개를 숙인 채 운공을 했다. 양과의 장소는 여전히 천군만마가 파죽지세로 달려오는 듯, 사나운 파도가 사정없이 몰아치는 듯 거세게 울렸다. 하지만 아까처럼 그렇게 혼이 달아날 정도는 아니었다.

양과는 근 10여 분 동안 쉬지 않고 소리를 내질렀는데도 전혀 기력이 쇠하지 않았고 오히려 소리가 더 강해지는 것 같았다. 일등대사는 탄복해 마지않았다. 소리가 너무 거칠어 순양純陽의 정기는 아닌 듯했지만, 자신이 한창때에도 이런 내공을 지니지 못했고 지금은 나이가 들어 더욱 그에 비할 바가 되지 못한다는 것을 깨달았다.

'양과의 내공은 참으로 막강하구나. 실로 당대 모든 고수를 능가할 만한 실력이다. 대체 어떻게 이런 내공을 연마했을까?'

일등대사는 자은의 손을 잡고 그가 진동을 이길 수 있도록 기를 불어넣어주었다. 다시 향이 반쯤 탈 시간 정도가 흐르자 흑룡담에서 검은 그림자가 천천히 나타났다. 양과는 소매를 훅 털며 소리를 멈추었다. 곽양은 머리가 멍하며 터질 것만 같아 숨을 몰아쉬었다.

"단 황야, 당신의 그 막강하고 강압적인 소리가 결국 나를 끌어내게 만들었군요. 대체 무슨 일로 나를 보자는 거죠?"

"내가 아니라 이 현질께서 불러낸 것이오."

말을 하는 동안 그림자가 바로 앞까지 다가왔는데 바로 영고였다. 영고는 일등대사의 말을 듣고 놀라지 않을 수 없었다.

'세상에 단 황야 외에도 이런 심오한 내공을 지닌 고수가 있다니. 얼굴을 알아보기는 힘들지만 아직 머리가 검은 걸로 봐서 많아 봤자 서른 살 정도밖에 되어 보이지 않는데 어떻게 이런 무공을 다 익혔을까? 아까 내 장력을 세 번이나 맞고도 멀쩡해서 놀랐는데 이 장소는 더욱 위력적이다.'

방금 양과가 지른 소리는 그녀의 마음을 뒤흔들어놓아 만약 만나주지 않으면 상대방은 내공을 더욱 실을 것이고 그렇게 되면 정신이 이상해지거나 내상을 크게 입을 게 뻔했다. 그녀는 상대방의 강요에 의해 어쩔 수 없이 나왔기 때문에 안색이 굳어 있었다.

"이 늙은이가 졌다. 여우를 줄 테니 어서 가지고 나가거라."

영고는 차갑게 내뱉고는 여우의 목덜미를 잡아 양과에게 던졌다. 양과가 정중하게 말했다.

"선배님, 여우 때문이 아닙니다. 대사님께서 만나 뵙고 싶어 하시니 말씀을 들어주십시오."

영고는 일등대사를 차가운 눈초리로 쳐다보았다.

"황야께서 하지를 내리시지요."

"과거지사는 이미 꿈과 같이 지나갔는데, 아직도 옛날의 호칭으로 부르시오? 이자를 알아보시겠소?"

일등대사는 땅에 누워 있는 자은을 가리켰다. 자은은 승복을 입고 30여 년 전 화산 정상에서 만났을 때와는 얼굴이 많이 달라져 있었다. 영고는 흘깃 쳐다보고는 말했다.

"제가 이 중을 어찌 알겠습니까?"

"지난날 중수법重手法으로 당신의 자식을 다치게 한 자를 기억하시오?"

영고는 온몸을 부르르 떨었다.

"구천인! 그놈은 죽어서 가루가 되더라도 잊지 못합니다."

"이미 수십 년이 지난 일이건만 아직도 원한을 갖고 있구려. 이 사람이 바로 구천인이외다. 얼굴도 알아보지 못하면서 원한은 생생히 기억하고 있구려."

영고는 반사적으로 몸을 앞으로 굽히면서 자은의 가슴을 움켜잡으려는 듯 손톱을 세웠다. 자세히 보니 구천인의 모습이 남아 있는 것 같기도 하고 아닌 것 같기도 했다. 두 뺨이 깊이 파여 꼼짝도 하지 않고 누워 있는 것이 이미 죽은 시체나 다름없었다.

"이 사람이 정말 구천인이라고요? 근데 왜 나를 찾아왔죠?"

"스스로 자신의 죄가 너무 깊다는 것을 깨닫고 출가해 승려가 되었소. 법명은 자은이오."

영고는 코웃음을 쳤다.

"아이를 죽이고 출가해 중이 되면 죄가 사라지는 겁니까? 흥! 그래서 세상에 중이니 도사니 하는 것들이 그렇게 많은 거로군요."

"죄를 지은 것은 엄연히 죄를 지은 것. 출가한다고 그 죄가 없어지지는 않소. 지난날 당신의 자식을 다치게 한 일을 뉘우치며 이렇게 천리 길을 달려온 것이오. 자은은 중상을 입어 이제 살날이 얼마 남지 않았소. 그러니 그의 죄를 용서해주시오."

영고는 두 눈을 부릅뜨고 한참 동안 노려보았다. 그녀의 얼굴이 점점 증오와 원한으로 일그러졌다. 평생 동안의 고통과 불행이 이 한순간에 모두 분출되는 듯했다. 곽양은 영고의 무시무시한 표정을 보고 공포를 느꼈다. 그녀는 영고가 쌍장을 들고 치려는 것을 보고 고함을 질렀다.

"잠시만요! 이미 이렇게 다친 사람에게 공격을 하는 건 도리가 아닌 것 같아요."

"저놈은 내 아이를 죽였고 그 때문에 나는 수십 년 동안 고통 속에 살았다. 오늘에서야 내 손으로 원수 놈을 죽이게 됐는데 나에게 도리가 아니라고 따지는 것이냐?"

"자은 법사님이 후회하고 계시니 용서해주세요."

영고는 하늘을 쳐다보며 마른 웃음을 날렸다.

"참 쉽게도 이야기하는구나. 저놈이 죽인 아이가 네 아이라면 어떻겠느냐?"

"전…… 전…… 제게 무슨 아이가 있어요?"

곽양의 얼굴이 붉어졌다.

영고는 곽양과 말싸움을 할 여유가 없었다. 그녀는 자은을 응시하더니 쌍장을 들어 막 내리치려 했다. 그런데 죽은 듯 누워 있던 자은의 입가에 은은한 미소가 떠올랐다. 그가 나직한 목소리로 말했다.

"영고, 감사드립니다."

영고는 순간 멍해져서 손을 치켜든 채 호통을 쳤다.

"그게 무슨 소리냐?"

"영고의 손에 죽게 되어……."

영고는 자은의 뜻을 눈치챘다. 그는 영고의 손에 죽으면서 자신의 업보를 덜려고 하는 것이었다. 영고는 냉소를 지었다.

"그렇게 쉬울 것 같으냐? 난 널 죽이지 않겠다. 그리고 용서도 하지 않을 것이다."

너무나 음산하고 독기 어린 목소리에 듣는 이의 몸이 다 오싹해졌다. 양과는 일등대사가 결코 영고에게 힘을 쓰지는 않을 것이고, 곽양은 아직 어려서 말이 먹히지 않을 것이니 자신이 나서지 않으면 일이 해결되지 않을 것이라 생각했다.

"영고 선배님, 당신들 사이의 원한 관계는 잘 알지 못합니다. 그러나 선배님의 언행이 너무 지나치신 듯하니 무례하지만 제가 나서지 않을 수 없습니다."

영고는 놀라서 양과를 돌아보았다. 그러나 양과는 자신의 장력을 세 번이나 받아냈고 그의 막강한 장소도 들은 터라 결코 그의 말에 저항할 수가 없었다. 혹시 양과가 나서서 무공을 휘두른다면 자신은 어쩌지 못할 것이니 원통함이 치밀어 올랐다. 그녀는 자리에 주저앉아 목 놓아 울음을 터뜨렸다. 모두들 왜 우는 것인지 어안이 벙벙했고 일등대사 역시 당황스러웠다.

영고는 흐느끼며 자신의 가슴을 때렸다.

"내가 여기까지 나와서 기어이 네 힘에 제압되는구나. 나는 아직 만나야 할 사람이 있는데 이렇게 주저앉다니…… 원통하다."

양과가 황급히 물었다.

"선배님, 만나야 할 사람이 누굽니까? 저희가 돕겠습니다."

곽양도 한 걸음 앞으로 나서며 말했다.

"저는 쓸모가 없겠지만 일등대사님과 저희 오빠가 있는데 뭐가 걱정이세요?"

영고는 잠시 망설이더니 자리에서 벌떡 일어났다.

"그 사람을 데려와준다면 여우도 줄 것이고, 구천인과 화해도 할 것이다. 모두 뜻대로 하겠다."

"선배님께서 만나고 싶어 하는 사람이 누구신데요?"

곽양의 말에 영고는 일등대사를 가리키며 나지막이 중얼거렸다.

"이분에게 물어보거라."

영고의 얼굴에 홍조가 은은히 피어오르자 곽양은 놀랍기도 하고 이상하기도 했다.

'이 나이에도 부끄러움을 타는구나.'

일등대사는 눈을 지그시 감고 무겁게 입을 열었다.

"노완동 주백통 사형을 말하는 것이지. 주백통이 죽은 아이의 아버지라네."

곽양은 대경실색했다.

"노완동이라고요?"

양과도 반색하며 말했다.

"저는 그분과 친합니다. 제가 모시고 오겠습니다."

영고는 양과의 손을 잡으며 재촉했다.

"좋아, 네가 간다면 믿겠다. 내 이름은 영고다. 먼저 그 사람에게 분명히 내 이름을 말하고 데려와야 한다. 그러지 않으면 그는 아무도 찾지 못할 곳으로 숨어버릴 테니까."

양과는 일등대사가 고개를 가로젓는 것을 보고 필시 주백통과 영고 사이에 중대한 사연이 있음을 짐작했다. 주백통과 영고가 함께 아이를 낳았으니 큰 인연임이 분명한데 왜 주백통은 인정하지 않았던 것일까?

"노완동은 지금 어디에 계십니까? 제가 무슨 수를 써서라도 그분을 모시고 오겠습니다."

영고가 말했다.

"여기서 북쪽으로 100리쯤 가다 보면 백화곡百花谷이라는 곳이 나온다. 거기에서 벌을 키우면서 살고 있지."

양과는 주백통이 벌을 키우며 살고 있다는 말을 듣고 소용녀가 생각났다. 예전 소용녀가 주백통에게 옥봉을 다스리는 방법을 알려준 사실이 떠오르자 저절로 눈시울이 붉어졌다.

"좋습니다! 제가 그곳으로 갈 테니 여러분께서는 잠시 기다려주십시오."

양과는 영고에게 백화곡의 위치를 다시 한번 상세히 물어본 후 길을 떠났다. 그런데 곽양이 양과의 뒤를 바짝 쫓아왔다. 양과는 고개를 숙이고 목소리를 낮추어 말했다.

"일등대사님은 무학이 깊고 자애로운 분이시다. 여기 남아서 가르침을 청하거라. 그분이 조금만 지도해주어도 큰 도움이 될 거야."

"싫어요. 오빠랑 같이 노완동을 보러 갈 거예요."

양과는 눈살을 찌푸렸다.

"이런 천재일우의 기회를 왜 그냥 놓치는 것이냐?"

양과는 자신과 떨어지지 않으려는 곽양을 바라보며 생각했다.

'이렇게 착한 여동생이 옆에 있다면 그다지 외롭지 않을 텐데……'

양과는 미소를 지었다.

"하루 종일 못 잤는데 피곤하지도 않아?"

"조금 피곤하긴 하지만 그래도 함께 갈래요."

"좋다, 가자!"

양과는 곽양의 손을 잡고 경공으로 바람같이 달려갔다. 곽양은 양과가 손을 끌어주자 몸이 반은 가벼워진 것 같았고 발에도 전혀 힘이 들어가지 않았다.

"큰오빠가 끌어주지 않아도 이렇게 빨리 달릴 수 있다면 너무 좋겠어요."

"네 경공도 기초가 튼튼해서 더 연마하면 언젠가는 이렇게 될 수 있을 거야."

양과는 고개를 위로 들고 휘파람을 한 번 불었다. 곽양은 깜짝 놀라 왼손으로 귀를 막았다. 그러나 이것은 신조를 부르는 소리였다. 그 소리를 듣고 신조가 오른쪽 나무숲에서 성큼성큼 걸어 나왔다.

"수리 형, 지금 북쪽으로 가는데 함께 갑시다."

신조는 긴 울음을 날리더니 양과 옆에서 걸음을 옮겼다. 몇 리 정도를 가자 신조의 걸음이 점점 빨라져 곽양은 양과가 끌어줘도 힘에 부쳐 제대로 따라가지 못했다. 그러자 신조가 답답했는지 무릎을 약간 구부려 등을 대주었다.

"수리 형이 너를 업고 가려나 보다. 고맙다고 인사해야지."

곽양은 옷깃을 여미면서 공손하게 경의를 표하고 이내 등에 올라탔다. 신조가 성큼 걸음을 떼자 곽양의 귓가에 바람이 스쳤고 길 양옆의 나무들이 빠르게 스쳐 지나갔다.

양과는 소매를 휙휙 날리며 발이 땅에 닿지 않을 정도로 신조의 곁을 따라갔고, 간간이 곽양과 강산의 풍경을 이야기하며 농담을 건네기도 했다. 곽양은 너무나 즐거웠다. 평생 오늘처럼 재미있고 신기한 일은 처음 겪었다. 그녀는 신조가 좀 더 천천히 달려 백화곡에 조금 늦게 도착했으면 하고 바랐다.

일행은 영고가 가르쳐준 방향으로 100여 리를 달려갔다. 녹음이 우거진 계곡을 돌아가니 사방에 붉고 노랗고 흰 꽃들이 어우러져 피어 있었다. 오는 동안에는 길이 온통 눈밭 아니면 진흙투성이였는데, 이곳에 다다르니 갑자기 딴 세상에 들어온 느낌이 들었다. 곽양이 박수를 치며 말했다.

"노완동은 이렇게 기막힌 곳을 어떻게 알았을까요? 큰오빠, 이곳은 어째서 겨울에도 이렇게 꽃이 많이 피죠?"

소용녀를 만난 다음부터 오빠라 부르라고 했지만, 곽양은 아랑곳하지 않았다. 양과가 웃으며 말했다.

"이 계곡은 남향이고 높은 산이 북풍을 막아줘서 그렇단다. 그리고 지하에는 유황과 석탄 같은 광물들이 있어서 땅이 따뜻한 것 같구나. 그래서 봄이 오기도 전에 온갖 꽃들이 핀 것이겠지."

곽양은 신기해서 사방을 둘러보며 탄성을 질렀다.

"노완동은 행복하겠어요."

곽양은 신조의 등에서 폴짝 뛰어내려 인사를 한 후 양과와 나란히 걸어갔다. 계곡에 들어가서 몇 번을 굽이돌자 양편에 높은 절벽이 나타났다. 그 가운데에 세 그루의 큰 소나무가 하늘을 향해 뻗어 있고 그 사이로 두 갈래 길이 나 있었다. 그때 윙윙, 하는 소리가 나면서 수많은 옥봉이 나무 사이로 날아왔다.

양과는 주백통이 안에 있다고 생각하고 목청을 높여 불렀다.

"주백통 형님, 아우 양과가 친구와 함께 놀러 왔습니다."

사실 주백통과는 나이 차가 많이 나서 '어르신'이라고 불러야 했지만, 장난을 좋아하는 주백통은 신분과 나이를 따지지 않는 사람을 더 좋아했다. 과연 소나무 뒤에서 한 사람이 나타났다. 양과는 그 사람을 보고는 깜짝 놀랐다. 10여 년 전 주백통을 처음 만났을 때 그는 이미 머리와 눈썹이 하얗게 세었는데 지금은 머리와 수염, 눈썹 등이 반쯤은 거무스레해져서 오히려 예전보다 훨씬 젊어 보였다. 주백통이 호탕하게 웃으며 말했다.

"아우, 이제야 날 찾아왔군. 오호라, 그런 귀신 가면을 쓰고 누굴 놀려주려는 거야?"

주백통은 양과가 쓴 인피 가면을 벗기려고 손을 뻗었다. 그가 왼쪽에서 손을 뻗자 양과는 오른쪽 어깨를 약간 굽히면서 머리를 왼쪽으로 기울였다. 주백통은 뻗은 다섯 손가락을 양과의 목덜미에 대고 슬그머니 누르더니 또 호탕하게 웃어젖혔다.

"하하하하. 대단하군, 대단해! 이 노완동이 젊었을 때보다 훨씬 훌륭해."

알고 보니 두 사람은 잡으려고 손을 뻗고 피하는 이 단순한 동작을 하면서 절정의 무공을 겨루었던 것이다. 주백통이 손을 뻗었을 때 그 손가락 힘이 사방 일 장 정도를 모두 덮을 정도였기 때문에 양과가 몸을 날려 피하려 했다면 결코 성공하지 못했을 것이다. 그래서 양과는 오른쪽 어깨를 살짝 숙인 후 바로 철수공鐵袖功으로 주백통의 가슴을 공격하려 했다. 그러자 주백통은 정신을 집중해 양과의 공격에 버텼고, 양과는 그의 왼쪽 힘이 잠시 약해진 틈을 타 고개를 옆으로 기울여 상대방이 꽉 잡은 강한 힘을 떨어뜨린 것이다.

곽양은 이런 것을 전혀 알지 못한 채 그저 주백통이 양과를 칭찬하는 소리를 듣고 기분이 우쭐해졌다.

"어르신의 무공은 젊었을 때가 강했나요, 아니면 지금이 더 강한가요?"

"젊었을 때는 머리가 백발이었는데 지금은 검지 않느냐? 그러니 지금이 옛날보다 더 강하지."

"그럼 지금도 오빠를 못 이기니 예전에는 더욱 이기지 못했겠네요."

주백통은 감정이 상하지는 않았지만 그래도 별로 듣기 좋은 소리는 아닌지라 퉁명스럽게 내뱉었다.

"꼬마 아이가 헛소리를 하는구나."

그러고는 갑자기 두 손을 뻗어 곽양의 등과 허리를 잡고 공중으로 들어 올려 세 바퀴 돌린 후 땅에 내려놓았다. 신조는 곽양을 태우고 오면서 정이 들었고, 자신에게 공손하게 대하는 곽양한테 호감을 갖게 되었는데, 주백통이 갑자기 곽양을 공중으로 들어 올리자 날개를 퍼덕거리며 주백통을 치려 했다. 주백통은 쌍장에 힘을 모아 반격했다. 두 힘이 서로 부딪치자 주백통은 휘청거렸고, 신조의 날개 힘은 옆으로 비켜갔다. 신조가 다시 공격하려는 것을 양과가 서둘러 저지했다.

"수리 형, 예의를 갖춰요. 이분은 제 선배님이에요."

그제야 신조는 날개를 거두고 우뚝 섰으나 그 표정은 오만하기 그지없었다. 주백통은 탄복을 금치 못하며 말했다.

"훌륭한 짐승일세. 힘이 대단해! 이렇게 거들먹거릴 자격이 있군."

"이 수리 형은 백 살이 넘었으니 형님보다 훨씬 연배가 높아요. 형님, 그런데 어떻게 이리도 젊어지셨어요? 서리 내린 수염이 이렇게 검게 변할 수도 있나요?"

"이 수염은 내 마음대로 안 되더구나. 예전에는 하얗게 변하더니 지금은 또 검게 변하잖아. 그러니 제 하고 싶은 대로 내버려둘 수밖에."

곽양이 웃으며 말했다.

"앞으로 점점 더 어려지면 사람들이 어르신 머리를 툭툭 치면서 동생 취급을 하겠군요."

주백통은 정말 걱정이 되었는지 잠시 멍해져서 말을 하지 못했다. 사실 나이를 거꾸로 먹는 사람이 어디 있겠는가? 주백통은 성격이 솔직 담백하고 근심 걱정에 휩싸이는 것을 싫어했다. 그런 데다 산속에 살면서 복령伏笭, 옥봉꿀 같은 보신재들을 먹고 마음을 편하게 하니 수염과 머리가 점차 검어졌던 것이다. 주백통은 도사는 아니었지만 충허양생充虛養生의 도리를 깊이 습득해서 나이가 아흔이 넘었어도 여전히 기력이 멀쩡했다.

양과는 곽양의 말 한마디에 쓸데없는 걱정을 하는 주백통을 보고 웃음이 나오려는 걸 겨우 참았다.

"형님, 걱정 마세요. 만약 한 사람을 만나러 가시기만 한다면 앞으로는 더 어려지지 않게 해드릴 수 있습니다."

"누구를 만나란 말이냐?"

"그분의 이름을 말해도 절대 도망가지 않겠다고 약속하세요."

주백통의 직설적이고 화통한 성격은 나이가 들어도 변하지 않았다. 그는 양과의 말을 듣고 어렴풋이 그가 온 이유를 짐작했다.

"세상에 만나지 않을 사람이 딱 두 사람 있는데, 하나는 단 황야이고 또 하나는 그의 귀비인 영고다. 두 사람만 빼고는 누구든 만날 수 있어."

양과는 당황스러웠지만 물러설 수 없었다.

'유인책을 쓰는 수밖에 없겠구나.'

"아직도 그 사람들을 이기지 못하나 보군요. 그래서 만날까 봐 무서운 거 아닌가요?"

주백통은 머리를 절레절레 흔들었다.

"아니야, 아니야! 나 노완동이 아주 비열한 짓을 해서 그분들을 볼 면목이 없는 거야. 내가 무슨 낯짝으로 그 사람들을 만나겠느냐?"

양과는 이 말을 듣고 순간 멍해졌다. 주백통이 영고를 만나려 하지 않는 이유를 파악한 양과는 재빨리 생각을 정리하고 말을 이었다.

"그럼 두 사람에게 큰 화가 닥쳤는데도 그저 못 본 척하실 겁니까?"

주백통은 화들짝 놀랐다. 항상 일등대사와 영고에게 양심의 가책을 느끼며 살아온 그는 행여 두 사람이 어려움에 처하면 목숨을 버려서라도 구해줘야겠다고 생각했다. 그러나 전혀 걱정 없이 웃음 띤 곽양의 표정을 보고 양과의 말이 거짓이란 걸 알았다.

"날 속이려고? 단 황야의 무공이 얼마나 높은데 어려운 일을 당하겠느냐? 만약 그렇게 무서운 적이 있다면 단 황야도 못 이기는데 내가 어찌 물리치겠느냐?"

"사실대로 말씀드리죠! 영고가 형님을 너무 그리워하고 있습니다. 무슨 일이 있어도 꼭 그분을 만나셔야 합니다."

주백통은 순간 낯빛이 파랗게 변하면서 두 손을 벌벌 떨더니 정색을 하며 말했다.

"아우, 그런 말을 꺼내려면 이 백화곡에서 나가주게. 앞으로는 절대 알은척하지 않을 거야."

양과는 소매를 휙 털고는 말했다.

"형님, 저를 백화곡에서 쉽게 쫓아내지는 못할 겁니다."

"허허, 나와 겨뤄보겠다는 건가?"

"한 수 배워보지요. 만약 제가 지면 당장 백화곡을 나가서 영원히 찾지 않을 것입니다. 하지만 형님께서 지면 저를 따라 영고를 뵈러 가셔야 합니다."

"그건 아니지! 먼저 내가 너 같은 애송이한테 질 리가 없고, 둘째 내가 진다고 하더라도 영고를 만나지는 않을 거야. 절대로."

양과가 성을 내며 말했다.

"이겨도 안 만나고 져도 안 만나겠다니 그럼 왜 대결을 하는 겁니까?"

주백통도 화를 내며 말했다.

"안 만난다면 안 만나는 거지 무슨 말이 그렇게 많아? 어서 공격이나 하라고!"

양과는 유인책이 먹혀들지 않으니 이제는 무력을 쓸 수밖에 없다는 생각을 했다. 무공 대결을 좋아하는 주백통은 백화곡에 은거하면서도 매일 연마를 게을리하지 않았다. 너무 높은 경지의 고수는 적수를 찾기가 어려운 법인데 양과가 무공을 겨루자고 하니 잘됐다 싶어 주백통은 얼른 앞으로 나섰다. 계속 설전을 벌이다가는 혹시 마음이 바뀌어서 안 싸운다고 할까 봐 먼저 왼손을 들어 올렸다.

"내 손맛을 봐라!"

주백통은 오른쪽 주먹을 내지르며 72초의 공명권법空明拳法을 전개했다. 양과는 왼손으로 일장을 뻗어 반격했는데 상대방의 권력이 있는 듯 없는 듯 느껴졌다. 자신의 장력을 그대로 뻗어도 안 될 것 같고 허를 치게 되면 아주 위험할 것 같았다. 그래서 서둘러 10여 년 동안 산과 거센 파도 속에서 연마해온 장법으로 반격했다. 양과가 연달아 세 번 장력을 날리자 주변의 나뭇잎과 꽃들이 형형색색의 꽃비가 되어 날렸다. 다시 세 번 장을 내지르자 사방에 소리가 끊이지 않더니 나뭇가지가 산산이 부러졌다. 양과는 처음에는 주백통이 노쇠해 자신의 강력한 장력을 받아내지 못할까 봐 장력을 뻗자마자 곧 그 힘을 거두었지만, 여섯 번째 장을 날린 후에는 상대방의 내공이 심후하고 권법도 자신보다 한 수 위라는 것을 파악했다. 그래서 이후부터는 전력을 다하여 장을 날렸다.

주백통은 신이 나서 소리쳤다.

"멋져! 훌륭한 장법이야! 이래야 싸우는 맛이 나지!"

두 사람의 권력과 장력이 미치는 범위가 점점 넓어져서 곽양은 한 발짝 한 발짝 뒤로 물러나야 했다. 한참 싸우는 동안 주백통은 공명권법의 모든 초수를 사용했다. 비록 초수에서는 이겼지만 파도 속에서 연마한 거센 풍랑과도 같고 변화가 무궁무진한 양과의 장법을 힘으로는 이길 수 없었다. 곽양은 오색 꽃들이 날아다니는 가운데 끊임없이 허공을 가르는 권법과 장법을 바라보며 양과가 다칠까 봐 걱정이 되었다.

주백통은 수십 년 동안 연마한 공명권이 양과를 이기지 못하자 놀라움과 찬탄을 금치 못했다.

'젊은 나이에 정말 대단하구나!'

그가 돌연 초식을 바꾸어 왼손으로 권법을 날리고, 오른손으로 장법을 날리며 좌우에서 협공을 전개했다. 양과는 장법 하나로만 상대방의 협공을 상대하니 자연 힘에 부쳤다. 예전에 소용녀는 주백통에게 이 무공을 전수받고 양손으로 옥녀소심검법을 사용해 금륜국사를 무찔렀다. 그러나 그 후 양과와 다시 만났을 때 소용녀는 그저 간략하게만 그런 것이 있다고 이야기했을 뿐 자세히 설명해주지는 않았다. 그래서 주백통의 이 초식에 양과는 놀라면서 그저 왼손에 더욱 힘을 주고 오른쪽 소매로 상대의 공격을 받아낼 수밖에 없었다.

곽양은 두 사람의 초식 가운데 숨어 있는 절묘한 무공을 이해할 수는 없었지만, 갑자기 양과가 수세에 몰렸다는 것은 알아보았다. 곽양은 놀라서 바라보다 문득 아버지가 무공을 가르칠 때 두 손으로 각기 다른 무공을 사용해서 자신과 형제들의 공격을 받아낸 것을 떠올렸다. 주백통이 사용하는 것이 바로 아버지의 그 무공인 것 같았다. 곽양은 주백통이 아버지에게 전수해준 것인지 아니면 주백통이 몰래 아버지의 무공을 훔쳐 배운 것인지를 알아보지도 않고 화를 내며 말했다.

"노완동, 그만해요! 이건 불공평해요! 불공평하다고요! 큰오빠, 싸우지 마세요."

주백통이 성큼 두 걸음 걸어와서는 소리쳤다.

"뭐가 불공평하다는 거냐?"

"이 괴상한 초식은 우리 아버지한테 훔친 거죠? 그걸 우리 오빠한 테 사용하다니 부끄럽지도 않으세요?"

주백통은 곽양이 말끝마다 '오빠'라고 부르는 것을 보고 곽양이 정 말 양과의 친동생이라고 생각했다. 그러나 양과의 아버지가 누구인지 생각해보았으나 기억이 나지 않았다.

"또 헛소리로구나. 이 무공은 내가 동굴에서 만들어낸 것인데 어째 서 네 아버지한테 배웠다고 말하는 것이냐?"

"좋아요. 훔친 게 아니라고 쳐요! 우리 오빠는 한 팔밖에 없는데 두 팔로 그러는 게 어디 있어요? 우리 오빠도 팔이 두 개였다면 벌써 이 겼을 거예요."

주백통은 순간 멍해졌다.

"그래, 네 말에도 일리가 있구나. 하지만 양과의 손이 두 개였어도 동시에 두 개의 초식을 구사하지는 못해!"

주백통은 득의양양하게 웃음을 터뜨렸다.

"오빠가 외팔이라는 걸 이용하고도 영웅호걸이에요? 대결을 할 때 는 다른 사람의 약점을 이용해서는 안 돼요. 정정당당하게 싸워야 누 가 정말 강한지 알 거 아니에요?"

"그럼 나도 저놈처럼 여자에게 팔을 하나 잘려야 속이 시원하겠느냐?"

곽양은 깜짝 놀라 양과를 쳐다봤다.

'여자가 팔을 자른 거였구나. 어떤 나쁜 여자가 그랬을까? 어쩜 그 렇게 독할 수가 있지?'

"그럴 필요까지는 없어요. 한 손을 허리띠에 묶고 한 팔로만 싸우세 요. 그래야 공평하죠."

주백통은 그렇게 하는 것도 재미있을 것 같았다. 예전에 도화도에서 황약사와 그렇게 싸운 적도 있었기에 곧 오른팔을 허리띠에 쑤셔넣었다.

"이젠 이거도 불만이 없겠지?"

곽양과 주백통이 말싸움을 하는 사이 양과는 옆에서 묵묵히 듣고만 있었다. 팔을 잃은 후 다른 사람들이 자신을 '외팔이'라고 부르는 것을 싫어하지는 않았다. 비록 팔이 하나밖에 없지만 천하에 아무리 건장한 사람이라도 이길 자신이 있었기 때문이다. 그런데 지금 주백통이 오른팔을 쓰지 않겠다고 하자 오히려 무시당하는 느낌이 들었다.

"나는 아무래도 상관없습니다. 내가 팔이 하나라서 팔이 두 개인 노완동을 이기지 못한다면 차라리 저는…… 저는……."

양과는 원래 "차라리 저는 백화곡에서 자결을 하겠습니다"라고 말하려 했으나, 순간 소용녀와 만날 날이 얼마 남지 않았다는 것을 떠올리고 입을 다물었다.

곽양도 후회했다. 동생이 오빠를 걱정하는 마음으로 양과를 도와주려고 한 것인데, 지금 와서 생각해보니 당대 영웅 대협으로 명성을 날리는 그가 결코 한 손을 묶은 사람과는 싸우고 싶지 않을 것 같았다.

"오빠, 제가 잘못했어요."

곽양은 주백통에게 달려가 오른팔을 허리띠에서 풀어주었다.

"우리 오빠는 한 팔만으로도 어르신을 충분히 이길 수 있어요. 믿지 못하시겠다면 한번 싸워보세요."

양과는 주백통이 뭐라고 말을 하기 전에 몸을 옆으로 살짝 구부리며 일장을 뻗었다. 주백통도 왼손으로 일권을 날렸다. 그러나 양과의 약점을 이용하고 싶지는 않아 오른팔은 전혀 사용하지 않았다.

주백통은 한 팔로 변화무쌍한 초수를 펼쳤다. 그런 탓에 자연 힘에 부쳤다. 순식간에 20여 초식이 전개되었다. 양과는 비록 팔이 하나지만 한창 나이였고 상대는 백 살이 되어가는 노인이었다. 그런데 100여 초식이 지나도 이기지 못하니 양과는 10년 동안의 무공이 모두 헛되었다는 생각이 들었다. 그때 주백통의 권법과 장법에서 전해지는 안정감 있고 강렬한 기운이 이전의 허虛에 기초한 공명권과는 많이 다르다는 걸 느꼈다. 양과는 순간 종남산 고묘 석벽에서 보았던 〈구음진경〉이 떠올랐다. 〈구음진경〉에서 이 권법을 언급한 것이 생각난 것이다. 주백통이 사용한 초수는 바로 이 권법과 일맥상통하지만 완전히 같지는 않았다. 아마 주백통이 〈구음진경〉의 권법을 약간 변화시킨 것 같았다.

"〈구음진경〉의 권법은 참으로 대단하지 않습니까? 두 손을 함께 사용해서 저의 암연소혼장暗然銷魂掌을 받아보십시오."

주백통은 양과가 자기 권법의 내력을 알아보자 화들짝 놀랐다. 그는 자신도 모르게 〈구음진경〉의 무공을 사용해 사형의 유지를 어긴 것이다. 게다가 양과가 또 무슨 암연소혼장을 사용하겠다고 하자 더욱 놀랐다. 그는 어릴 때부터 무공을 좋아해 각파의 무공에 대해 모르는 것이 없었는데 암연소혼장이라는 이름은 처음 들었기 때문이다.

양과는 먼 곳을 응시하며 외팔을 뒤로 돌렸다. 그러고는 발을 단단히 붙이지 않고 가슴의 모든 허를 다 드러냈다. 이것은 무학에서 가장 금기시하는 자세였다. 주백통은 일 보 앞으로 나아간 후 양과가 어떻게 대응하나 보려고 왼손으로 허초를 구사했다. 그러나 양과는 전혀 개의치 않았다.

"조심해!"

주백통은 소리를 지르며 양과의 복부를 향해 일권을 뻗었다. 그는 양과가 다칠까 봐 힘을 3할밖에 싣지 않았다. 그런데 주먹이 양과의 몸에 닿자 복부의 근육이 움직이고 가슴이 안으로 움츠러들었다가 밖으로 튕기더니 그의 일권을 가볍게 물리쳐버렸다. 주백통은 흠칫 놀라 급히 왼쪽으로 몸을 날렸다. 내공의 고수들이 가슴으로 상대의 초수를 받아내는 것은 흔한 일이나, 이처럼 가슴근육을 움직여 공격하는 것은 처음 겪어보았다. 주백통은 호기심을 주체할 수 없었다.

"이게 무슨 무공이냐?"

"이것은 암연소혼장의 13초식으로 심경육도心驚肉跳라고 합니다!"

주백통이 중얼거렸다.

"처음 들어보는구나."

"이건 제가 만들어낸 17로 장법이니 당연히 들어본 적이 없을 것입니다."

양과는 소용녀와 절정곡 단장애에서 헤어진 뒤 신조를 만나 파도 속에서 무공을 연마했다. 거기서 몇 년이 흐르는 동안 그의 무공은 최고 경지에 올랐으나 더 이상 연마하고 싶지 않았다. 하루 종일 소용녀를 그리워하다 보니 점점 의기소침해져 사는 재미가 없었다. 그러더니 갈수록 피골이 상접해갔다. 하루는 해변에서 한참 동안 말없이 서 있다가 그저 무료해서 제멋대로 주먹과 발을 휘둘러댔다. 이미 내공이 절정의 경지에 오른지라 그저 손만 뻗어도 그 위력이 대단했고, 일장을 살짝 뻗었는데도 해변의 바위들이 산산조각 났다. 그는 이때부터 고심하며 장법을 만들어내기 시작했다. 출수 방식은 일반 무공과 완전히 달랐고 위력의 중심은 내공에 있으며 도합 17로로 구성된 새로운 장법이었다.

그는 평생 동안 많은 명문 무학의 대가들에게 지도를 받았다. 전진교에서 현문정종 내공의 비결을 습득했고, 소용녀에게 〈옥녀심경〉을 배웠으며, 고묘에서 〈구음진경〉을 보았고, 구양봉에게 합마공과 기를 역행하는 법을 배웠다. 그뿐만 아니라 홍칠공과 황용에게 타구봉법을 배웠고, 황약사에게 탄지신통과 옥소검법을 전수받았다. 일양지를 제외하고 동사, 서독, 남제, 북개, 중신통의 무학을 다뤄보지 않은 것이 없는 셈이었다. 여기에 고묘파의 무학과 자신만의 것을 더하니 그제야 그가 익힌 모든 무학이 융화되어 완연한 일체를 이루었다. 그러나 그는 팔이 하나라 초수의 변화에 구애받지 않고 일부러 무학의 통상적인 이치를 정반대로 응용했다. 그는 이 장법을 암연소혼장이라 칭했는데, 이것은 강엄江淹의 〈별부別賦〉 중 "슬퍼서 넋이 빠진 것은 이별했기 때문이다暗然銷魂者 唯別而已也"에서 따온 것이다. 장법을 연마하면서 지금까지 주백통 같은 진정한 고수를 만난 것은 처음이었다.

주백통은 양과가 독창적으로 개발한 무공이라는 말을 듣고 더욱 흥미를 느꼈다.

"보고 싶다. 어서 보여 다오!"

주백통은 여전히 왼팔만 사용해 손을 휘둘렀다. 양과는 전혀 상관하지 않고 일장을 머리 위에서부터 내뻗었다. 그러자 장이 아래로 비스듬히 활 모양으로 휘어져 내려왔다. 주백통은 이 일장이 사방을 에워싸고 있어서 피할 수 없다는 것을 알고 재빨리 손을 들어 막았다. 두 사람의 장력이 부딪치자 주백통의 몸이 휘청거렸다. 주백통의 무공이 양과보다 약한 것은 절대 아니지만 양과보다 힘이 부족했다. 그는 가슴의 탁한 기를 훅 토해내고는 갈채를 보냈다.

"대단해! 이건 이름이 무엇이냐?"

"기인우천杞人憂天이라 합니다. 조심하세요. 이번에는 무중생유無中生有입니다."

주백통은 무중생유라는 이름이 너무 이상하고 재미있어서 피식 미소를 지었다. 양과는 팔을 늘어뜨리고 전혀 방어 태세를 갖추지 않고 있다가 주백통의 권 초식이 가까이 왔을 때 갑자기 요란한 몸놀림을 전개했다. 왼손과 오른쪽 소매, 양발과 머리, 팔꿈치와 무릎, 엉덩이와 어깨, 심지어 가슴과 등, 허리와 배까지도 모두 초식을 격출해 위협적인 공격을 펼쳤다.

주백통은 분명 절초식으로 반격할 거라 예상했지만 온몸으로 공격하리라고는 전혀 생각지 못했다. 그러나 이것은 무중생유 초수 가운데 일 초식에 불과했고 나머지 10여 초식은 주백통의 체면을 생각해서 아직 발하지 않았다. 주백통은 오른팔을 줄곧 쓰지 않다가 어쩔 수 없이 방어용으로 사용할 수밖에 없었다. 그렇게 두 팔로 전력을 다해 겨우 일 초식의 장법을 막아냈다. 그러고도 반격할 여유는 없었다. 그렇게 하나씩 피하며 뒤로 물러나면서 양과가 더 이상 괴상한 초식을 발하지 못하도록 막는 게 최선일 것 같았다.

"어르신, 두 손을 다 사용해도 힘들겠어요. 팔이 하나 더 생겼으면 좋으시겠죠?"

곽양의 말에 주백통이 웃으며 말했다.

"그럼 날 '세 팔 달린 요괴'라고 부를 거지?"

양과는 주백통이 자신의 기습 공격을 모두 받아내자 속으로 탄복해 마지않았다.

"다음 초식은 타니대수拖泥帶水입니다!"

주백통과 곽양은 동시에 탄성을 보냈다.

"이름 한번 기막히네!"

"그만 감탄하시고 초식이나 받으세요!"

양과는 오른손 소매를 흐르는 물처럼 휘두르고 왼쪽 손은 느릿느릿 움직이면서 수천 근의 진흙을 끄는 것 같은 형상을 만들어냈다. 주백통은 사형인 왕중양이 황약사가 자부하는 일로오행一路五行 권법에 대해 말하면서 권력 가운데 오행이 숨어 있다는 말을 떠올렸다. 양과의 오른쪽 소매는 북방 계수癸水의 형상이었고, 왼쪽 주먹은 중앙 술사戌土의 형상이었다. 가볍고 변화무쌍한 것과 무겁고 강한 것이 함께 어우러지면서 강력한 힘을 발휘하는 양과의 무공에 맞서 주백통은 왼손으로 공명권의 초식을 구사하고 오른손으로는 대복마권大伏魔拳을 구사하며, 가벼움으로 가벼움을 받아내고 무거움으로 무거움을 받아냈다. 공격이 서로 부딪치자 두 사람은 동시에 소리를 지르며 수 보 뒤로 물러났다.

이 네 초식이 지나가자 두 사람은 모두 서로의 무공에 탄복했다.

'암연소혼장을 연마한 이래 주백통이 가장 강한 상대구나. 만약 이긴다 하더라도 힘든 싸움이 될 것이다. 진정으로 승부를 겨루려면 내공을 모두 사용해야 할 텐데 그렇게 되면 한 사람은 죽거나 다칠 수밖에 없다. 예전 홍칠공과 의부인 구양봉이 대결할 때처럼 두 사람 모두 죽을 수도 있는데 그럴 필요는 없겠지.'

양과는 공격을 멈추고 땅에 무릎을 꿇었다.

"형님, 실로 대단합니다. 아우가 졌습니다."

그러고는 곽양을 돌아보며 말했다.

"누이, 선배님께서 가지 않으시겠다니 우리끼리 가자."

주백통이 서둘러 말했다.

"잠시만, 잠시만! 무슨 소혼장이니 하는 게 17로가 있다면서 나머지 13로는 보여주지도 않고 왜 벌써 가려는 거냐?"

"형님께서는 저한테 항상 잘해주셨고 제 처에게도 잘해주셨습니다. 그래서 항상 좋은 친구이자 형님으로 여기고 있습니다. 형님의 무공을 따라갈 수 없어서 이 아우가 패배를 인정하는 것입니다."

주백통은 연신 고개를 내저었다.

"아니야, 아니야! 아우는 지지 않았고 나도 이기지 않았어. 백화곡을 벗어나려면 17로의 장법을 모두 사용해야만 할 거야."

양과가 말한 심경육도, 기인우천, 무중생유, 타니대수 네 가지 장법은 이름과 그 방법이 모두 괴이하고 재미있어서 보통 사람이라도 끝까지 다 보고 싶을 터인데 하물며 대결을 좋아하고 호기심 많은 주백통이 오죽하겠는가.

"말도 안 됩니다. 형님과 같이 가야 하는데 거절을 하셔서 그냥 가려는데 오히려 형님이 저에게 남으라고 하니 이상하군요."

주백통이 애원하듯 말했다.

"착한 아우, 나머지 열세 가지 장법이 어떤 건지 너무 궁금하네. 제발 좋은 일하는 셈 치고 가르쳐주게. 자네가 배우고 싶은 무공이 있다면 내가 다 가르쳐주겠네."

"제 장법을 배우고 싶다니 그건 어렵지 않습니다. 형님께 무공을 가르쳐달라고 하지도 않겠습니다. 하지만 다 배우신 후에는 저를 따라 영고를 만나러 가야만 합니다."

주백통은 근심 어린 얼굴로 눈썹을 찌푸렸다.

"그래? 그럼 잘 가게."

"그러시다면 후배는 이만 가보겠습니다."

주백통은 쌍장을 교차하고 몸을 훌쩍 날려 길을 막더니 일권을 날린 후 웃으며 말했다.

"착한 아우, 나를 친구로 여긴다면 한 초식만 구사해봐."

양과는 장을 들어 막았으나 그것은 전진파 무공이었다. 주백통은 권법을 변화시켜가며 공격했지만 양과는 시종일관 전진파의 장법이나 〈구음진경〉의 무공으로만 대응했다. 그는 주백통의 연이은 공격에 그저 방어만 했다. 주백통이 아무리 허점을 보이며 유인을 해도 결코 암연소혼장의 새로운 장법을 보여주지 않았고 어쩌다가 심경육도, 기인우천, 무중생유, 타니대수 같은 초식에 약간씩 변화만 줄 뿐이었다. 주백통은 바짝 약이 올랐다.

두 사람은 그렇게 다시 반 시진을 싸웠다. 주백통은 나이가 들어 기력이 쇠했고 내공도 처음 싸울 때보다 많이 떨어졌다. 그는 이제 양과가 암연소혼장을 쓰도록 유인하는 게 어렵겠다는 것을 알고 양팔을 툭 떨어뜨렸다.

"그만해, 그만하자고! 내가 여덟 번 절을 올리고 사부로 삼을 테니 가르쳐주게나. 양과 사부님, 제자 주백통이 절을 올립니다!"

주백통은 정말 무릎을 꿇으며 절을 했다.

'세상에 이렇게 무공을 좋아하는 사람은 없을 거야.'

양과는 웃으며 황급히 무릎을 꿇고 같이 절을 하고는 주백통을 일으켜 세웠다.

"무슨 그런 말씀을 하십니까? 암연소혼장의 나머지 열세 가지 장법의 이름은 들려드릴 수 있습니다."

주백통은 너무 기뻐하며 연신 아부를 했다.

"정말 착해. 정말 착한 동생이야. 아이고, 착한 동생아."

곽양이 끼어들었다.

"오빠, 우리랑 가지도 않을 건데 뭐 하러 가르쳐줘요?"

양과는 노완동이 무예 대결에 너무나 광적으로 열중하자 이름을 말해주면 더더욱 거기에 매달릴 거라 생각하고 이같이 결심한 것이었다. 양과가 곽양에게 말했다.

"이름을 알려드리는 거야 어려운 일이 아니지."

주백통이 급히 말했다.

"맞다. 이름을 듣는다고 뭐 큰일이야 나겠어? 저 낭자는 참 속도 좁구나."

양과는 큰 나무 아래에 있는 돌 위에 앉았다.

"그럼 말씀드리겠습니다. 암연소혼장의 나머지 열세 가지 장법은 배회공곡俳徊空谷, 역불종심力不從心, 행시주육行屍走肉, 도행역시倒行逆施……."

이 말을 듣고 곽양은 너무 웃어서 배꼽이 빠질 지경이었지만 주백통은 아주 진지하게 중얼거리며 외웠다.

"혼견몽영魂牽夢縈, 폐침망식廢寢忘食, 고형척영孤形隻影, 음한탄성飮恨吞聲, 육신불안六神不安, 궁도말로窮途末路, 면무인색面無人色, 상입비비想入非非, 매약목계呆若木鷄."

곽양은 이름들을 듣고 양과가 측은하고 불쌍해서 더 이상 웃을 수 없었다. 주백통은 넋이 나간 듯 멍하니 있더니 한참 후에야 입을 열었다.

"면무인색이라는 초식은 어떻게 하는 거지?"

"비록 일 초식이기는 하나 그 속에는 변화가 많습니다. 얼굴에 희로애락의 모든 표정을 드러내면 상대방은 그것을 보고 스스로를 자제하지 못하게 됩니다. 그래서 내가 기뻐하면 적도 기뻐하고 내가 슬퍼하면 적도 슬퍼하게 되어 결국 내 명령에 따라 움직이게 됩니다. 이렇게 아무 소리도 힘도 주지 않고 적을 제압하는 방법은 장소로 적을 제압하는 것보다 한 수 위에 있는 것입니다."

"〈구음진경〉에 나오는 이혼대법을 변화시킨 것인가?"

"그렇습니다!"

주백통이 미간을 펴고 웃으며 말했다.

"그렇다면 도행역시는 무엇인가?"

양과는 갑자기 물구나무를 서서 머리로 땅을 딛고 일장을 뻗었다.

"이것이 도행역시의 서른일곱 가지 변화 중 하나입니다."

주백통이 고개를 끄덕였다.

"그것은 서독 구양봉의 무공에서 나온 것이로군."

양과는 몸을 다시 바로 세웠다.

"맞습니다. 하지만 이 장법에는 역逆 가운데 정正이 있어 정반正反이 서로 상충되어 모순을 일으키면서 서로를 제어합니다."

주백통은 잠시 생각하더니 무슨 소리인지 이해가 되지 않는 듯 머리를 긁적거렸다.

"그게 무슨 말이냐?"

"자세한 내용은 알려드릴 수 없습니다."

주백통은 콧방귀를 뀌더니 더 이상 말하지 않았다. 더 묻고 싶었지만 양과가 절대 말해주지 않을 것 같았다.

곽양은 머리를 긁적이며 궁금해서 안달이 난 주백통의 모습을 지켜보면서 불쌍한 생각이 들어 다가갔다.

"어르신, 대체 왜 영고를 만나지 않겠다고 하시는 거예요? 저희와 함께 가면 제가 오빠한테 부탁해서 그 장법을 가르쳐달라고 할게요."

주백통은 한숨을 내쉬었다.

"내가 소싯적에 실수를 한 일이라 말하려니 정말 난처하구나."

"뭐가 걱정이세요? 일단 말을 하면 마음이 훨씬 편해질 거예요. 전 잘못을 저질렀을 때 어머니 아버지가 물어보면 한 번도 속이지 않았어요. 그냥 한번 혼나면 그걸로 끝인데 속이려 하면 나중에 더 괴로워지거든요. 이번에 내가 몰래 나온 걸 알면 부모님께서 분명 화를 내실 거예요. 하지만 이미 나온 걸 어쩌겠어요? 그래도 거짓말은 하지 않을 거예요."

주백통은 천진무구한 곽양의 표정을 보고 다시 양과를 바라보았다.

"좋아, 내가 소싯적 잘못한 일을 말해줄게. 절대 웃으면 안 된다."

"그럼요. 누가 웃겠어요?"

곽양은 주백통의 손을 잡고 친근하게 옆에 바짝 붙어 앉았다.

"다른 사람의 일을 말한다고 생각하든가, 아니면 그냥 옛날이야기를 해준다고 생각하고 말해보세요. 그럼 제가 나쁜 짓을 한 것도 말씀드릴게요."

주백통은 곽양의 작고 예쁜 얼굴을 바라보고 웃으며 말했다.

"너도 나쁜 짓을 한 적이 있다고?"

"물론이죠? 저라고 하지 않았겠어요?"

"좋아, 그럼 네가 먼저 하나 말해봐."

"어디 하나뿐이겠어요? 열 가지도 넘어요. 음, 하루는 군사 한 명이 성벽에서 야간 보초를 서며 졸고 있었는데 아버지는 그를 포박하게 한 후 참수시켜 본보기로 삼으려고 했어요. 전 너무 불쌍해서 밤에 몰래 풀어주고 도망치게 했죠. 아버진 심하게 화를 냈지만 제가 그랬다고 하니까 그냥 한 대 때리고 마셨어요. 또 한번은 가난한 여자아이가 어머니 팔찌가 예쁘다고 부러워하길래 제가 훔쳐서 줬어요. 어머닌 팔찌를 잃어버렸다고 난리를 피우셨는데 저는 속으로 웃기만 하고 말하지는 않았어요. 말하면 어머니는 차라리 잘했다고 하겠지만, 언니가 그 아이를 찾아가서 팔찌를 빼앗아 올 거거든요."

주백통은 한숨을 쉬었다.

"그런 일들은 내가 한 짓에 비하면 아무것도 아니다."

그러면서 주백통은 천천히 입을 열었다. 어떤 사유로 사형인 왕중양을 따라서 대리국의 단 황야를 만나러 갔는지, 어떻게 하다 유 귀비에게 무예를 가르쳤고, 두 사람이 해서는 안 될 짓을 저질러 결국 영고가 자신에게 미련을 못 버리게 되었는지를 이야기했다. 그리고 왜 자신이 그런 영고를 피하게 되었는지, 또 단 황야가 왜 화를 냈으며, 왜 결국 황위를 버리고 출가해서 중이 되었는지 등을 괴로운 얼굴로 털어놓았다.

곽양은 넋을 잃고 듣고 있다가 주백통의 말이 끝나자 얼굴이 벌겋게 되어서 물었다.

"그럼 단 황야는 유 귀비 말고도 첩이 있었어요?"

"대송 천자의 3,000명 후궁보다는 못하겠지만 세 개의 궁전에 별당이 여섯 개 있었으니 수십 명은 족히 되었겠지."

"보세요. 그 사람은 후궁이 수십 명이나 있는데 어르신은 부인이 한 명도 없으니 친구 간의 의리를 생각해서 유 귀비를 어르신께 주어도 되었겠네요."

주백통은 고개를 저으며 말했다.

"그때 단 황야도 그런 말을 했지. 하지만 유 귀비는 단 황야가 정말 사랑하는 여자였고, 그 때문에 황제 자리까지 마다하고 중이 되었어. 그러니 난 정말 미안해서 죽을 지경이야."

양과가 말했다.

"일등대사가 출가한 것은 형님의 잘못 때문이 아닙니다. 오히려 단 황야가 형님께 미안해서 출가한 겁니다."

주백통이 궁금해하며 말했다.

"단 황야가 나한테 미안해하다니? 그게 무슨 소리냐?"

"어떤 사람이 형님의 아이를 해쳤는데, 단 황야가 구해주지 않았다고 했습니다."

양과는 일등대사와 주백통의 말을 듣고 진상을 추측해서 말했다. 주백통은 영고가 자신의 아이를 낳았다는 말은 얼핏 들었지만 믿으려 하지 않았다. 그래서 지금껏 그런 일은 없었다고 생각하며 살아왔다. 그런데 양과가 진지하게 그 일을 꺼내니 너무나 생소했다.

"내 아이라니? 그게 무슨 말이냐?"

"저도 자세히는 모르지만 일등대사가 그렇게 말씀하셨습니다."

양과는 흑룡담에서 일등대사가 한 말을 들려주었다. 주백통은 두 눈이 휘둥그레져서 듣고 있다가 그제야 자신의 아기가 정말 태어났다는 것을 믿었다. 정말 청천벽력과도 같은 말이었다. 주백통은 멍해져서 한동안 아무 말도 하지 못했다. 슬픔과 기쁨이 교차했다. 영고가 수십 년 동안 겪었을 고통을 생각하니 옛정이 되살아났다. 그러자 가슴이 찢어질 듯이 아파왔다.

"아, 그런 일이…… 다 내 잘못이야……."

'선배님은 참으로 정에 약하신 분이로구나. 이대로 둔다면 무슨 일이 일어날지 모르니 기분 전환을 시켜드려야겠다.'

"형님, 제가 암연소혼장의 모든 장법을 하나하나 보여드리겠습니다."

양과는 입으로 구결의 핵심을 말하면서 열일곱 가지 장법을 처음부터 끝까지 시연해 보였다. 그러나 면무인색 초식은 얼굴에 인피 가면을 쓰고 있었기에 보여주지 못하고 말로만 설명했다. 주백통은 〈구음진경〉을 숙지하고 있어 표정을 보지 않고도 그것을 이해할 수 있었다. 그러나 행시주육과 궁도말로는 잘 알아듣지 못했다. 양과는 반복해서 여러 번 설명해주었으나 주백통이 깨닫지 못하자 한숨을 내쉬었다.

"15년 전 아내와 헤어졌을 때 저는 그리움에 사무쳐 미쳐버릴 것 같았습니다. 그 심정으로 이 장법을 만들어낸 것입니다. 선배님께서는 거칠 것 없이 평생 즐겁게 살아오신 분이라 이해하지 못하실 겁니다."

"자네가 그 예쁜 부인과 헤어졌다고? 왜 헤어졌어?"

양과는 소용녀가 곽부의 독계에 걸려 부상당한 일은 말하지 않고 그저 간략하게 독을 맞았지만 그걸 치유하지 못해 남해신니를 찾아갔고, 그 때문에 16년이 지나야 볼 수 있다는 말을 했다. 또 자신은 밤낮으로 그리워하며 제발 무사히 돌아오게만 해달라고 경건하게 빌고 있다고 말했다.

"저는 그저 아내의 얼굴을 한 번만이라도 더 보고 싶을 뿐입니다. 그릴 수만 있다면 제 몸이 수천 개의 칼에 찢긴다 해도 행복할 겁니다."

곽양은 양과의 그리움이 이토록 깊은 줄은 알지 못했다. 양과의 말을 듣자니 자신도 모르게 두 줄기 눈물이 뺨을 타고 흘러내렸다. 그녀는 양과의 손을 잡고 부드럽게 위로했다.

"오빠, 하늘이 도와주셔서서 꼭 만나게 될 거예요."

양과는 소용녀와 헤어진 후 처음으로 진심 어린 위로의 말을 들었다. 그녀의 따뜻한 말 한마디를 평생 잊지 못할 것 같았다.

'이 아이는 정말 마음이 따뜻하구나. 내 마음에 쏙 들어.'

양과는 한숨을 내쉬고 자리에서 일어나 주백통에게 예를 올렸다.

"형님, 이만 가보겠습니다."

그는 곽양과 함께 돌아섰다. 곽양은 몇 걸음 옮기다가 주백통을 돌아보며 말했다.

"선배님, 저희 오빠가 부인을 그리워하는 것처럼 영고도 그렇게 선배님을 그리워하고 있어요. 그런데도 만나주지 않다니 너무 잔인하세요."

곽양은 몇 번이나 돌아보며 주백통이 불러주기만을 기다렸다. 그러나 산모퉁이를 돌 때까지도 주백통은 넋이 나간 사람처럼 서서 두 사람을 바라만 보고 있었다.

곽양은 아쉬운 마음을 억제하며 입을 열었다.

"큰오빠, 세상에는 슬픈 일이 참 많네요. 오빠도 부인과 오랫동안 만나지 못했고요."

"이제 몇 달 뒤면 만날 수 있을 거야. 그땐 너도 만나게 해줄게."

양과는 말은 그렇게 했지만 마음은 불안했다.

'몇 달 뒤에 정말 만날 수 있을까?'

"오빠 부인은 어떤 분이에요? 어떻게 만났어요?"

"처음에는 내 사부였지. 어릴 때 항상 무시당하기만 했는데 그런 나를 거두어서 무공을 가르쳐줬어. 나한테 참 잘해줬지. 난 진심으로 좋아했고 그녀도 날 진심으로 좋아했단다. 그런데 내가 부인으로 맞으려고 하자 아주 많은 사람이 반대했어. 사부와 제자는 절대 혼인을 할 수 없다면서 말이야. 그런데도 우린 부부가 되었단다."

곽양은 손뼉을 치며 좋아했다.

"멋져요! 그럼요, 그래야죠! 큰오빠, 오빠는 진정한 영웅이고 부인도 진정한 영웅이에요. 모두들 반대했다고요? 피! 젠장, 웃기고들 있네. 이런, 미안해요. 욕을 배워서……."

곽양은 얼굴이 빨개지며 손으로 입을 막았다. 양과는 그런 곽양이 너무 귀여워서 번쩍 안아 주백통이 그랬던 것처럼 위로 세 바퀴 돌려서 던진 뒤 받아 안았다.

"이렇게 축하를 받는 것은 처음이야. 정말 고맙다."

양과가 곽양을 좋아하는 걸 보고 신조도 옆에서 끽끽, 소리를 내며 오른쪽 날개를 펴서 곽양의 등을 가볍게 쓸어주었다.

"우리의 혼인을 반대하는 사람이 너무 많았어. 그리고 운 나쁘게도 그만 아내는 독에 중독되고 말았지. 그래서 치유를 하느라 떨어질 수밖에 없었단다. 우린 16년 뒤에 다시 만나기로 약속했고, 그날이 이제 얼마 남지 않았어."

"너무 잘됐어요! 하늘이 보살펴셔서 부인과 꼭 만나고 다시는 헤어지지 않기를 바랄게요."

"고맙구나. 네 착한 마음을 영원히 기억할게. 나중에 내 아내를 만나면 꼭 이야기해줄 거야."

이렇게 기뻐하는 양과를 보며 곽양은 목이 메었다.

"매년 제 생일이 되면 어머니와 난 향을 피우며 하늘에 절을 올려요. 어머니는 항상 나에게 속으로 세 가지 소원을 빌라고 말씀하셨어요. 하지만 매년 무슨 소원을 빌어야 하나 고민했는데, 올해 생일에는 빌고 싶은 소원이 생겼네요. 오빠와 부인이 다시 만나 행복하기를 빌겠어요."

양과는 미소를 지으며 곽양을 똑바로 주시했다.

'네가 정말로 내 동생이었으면 얼마나 좋을까.'

"또 나머지 두 개의 소원은?"

"그건 비밀이에요. 그냥 평범한 거예요."

그때 뒤에서 누군가가 외치는 소리가 들렸다.

"아우! 잠시만 기다리게!"

주백통의 목소리였다. 양과는 반색을 하며 뒤를 돌아보았다. 과연 주백통이 바람같이 달려오고 있었다.

"아우, 어서 나를 영고에게 데려다주게."

곽양이 웃으며 말했다.

"그럼요. 영고 선배님이 어르신을 얼마나 애태우며 그리워하시는데요."

"아우의 말을 곰곰이 생각해봤어. 생각할수록 마음이 걸리더군. 지금 보러 가지 않는다면 앞으로 잠을 편히 자지 못할 것 같아. 내가 가서 영고를 직접 만나봐야겠어."

양과와 곽양은 너무나 기뻤다. 주백통의 성격대로라면 지금 당장 영고를 만나러 가야겠지만 날이 이미 어두웠다. 그리고 곽양은 너무나 피곤해 걸으면서도 눈이 감겼다. 그래서 일행은 나무에 기대어 잠을 청했다. 그런 뒤 다음 날 새벽 일찍 출발해서 사시巳時도 되기 전에 흑룡담에 도착했다.

영고와 일등대사는 양과가 정말 주백통과 함께 오자 너무나 놀랐다. 영고는 마음이 두근거려 한마디도 할 수 없었다.

주백통은 영고 곁으로 가서 큰 소리로 말했다.

"영고! 당신이 낳은 아이의 머리에 가마가 두 개 있었소, 아니면 하나가 있었소?"

영고는 주백통과 젊어서 헤어지고 노년에야 만났는데 겨우 들은 첫 말이 이런 황당한 질문이어서 기가 막혔다.

"두 개였습니다."

주백통은 손뼉을 치며 좋아했다.

"그래, 그럼 날 닮았겠군. 틀림없이 총명한 아이였겠어."

그러나 곧 한숨을 쉬었다.

"하지만 죽었다고 했지?"

영고는 기쁨과 슬픔이 교차해 그만 목 놓아 통곡했다. 주백통은 그런 영고의 등을 탁탁 치며 위로해주었다.

"울지 마시오! 울지 마시오!"

일등대사는 땅에 누워 있는 자은을 가리키며 말했다.

"이 사람이 당신 아이를 죽인 사람이오. 일장으로 내리쳐 죽여주시오!"

주백통이 말했다.

"영고, 당신이 하게나."

영고는 자은을 바라보며 나지막이 말했다.

"죽어가는 사람을 죽인다고 십수 년 전에 죽은 우리 아이가 다시 살아나겠어요? 오늘같이 즐거운 날, 지난날의 잘못을 탓해 뭐 하겠어요. 모두 잊어버리겠습니다."

주백통도 고개를 끄덕였다.

"맞는 말이오. 단 황야, 내가 당신 첩을 훔쳤다고 내 아이를 구해주지 않았으니 우린 비긴 셈이오. 이제 과거지사는 더 이상 따지지 맙시다."

자은은 위독해 겨우 숨을 쉬고 있는 상황에서도 주백통과 영고가 자신을 용서한다는 말을 들었다. 그러자 마음에 평화가 찾아왔다. 이제 더 이상 옛일에 얽매이지 않고 편안히 눈을 감을 수 있다고 생각하니 감정이 북받쳐왔다.

"두 분께 정말 감사드립니다."

그리고 일등대사에게 말했다.

"사부님, 부디 득도하십시오."

마지막으로 양과에게 말했다.

"참으로 고맙네."

자은은 얼굴에 웃음을 띠고 편안한 마음으로 눈을 감았다.* 일등대사는 불경을 외우며 합장을 했다.

"자은, 자은! 자네와 나는 사부와 제자 사이였으나 실은 아주 좋은 친구였네. 30여 년 동안 함께 지내며 좋은 일과 나쁜 일을 수없이 겪었지. 오늘 자네가 극락왕생을 하게 되니 기쁘기 그지없지만 이 슬픈 마음은 어찌할 수가 없네."

그는 '대명주大明呪'의 여섯 자와 '금강상사주金剛上師呪'의 열두 자를 읊은 후 자은을 묻어주었다. 양과는 자은의 무덤을 바라보며 예전 설곡曲谷 나무 집에서 자신과 소용녀가 혼례복을 입고 있을 때 자은이 미처 날뛰던 모습을 떠올렸다. 철장무공과 경공으로 강호를 휩쓸던 일대 무학 대사 역시 결국 흙으로 돌아가고 마니 만 가지 감회에 휩싸였다.

주백통과 영고는 서로를 바라보며 어디서부터 이야기해야 할지 어색해했다. 영고는 품에서 여우 두 마리를 꺼냈다.

"양 공자, 큰 은혜를 입었소. 이 늙은이가 은혜를 갚아야 하는데 줄 거라고는 이것밖에 없구려. 가지고 가시오."

양과는 그중 한 마리를 받아 들었다.

"한 마리만 주셔도 온정을 베푸시는 겁니다."

일등대사가 말했다.

"양 현질, 두 마리를 다 가져가게. 동물이라고 해도 목숨을 해쳐서는 안 되네. 여우의 다리를 살짝 베어 피를 짜낸 후 매일 작은 잔으로

---

* 일등대사는 대리국의 승려이다. 대리국은 토번吐蕃(7세기 초에서 9세기 중엽까지 활동한 티베트 왕국 및 티베트인에 대한 당·송나라 때의 호칭) 인근에 위치했으며, 불법佛法은 천축경天竺經인데 토번에서 전래했고 서장 대승불법大乘佛法의 일파이다. 그러나 후에 중화의 영향을 받아 현재의 밀종密宗과 비슷해졌다. 서장 불법은 사람이 죽을 때의 마음이 직접적으로 중음신中陰神(속세의 귀신)에게 영향을 준다고 믿었다. 중음신은 49일 안에 내세의 삼선도三善道(하늘, 인간, 아수라)가 될지 아니면 삼악도三惡道(아귀, 지옥, 축생)가 될지를 결정한다. 이렇게 임종할 때의 마음가짐이 내세의 행복에 큰 영향을 끼치기 때문에 임종 전에 포와phowa(영적 수행의 일종)를 수련해야 한다. 세상의 모든 것을 버리고 자유로워져야 하며 자비와 사랑의 마음을 지니는 것이 중요하다. 또한 자신이 저지른 죄악을 뉘우치고 괴롭힌 사람들로부터 진심으로 용서를 얻는다면 죽어서도 평안할 수 있다고 믿었다. 서장 불교도들은 임종 때 대명주의 여섯 자, 즉 '암唵, 마嘛, 니呢, 팔叭, 미彌, 우吽'나 '금강상사주'의 열두 자, 즉 '엄唵, 아阿, 우吽, 반기班其, 구로咕嚕, 팔마嘛嘛, 실지悉地, 우吽'를 읊는다. 혹은 중토정토종中土淨土宗의 영향을 받아 '아미타불'을 읊기도 한다. 이 소설에서는 자은 법사가 일등대사에게 귀의한 후 서장 불교의 가르침을 받아 임종 전에 영고의 용서를 얻어 평안하게 눈을 감기를 원했다. 이것은 서장 불교 정종교법에서 영향을 받은 것이다.

한 번씩 마시면 아무리 큰 내상이라도 치유될 것이네."

양과와 영고는 함께 기뻐하며 말했다.

"여우가 살 수 있다니 정말 다행입니다."

양과는 여우를 받아 든 후 일등대사와 주백통, 영고에게 작별을 고했다.

"내상이 치료되거든 여우를 놓아주게. 그럼 알아서 이곳으로 돌아올 것이야."

영고의 말에 주백통이 끼어들었다.

"단 황야, 영고! 함께 백화곡으로 갑시다. 내가 벌을 어떻게 다스리는지 보여주겠소. 그리고 새로운 장법도 배웠는데 모두 열일곱 가지라오. 하하, 대단하지요? 아우, 친구가 다 낫거든 동생과 함께 놀러 오게."

양과가 웃으며 대답했다.

"별다른 일이 없으면 꼭 세 분을 찾아뵈러 가겠습니다."

양과는 작별의 예를 올렸다. 구미영호는 반짝거리는 눈으로 영고를 보며 살려달라는 듯이 소리를 내며 울었다.

"양 공자가 너희의 목숨을 살려줄 것인데 왜 그리 시끄러우냐?"

영고가 호통을 치자 곽양은 웃으며 여우의 머리를 쓰다듬고 위로해주었다.

"여우야, 내가 너희를 잘 보살펴줄게."

세 개의 금침

곽양이 말했다.

"얼굴도 보지 못했는데 어떻게 오빠를 알아보겠어요? 이건 작은 일이 아니에요."

양과가 고개를 끄덕였다. 그러고는 왼팔을 들어 가면을 벗었다. 음산하고 흉측하게 생긴 가면 뒤에 숨은 모습을 보고 곽양은 순간 넋을 잃었다.

양과는 주백통과 영고를 만나게 해 평생의 한을 풀어주었고, 자은은 죽음에 이르러 용서를 받고 내세의 윤회를 믿으며 편안한 마음으로 눈을 감았다. 양과는 약속한 대로 구미영호를 얻어 곽양과 수리를 데리고 만수산장으로 돌아왔다.

사씨 형제는 양과가 여우를 두 마리씩이나 얻어온 것을 보고 크게 기뻐했다. 그들은 곧 여우의 다리를 베어 피를 받았다. 양과도 옆으로 가서 사숙강의 내공 운행을 도와주었다. 사씨 형제와 서산 일굴귀는 따로 말은 하지 않았지만 자신들의 목숨을 양과가 살려준 것이니 그가 하는 일이라면 무조건 따르며 서로 도울 것이라 다짐했다.

그날 밤 만수산장에서는 큰 잔치가 벌어졌다. 산해진미가 차려지고 양과는 상석에 추대받아 앉았다. 상 위에는 생전 보지 못하던 원숭이 혀 요리며 곰 발바닥 같은 진귀한 음식이 올라왔다. 모두들 기쁜 얼굴로 음식을 먹으며 양과의 공적을 이야기하느라 입에 침이 다 마를 지경이었다. 그런데 곽양은 웬일인지 한마디도 하지 않고 사람들의 이야기를 듣고만 있었다. 양과는 우연히 곽양을 한번 쳐다보았는데 그녀의 얼굴에 심란한 기색이 감도는 것을 보고 이 작은 아가씨가 매일 이리저리 따라다니느라 피곤해서 그런 것이라고 생각하며 그다지 신경 쓰지 않았다. 하지만 곽양은 이제 곧 양과와 헤어져야 하기 때문에 슬퍼하고 있었던 것이다.

술이 몇 순배 돌고 잔치가 무르익을 무렵 돌연 숲 밖에서 원숭이가 찢어질 듯한 비명 소리를 내질렀다. 그러자 연이어 수십 마리의 원숭이가 소리를 질러댔다. 사씨 형제의 얼굴빛이 조금 굳어졌다. 사소첩이 일어서며 양과에게 읍을 했다.

"제가 나가서 살펴보겠습니다."

그가 밖으로 나가는 모습을 지켜보며 사람들은 적이 당도했음을 느꼈다. 그러나 이곳에는 고수들이 이렇게 많이 모여 있으니 겁날 게 없었다. 살신귀가 나직이 입을 열었다.

"이럴 때 곽도 왕자가 와주었으면 좋겠군. 시원하게 분풀이를……."

말이 끝나기도 전에 사소첩이 밖에서 외치는 소리가 들려왔다.

"걸음을 멈추시오! 누구기에 다짜고짜 이곳까지 들어오는 거요?"

뒤이어 한 여자의 맑은 목소리가 들렸다.

"여기 머리 큰 난쟁이가 있지요? 내 동생을 어디로 데려갔는지 물어봐야겠습니다!"

곽양은 언니가 자신을 찾아왔음을 알고 기쁜 나머지 막 대답하려던 순간, 양과의 눈이 번득이는 것을 보았다. 어쩐지 평소와 다른 모습이었다. 곽양은 이상한 생각이 들어 언니를 소리 내어 부르려던 것을 꾹 참았다. 사소첩이 외치는 소리가 계속해서 들려왔다.

"이 여자가 참 무례하군. 어찌 묻는 말에 대답은 하지 않고……."

"비켜!"

곽부의 호통 소리와 함께 병기 부딪치는 소리가 들려왔다. 곽부가 억지로 들어오려고 하자 사소첩이 끝내 그 앞을 막고 나선 모양이었다.

양과는 절정곡에서 곽부와 헤어진 후로 10년 넘게 만나지 못하다가 오늘 생각지도 못한 때에 곽부 목소리를 들으니 만감이 교차했다. 밖에서 들려오는 소리가 점점 멀어지는 것으로 보아 사소첩이 곽부를 멀리 유인하는 듯했다. 대두귀가 일어섰다.

"나를 찾아온 모양이니 내가 나가봐야겠소."

그가 밖으로 나가자 사계강과 번일옹도 뒤를 따랐다. 고개를 푹 숙이고 있던 곽양도 자리에서 일어섰다.

"큰오빠, 언니가 왔으니 그만 가야겠어요."

곽양의 말에 양과가 깜짝 놀라며 말했다.

"언니? 너의…… 언니라고?"

곽양은 힘없이 고개를 끄덕였다.

"예, 제가 신조대협이 보고 싶어서 억지로 따라온 거예요. 뵙게 되어서…… 무척 기뻤어요……."

그녀는 기어들어가는 목소리로 속삭이고는 고개를 숙인 채 뛰어나갔다. 양과는 그녀의 눈물 한 방울이 술잔에 떨어지는 것을 보았다.

'저 아이가 그때 그 아기였구나. 벌써 이렇게 자라다니…….'

양과는 이렇게 생각하며 자신도 모르게 벌떡 일어나 곽양이 뛰어나간 방향으로 바람처럼 달려갔다. 곽양의 뒷모습이 숲속으로 막 사라지던 중이었다. 양과는 한달음에 그녀의 뒤를 바짝 쫓았다.

"잠시만 기다려! 내게 찾아왔다면 무슨 할 말이 있었던 게 아니냐? 말해봐라. 무슨 말이든지 괜찮으니까."

곽양은 양과를 돌아보며 미소를 지었다.

"아니에요, 할 말은 없어요."

밝은 달빛이 그녀의 하얀 얼굴을 비추었다. 양과는 그녀의 눈에 눈물이 어려 있는 것을 보고 부드럽게 말했다.

"네 언니가 널 괴롭히느냐?"

곽양은 천하에 이름을 날리는 곽정과 황용의 딸이었다. 그들의 딸이라면 해결하지 못할 어려운 일이란 없을 것이다. 그렇다면 그녀를 괴롭힐 수 있는 사람은 아마도 곽부밖에 없겠다는 생각이 들었다.

곽양은 억지로 웃음을 지어 보였다.

"우리 언니가 괴롭힌다고 해도 그건 하나도 무섭지 않아요. 언니가 욕을 하면 저도 가만있지 않을 테고, 그렇다고 절 때리지는 못하니까요."

"그러면 왜 날 찾았느냐? 이곳까지 찾아왔으면 무슨 까닭이 있었을 게 아니냐?"

"무슨 일이 있는 건 정말 아니에요. 신조협의 이야기를 여러 번 듣고 정말 대단하다는 생각이 들었어요. 그래서 어떤 사람인지 꼭 한번 보고 싶었어요. 마침 기회가 되어서 위험을 무릅쓰고 따라나선 거예요. 그런데 오늘 이 연회가 끝나면 오빠와 헤어져야 한다는 생각이 들어 섭섭해서…… 또 '세상에 끝나지 않는 잔치는 없다'는 말이 생각나고…… 많이 섭섭한데 이렇게…… 끝나기도 전에 먼저…… 가야 하니까요."

곽양은 또 눈물을 흘리며 말을 잇지 못했다. 양과도 가슴이 저려왔다. 순간 십수 년 전의 일이 주마등처럼 뇌리를 스쳐갔다. 곽양이 태어나던 날, 그는 곽양을 품에 안은 채 금륜국사, 이막수 등과 여러 차례 사투를 벌였다. 그리고 표범의 젖을 먹여가며 곽양을 돌봤고, 고묘로

305

데려가 한동안 키우기도 했다. 그런데 그 아기가 이렇게 어엿한 소녀로 자랐으리라고는 생각지도 못했다.

잠시 후 곽양이 눈물을 닦으며 입을 열었다.

"큰오빠, 저 한 가지 부탁드릴 게 있어요."

"그래, 말해보렴."

"부인을 만나게 되면 사람을 보내 양양으로도 소식을 전해주세요. 저도 함께 기뻐해드릴게요."

양과는 너무나 감격스러웠다. 같은 부모에게서 태어났으면서도 이렇듯 곽부와 성격이 다르다니!

"그래, 그것도 괜찮겠지."

"언제쯤 만날 계획인가요?"

"올해 겨울."

곽양은 갑자기 좋은 생각이 났다는 듯 표정이 바뀌었다.

"큰오빠, 나중에 부인을 만나시면 양양에 꼭 놀러 오세요. 우리 아빠 엄마도 굉장히 좋아하실 거예요. 우리 아빠 엄마와 오빠 부부는 모두 영웅호걸이시니 정말 잘 어울릴 거예요."

"나중에 다시 얘기하자꾸나. 그런데 우리가 만난 얘기는 언니에게 하지 않는 것이 좋겠다. 음…… 부모님께도 당분간은 말씀드리지 말고."

곽양은 이상한 생각이 들었다.

"왜요?"

그러고 보니 신조협에 대한 이야기를 들으면서 언니가 유독 그를 깔보는 말을 한 기억이 났다. 두 사람 사이에 무슨 곡절이 있는 게 아닌가 의혹이 갔으나 곽양은 더 묻지 않고 대답했다.

"예, 아무 말도 안 할게요."

양과는 곽양을 뚫어지게 바라보며 16년 전 그의 품에 안겨 있던 아기 얼굴을 떠올렸다. 그가 바라보자 부끄러웠는지 곽양은 고개를 숙였다. 양과는 갑자기 16년 전 그의 품 안에 있던 곽양이 지금의 그녀처럼 느껴져 가슴이 뭉클했다. 16년 전처럼 그녀를 지켜주고 돌봐주고 싶은 마음이 들었다.

"널 도와주고 싶구나. 너희 부모님은 천하의 영웅이시고 세상 사람들의 존경을 받는 분들이시니 네게 무슨 일이 생겨도 날 찾을 필요는 없을 거야. 하지만 세상일이란 어찌 될지 모르는 거니까 혹 부모님 외에 다른 사람의 도움이 필요한 일이 생기거든 내게 알려주거라. 그러면 내가 힘껏 도와주마."

곽양은 조금 놀란 듯했지만 그래도 기쁜 표정이 역력했다.

"큰오빠, 정말 고마워요. 언니가 사람들 앞에서 항상 자신이 곽 대협, 곽 부인의 딸이라고 자랑하고 다녀서 조금 창피했어요. 아무리 부모님의 명망이 높아도 하루 종일 그 얘기만 할 수는 없잖아요. 하지만 난 한 사람이 더 있어요. 사람들에게 신조협이 우리 오빠라고 말할 거예요. 언니는 신조협을 오빠라고 부르지 못할 테니까요."

"언니가 나 같은 사람을 거들떠나 보겠어?"

"어? 언니를 알아요?"

곽양이 눈을 크게 뜨고 물었지만 양과는 들었는지 말았는지 손가락을 구부려가며 셈을 하기 시작했다.

"올해 열여섯 살이지? 음…… 그래, 9월이었어. 9월 22, 23, 24…… 생일은 9월 24일이고. 그렇지?"

곽양은 놀라 눈이 동그래졌다.

"와! 어떻게 아세요?"

"너는 양양에서 태어나 이름을 양이라고 지은 거야. 그렇지?"

양과는 대답은 하지 않고 짓궂게 묻기만 했다.

"그렇게 다 아시면서 절 모르는 척하셨군요. 제가 태어나던 날 절 안아보신 적이 있죠?"

양과는 천천히 고개를 끄덕이고는 하늘을 올려다보았다.

"16년 전 9월 24일이었다. 양양성에서 금륜국사와 맞설 때 용이가 아기를 안고……."

곽양은 양과의 말이 어디서 많이 듣던 이야기인 것 같았다. 그러나 수풀 너머에서 병기 부딪치는 소리가 요란하게 들려오자 퍼뜩 정신이 들었다. 혹 언니가 자기 때문에 부상을 당할까 봐 걱정되었다.

"큰오빠, 저 정말 가야겠어요."

"불더미 속에서 나왔지. 그때가 어제 같은데 벌써 16년 전이라니…… 참 빠르기도 하구나. 벌써 16년……."

양과는 여전히 혼잣말을 중얼거렸다.

"아! 그래, 가야지……. 음 올해 네 생일이 되면 향을 피우고 소원을 빈다고 했지?"

그는 곽양이 향을 피우고 소원을 빌 때 자신과 소용녀가 만나도록 빌어주겠다고 한 말을 떠올리고 품 안에서 작은 상자를 꺼냈다. 그러고는 뚜껑을 열어 소용녀가 평소에 사용하던 금침 세 개를 꺼내 곽양에게 건네주었다.

"양아, 이 금침 세 개를 줄 테니 나에게 부탁할 게 있으면 이 금침을 보여주거라. 만일 직접 날 만날 수 없다면 다른 사람한테 이 금침을 주면서 부탁해. 그러면 내 반드시 그 부탁을 들어주마."

"정말 고마워요!"

곽양은 감사의 빛이 가득한 눈으로 금침을 받아 들었다.

"그럼 큰오빠, 지금 내가 세 가지 청을 해도 들어주실 거예요?"

"내가 할 수 있는 일이라면 뭐든 들어줘야지."

곽양은 받아 들었던 금침 중 하나를 돌려주면서 두 눈을 반짝거렸다.

"첫 번째 부탁인데 가면을 벗고 얼굴을 보여주세요."

양과는 크게 웃었다.

"하하하하. 그건 너무 쉬운 일이구나. 나는 그저 전에 알던 사람들을 만나고 싶지 않아 가면을 쓰고 있는 것뿐이야. 이런 정도의 부탁으로 금침 하나를 쓰는 건 너무 아깝지 않니?"

이렇게 말하면서도 그는 몹시 난처해했다.

'내 입으로 직접 뱉은 말이니 뒤집을 수도 없고⋯⋯. 금침을 가진 이상 아무리 힘든 일을 시켜도 내가 해줄 터인데 어찌 이깟 일을 부탁한단 말인가?'

곽양이 말했다.

"얼굴도 보지 못했는데 어떻게 오빠를 알아보겠어요? 이건 작은 일이 아니에요."

"그래, 좋다!"

양과는 왼팔을 들어 가면을 벗었다. 음산하고 흉측하게 생긴 가면 뒤에 숨은 모습을 보고 곽양은 순간 넋을 잃었다. 수려한 얼굴에 눈썹은 진했고 눈은 호수처럼 깊고 우수가 깃들어 있었다. 다만 얼굴빛이 조금 창백하고 초췌해 보였다. 그녀가 놀란 눈으로 자신을 찬찬히 바라보자 양과는 어색하게 웃었다.

"왜 그래?"

"아니에요."

곽양은 속삭이듯 대답했다.

'이렇게 잘생긴 얼굴일 줄은 몰랐네.'

곽양은 내심 감탄하며 다시 금침 하나를 양과에게 내밀었다.

"두 번째 부탁이 있어요."

양과는 어처구니가 없다는 듯 웃었다.

"몇 년 지난 후에 부탁해도 늦지 않아요, 아가씨. 그저 장난 같은 부탁뿐이잖아."

양과가 금침을 받으려 하지 않자 곽양은 억지로 그의 손에 쥐여주었다.

"장난이 아니에요. 난 지금 무척 진지하단 말이에요."

그러고는 정말 정색을 하고 말했다.

"제 두 번째 부탁은요, 올해 9월 24일 제 생일날에 양양에 와주시라는 거예요. 가면을 쓰지 않은 오빠와 함께 이야기를 나누고 싶어요."

첫 번째 부탁보다는 힘이 드는 것이긴 했지만, 여전히 어린애 같은 부탁이었다. 양과는 그만 웃고 말았다.

"그러지. 그게 뭐 어려운 일이겠느냐. 하지만 나는 너만 만날 것이다. 너희 부모님과 언니는 만나지 않을 거야."

"그야 큰오빠 마음이죠."

곽양은 시원스레 대답하면서 너무나 좋아했다. 얼굴 가득 웃음을 띤 그녀가 세 번째 금침을 꺼내 들었다. 달빛 아래 금침이 빛을 내며 반짝였다.

"세 번째 부탁은……."

세 번째 금침마저 꺼내 들자 양과는 가만히 고개를 저었다.

'나는 결코 쉽게 제시한 배려가 아니거늘, 아직 나이가 어려 경중을 따지지 못하고 장난으로만 생각하는구나.'

그녀의 얼굴이 돌연 발그레해지더니 웃으며 말했다.

"세 번째 부탁은 생각이 안 나네요. 나중에 부탁드릴게요."

그러고는 그대로 몸을 돌려 숲속으로 뛰어갔다.

"언니! 언니!"

곽양이 병기 소리가 울리고 있는 쪽으로 서둘러 가보니 곽부가 사소첩, 대두귀와 싸우느라 여념이 없었다. 그 옆에서는 번일옹과 사계강이 각자 병기를 매만지며 세 사람을 지켜보고 있었다.

"언니, 내가 왔어요. 여기 있는 분들은 모두 친구야!"

곽부는 당대 영웅호걸인 부모의 지도 아래 무공을 닦았고, 남편인 야율제도 제법 이름난 고수였다. 그들의 도움을 받아서인지 그녀는 이제 10여 년 전보다 훨씬 뛰어난 실력을 갖추었다. 그러나 성격이 급해 꾸준히 연마하는 법이 없어서 부모와 남편이 모두 무학의 고수건만 자신은 여전히 2~3류에 머물러 있었다. 그래서 사소첩과 대두귀의 협공에 빠져 조금씩 밀리기 시작했고, 한참 마음이 조마조마하던 차에 동생의 목소리가 들리니 반갑기 그지없었다.

"양아, 빨리 와!"

사소첩은 곽양이 양과를 '큰오빠'라고 부르는 것을 들었는데, 이제 또 곽부에게 '언니'라고 하니 저도 모르게 깜짝 놀라 손을 멈추었다.

'혹시 이 여자가 신조대협의 부인이나 누이인가?'

그는 이미 뻗었던 팔을 어정쩡하게 내리며 얼른 뒤로 물러섰다. 곽부는 상대가 물러나는 것을 보았지만 아직 분이 덜 풀린 터라 장검을 치켜들고 달려들었다. 그러고는 거침없이 장검을 내질러 사소첩의 가슴을 찔렀다. 대두귀는 깜짝 놀라 사소첩에게 달려갔다.

"이, 이런! 어찌……."

곽부의 검은 거기서 멈추지 않고 커다란 타원을 그리며 대두귀의 어깨에 깊은 상처를 냈다. 그녀는 두 사람이 비명을 지르며 뒤로 물러서자 득의양양한 얼굴로 그들 앞에 섰다.

"내가 어떤 사람인지 이제야 알겠지? 나에게 덤비면 이 꼴이 된다!"

곽양이 발을 구르며 그녀 앞을 막았다.

"언니! 모두 친구라는데 왜 이러는 거예요?"

"누가 친구라는 거야? 누가 너더러 이런 무뢰배들을 사귀랬어?"

사소첩의 부상은 상당히 심각했다. 그는 몸이 심하게 흔들리더니 그대로 앞으로 고꾸라졌다. 곽양은 얼른 그에게 달려가 허리를 굽혀 부축했다.

"사 오숙, 사 오숙! 괜찮으세요?"

사소첩의 상처 사이로 붉은 피가 솟아나 곽양의 옷을 물들였다. 곽양은 얼른 옷자락을 찢어 그의 상처를 동여맸다. 곽부는 검을 들고 옆에 서서 연신 동생을 재촉했다.

"어서 가자, 어서! 돌아가 부모님께 말씀드릴 거야. 너는 이제 크게 혼날 거야!"

"함부로 사람을 다치게 했잖아요! 나도 부모님께 말씀드릴 거야!"

사소첩은 얼굴이 온통 빨갛게 달아오른 채 눈물을 뚝뚝 흘리는 곽양을 바라보며 억지로 미소를 지었다.

"걱정할 것 없어요. 죽을 정도는 아니니까……."

사계강은 청동저를 든 채 몰지각한 곽부와 싸워야 할지, 아니면 곽양과 함께 동생의 부상을 돌봐줘야 할지 선뜻 마음을 정하지 못했다. 그는 갑자기 포효하듯 괴성을 질렀다. 그러자 곽부가 놀라 외마디 비명을 지르며 뒷걸음질을 쳤다. 그녀 맞은편에서 호랑이 두 마리가 다가왔다. 곽부는 몸이 얼어붙는 듯했지만 그대로 있을 수는 없어 몸을 돌렸다. 그런데 뒤쪽에서도 사자 두 마리가 다가왔고, 오른쪽에서는 표범 네 마리가 다가왔다. 흩어져 있던 맹수들이 괴성을 듣고 잠깐 사이 그녀를 에워싼 것이다. 곽부는 얼굴이 백지장처럼 하얗게 질려 금방이라도 쓰러질 것만 같았다. 그때 수풀 속에서 누군가 외치는 소리가 들렸다.

"오제, 상처는 어떤가?"

사소첩이 말했다.

"아직 괜찮습니다."

"음, 신조협께서 두 낭자를 보내주라고 하시네!"

"그렇다면 할 수 없지. 저 몰지각한 여자는 본때를 좀 보여줘야 하는데……."

사계강이 휘파람을 불자 맹수들은 곧 수풀 속으로 모습을 감추었다. 곽양은 사소첩을 부축하고 울먹이며 말했다.

"사 오숙, 언니를 대신해 사과드려요."

사소첩은 부상의 고통이 극심해 얼굴을 찡그리면서도 억지로 웃음을 지어 보였다.

"신조협을 생각한다면야 언니가 날 죽여도 괜찮아요."

"상처는…… 정말 괜찮은 거예요?"

곽부는 곽양의 팔을 잡아챘다.

"가자니까!"

그녀는 동생을 끌고 숲속으로 달려갔다. 두 사람이 멀어지자 대기 상태에 있던 사씨 형제들과 서산 일굴귀가 여기저기서 달려 나왔다. 그들은 우선 사소첩과 대두귀의 부상을 살폈다. 모두들 입이 툭 튀어나와 곽부에 대해 한마디씩 했다.

"너무 안하무인이고 잔인하잖아."

사중맹이 인상을 쓰며 말했다.

"큰일 날 뻔했군. 이 촌만 더 들어갔다면 오제는 지금 목숨이 붙어 있지 않았겠어."

사계강은 아직도 분이 풀리지 않은 듯 투덜댔다.

"작은 낭자는 참 좋은데, 언니라는 사람이 그렇게 제멋대로라니. 분명 오제가 양보를 하며 물러나는 것을 보았으면서도 칼을 휘둘렀으니 얼마나 잔인한가!"

번일옹이 말했다.

"신조협이 왜 그냥 돌려보내라고 하신 걸까요?"

대두귀도 가만히 있지 않았다.

"풍릉 나루터에서도 그 여자가 신조협을 헐뜯더군요. 신조협도 그 여자를 두둔할 리가 없는 듯한데, 우리 어서 신조협에게 그 여자가 누군지 물어봅시다."

그때 나무 뒤에서 한 사람이 천천히 걸어 나왔다. 바로 양과였다.

"다행히 사 오형의 부상이 그리 심하지는 않군요. 그 여자는 원래 그렇게 제멋대로 날뛰는 사람입니다. 내 오른팔도 그 여자가 벤 것입니다."

사람들은 그 말을 듣고 모두 놀라 입이 딱 벌어졌다. 그러나 양과가 계속 말을 잇기를 기다릴 뿐 아무도 나서서 묻지 못했다.

곽부는 곽양을 데리고 풍릉 나루터로 돌아왔다. 황하는 이미 얼음이 녹아 있었다. 곽부 일행은 배를 타고 황하를 건너 양양으로 돌아왔다. 오는 길에 곽부는 쉬지 않고 떠들어대며 곽양을 나무랐다. 잘 알지도 못하는 사람을 따라가 가는 곳마다 말썽을 부리고 목숨이 위태로울 뻔했다고 윽박질렀다. 그러나 곽양은 아무 소리도 들리지 않는 듯 언니에게는 눈길조차 주지 않았다. 그리고 양과를 만난 일은 입 밖에 내지도 않았다.

양양에 도착한 후, 곽부는 부모님께 장춘 진인 구처기에게서 받은 답장을 전해주었다. 그리고 구처기는 이미 연로해 병석에서 일어나지 못한다는 이야기와 전진교에서 장교를 맡고 있는 송도안이 동료들과 함께 영웅대연에 참석하기로 했다는 전갈을 전했다. 그녀는 이야기를 마치자마자 돌아오면서 일어난 일을 일러바쳤다.

"아버지, 어머니, 양이가 제 말을 듣지 않고 말썽을 부렸어요."

곽정은 깜짝 놀라 어찌 된 일인지를 물었다. 곽부는 곽양이 풍릉에서 알지도 못하는 강호 사람을 따라가서 이틀이나 돌아오지 않은 일과 그들과 대치한 일 등을 마구 부풀려 얘기하며 동생을 궁지에 몰아

넣었다. 곽정은 며칠 군사 일로 바빠 마음이 어지럽던 참이었는데 딸의 이야기를 듣고 나니 역정이 났다.

"양아, 언니 말이 정말이냐?"

곽양은 헤헤 웃고는 별일 아니라는 듯 대답했다.

"언니가 괜히 그러는 거예요. 그저 친구랑 나가 구경을 좀 했을 뿐이에요."

곽정은 눈살을 찌푸렸다.

"친구라니? 네가 강호에 무슨 친구가 있단 말이냐? 이름이 어떻게 되느냐?"

곽양은 양과가 자신을 만났다는 얘기를 아무에게도 하지 말라고 해서 곧이곧대로 말할 수는 없었다. 그래서 머뭇거리다가 혀를 쏙 내밀었다.

"이름은 안 물어봐서 모르겠고 별명이 대두귀라고 했어요."

곽부가 얼른 끼어들었다.

"맞아요. 서산 일굴귀라는 것 같았어요."

곽정도 서산 일굴귀의 이름을 들어본 적이 있었다. 이들은 악인이랄 것까지는 없지만 그렇다고 행실이 올바른 무리도 아니었다. 그런데 어린 딸이 그런 사람들과 함부로 어울렸다는 말을 들으니 더욱 불쾌해졌다. 그러나 그는 원래 말이 많지 않은 성격이었고, 조금은 곽양을 믿는 터라 길게 꾸짖지는 않았다.

"함부로 다녀서는 안 된다. 알겠느냐?"

그러나 황용은 곽양을 몹시 나무라며 한참을 꾸짖었다.

그날 저녁 곽정 부부는 작은 잔치를 베풀어 곽부와 곽파로가 객지에서 고생한 노고를 풀어주었다. 그러나 그 자리에 곽양은 부르지 않았다. 야율제가 장인 장모를 설득해보았지만 곽정은 단호했다.

"여자아이를 엄히 가르치지 않으면 나중에 공과 사를 구분하지 못하게 돼. 양이는 어려서부터 성격이 특이한 데가 있어 무슨 생각을 하고 있는지 알 수가 없네. 형부로서 좀 관심을 가지고 지켜보면서 잘못되지 않도록 도와주게."

야율제는 장인의 당부를 들으며 그저 고개를 끄덕일 뿐이었다. 곽정 부부는 과거 곽부를 너무 버릇없이 키웠고, 그로 인해 돌이킬 수 없는 오점을 여러 번 남긴 걸 뼈저리게 후회했다. 그래서 곽양과 곽파로는 어려서부터 엄하게 교육시켰다. 곽파로는 아버지를 닮아 정직하고 행동거지가 신중해 별다른 사건이 없었으나, 곽양은 입으로만 대답할 뿐 속으로는 다른 생각을 하는 아이였다.

그날 저녁 집안 하인을 통해 아버지가 자기만 빼고 가족 모임을 가졌다는 말을 들은 곽양은 화가 치밀어 아예 밥을 먹지도 않고 이틀을 내리 굶었다. 사흘째가 되자 황용은 곽정에게는 대충 둘러대고 직접 요리를 해서 딸한테 가져갔다. 그리고 이리저리 달래고 어르고서야 살포시 웃는 딸의 얼굴을 볼 수 있었다.

그때 몽고 대군은 이미 대리를 공격해 남에서 북상하고 또 다른 군대가 북에서 남하해 양번襄樊에 집결한 뒤 일거에 송을 칠 계획을 세우고 있었다. 이번의 몽고군은 맹장이 이끄는 정예부대로 수년 동안 작전을 짜서 준비했기 때문에 사기가 그 어느 때보다 충천했다. 북상하는 군대는 홀필열이 이끌고, 남하하는 군대는 몽고 대칸인 몽가가 친히 이끌었다. 게다가 이들이 한꺼번에 움직이는 일은 전에 없던 것이었다. 이때는 가을이 한창이어서 공기는 상쾌하고 풀이 무성히 자라 말이 살찌는 계절이었다. 몽고의 철기 부대가 움직이기에는 더없이 적합한 시기였다. 이런 몽고 대군의 소식이 전해지자 양양성의 전세는 급박하게 돌아갔다. 대송 조정은 간신 정대전이 권력을 잡고 정사를 쥐락펴락하면서 몽고군을 대수롭게 여기지 않았다. 양양의 급한 상황을 알리는 보고가 휘날리는 눈발처럼 들이치고 있건만, 조정에서는 편한 소리만 할 뿐이었다.

"몽고군이 이미 여러 해 동안 양양성을 공격했지만 끝내 함락하지 못했습니다. 이번에도 그냥 빈손으로 돌아가게 될 것입니다. 양양성은 몽고와는 상극입니다. 이치가 원래 그러한데 무슨 큰일이 있겠습니까? 걱정할 필요가 없는데 마음을 졸이면서 대책을 세울 필요가 있겠습니까?"

조정에서 태평성세를 노래하고 있을 때도 몽고군은 진격을 계속했다. 몽고군이 대리를 압박할 때쯤 곽정은 전세가 심상치 않다는 것을 느끼고 영웅첩을 돌려 천하의 영웅호걸들을 양양으로 불러 모아 적에게 대응할 방도를 논의하려 했다. 그러나 아직 대책을 세우기도 전에 대리국이 몽고군의 수중으로 넘어가고 말았으니 그저 답답할 따름이었다.

당시 대리국 국왕은 단흥지段興智로, 일등대사의 증손자였다. 정천현왕定天賢王으로 불린 그는 어린 나이에 왕위에 올라 크게 대적해보지도 못한 채 나라를 잃고 말았다. 그런 그를 무삼통, 주자류, 점창어은 등이 구출해내 간신히 목숨만은 구할 수 있었다. 대리가 생각보다 일찍 함락된 만큼 양번 역시 때이른 공격을 받게 되었다.

곽정과 황용은 몽고군이 공격을 시작하는 시기가 풀이 많이 자란 늦가을쯤이 될 것이라 예상했다. 그리고 행군 중에 여러 가지 변수가 생기고 중간에 지체된다면 일러도 중양절을 전후해 양번을 공격할 것이라 계산했다. 그래서 영웅대연 날짜를 9월 중순으로 잡고 적이 공격해 올 때까지 연회를 이어가다가 영웅들과 함께 적에 맞설 계획이었다.

양양성의 영웅대연에 초청받은 사람은 그 수가 상당히 많았다. 두 사람은 초청장이 골고루 돌아가지 않을까 봐 노심초사했다. 와야 할 영웅이 오지 못하면 상대에 대한 실례일뿐더러 적과 싸우는 데 그만큼 인력 손실을 입을 것이기 때문이었다. 그래서 세심하게 계획을 짜고 여러 차례 검토하느라 시일이 제법 걸렸고 가장 가까운 전진교, 개방 등에는 일찌감치 초청장을 보내 하루라도 빨리 와주기를 간곡히 청했다. 연회 날짜는 9월 15일로 정해졌고 열흘간 연회를 열기로 했다.

이날은 9월 13일로 연회까지는 이틀밖에 남지 않았다. 각지에서 영웅첩을 받은 무림인들이 속속 도착했고, 몽고 대군도 두 갈래 길을 통해 점점 가까이 다가오고 있었다. 곽정·황용 부부는 군비를 재정비하느라 바빴기 때문에 손님 접대는 주로 노유각과 야율제가 맡았다. 무돈유·야율연 부부와 무수문·완안평 부부도 두 사람을 거들었다.

이날 주자류와 점창어은, 무삼통이 제일 먼저 도착했다. 전진교 장교 송도안은 서른여섯 명의 사형제와 함께 당도했다. 개방의 여러 장로와 제7·8대 수령이 도착했고, 육관영·정요가 부부도 와주었다.

양양성 안은 고수들이 구름같이 모여들어 전에 없이 시끌벅적했다. 평소에는 모습을 잘 드러내지 않던 강호 선배들도 보였다. 이번 영웅대연은 여느 때와 달리 국운이 달린 모임이었기 때문에 곽정 부부의 의협심을 동조하는 뜻에서 영웅첩을 받은 사람 대부분이 참석했다. 과거 대승관에서 열린 영웅대연보다 훨씬 성대한 행사가 될 것으로 보였다.

9월 13일 밤이었다. 곽정 부부는 먼저 당도한 주자류, 무삼통 등 10여 명의 지인과 자리를 같이하며 회포를 풀고 있었다. 그런데 술이 세 순배가 돌도록 개방 방주 노유각은 종내 오지 않았다. 사람들은 그가 개방의 일로 분주해 아직 오지 못하는 것이라 생각하고 대수롭지 않게 여겼다. 자리에 참석한 이들은 기분 좋게 술을 마시며 지난 10여 년 동안 무림에서 있었던 일들을 이야기했다. 야율제와 곽부도 무돈유, 무수문 부부와 함께 다른 젊은이들과 따로 자리를 마련해 술을 마시며 흥겨운 분위기에 젖어 있었다.

한창 분위기가 무르익어갈 무렵, 개방의 8대 제자가 황급히 뛰어들어와 황용에게 귓속말을 했다. 이야기를 듣던 황용의 표정이 크게 바뀌더니 자리에서 벌떡 일어났다.

"그런 일이 있었어?"

황용의 목소리가 떨렸고, 좌중에 있던 사람들은 모두 놀라 일제히 그녀를 바라보았다.

"여기 계신 분들은 모두 우리 편이니 상세히 이야기해보아라. 어찌 된 일이냐?"

어느새 그녀의 눈언저리가 붉게 물들었다. 사람들은 뭔가 심상치 않은 일이 일어난 모양이라고 생각하며 8대 제자가 입을 열기만을 기다렸다.

"오늘 오후, 노 방주께서 7대 제자 두 명과 함께 성 남쪽을 살피러 나가신 후 신시申時가 넘도록 돌아오지 않으셨습니다. 저희는 무슨 일인지 걱정이 되어 각자 흩어져 찾아보았는데, 현산峴山 아래에 있는 양태부羊太傅 사당에서 노 방주의 시신을 찾았습니다."

시신이라는 말에 사람들은 저도 모르게 외마디 비명을 질렀다. 개방 제자는 말을 더 잇지 못하고 눈물을 삼켰다. 노유각은 무공은 그다지 높지 않았지만 신의와 덕으로 개방을 이끌어 신망이 높았다. 개방 제자가 계속 말을 이었다.

"함께 나갔던 제자 두 명은 모두 방주 곁에 쓰러져 있었는데, 한 명은 이미 죽었고 한 명은 중상을 입었지만 아직 숨이 붙어 있습니다. 그의 말에 따르면 사당 근처를 살피던 중 몽고의 곽도 왕자와 맞닥뜨려 방주께서 먼저 공격을 당하고 쓰러지셨다고 했습니다. 그리고 두 사람은 곽도와 맞서다가 그의 손에……."

곽정은 치밀어 오르는 분노로 얼굴이 창백해졌다.

"흠…… 곽도, 곽도!"

이런 날이 올 줄 알았다면 과거 중양궁에서 그를 살려주지 않았을 것이다. 곽정이 말했다.

"곽도가 뭔가 전갈을 남기지 않았더냐?"

"제 입으로는 차마……."

황용이 목소리를 높이며 말했다.

"말해도 상관없다. 곽정, 황용은 어서 몽고에 투항하라. 그러지 않으면 노유각처럼 죽을 것이다. 그런 말 아니더냐?"

"방주님 말씀대로입니다. 곽도가 꼭 그렇게 말했다고 했습니다."

황용이 방주 자리를 내놓기는 했지만, 개방 사람들은 여전히 관습에 따라 그녀를 방주라 불렀다. 황용이 미간을 살짝 찡그렸다.

"노 방주의 타구봉은 곽도에게 빼앗겼느냐?"

"예."

사람들이 하나씩 밖으로 나가 노유각의 시신을 살펴보았다. 그는 등에 침을 맞고 가슴 늑골이 부러져 있었다. 틀림없이 곽도가 뒤에서 암기를 던진 후 장력으로 다시 공격한 게 틀림없었다. 자리에 있던 사람들은 그의 비겁함에 치를 떨었다.

그때 양양성에 모인 개방 제자의 수가 1,000을 헤아렸는데, 노유각이 곽도의 손에 목숨을 잃었다는 소식이 전해지자 성 전체가 순식간에 울음소리로 뒤덮였다.

곽양은 평소에 노유각과 유독 정답게 지냈다. 때로는 곽양이 그의 손을 잡아끌고 성 밖으로 나가 술을 마시기도 했다. 노인과 어린아이가 마주 앉아 술을 마시는 모습은 보기에도 정겨웠다. 곽양의 채근에 못 이긴 노유각이 강호의 이야기를 해주면 곽양은 눈을 빛내며 들었고, 이렇게 함께 대화를 나누다 보면 어느덧 한나절이 지나가곤 했다.

양태부 사당은 양양성에서 멀지 않은 곳에 있었다. 그곳은 곽양과 노유각이 자주 찾는 곳이기도 했다. 그런데 둘도 없는 친구가 바로 그 사당에서 목숨을 잃자 비통에 잠긴 곽양은 호로병에 술을 가득 채우고 요리를 챙겨 사당으로 갔다. 때는 이미 깊은 밤이었다. 곽양은 요리에 젓가락을 꽂아놓고 술을 따랐다.

"노 할아버지, 보름 전에도 우리 여기서 술을 마시면서 이야기를 했잖아요. 그런데 이렇게 갑자기 떠나시는 게 어디 있어요. 혼이라도 여기 계시다면 술 한잔하세요."

그녀는 맞은편에 있는 잔을 들어 바닥에 뿌린 뒤 제 잔에 담긴 술을 단숨에 비웠다. 좋은 친구를 이렇게 영원히 떠나보낸다고 생각하니 슬픔이 가슴 깊은 곳에서 북받쳤다. 어느새 눈물이 두 뺨을 타고 흘러내렸다.

"할아버지, 한 잔 더 하세요."

그녀는 술을 따라 한 잔은 바닥에 뿌리고 한 잔은 단숨에 비우고는 목 놓아 울었다. 곽양은 술을 그리 잘하지는 못했지만 성격이 활달하고 강호의 인물들과 교류하기를 좋아해 이들과 함께 자주 마시곤 했다. 그런 그녀가 순식간에 큰 술잔으로 두 잔이나 마시자 어느새 얼굴이 붉게 달아오르며 술기운이 올라왔다. 그때였다. 뭔가가 어둠 속에서 바람처럼 지나갔다. 사람의 모습이 언뜻 보이는 듯했다. 혹 노유각의 혼백이 아닌가 싶어 곽양은 정신이 번쩍 들었다.

"할아버지세요? 거기 계시면 잠깐 이리 오세요!"

곽양은 가슴이 두근두근 떨렸다. 하지만 정말 노유각의 혼백이라면 꼭 만나고 싶었다. 그런데 어둠 속에서 여자의 목소리가 들려왔다.

"누군가 했더니 역시 너였구나. 한밤중에 여기서 뭐 하고 있는 거야? 어머니께서 어서 돌아오라고 하셨어."

사당 밖에서 걸어 들어오는 사람은 곽부였다. 곽양은 크게 실망했다.

"할아버지의 혼백을 만나려던 참이었는데, 언니가 오면 혼백을 어떻게 만나겠어요? 언니 먼저 돌아가요. 나도 곧 따라갈 테니."

"무슨 헛소리야? 네 머릿속에는 온통 말도 안 되는 허튼 생각뿐이구나. 노유각의 혼백이 왜 널 만나러 오겠어?"

"그분은 평소에 나랑 제일 친하셨어요. 그리고 내 생일날 내 걱정거리 한 가지를 들어주시기로 약속하셨단 말이에요. 이제 생일도 며칠 남지 않았는데 돌아가셨으니⋯⋯."

곽양은 말을 더 잇지 못하고 흐느껴 울었다.

"어머니께서 잠시 한눈파는 사이에 없어졌다면서 틀림없이 여기 와 있을 거라고 하시더구나. 네가 그렇게 날뛴다고 한들 어머니 손바닥을 벗어날 수 있을 것 같으냐? 어머니께서는 네가 갈수록 대담해진다고 걱정이 대단하셔. 어쩌면 곽도라는 자가 이 근처에 아직 숨어 있을지도 모르는데 너무 위험하잖아!"

곽양은 가만히 한숨을 내쉬었다.

"할아버지 생각만 하느라 위험할 거라고는 생각지도 못했어요. 언니, 잠깐만 나와 함께 여기 있어요. 어쩌면 할아버지의 혼령이 정말로 날 만나러 와줄지도 모르잖아요. 하지만 혹 놀라서 달아나면 안 되니까 조용히 있어야 해요."

곽부는 평소 노유각을 은근히 무시했다. 그가 개방 방주 자리에 앉을 수 있었던 것은 순전히 어머니 황용 덕분이라고 생각했다. 그녀는 동생의 성격을 잘 알고 있었다. 여기서 기다리기로 마음먹었다면 황용이 직접 나서면 모를까 절대 자기 말을 듣지 않을 것이다. 또 노유각의 혼령이 온다고 하더라도 조금도 무섭지 않을 것 같아서 하는 수 없이 자리에 주저앉으며 한숨을 내쉬었다.

"양아, 너는 나이가 들수록 철이 없어지는 것 같구나. 올해 열여섯 살이잖니. 이제 2~3년만 지나면 시집도 가야 할 텐데, 시집가서도 이렇게 제멋대로 굴 생각이야?"

"그게 뭐 어때서요? 언니는 형부와 혼인한 후에도 전과 다름없이 마음대로 살고 있잖아요."

"흥! 넌 어떻게 네 형부랑 다른 사람을 비교하니? 그 사람은 워낙 호걸이고 무슨 일에서든 다른 사람들보다 뛰어나. 그러니까 나를 구속 하지 않는 거야. 그 사람은 문무를 겸비한 사람이라고. 지금 젊은 사람 들 중에 그만한 인물은 없어. 네 남편 될 사람이 그의 반만 되어도 부 모님은 크게 기뻐하실 거야."

곽부의 참으로 오만한 말을 듣고 곽양은 저도 모르게 입을 삐죽 내 밀었다.

"형부야 대단하시지. 하지만 세상에 형부만 한 인물이 없다고는 생 각하지 않아요."

"글쎄, 어디 한번 두고 보자꾸나."

곽부의 말투는 여전히 거만했다.

"내가 아는 사람만 해도 형부보다 열 배는 대단해요."

그 말에 곽부는 눈에 쌍심지를 켜며 곽양을 노려보았다.

"누군데? 어디 한번 들어보자."

"내가 왜 말을 해야 하는데요? 내가 마음속으로 그렇게 생각하면 그만이지."

곽부는 그럴 줄 알았다는 듯 차갑게 웃었다.

"흥! 주삼제朱三弟를 말하니? 아니면 왕검민王劍民이야?"

그녀가 몇몇 젊은 호걸의 이름을 대보았지만 곽양은 고개를 저을 뿐이었다.

"그 사람들이야 형부만 못한 사람들인데 어떻게 열 배는 낫다고 하겠어요?"

"그럼 우리 외할아버지나 부모님, 주 대숙 같은 선배들을 말하는 거야?"

"아니! 내가 말하는 사람은 형부보다 어리고 얼굴도 형부보다 잘생겼어요. 무공도 물론 형부보다 훨씬 뛰어나죠. 형부와는 절대 비교할 수조차……."

"흥! 흥! 흥!"

곽양이 말하는 동안 곽부는 계속해서 콧방귀를 뀌어댔다. 그러나 곽양은 아랑곳하지 않고 하던 말을 이어갔다.

"믿든 말든 그건 언니 마음이지만 그분은 정말 좋은 사람이에요. 누군가 위험에 빠지면 자기와 아는 사이든 아니든 언제나 힘껏 도와주니까요."

이야기를 하면서 곽양은 고개를 들고 취한 듯한 표정이 되었다.

"네 멋대로 지어내서 이야기하는구나. 노유각이 죽었으니 개방에는 방주 자리가 비게 되었어. 어머니께서 마침 여러 영웅이 모여 있으니 무공을 겨루어 가장 강한 사람에게 방주 자리를 잇도록 하시겠다는구나. 그래야 오의파와 정의파 사이에 다툼이 없을 테니까. 네가 말하는 사람이 그렇게 강하다면 어디 한번 와서 방주 자리를 빼앗아보라고 해라."

곽양은 가볍게 미소를 지었다.

"그분은 개방 방주 자리를 원치 않을 거예요."

"네가 어찌 감히 개방 방주 자리를 업신여긴단 말이냐? 그 자리는 홍칠공 할아버지와 어머니께서 지켜내신 거야. 네가 설마 홍칠공 할아버지와 어머니까지 무시하는 건 아니겠지?"

"내가 언제 업신여겼어요? 언니도 내가 노 할아버지와 얼마나 친하게 지냈는지 잘 알잖아요."

"그래, 좋아. 그러면 네가 말한 그 영웅에게 이곳으로 와서 네 형부와 겨뤄보라고 해. 천하의 영웅호걸들이 모두 양양에 모여 있으니 한 번 겨뤄보면 그가 영웅인지 아닌지 분명히 알 수 있을 테니까."

"언니, 그렇게 말꼬리 잡지 말아요. 내가 언제 형부가 영웅이 아니라고 했어요? 형부를 모욕했다면 누워서 침 뱉는 것밖에 더 되겠어요?"

곽부는 말문이 막혔다. 이제 웃지도, 화를 내지도 못하게 되자 벌떡 일어났다.

"난 너랑 싸울 힘도 없다. 네가 안 가겠다면 그만이지, 나까지 혼나고 싶진 않아!"

곽양은 머리가 비상한 아이였다. 그녀는 언니와 말다툼하는 것을 은근히 즐겼다.

"어머나! 언니는 이미 출가한 데다가 아버지 어머니께서 가장 아끼는 사람이잖아요. 또 차기 방주의 부인이 되실 분인데 세상에 누가 언니를 혼낼 수 있겠어요?"

곽부는 자신을 차기 방주의 부인이라고 치켜세우는 말에 내심 기분이 좋아졌다.

"지금 양양성에는 영웅들이 모여 있어 정신이 없을 지경인데, 네 형부가 꼭 방주가 되란 법은 없잖니. 누가 들으면 웃을 소리이니 괜한 소리 하지 마."

곽양은 잠시 멍하니 앉아 있다가 한숨을 쉬고는 천천히 입을 열었다.

"할아버지의 혼령은 오시지 않으려나 봐요. 그런데 언니, 모두가 좀 더 할아버지를 생각하고 그리워하면 안 되는 건가요? 새 방주를 이렇게 빨리 뽑을 필요가 있느냐 말이에요."

"또 어린애 같은 소릴 하는구나. 개방은 강호에서 가장 큰 방파야. 무리에 우두머리가 없으면 어떻게 되겠니?"

"그래서 언제 방주를 뽑는데요?"

"15일은 영웅대연을 여는 날이야. 그때 천하 영웅들과 어떻게 몽고에 대항할지 논의할 거야. 논의를 하려면 5~6일은 걸릴 테고, 어쩌면 8~9일이 걸릴지도 모르지. 개방 방주를 뽑으려면 아마도 23, 24일쯤은 되어야 하지 않을까?"

"음⋯⋯."

"왜 그러는데?"

"아니에요. 24일은 바로 내 생일이잖아요. 방주를 뽑느라 정신이 없을 테니 올해는 어머니도 내 생일을 잊으실지 모르겠네."

곽부는 소리 내어 웃었다.

"하여간 어리기는! 네 생일이 그렇게 중요해? 어떻게 그런 일을 방주 자리를 뽑는 중대한 일과 비교를 하니? 사람들이 웃겠다. 그렇게 작은 일에까지 신경 쓰는 사람은 세상에 너 하나뿐일 거야!"

곽양은 얼굴이 온통 붉어졌다.

"아버지는 잊으실지 모르지만 어머니는 기억하고 계실 거예요. 그리고 언니는 작은 일이라고 하지만 내게는 결코 작은 일이 아니에요. 내가 열여섯 살이 되는 날이란 말이에요!"

곽부의 웃음소리가 한층 높아졌다.

"그날이 되면 양양성 수천 명의 영웅이 모두 우리 곽 낭자에게 축하를 드려야겠구나. 우리 곽 낭자가 드디어 열여섯 살이 되었으니, 이제는 어린아이가 아니고 다 큰 아가씨라고."

곽양이 고개를 흔들며 말했다.

"다른 사람들은 몰라도 적어도 한 사람만은 내 생일을 기억해줄 거예요. 그분은 날 만나러 와주겠다고 하셨으니까."

"무슨 대단한 사람이기에? 아! 네 형부보다 대단하다는 그 젊은 영웅 말이니? 하지만 잘 들어둬. 우선 세상에 그런 사람은 없다고 봐야 해. 네가 마음대로 생각해낸 걸 거야. 그리고 설마 있다고 해도 그런 사람이라면 해야 할 일이 너무 많을 텐데 어떻게 너 같은 계집애 생일을 축하해주러 오겠니? 혹 영웅대연에 참석하기 위해 양양에 오는 것이라면 몰라도."

"아니에요! 그렇게 하기로 약속했어요. 틀림없이 기억하고 있을 거예요. 또 그분은 영웅대연에 오는 것도 아니고, 방주 자리를 다투지도 않을 거라고요!"

곽양은 금방이라도 울음을 터뜨릴 것처럼 얼굴이 굳어졌다.

"그가 영웅이 아닌가 보구나. 아버지께서 영웅첩을 안 보내신 걸 보면 말이야. 그 사람은 영웅대연에 오고 싶어도 자격이 안 되나 보지."

곽양은 소매를 들어 눈물을 닦았다.

"그런 거라면 나도 영웅대연에 가지 않겠어요. 새로 방주를 뽑든 말든 난 거들떠보지도 않을 거라고요."

"아이고야, 우리 곽 낭자가 안 오신다고? 그래 가지고야 영웅대연이 뭐가 되겠어? 개방 방주가 된다고 한들 빛이 안 날 거 아냐? 네가 빠지면 절대 안 돼!"

곽부는 곽양을 한껏 비웃어주었다. 곽양은 끝내 얼굴을 감싸 쥐고 밖으로 뛰쳐나갔다. 그런데 갑자기 검은 그림자가 스치는가 싶더니 사당 입구에 누군가 서서 나가는 길을 막았다. 곽양은 소스라치게 놀라며 그와 부딪치지 않도록 얼른 뒤로 물러섰다. 달빛 아래 그의 모습은 몸집이 컸지만 얼굴은 어두워 잘 보이지 않았다. 그런데 상반신이 이상하게 짧았다. 자세히 살펴보니 그 사람은 두 다리가 잘린 채 육 척이나 되는 지팡이를 짚고 있어서 마치 거인처럼 보였다. 곽부가 떨리는 목소리로 말했다.

"니마성?"

그는 바로 니마성이었다. 이번에 몽고 황제가 직접 남하했으므로 몽고의 무인들은 너 나 할 것 없이 자신의 실력을 보여주기 위해 경쟁을 했다. 니마성은 두 다리를 잃었지만 손을 쓰는 무공은 아직 남아 있어 지난 10여 년 동안 피나는 수련을 거쳐서 오히려 다리를 잃기 전보다 더 강해졌다. 몽고 대군이 양양성까지 당도하려면 아직 수백 리가 남아 있었지만, 니마성 등 무사 몇몇은 이미 양양성 주변에 자리를 잡았다. 이날 저녁 니마성은 양태부 사당에서 하룻밤을 묵어갈 생각이었다. 그런데 곽부 자매의 목소리가 들려왔다. 그는 뜻밖의 횡재를 만나게 되어 뛸 듯이 기뻤다. 곽정이 양양성의 사령관은 아니지만 양양의 운이 그에게 달려 있다 해도 과언이 아니었다. 만약 그의 두 딸을 손에 넣는다면 투항까지는 힘들더라도 일단 곽정의 마음을 흐트러뜨릴 수는 있을 것이니 그야말로 큰 공이 아닐 수 없었다. 그는 곽부가 자신을 알아보자 느물거리며 대답했다.

"곽 낭자께서는 눈이 참 좋으십니다. 몇 년 못 만난 사이에 더 예뻐지셨군요! 괜히 분위기 험악하게 만들지 말고 순순히 날 따라오시지요!"

곽부는 놀라면서도 화가 치밀었다. 니마성의 무공이라면 자신과 동생이 함께 덤벼도 적수가 될 수 없었다. 이런 생각이 드니 새삼 동생에게 화가 났다.

"다 네 잘못이야! 이걸 어떻게 할 셈이야?"

그러나 곽양은 언니의 말은 들은 척도 하지 않고 다른 말을 내뱉었다.

"두 다리는 왜 이렇게 길어요? 다리가 잘리기 전에도 이렇게 길었나요?"

니마성은 콧방귀를 뀌며 곽양의 말에는 대꾸도 하지 않고 곽부에게 말했다.

"너희 자매가 앞장서 걸어라. 딴생각은 하지 않는 게 좋을 거야!"

그는 이미 자매를 포로로 간주했다. 곽양이 어색하게 웃으며 말했다.

"말씀을 참 이상하게 하시네요. 이 밤중에 우리더러 어디로 가라는 거예요?"

"조그만 계집애가 말이 많구나. 어서 따라오기나 해!"

그는 모처럼 세운 공을 누군가가 물거품으로 만들까 봐 걱정되었다. 곽부가 나지막이 말했다.

"양아, 이 사람은 몽고의 무사인데 무공이 대단해. 내가 왼쪽을 맡을 테니까, 네가 오른쪽을 공격해."

그러고는 곧장 검을 빼 들고 니마성의 허리를 노리고 들어갔다. 곽양은 성을 나오면서 무기를 챙기지 않았다. 그런데 이 사람은 다리가 없어 지팡이에 의지해 있는데 언니가 검으로 공격하면 막아낼 도리가 없겠다는 생각이 들었다.

"언니, 이 사람은 다리가 없잖아. 그를 다치게 하지 마!"

그녀의 말이 끝나기도 전에 니마성이 왼쪽 지팡이로 몸을 지탱하며 오른쪽 지팡이를 휘둘렀다. 지팡이는 곽부의 가슴을 정확하게 가격했다. 곽부는 숨이 턱 막히며 손에 힘이 풀려 검을 놓치고 말았다. 손아귀가 얼얼하고 가슴이 아파왔다. 그러나 잠시도 지체할 수 없었다. 얼른 왼손으로 검을 주워 월녀검법을 쓰며 달려들었다.

월녀검법은 과거 강남칠괴 중 한소영이 곽정에게 전해준 검법이었다. 한소영이 불귀의 객이 되고 난 후 곽정은 스승에게 감사하는 마음을 표하기 위해 이것을 두 딸에게 전수해주었다. 이미 오랜 세월을 거친 검법으로서 변화가 정교하기 그지없었다. 이 역시 검학 중 큰 줄기를 이루는 검법이기 때문에 만일 지금 곽정이 공격하는 것이라면 그 엄청난 위력을 막아낼 자가 없었을 것이다. 그러나 곽부는 공력이 약해 정교한 검법을 쓰면서도 니마성의 지팡이 앞에서 조금씩 밀리기 시작했다.

곽양은 니마성이 쌍지팡이를 번갈아 사용하는 것을 보면서 입을 다물지 못했다. 니마성의 몸놀림은 두 다리가 멀쩡한 사람과 별반 다를 것이 없었다. 시종 우위를 점하며 언니를 몰아붙이는 니마성을 보면서 곽양은 그제야 마음이 급해졌다. 곽부는 지금 상대방의 지팡이가 점점 묵직해지는 것을 느끼면서도 검을 아무렇게나 휘둘러대고 있었다. 곽양은 언니를 도와야겠다는 마음으로 무기 하나 없는 빈손으로 달려들었다.

"받아랏!"

기합 소리와 함께 왼쪽 지팡이가 땅바닥을 찍더니 니마성의 몸이 허공으로 솟구쳤다. 믿을 수 없을 만큼 재빠른 몸놀림이었다. 니마성의 오른쪽 지팡이는 곽양의 왼쪽 어깨에, 왼쪽 지팡이는 곽부의 가슴에 각각 적중했다. 곽양은 몸을 휘청거리며 뒤로 몇 걸음 물러섰고, 곽부는 버티지 못하고 그대로 쓰러졌다.

니마성은 마치 귀신처럼 두 사람을 따라붙었다. 그는 지팡이를 살짝 움직이는 듯하더니 어느새 곽부 옆에 와 섰다.

"내가 얌전히 따라오라고 했지?"

곽부는 억지로 몸을 일으키며 소리쳤다.

"양아! 어서 사당 뒤로 도망가!"

니마성은 흠칫 놀랐다. 분명 지팡이로 곽부의 신장혈神藏穴을 찍었거늘 어찌 이렇게 아무 일도 없다는 듯 움직인단 말인가. 사실 곽부는 연위갑을 입고 있는 데다 가전의 절기인 폐혈기공으로 혈을 보호해서 별다른 위험이 없었다. 그러나 곽부가 아직 혈도를 닫지 않은 상태에서 지팡이가 몸을 가격했기 때문에 통증이 상당했다. 곽양은 도화낙영 장법을 쓰며 언니 앞을 가로막았다.

"언니가 먼저 가!"

니마성은 왼손으로 지팡이를 내리쳤다. 지팡이가 곽양의 코끝에서 삼 촌도 떨어지지 않은 곳을 스쳐가면서 거센 바람을 일으켰다. 곽양은 바람으로 인해 통증을 느끼면서도 니마성을 똑바로 쏘아보았다.

"아까는 당신이 불쌍하다고 생각했는데 알고 보니 악랄한 사람이었군요!"

니마성은 어이가 없다는 듯 웃어젖혔다.

"꼬마 아가씨, 좀 더 당해봐야 내가 무서운지 알겠어?"

그는 징그러운 웃음을 띤 채 지팡이로 바닥을 쿵쿵 찍으면서 한 걸음 한 걸음 다가왔다. 곽양은 평생 이렇게 놀라긴 처음이었다. 그녀는 눈도 깜빡이지 않고 시커멓고 추한 얼굴이 다가오는 것을 바라보았다. 하얀 이를 드러내며 괴기스레 미소 짓는 모습이 마치 금방이라도 사람을 물어뜯을 것만 같았다. 곽양은 자기도 모르게 비명을 지르며 주춤주춤 뒤로 물러났다. 그때 갑자기 뒤에서 부드러운 목소리가 들렸다.

"겁내지 마! 암기로 공격해."

급박한 와중이라 곽양은 누구 목소리인지 알아보려 하지도 않고 제 몸을 더듬었다.

"암기가 없어요!"

니마성은 점점 더 다가왔다. 곽양은 어찌할 바를 모르고 허둥대다 산화세散花勢로 앞을 보호했다. 그녀가 막 팔을 뻗는 순간, 뒤에서 부드러운 바람이 밀려왔다. 그러자 마치 팔이 저절로 가볍게 들리는 듯하더니 팔목에 있던 금사부용탁金絲芙蓉鐲이 날아가 니마성의 지팡이에 부딪쳤고 동시에 금속음이 울렸다. 소리는 가볍고 경쾌했으나 니마성은 지팡이를 제대로 쥐고 서 있을 수 없었다. 시커먼 지팡이는 뒤로 멀찍이 날아가더니 둔중한 소리를 내며 벽에 부딪쳤다. 그 위력이 얼마나 대단했던지 사당의 지붕이 내려앉을 정도였다. 니마성은 지팡이를 놓치자 뒤로 벌렁 나가떨어졌다. 그러나 그 역시 무공이 대단한 사람이었다. 등이 바닥에 닿는 순간 반동을 이용해 공중으로 몸을 날렸다. 그는 짐승처럼 괴성을 지르며 두 손을 뻗어 곽양을 향해 달려들었다. 곽양은 소스라치게 놀라면서도 재빨리 머리에서 청옥 비녀를 뽑아 니마성을 향해 던졌다. 순간 뒤에서 가볍게 바람이 이는가 싶더니 옥비녀가 쏜살같이 날아갔다. 니마성은 왼손을 앞으로 뻗어 비녀를 막으려다 그 날아오는 기세가 심상치 않자 두 손을 동시에 앞으로 뻗었다.

"이, 이게 뭐야!"

니마성은 비녀를 막는 순간 비명을 지르더니 그대로 땅에 고꾸라져 꼼짝도 하지 않았다. 곽양은 그가 무슨 꿍꿍이를 꾸미는 것인지 두려워 얼른 곽부 곁으로 달려갔다.

"언니, 어서 가자!"

자매는 양태부 신상 옆에 서서 니마성의 동정을 살폈다. 니마성은 여전히 움직임이 없었다. 곽양이 말했다.

"내 비녀를 맞고 죽었나?"

"니마성, 무슨 속셈이냐?"

곽부는 짐짓 목청을 높여 소리를 질렀다. 생각해보니 니마성에게 지팡이가 없다면 잘 움직이지 못할 테니 이렇게 겁낼 필요는 없을 것 같았다. 그녀는 검을 쥐고 몇 걸음 앞으로 다가갔다. 니마성은 두 눈을 휘둥그레 뜬 채 입을 쩍 벌리고 죽어 있었다. 얼굴은 뭔가에 크게 놀란 듯한 표정이었다.

곽부는 영문을 몰랐으나 일단 안도의 한숨을 쉬었다. 그러고는 신단에 있는 초를 가져다 불을 붙이고 자세히 살펴보려는데, 사당 문밖에서 누군가 부르는 소리가 들렸다.

"부야, 처제! 사당 안에 있어?"

야율제의 목소리였다. 곽부는 기뻐하며 말했다.

"여기예요! 이상하네…… 이상해."

곽부가 동생을 찾으러 나가 오랫동안 돌아오지 않자 야율제는 걱정이 되기 시작했다. 노유각이 기습을 당해 목숨을 잃었다면 양양성 근처에까지 적이 침입했다는 것이니 마음을 놓을 수가 없었다. 그래서 직접 곽부와 곽양을 찾으러 나선 것이었다.

개방의 제6대 제자 두 명을 데리고 뛰어들어온 야율제는 니마성이 죽어 있는 것을 보고는 우뚝 멈춰 섰다. 그는 이 천축 무사가 그 자신도 상대하기 벅찰 정도로 대단한 무공을 지니고 있다는 것을 잘 알고 있었다. 그런데 그가 아내의 손에 이렇게 당했으니 정말 뜻밖이었다. 그는 곽부의 손에서 촛대를 받아 들고 가까이 다가가 찬찬히 살펴보았다. 니마성의 두 손에 구멍이 뚫려 있고 청옥 비녀가 그의 뇌문 정중앙에 있는 신정혈을 맞혔다. 이 청옥 비녀는 사실 그리 단단한 물건이 아니었다. 조금만 힘을 줘도 부러뜨릴 수 있는데 이 고수의 두 손을 꿰뚫고 다시 뇌문을 맞혀 죽게 하였으니 비녀를 던진 사람의 무공이 보통은 아닐 것이었다. 그는 곽부를 향해 고개를 돌렸다.

"외조부께서 오신 거야? 그럼 인사를 드려야지."

곽부가 눈을 크게 뜨며 물었다.

"무슨 소리예요?"

"그럼 외조부님이 아니신가?"

야율제는 고개를 갸우뚱하더니 금세 얼굴이 밝아졌다.

"그럼 우리 사부님께서 오신 것이군!"

그는 말하면서 사방을 두리번거렸다. 그러나 주백통의 모습은 어디에서도 찾을 수 없었다. 그는 주백통이 장난을 좋아해 어딘가에 숨어서 자신을 놀려주려 한다고 생각해 곧장 묘 밖으로 뛰어나갔다. 그러나 지붕 위까지 올라가 찾아보았지만 주변에는 사람의 흔적이 보이지 않았다.

곽부는 그의 행동이 이상하기만 했다.

"갑자기 무슨 외할아버지며, 사부님이에요?"

야율제는 사당으로 돌아와 두 자매에게 어떻게 니마성을 만났는지, 그리고 그가 어떻게 죽었는지 자세히 물었다. 곽부는 묻는 대로 대답은 하면서도 그가 어떻게 비녀를 맞고 죽었는지는 설명할 수 없었다.

"처제 뒤에서 분명 어떤 고수가 도와주었을 거야. 이런 무공을 지닌 사람은 장인어른과 외조부님, 사부님, 일등대사와 금륜국사 정도야. 장인어른은 안 오셨고, 금륜국사는 몽고의 국사이니 니마성을 죽일 리 없고, 일등대사는 쉽게 살계를 어기지 않으실 테니 외조부님이 아니면 사부님께서 오신 것이라 생각한 거지. 처제도 몰라? 뒤에 누군가가 틀림없이 있었을 거야."

곽양은 청옥 비녀를 꺼내 던지고 니마성이 죽은 것을 본 후 고개를 돌려보았지만 뒤에는 아무도 없었다. 그녀의 귀에는 아직도 겁내지 말고 암기로 공격하라던 목소리가 들리는 듯했다. 그런데 목소리가 아무래도 귀에 익었다. 혹시 양과가 온 것일까? 그러나 아무래도 그는 아닌 것 같았다.

'아닐 거야. 그가 여기에 왔을 리가 없어. 내가 너무 그를 생각하다 보니 다른 사람의 목소리까지 그렇게 들린 거야.'

야율제가 이것저것 물어보았지만 그녀는 정신이 나간 사람처럼 그의 말을 귀담아듣지 않았다. 곽부는 동생의 두 뺨이 발그레 달아오르며 눈꺼풀이 바르르 떨리는 것을 보았다. 혹시 아까 너무 놀라서 그러는 것이 아닌가 싶어 그녀의 두 손을 꼭 잡아주었다.

"양아, 왜 그래?"

곽양은 깜짝 놀라 몸을 떨며 더욱 얼굴을 붉혔다.

"아니에요."

"형부가 방금 너에게 뒤에서 도와준 사람이 누구냐고 물었는데 못 들었니?"

"아, 누가 도와줬냐고요? 그 사람이죠. 그 사람 말고는 이렇게 할 수 있는 사람이 없을 거예요."

"응? 그 사람이라니? 네가 아까 말한 그 영웅 말이야?"

곽양은 가슴이 두근거렸다.

"아, 아니! 노…… 노 할아버지의 혼령 말이에요."

곽부는 코웃음을 치며 잡았던 손을 뿌리쳤다. 그러면서도 반신반의하는 얼굴이 되었다. 혼백이 있을 리 없지만 도대체 혼백이 아니라면 누구의 짓이란 말인가. 계속 옆에 있던 자신도 사람의 모습은 전혀 보지 못한 터였다.

야율제는 니마성의 지팡이를 들며 중얼거렸다.

"이런 무공은 그야말로 쉽게 볼 수 없는 거야."

곽부와 곽양은 그 모습을 멍하니 바라보았다. 그런데 다시 보니 두 지팡이에 금사부용탁이 박혀 있는 모습이 마치 솜씨 좋은 장인이 만들어놓은 작품 같았다. 이 금사부용탁은 황금 실과 백금 실로 부용화 잎사귀를 본떠 만든 것인데 이렇듯 섬세한 물건이 내공을 받아 니마성의 육중한 지팡이에 박혔으니 야율제가 감탄을 금치 못하는 것도 당연했다. 곽부가 말했다.

"가져가서 어머니께 보여드려야겠어요. 도대체 누가 이렇게 한 건지 어머니는 금방 아실 거예요."

즉시 개방 제자 중 한 사람이 시신을 업고 다른 한 사람이 지팡이를 챙겨 들었다. 야율제와 곽씨 자매는 성으로 들어가서 곽정과 황용을 찾았다. 곽정과 황용은 곽부의 이야기를 듣고 새삼 가슴을 쓸어내렸다.

곽양은 자기 때문에 생긴 일이어서 부모님께 꾸중 들을 각오를 했지만, 곽정은 딸이 도의를 매우 중히 여긴 것을 기뻐하며 도리어 위로해주었다. 황용은 남편이 화를 내지 않자 그제야 마음을 놓고 딸을 안아주었다. 곽정과 황용은 니마성의 시신과 금사부용탁이 박힌 지팡이를 찬찬히 살펴보았다. 한참을 바라보고 있던 황용이 입을 열었다.

"오빠, 누구인 것 같아요?"

"이 내공의 기법은 부드러운 운행이 아니라 강철처럼 다듬어 만들어진 것이다. 내가 알기로는 이런 내공을 지닌 사람은 두 사람밖에 없어."

황용도 고개를 끄덕였다.

"하지만 홍칠공 사부님은 이미 돌아가셨고, 다른 한 사람은 당신이잖아요?"

황용은 양태부 사당에서 싸웠던 경과를 자세히 묻고 또 물었지만 도무지 누군지 파악해내지 못했다. 곽부, 곽양 자매가 방으로 돌아가자 황용이 걱정스러운 목소리로 말했다.

"오빠, 둘째가 아무래도 뭔가 숨기고 있는 것 같아요. 그게 도대체 무엇일까요?"

"숨기다니, 뭘?"

"북쪽으로 영웅첩을 돌리러 다녀온 후에 멍하니 있는 모습을 자주 봤어요. 오늘 저녁에도 아무래도 기색이 이상하네요."

"너무 놀란 탓이겠지. 이제 차차 좋아질 거야."

"아니에요. 갑자기 수줍어하는 듯하다가 또 입가에 웃음을 띠기도 하던데, 그건 놀란 게 아니에요. 뭔가 좋은 일을 속으로 감추고 있는 거예요."

"어린아이가 고수의 도움을 받았으니 놀라우면서도 좋기도 하겠지. 이상할 것도 없는 일이야."

황용은 눈을 흘기며 곽정을 바라보았다.

"여자의 마음을 젊어서도 그렇게 몰라주더니, 지금도 여전하시군요."

황용의 말에 곽정은 그저 멋쩍게 웃을 뿐이었다. 부부는 함께 웃고는 이어서 적을 막아낼 전략에 대해 이야기를 나누었다. 몽고군의 수가 워낙 많아 무림 고수들의 힘으로는 역부족일 게 뻔하지만 그래도 지금으로서는 별다른 방법이 없었다. 두 사람은 이 밖에도 내일 있을 영웅대연에서 손님들을 어떻게 대접할지, 또 자리 배치는 어떻게 할지 상의하느라 밤늦게야 잠자리에 들었다.

황용은 침상에 누워 곽양을 걱정하느라 쉽게 잠을 이루지 못했다.

'양이는 태어난 날부터 큰일을 당해 혹 살아가면서 힘든 일을 많이 겪지 않을까 걱정했는데, 다행히 자라면서 별일이 없었지. 설마 이제 와서 무슨 변고가 닥치는 것은 아닐까?'

황용은 딸이 태어나던 해를 떠올리며 새삼 감회에 젖었다. 곽양은 커갈수록 성정이 특이해 말하기 싫은 일은 누가 뭐래도 입을 열지 않아서 부모가 화내지도 웃지도 못하게 만들곤 했다. 황용은 생각하면 생각할수록 마음을 놓을 수가 없었다. 곽양뿐만 아니라 곧 위기에 처할 백성도 걱정이었다. 그녀는 가만히 일어나 성벽으로 향했다. 그런 뒤 성을 지키는 병사에게 문을 열게 하고 성 남쪽 길을 따라 양태부 사당으로 향했다. 깊은 밤, 별이 희미하게 반짝이고 달은 검은 구름에 가려 있었다. 황용은 손에 청죽봉靑竹棒을 들고 경공술을 펼쳐 현산峴山으로 내달렸다. 양태부 사당까지는 십수 장이 남았는데 돌연 타루비墮淚碑 옆에서 이야기 소리가 들렸다. 황용은 발소리를 죽이고 몸을 잔뜩 수그린 채 가만가만 다가갔다.

"손孫 삼형, 은공恩公이 우리더러 타루비에서 기다리라고 하지 않았소. 그런데 이 비의 이름이 참 이상하군요. 어째 기분이 좋지 않아요."

뒤이어 손 형이라 불린 사람의 목소리가 들렸다.

"은공은 평생 좋지 않은 일을 많이 겪어 단장斷腸이네 우수憂愁네 타루 같은 이름을 보면 그냥 지나치지 못하는 것 같더군요."

"아, 은공의 재주라면 세상에 어려운 일이 없을 것 같은데 그 눈빛이며 말투를 보면 무슨 안 좋은 일이 있는 듯해요. 이 타루비 석 자도 그 사람이 붙인 이름이 아닌가 모르겠습니다."

"그건 아니오. 듣자 하니 삼국시대에 양양이 위진魏晉에 속했는데, 그곳을 수비하는 장수 양호羊祜가 국경을 지키고 백성을 편안케 하는 등 공로가 매우 커 태부太傅에 봉해졌다고 합니다. 그는 평소 자주 이 현산을 찾았는데, 그가 죽은 후 백성이 그의 은덕을 생각하며 현산에 이 양태부 사당을 짓고 송덕비를 세웠다고 하더군요. 백성이 이 비를 볼 때마다 생전에 양태부가 한 일들이 떠올라 대성통곡을 했답니다. 그래서 이 비를 타루비라고 한 것이지요. 진陳 육제, 사람이 태어나 양태부처럼 살 수 있다면 그것이 정말 대장부가 아니겠소."

진씨라는 사람이 고개를 끄덕였다.

"맞는 말이오. 그런데 은공은 의에 따라 협을 행하니 오호사해五湖四海에 그의 덕을 입은 사람이 얼마나 많겠습니까. 어쩌면 양태부보다 훌륭한 사람일지도 모르겠습니다."

듣고 있던 손씨도 고개를 끄덕였다.

"그래요. 또 양양의 곽 대협은 의를 행하면서 국경을 지키고 백성을 편안케 하셨으니 양태부와 우리 은공의 좋은 점만 골라서 갖춘 사람이 아니겠소."

자신의 남편을 칭찬하는 말을 듣고 황용은 어깨가 으쓱해졌다.

'은공이라는 사람이 누군지 모르겠군. 혹 그 사람이 양이를 몰래 도와준 걸까?'

손씨라는 사람의 목소리가 계속 들려왔다.

"우리가 전에는 은공과 맞섰는데 그분이 우리 목숨을 구해주셨으니 적을 친구로 만드는 마음은 은공이 양태부보다 나을 거요. 삼국의 고사를 이야기해주던 선생이 그러는데, 양호가 양양을 지킬 때 그에게 대항하던 동오東吳의 대장이 육손陸遜의 아들 육항陸抗이었다더군요. 양호는 병사를 보내 동오 국경 안에서 싸우도록 했는데, 백성의 곡식을 군량으로 쓸 때는 동오 백성에게도 돈을 지불하게 했답니다. 육항이 병이 나자 양호는 약을 보내주었고, 그 약을 육항은 또 아무런 의심 없이 먹었다지요. 수하의 장수들이 그에게 조심하라 경고했지만 그는 오히려 '어찌 양 숙자叔子를 의심하는가?' 하며 약을 먹었고, 그래서 병이 씻은 듯 나았다고 합니다. 양 숙자가 바로 양호 아니겠습니까. 그의 인품이 높아 적마저도 그를 존경한 것이지요. 양호가 죽었을 때는 동오에서 경비를 서는 군사도 목 놓아 울었답니다. 이렇게 덕을 베푸는 사람이야말로 영웅이라 할 수 있지요."

진씨라는 사람이 비석을 만지며 거푸 감탄을 했다. 한참 후 그가 입을 열었다.

"은공이 우리더러 여기서 기다리라고 하신 것도 어쩌면 양태부의 인물됨을 존경해서가 아닐까요?"

"은공께서 전에 양태부가 생전에 한 말 중 특히 마음에 남는 말이 있다고 하시더군요."

진씨가 황망히 물었다.

"무슨 말씀인데요? 자세히 좀 말씀해보세요. 은공께서 감탄할 정도라면 분명 아주 대단한 말일 것 같습니다."

"육항이 죽고 나자 양호는 오의 왕이 무력하니 조정에 동오를 정벌하도록 청을 올려 동오의 백성을 구제하고 천하를 통일할 수 있었지요. 그런데 그만 간신의 모함에 빠졌습니다. 그때 양호가 탄식을 했다지요. '세상사란 것이 열의 일고여덟은 마음처럼 되지 않는구나.' 은공께서 말씀하신 게 바로 이 말이었습니다."

진씨는 기대한 만큼 훌륭한 말이 아니었던지 적잖이 실망한 표정으로 몇 마디 투덜거리다가 문득 큰 소리를 질렀다.

"손 삼형! 양호…… 양호라는 그 이름이 우리 은공의 이름과 비슷하지 않소?"

손씨가 호통을 쳤다.

"쉿, 조용! 누가 옵니다!"

황용은 흠칫 놀랐다. 정말 산모퉁이에서 누군가 달려오는 소리가 들렸다.

　'양호? 이름이 비슷하다고 했으니 혹시 양과가 아닐까? 아니야! 그럴 리 없어. 양과의 무공이 더 나아졌다고 해도 그런 경지에까지 이르지는 못했을 거야. 그저 이름만 비슷한 사람이겠지.'

　잠시 후 산 위에서 누군가 손뼉을 세 번 쳤다. 손씨라는 사람이 이에 세 번 손뼉을 쳐 화답했다. 그러자 산 위에 있던 사람이 타루비 쪽으로 다가왔다.

　"은공께서 두 분께 기다리지 말라는 전갈을 주셨습니다. 여기 은공이 보낸 서찰이 두 통 있으니 두 분께서는 즉시 이것을 다른 사람에게 전해주시기 바랍니다. 손 삼제는 신양군信陽軍의 조노작趙老爵 나리께 전해드리고, 진 육제는 상덕부常德府 오아산烏鴉山의 농아두타聾啞頭陀께 전하십시오. 그리고 두 분께서도 열흘 내에 다시 이곳으로 오시라는 말씀을 하셨습니다."

　두 사람은 공손히 대답하고 서찰을 받아 품속 깊숙이 넣었다. 숨어서 듣고 있던 황용은 깜짝 놀랐다. 그 두 사람도 이곳으로 온다고? 신양군의 조노작이라면 송조 왕실의 후예로 가전의 절기인 태조 32세장권三十二勢長拳과 18로제미봉十八路齊眉棒을 이어받았고, 대대로 작위를 받은 신분이어서 강호 무인들과는 함부로 어울리지 않았다. 또한 오아산의 두타는 삼상三湘 무림의 고수로 무공이 대단하지만 듣지도 말하지도 못하는 장애가 있어 역시 외부와 교류하지 않았다. 이번에 양양에서 영웅대연을 하면서도 곽정과 황용은 이들이 은거하며 나오지 않으리라는 걸 알면서도 이들의 명성을 존중해 초청장을 보냈다. 하지만 예상대로 두 사람은 완곡한 어조로 초청을 거절했다. 그런데 어찌 은공이라는 이가 고작 서찰 한 장으로 고고하게 은거해 있는 고수들을 열흘 안에 밖으로 끌어낸단 말인가. 황용은 은근히 걱정이 되었다.

'내일이 영웅대연인데, 이자가 고수들을 양양으로 끌어들여 무슨 계책을 꾸미려는 게 아닐까? 몽고를 돕는다거나 아니면 우리를 방해하려는 수작일지도 모르겠다.'

그러나 다시 생각해보니 조노작이나 두타가 성격이 괴팍하기는 해도 그렇게 사악한 무리는 아니었다. 그리고 그 은공이라는 사람도 만일 그가 곽양을 도와준 게 맞다면 악인은 아닐 것이었다.

그녀는 가만히 귀를 기울여보았다. 세 사람이 뭐라 속삭이는 소리가 띄엄띄엄 들려왔다. 거리가 멀어 정확히 들을 수 없었지만, 진씨라는 사람의 말소리가 계속되었다.

"…… 은공께서 그간 우리에게 뭘 부탁하신 적이 없으니 이번에는 반드시…… 기세가 엄청나게…… 체면도 살려야 하고…… 우리의 선물도……."

나머지 말은 들을 수 없었다. 이번에는 손씨가 큰 소리로 외쳤다.

"자, 그만 출발합시다! 걱정하실 것 없습니다. 절대 은공의 일을 망치지 않을 터이니!"

세 사람은 그길로 산을 내려갔다.

은공이라는 사람이 누구인지 황용은 도무지 갈피를 잡을 수가 없었다. 그렇다고 세 사람을 잡아 물어볼 수도 없었다. 그녀는 세 사람이 자리를 뜬 후 사당에 들어가 자세히 살펴보았지만 아무것도 달라지지 않았다. 적군이 다가온다는 소식에 모두들 성안으로 대피했는지 사람 모습도 찾아볼 수 없었다. 사당을 나와 성으로 돌아오는 동안 점차 동이 터왔다. 서문 밖 갈림길에 도착했을 때 맞은편에서 두 필의 말이 바람처럼 달려오는 것이 보였다. 황용이 길을 비켜주며 슬쩍 올려다보니 건장한 사내 둘이 각각 말 위에 앉아 있었다.

"장대과자張大胖子에게 악단이며 창극단, 곡예단을 모조리 데려오라고 전하는 것 잊지 않았지? 그리고 등 장식과 기술자도 잊지 말라고 해!"

한 사내가 외치자 다른 사내가 웃으며 대꾸했다.

"나한테만 그러지 마. 자네가 부르기로 한 요리사가 하루라도 늦으면 은공은 혹 용서하실지 몰라도 다른 사람들이 그냥 넘어가지 않을 거야."

"하하, 그걸 빼놓을까 봐? 하루라도 늦으면 내 머리를 잘라버리겠네."

두 사람은 서로 인사를 나누고는 각자 갈라졌다.

황용은 성으로 돌아오며 생각에 잠겼다.

'장대과자는 강하江夏 지역에서 세력이 대단해 조정과도 끈이 닿아 있다고 들었는데……. 수완이 대단해 호걸들이 모두 존경한다고 하던데 도대체 그 은공이라는 사람은 어떻게 말 한마디로 그를 불러들일 수 있었을까? 도대체 이들이 모여서 뭘 하려는 것일까?'

돌연 머릿속이 번쩍하고 밝아졌다.

'그래! 맞아! 바로 그걸 거야!'

그녀는 빠른 걸음으로 집으로 돌아가 곽정을 찾았다.

"오빠, 우리가 초청장을 안 보낸 곳이 있었나요?"

"그럴 리가 있나. 우리가 몇 번이고 확인을 했는데 빠뜨린 곳이 있을 리 없지."

"나도 그렇게 생각하는데……. 혹시 한 분에게라도 실례를 저지를 까봐 별로 유명하지 않은 사람이나 참석할 리가 없는 은둔자에게도 빠짐없이 영웅첩을 보냈잖아요. 그런데 오늘 보니 어떤 대단한 인물이 영웅대연 날짜에 맞춰 그 세력을 이곳으로 결집시키고 있어요. 내 생각에 악의는 없는 것 같은데…….”

곽정은 오히려 기쁜 표정이었다.

“그 영웅이 우리와 뜻만 맞는다면 더할 나위 없이 좋은 일이지. 그가 군웅을 지휘해 몽고와 맞선다면 우리도 그를 맹주로 추대해 그의 지휘를 받으면 되지 않겠어?”

그러나 황용은 미간을 살짝 찌푸렸다.

“하지만 적을 무찌르기 위해 오는 것 같지는 않아요. 그 사람이 신양군 조노작과 오아산 두타, 강하 장대과자 등을 불러 모으고 있어요.”

곽정은 깜짝 놀라더니 기쁜 얼굴로 탁자를 가볍게 쳤다.

“정말 대단하군. 그가 조노작과 두타 등의 고수를 초대할 수 있다면 양양성의 기세를 더욱 드높일 수 있을 거야. 용아, 그런 인물이라면 우리도 잘 사귀어두는 것이 좋겠지.”

황용은 더 이상 말이 없었다. 그때 손님 접대를 맡은 제자가 강남 태호太湖의 채주寨主들이 당도했다고 알려왔다. 곽정과 황용은 얼른 달려나가 손님을 맞았다. 그날 각 지방의 호걸들이 하나둘씩 도착했고, 황용은 시종 즐거운 얼굴로 손님들을 맞이했다. 그리고 지난밤에 보고 들은 일은 잠시 잊기로 했다.

다음 날 드디어 영웅대연이 열렸다. 탁자가 400여 개 펼쳐지고 영웅들이 모두 한자리에 모였다. 양양에서 삼군을 지휘하던 안무사 여문환, 수성대장 왕견王堅* 등이 여러 영웅에게 술을 권했다. 술이 몇 순배

347

돌고 연회가 무르익어가자 사람들은 끼리끼리 모여 앉아 담소를 나누었다. 몽고의 잔혹함, 백성이 겪는 고생, 유린당하는 대송의 국토를 놓고 분개하지 않는 이가 없었다. 이들은 모두 목숨을 걸고 적과 맞서기로 결의했다. 그날 밤 자리에 모인 사람들은 곽정을 맹주로 추대했다. 그리고 사람마다 삽혈敫血로 맹세해 끝까지 적과 맞서기로 다짐했다.

곽정과 황용은 영웅들을 접대하느라 너무 분주해 곽양이 참석하지 않았다는 말을 듣고도 딸아이에 관한 사소한 일에는 신경 쓸 겨를이 없었다. 곽정은 아예 무시하고 있었으나 황용은 왠지 마음에 걸렸다. 그러나 곽양이 원래 성격이 특이한 것을 알기 때문에 그렇게 문제 삼지는 않았다.

곽양은 양태부 사당에서 언니와 다투면서 영웅대연에 참석하지 않겠다고 말했기 때문에 방 안에서 혼자 술잔을 기울이고 있었다.

"언니는 영웅대연에 가고 나는 혼자서 이렇게 편안하게 술을 마시고…… 이게 언니보다 더 즐거울 수도 있어."

그녀는 혼잣말처럼 중얼거리며 스스로를 위로했다.

영웅들은 십중팔구가 술고래들이었다. 술기운이 오르자 서로 무공을 뽐내기도 하는 등 분위기가 갈수록 왁자지껄해졌다. 그때야 황용은 다시 곽양이 생각났다.

"네가 가서 동생을 불러오려무나. 이런 대단한 자리는 평생 한 번 볼까 말까 할 거야."

---

* 왕견은 본래 합천合川을 지키던 장수였으나 이 소설에서는 몽고의 헌종憲宗이 양양성 아래에서 날아오는 돌에 맞으니, 왕견을 양양에 있는 장수로 고쳤다. 이는 역사적 사실과 다름을 밝혀둔다.

곽부는 어머니 말에 고개를 홱 돌려버렸다.

"안 갈래요. 양이는 성격이 이상해서 괜히 저에게 말대꾸하다가 제 발등을 찍어서 안 오는 거예요."

옆에 있던 곽파로가 나섰다.

"제가 가서 데려올게요."

그는 자리를 빠져나가 내실로 향했다. 잠시 후 곽파로는 혼자서 돌아왔다. 그 모습을 본 곽부는 곽파로가 뭐라 입을 열기도 전에 입을 비죽거리며 황용을 쳐다보았다.

"내가 안 올 거라고 했죠? 내 말이 맞잖아요."

황용은 미간을 모으며 곽파로에게 물었다.

"누나가 뭐라더냐?"

"어머니, 이상해요!"

"어쨌기에?"

"누나는 자기 방에서 영웅소연을 열고 있으니 여기에는 오지 않겠대요."

황용은 가만히 웃음을 지었다.

"네 누나가 희한한 생각을 다 해냈구나. 그럼 그냥 두어라."

"그런데 누나 방에 정말 손님들이 있어요. 남자 다섯 명과 여자 두 명이 누나 방에 앉아서 술을 마시고 있어요."

그 말을 듣자 황용의 미간이 잔뜩 찌푸려졌다. 여자아이가 법도를 몰라도 분수가 있지 어찌 다 큰 처녀가 남자들을 불러 방에서 술을 마신단 말인가. 제 외조부처럼 엉뚱하다는 뜻으로 붙인 소동사라는 별명이 조금도 틀리지 않았다. 하지만 오늘은 손님들이 모인 날이어서 이 일로 딸을 꾸짖어 흥을 깰 수는 없는 노릇이었다. 그렇다고 그냥 둘 수도 없는 일이라 곽부에게 말했다.

"네 동생이 아직 어려서 손님들을 제대로 접대할 줄 모르니 네가 가서 양이 친구분들께 여기서 함께 술을 드시자고 말씀드려라."

곽부는 그러지 않아도 동생 방에 어떤 손님들이 와 있는지 궁금하던 참이었다. 또 동생이 워낙 남녀의 구별이 없어 시정잡배나 병졸들과도 교류하기를 좋아하는지라 이번에도 별 볼일 없는 사람들과 술을 마시고 있겠거니 생각했다. 그녀는 어머니 말이 끝나자마자 기다렸다는 듯 곽양의 방으로 향했다. 방에서 몇 장 떨어진 곳에 다다르자 곽양의 목소리가 들렸다.

"소봉두, 주방에 가서 술을 두 단지 더 가져와."

소봉두小棒頭는 몸종의 이름이었다. 곽양은 몸종에게도 남다른 이름을 붙여주곤 했다. 몸종의 대답에 이어 곽양의 목소리가 또 들렸다.

"그리고 양다리 두 개 더 삶고 소고기 스무 근도 썰어달라고 해."

소봉두는 또 대답을 하고 방에서 나왔다. 방에서 떠들썩한 소리가 들려왔다.

"우리 곽 낭자는 정말 화끈하십니다! 이제까지 살면서 어찌 이런 낭자를 몰랐을까요. 알았다면 진작 친구로 삼았을 텐데!"

"지금 친구로 삼아도 늦지 않아요."

이번에는 곽양의 목소리였다. 곽부는 눈살을 찌푸렸다. 방 옆으로 다가가 창틈으로 들여다보니 방에 작은 탁자가 있고, 그 위에 술잔이며 접시가 어지럽게 놓여 있었다. 그리고 여덟 명이 탁자를 둘러싸고 앉아 서로 잔을 건네며 술을 마시고 있었다. 맞은편에 앉은 사람은 뒤

룩뒤룩 살이 쪘는데, 가슴을 풀어 헤쳐 시커먼 털이 다 드러나 보였다. 그의 왼쪽으로는 글깨나 쓸 것 같은 사람이 앉았는데, 긴 수염이 세 갈래로 나 있고 의관이 비교적 깨끗했다. 부채를 들고 가볍게 흔드는 모습이 제법 고상하고 점잖아 보였다. 그런데 부채에 긴 혀를 내밀고 있는 무상귀無常鬼가 그려져 있었다. 문사文士 왼쪽으로는 마흔 살 남짓 되어 보이는 여자가 앉아 있었다. 옷차림은 단정했지만 얼굴에는 칼에 당한 듯한 흉터가 있고, 그런 상처가 곳곳에 적어도 열 개는 되어 보였다. 그 옆으로는 키가 크고 마른 두타승頭陀僧이 앉아 있었는데, 머리에 쓴 금관이 번쩍거리고 입에는 닭을 반쯤 물고 있었다. 또 두 명의 백발 노인과 검은 옷을 입은 비구니도 있었다. 그 세 사람은 창을 등지고 있어 얼굴은 볼 수가 없었다. 곽양은 이 무리들 사이에 앉아 발그레 달아오른 얼굴로 웃으며 이야기를 하고 있었다.

'이렇게 즐겁게 노는데 대청으로 오라고 해도 거절하겠지.'

그때 백발노인이 자리에서 일어섰다.

"오늘은 술을 어느 정도 마셨으니 다음에 낭자 생일날 또 와서 실컷 마시도록 합시다. 그건 그렇고 제가 작은 선물을 하나 준비했는데, 낭자 마음에 드실지 모르겠군요."

그는 품에서 작은 비단 상자를 꺼내 탁자에 내려놓았다. 옆에 있던 노인이 얼른 집어 들었다.

"백초선百草仙, 이게 뭡니까? 어디 좀 봅시다."

그는 상자 뚜껑을 열어보더니 깜짝 놀라 눈이 휘둥그레졌다.

"아니, 이건 천년설삼千年雪參이 아닙니까! 어디서 구하셨소?"

곽부가 창틈으로 보니 그가 집어 든 것은 일 척쯤 되는 하얀 인삼이었다. 마치 작은 아이처럼 머리와 사지가 있고 아기 피부처럼 하얀 것이 언뜻 보기에도 귀한 물건 같았다. 사람들이 너도나도 한마디씩 선물을 칭찬하자 백초선은 어깨가 으쓱해졌다.

"이 천년설삼은 못 고치는 병이 없고 해독 못 하는 독이 없습니다. 죽은 목숨도 다시 살려낸다고들 하지요. 낭자께서 아무런 재난 없이 백 살까지 산다면야 이걸 쓸 일이 없을 테지만, 백 살 생일이 되는 날 이것을 먹으면 또 백 살을 편안하게 살 수 있을 겁니다!"

사람들은 한바탕 웃음을 터뜨렸다.

"아하하! 축하 인사도 아주 일품이십니다!"

머리가 비대한 인주자人廚子 역시 상자를 하나 꺼내놓았다.

"저도 선물이 하나 있는데, 낭자께서 재미있어하실 겁니다."

그는 상자를 열고 쇠로 주조한 두 개의 뚱뚱한 화상和尙을 꺼냈다. 길이는 칠 촌 정도 되었는데 태엽을 돌리니 두 인형이 주먹으로 때리고 발로 차며 싸우기 시작했다. 사람들은 재미있다는 듯 박장대소를 터뜨렸다. 그런데 그 인형들의 싸우는 모습이 그 나름대로 무학의 법도가 있는 듯했다. 자세히 보니 바로 소림나한권少林羅漢拳이었다. 10여 초식을 다투고 난 인형은 태엽이 다 되었는지 멈추었다. 두 인형이 서로 노려보고 서 있는 모습이 마치 무림 고수의 풍모를 보는 듯했다. 그런데 사람들은 더 이상 웃지 않고 오히려 어두운 표정을 지었다.

얼굴이 상처투성이인 여자가 입을 열었다.

"인주자, 남들 앞에서 뽐내려고 꼭 낭자에게 말썽거리를 가져온 것 아니오? 이것은 숭산嵩山 소림사의 철나한인데, 어찌 훔쳐왔소?"

인주자가 태연하게 미소를 지었다.

"나 인주자가 아무리 간이 크다 한들 어찌 소림사의 물건에 손을 대겠소? 이건 소림사 나한당 수좌인 무색선사無色禪師께서 주신 것이오. 선사께서 낭자 생일에는 꼭 직접 와서 축하드리겠다고 하더군요. 그건 그렇고 이게 바로 내가 드리는 진짜 선물이오!"

그가 상자의 다른 한 층을 열자 검은 옥팔찌가 나왔다. 검은빛이 은은하긴 했지만 특별한 것은 없어 보였다. 인주자는 허리춤에서 등이 두껍고 날이 얇은 귀두도鬼頭刀를 뽑아 들더니 옥팔찌를 겨냥해 힘껏 내리쳤다. 그러자 옥팔찌에 부딪친 귀두도가 튕겨 올랐다. 그러나 옥팔찌에는 흠집 하나 나지 않았다. 사람들은 일제히 탄성을 올리며 손뼉을 쳤다. 그리고 문사, 비구니, 두타, 부인 등도 곽양에게 하나씩 선물을 주었다. 모두가 신기하고 보기 드문 보물이었다. 곽양은 웃음으로 화답하며 선물을 하나씩 받았다.

이 광경을 훔쳐보는 곽부로서는 어찌 된 영문인지 알 수가 없었다. 몰래 그곳을 빠져나와 바삐 대청으로 돌아온 그녀는 황용에게 놀라운 광경을 설명하느라 두서없이 말했다.

"어머니, 나이가 엄청 많은 사람이 천년설삼을 선물로 주고, 또 움직이는 소림나한권도 선물로 내놓았어요. 또……."

황용은 인상을 찌푸렸다.

"무슨 말이냐? 차근차근 말해보거라."

곽부는 심호흡을 한 뒤 다시 방 안에서 벌어진 일을 이야기했다. 황용도 내심 크게 놀라 곧장 주자류에게 손짓을 했다. 그리고 세 사람이 함께 내당으로 갔다. 그러면서 황용은 딸에게 아까 보고 들은 것을 다시 한번 이야기해보라고 시켰다. 주자류 역시 의아한 표정을 지었다.

"인주자, 백초선이 양양에서 만나? 정말 이상한 일이군. 그 검은 옷을 입은 여자는 틀림없이 눈 하나 깜짝하지 않고 사람을 죽인다는 절호수絶戶手 성인사태聖因師太인 것 같은데…….또 그 문사는 부채에 무상귀가 그려져 있다는 것으로 보아 혹 전륜왕轉輪王 장일맹張一氓이 아닌가 모르겠군."

그가 이야기를 하는 동안 황용은 연신 고개를 끄덕였다. 하지만 주자류는 그렇게 말하고도 도무지 믿을 수가 없는 모양이었다.

"하지만 그럴 리가 없지. 양이는 아직 나이가 어려 이번에 영웅첩을 돌린 것 외에는 이 성 주변을 멀리 떠나본 적이 없는데 언제 그런 명사들을 사귈 수 있었겠습니까? 게다가 숭산 소림사의 무색선사라면 이미 면벽수련에 들어가 무림의 고수들도 쉽게 만나지 못한다고 했습니다. 그런데 그분이 양양까지 와 어린 여자아이의 생일을 축하한다고요? 헛! 아마도 곽 낭자가 장난으로 일부러 큰소리를 치는 게 분명합니다."

황용은 고개를 갸웃거렸다.

"하지만 성인사태나 장일맹 같은 이들의 이름은 우리가 평소에 잘 이야기하지 않는데, 양이가 어떻게 알고 그런 장난을 친단 말이에요?"

"그러고 보니 그도 그렇군요. 우리가 가서 한번 보는 게 좋겠습니다. 어찌 되었든 곽 낭자의 친구들이고, 나쁜 뜻으로 이곳에 온 것 같지는 않으니……."

"나도 그렇게 생각해요. 하지만 성인사태, 전륜왕 장일맹 같은 사람들은 변덕이 심하다고 하더군요. 혹시 말썽이라도 일으키면 골치가 아플 텐데……. 그렇게 되면 적이 쳐들어오는 상황이라 마음 쓸 겨를이 없으니 큰일이에요."

그때 창밖에서 누군가 웃는 소리가 들렸다.

"곽 부인, 그 사람들이 양양에 온 것은 그저 곽 낭자의 생일을 축하하기 위해서입니다. 다른 뜻은 없으니 골치 아파하실 것 없습니다."

마지막 두 마디는 이미 저 먼 곳에서 들려왔다. 황용, 주자류, 곽부는 얼른 창가로 달려갔다. 근처에서 어떤 사람의 그림자가 스쳤는데 신법이 엄청나게 빨랐다. 곽부가 뒤쫓으려 하자 황용이 팔을 잡았다.

"경거망동하지 마라. 너는 쫓아갈 수 없다!"

고개를 들어보니 공손수公孫樹 나뭇가지에 하얀 부채가 펼쳐진 채 걸려 있었다. 곽부가 올라갈 수 없을 정도로 상당히 높은 곳이었다.

"어머니!"

황용은 고개를 끄덕이고는 몸을 솟구쳐 왼손으로 부채를 낚아챘다. 세 사람은 내당으로 가 등불을 켜고 부채를 살펴보았다. 부채에는 혀를 내민 백무상白無常이 그려져 있었다. 웃는 얼굴로 두 손을 모으고 예를 올리는 모습 옆에 글이 적혀 있었다.

곽 낭자의 생일을 축하하며 무병장수를 기원합니다.

뒤집어보니 다른 면에도 글씨가 쓰여 있었다.

흑의니성인黑衣尼聖因, 백초선, 인주자, 구사생九死生, 구육두타狗肉頭陀, 한무구韓無垢, 장일맹이 곽 대협, 곽 부인께 인사드리며 영애令愛의 꽃다운 생신을 축하드립니다. 결례를 무릅쓰고 방문해 뵙지 못하고 돌아가니 용서하시기 바랍니다.

글자는 아직 먹물도 마르지 않은 상태였다. 주자류는 글자를 들여 다보며 연신 감탄했다.

"서체가 참 좋군, 좋아!"

황용이 생각에 잠겼다가 말했다.

"양이에게 가봐야겠어요."

주자류는 이미 연로해서 여자아이 방이라도 특별히 꺼릴 게 없어 황용과 함께 곽양의 방에 들어갔다. 소봉두와 다른 몸종이 탁자 위를 치우고 있었다.

"주 백부, 어머니, 언니! 이것 보세요. 손님들이 제게 주신 선물이에요."

황용과 주자류는 천년설삼, 쌍철나한, 흑옥팔찌와 다른 선물들을 보며 내심 감탄을 금치 못했다. 곽양은 무척 자랑스러운 표정으로 태엽을 감아 나한 인형을 움직여 보였다. 인형들이 나한권을 마치자 황용이 부드러운 목소리로 물었다.

"양아, 도대체 어찌 된 일이냐? 엄마에게 다 말해보거라."

"친구들이 곧 제 생일이 다가오는 것을 알고 재미있는 선물들을 준 거예요."

"어떻게 알게 된 사람들인데?"

"방금 알게 되었어요. 혼자 방에서 술을 마시는데, 한무구 언니가 창밖에서 '꼬마 아가씨, 우리 함께 술이나 마실까?' 하기에 좋다고 했죠. 그랬더니 모두들 들어와서 같이 놀았어요. 그러고는 제 생일날에 또 와주겠다고 했어요. 하지만 제 생일을 어떻게 알았을까요? 어머니, 그분들은 아버지 어머니의 친구들이 아닌가요? 그렇지 않다면 이런 선물을 줄 리가 없잖아요?"

"아버지도 나도 그 사람들을 모른단다. 네가 말한 그 이상한 친구가 너 대신 불러준 것 아니냐?"

"저에겐 이상한 친구 같은 사람은 없어요. 형부 빼고는요."

듣고만 있던 곽부가 발끈해 빽 소리를 질렀다.

"무슨 소리야! 네 형부가 뭐가 이상하다는 거야?"

"언니를 데려갔으니까 이상하다는 거죠!"

곽부가 때리려 하자 곽양은 혀를 쏙 내밀며 숨었다.

"싸우지들 마라. 양아, 전륜왕, 백초선 같은 분들이 우리 영웅대연에 참석하겠다고 하시더냐?"

"아뇨. 하지만 구사생이나 백초선 할아버지는 모두 아버지에게 감탄했다고 하셨어요. 또 한무구 언니와 성인사태도 어머니가 여걸 중 여걸이라고 하셨고요. 그래서 제가 감사드린다고 인사했죠."

황용은 몇 마디를 더 물어보았다. 곽양의 표정을 보니 거짓말을 하는 것 같지는 않았다.

"그래, 됐다. 그만 자거라."

황용은 주자류, 곽부와 함께 방을 나왔다. 곽양이 문 앞까지 따라와 말했다.

"어머니, 이 천년설삼은 정말 좋은 거래요. 아버지랑 반씩 나눠 드세요."

"그건 백초선이 네게 준 선물이 아니냐?"

"그래도 절 태어나게 해주신 건 어머니 아버지잖아요. 저는 그냥 태어난 거라 아무런 공이 없지만 부모님은 고생을 많이 하셨으니까 받으세요."

황용은 딸의 말이 기특해 설삼을 받았다.

그날 영웅대연은 즐거운 분위기에서 성공적으로 끝났다. 곽정은 방으로 돌아와 아내에게 모든 영웅이 단결해서 적에 맞서기로 한 일을 자세히 이야기해주었다. 그의 말투가 몹시 흥분되어 있었다. 황용이 입을 열었다.

"오빠, 놀라운 일이 있었어요. 성인사태, 백초선 등 일곱 명이 양이를 찾아와 술자리를 같이하고 갔어요."

곽정은 깜짝 놀라 잠시 멍한 표정이 되었다.

"어떻게 그런 일이?"

하지만 생일 선물로 주었다는 천년설삼을 보니 정말 진귀한 물건임이 틀림없었다. 황용이 가만히 웃음을 지으며 말했다.

"우리 아이의 발이 우리보다 넓은가 봐요."

곽정은 말없이 고개를 숙인 채 생각에 잠겼다. 성인사태, 전륜왕, 한무구 등에 대해 들은 이야기들을 떠올려보았다. 황용이 눈알을 사르르 굴리며 말했다.

"오빠, 개방 방주를 미리 뽑는 것이 좋겠어요. 양이 생일까지 미루다 보면 백초선이네 하는 사람들이 정말 올지도 모르니까요. 어휴, 그렇게 되면 얼마나 시끄럽겠어요. 혹시 다른 변고가 생길지도 몰라요."

"난 생각이 달라. 우리가 그대로 9월 24일에 방주를 뽑아 아주 떠들 썩하게 행사를 치르는 게 더 좋을 것 같아. 무색선사, 농아두타까지 모두 온다면 훨씬 의미가 있고, 또 그만큼 몽고와 싸울 수 있는 전력이 강화되는 것 아니겠어?"

황용이 미간을 찌푸렸다.

"괜히 생일 축하한답시고 와서는 소동을 피울까 봐 그러죠. 그 사람들이 양이와 어떻게 교분을 맺었는지는 몰라도 생일을 축하해주겠다며 그렇게 몰려오는 게 이상해요. 나무가 크면 바람 잘 날이 없다고 했잖아요. 어쩌면 당신이 무림 맹주가 되는 것을 바라지 않는 사람이 있을지도 몰라요."

곽정은 자리에서 일어나 가볍게 웃음을 터뜨렸다.

"용아, 우리가 하는 일은 하늘 아래 한 점 부끄럽지 않은 일이야. 몽고에 대항하려면 도와주는 이가 많을수록 좋겠지. 무림 맹주는 누가 해도 마찬가지야. 게다가 악이 정의를 이길 수는 없는 법이잖아. 그들이 나쁜 마음을 품고 있다면 우리가 맞서면 돼. 당신의 타구봉, 나의 항룡십팔장을 여러 해 쓰지는 못했지만 그들 정도는 충분히 이길 수 있을 거야."

곽정의 즐거워하는 모습이며 호기에 찬 말투가 과거와 조금도 달라지지 않은 걸 보고 황용은 할 수 없다는 듯 웃음을 지었다.

"좋아요. 그러면 맹주 말씀을 따를게요. 이 설삼이나 드세요. 이 정도면 35년 공력과 맞먹겠어요."

"아니야, 아이를 셋이나 낳느라 공력이 많이 떨어졌을 텐데 당신이 먹고 힘을 보충해야지."

두 사람의 마음 역시 여전했다. 한참을 서로 미루다가 마침내 곽정이 의견을 냈다.

"다음에 영웅들이 서로 다투다 보면 누군가 다치지 않겠어? 이 설삼은 그 사람을 위해 남겨두자."

〈8권에서 계속〉